Härfadern

HÄRFADERN

EN STENÅLDERSROMAN

av Sonja Adelbratt

© Sonja Adelbratt 2025
Förlag: BoD · Books on Demand, Östermalmstorg 1,
114 42 Stockholm, Sverige, bod@bod.se
Tryck: Libri Plureos GmbH, Friedensallee 273,
22763 Hamburg, Tyskland
ISBN: 978-91-8114-762-9

INLEDNING

Norra Europas inlandsisar började smälta för cirka tolv tusen år sedan. Samlar- och jägarfolket följde den snabbt flyende randen av smältande ismassor. De kom dels från södra Europa, dels från trakterna kring Ural. Till en början var det bara några enstaka individer eller små jägargrupper, men allt eftersom temperaturen steg och den efterlämnade tundran fick en mångsidigare växlighet och ett mer varierande djurliv, lockade den till sig hela familjer som gick ihop till klaner.

För sju tusen år sedan låg isarna kvar endast i norra Skandinavien. Växtligheten tilltog, skogar bildades och det gynnsamma klimatet lockade samlar- och jägarfolket till att bosätta sig ända upp i havsvikarna i Bottniska havet.

Ett par tusen år senare började en ny folkgrupp göra intrång i södra Skandinavien. Mörkhyade nomader med ett ursprung i nuvarande östra Turkiet bosatte sig vid de bördigaste slätterna för att odla jorden och hålla sig med boskap.

För fem- till sex tusen år sedan bodde människor kring Litorinahavet (ungefär Östersjön, Bottniska viken och Finska viken) i så små mängder att de kunde räknas i tiotusental. De bodde i små byar nära fiske- och jaktplatser längs kusterna och vid älvar. Norden var inne i en varm period. Upp till Dalälven och nuvarande södra Finland var klimatet lika behagligt som i södra Tyskland eller norra Frankrike idag, förutom att vintrarna kunde vara fuktigare.

I en av havsvikarna i nuvarande södra Finland, dold bakom en omfattande skärgård, bodde ett samlar- och jägarfolk som invandrat från trakterna av Ural. De levde ett gott liv och litade på att Moder Jord och klanens ledare såg till deras eget bästa.

Vid en annan havsvik i trakten av nuvarande Katrineholm levde en annan klan i sina kåtor i en by som hette Sälgrundet. Byns jägare hade träffat de nya, jordbrukande människorna i söder men levde ändå isolerat främst på fiske, sälfångst, jakt och på att samla bär, svamp och rötter i skogarna.

Det är här på Sälgrundet som denna berättelse under den händelserika stenåldern tar vid.

KAPITEL 1

Alver stod utanför grottan med huvudet sänkt i sorg. Striden hade varit hård men nu var de stupade begravda i grottan tillsammans med vägkost för färden över till Härfaderns rike. Själv hade han klarat sig med mindre skråmor men det var en klen tröst när han tänkte på hur många nära vänner han förlorat.

Alver lyfte blicken och betraktade den gamle medicinmannen Hösteld som stod längre fram med ansiktet vänt mot klanmedlemmarna. De var förväntansfulla. Snart skulle han tala till dem och berätta vad andarna ville. Alver armbågade sig genom hopen och ställde sig i det främsta ledet bredvid far. Medicinmannens dotter Sol sökte sig närmare honom. Han kunde snart behöva henne.

Under föregående kväll hade Alver hört hur det viskats och pratats om klanens framtid. Samtalen hade blivit alltmer intensiva. Många hade blivit rädda av det oväntade anfallet mot byn och ville flytta från Sälgrundet för att hitta en trygg plats längre norrut. Lika många ville stanna - däribland Eldar, en av klanens främsta, och Esbjörn, Alvers far. Om inte Hösteld snart kom till ett tillfredsställande beslut kunde den delade meningen blossa upp till bråk.

Hösteld harklade sig, höjde rösten och började tala. Han sade att han föregående kväll dragit sig undan till stranden och tänt en eld. Med hjälp av sina växtavkok hade han låtit sig föras över till Härfaderns himlar och inför honom framfört sin oro över Sälgrundets framtid.

»Blev det klart att vi stannar?« frågade Esbjörn som stod med händerna i sidorna och trampade otåligt på stället.

»Vi flyttar medan vi ännu kan«, ropade en man med rött skägg från de bakre leden.

Hösteld lyfte handflatorna mot både rödskägget och far innan han fortsatte som om han inte hört dem.

»Klanen på Sälgrundet ska stanna kvar i sin vik. Härfadern har satt björnen att beskydda och vaka över oss. Och lyssna nu! Härfadern har låtit mig veta att beskyddet kan bli starkt men bara ifall klanens två björnar förenar sig och flätar sig samman till en okuvlig kraft.«

En undran spred sig bland åhörarna och de tittade frågande på dem som stod närmast ifall han eller hon hade begripit vad schamanen menade. Alver förstod fördelen med att björnens ande skulle skydda klanen men fattade inte innebörden med villkoret om att två björnar skulle förena sig. Vad då för två björnar?

»Och vad betyder det?« dundrade Esbjörn som inte längre kunde hålla sig.

Eldar som stod närmast Esbjörn och Alver tog till orda.

»Esbjörns talisman är en björntand och Alver har en björnklo om halsen«, sade han. »Det betyder att Esbjörn och Alver ska stå sida vid sida om det kommer nya anfall.«

»Nej, de är ju av samma släkte och då tillförs ingen styrka utifrån«, invände den rödskäggige.

»Han har så rätt. Varken Esbjörns eller Alvers amuletter räckte till för att skydda oss när rövarbandet anföll oss«, ropade en man med bitter röst. Det var samma man som förlorat sin son i striderna och som hela tiden velat dra norrut.

Alver förde handen till björnklon som hängt i en rem runt halsen så länge han kunde minnas. Remmen var skuren till ett smalt band av huden från en hanbjörn som fällts någon gång för länge sedan. Kanske av hans farfarsfar. Klon var lång och krokig med ett genomborrat hål i den grövre änden. Den hade fått Härfaderns välsignelse och han var säker på att den gav honom skydd mot faror och nu när han hade den i sin hand kändes den varm och glansig. Men att den skulle ge skydd för hela byn tvivlade han på. För det måste den få ett utfyllande stöd.

»Stig fram Sol«, sade Hösteld till sin dotter som stått tyst snett bakom honom.

Sol tog ett steg framåt så att hon syntes bättre.

»Ja far?« sade hon och såg ut att inte ha en aning om vad han ville henne. Det visste inte Alver heller.

Hösteld tog hennes axlar och vände henne mot Alver samtidigt som han grep hennes hänge som hon bar om halsen och lyfte upp smycket.

»Det här hänget har gått i vår släkt och den har björnens krafter och Härfaderns visdom. Den kommer från en björnhona«, sade han.

Sol stod stilla men hennes blick hade fastnat vid Alvers och han såg att hon inte var rädd, bara förundrad. Han log uppmuntrande mot henne och genast blev hennes kinder röda och rodnaden spred sig nerför halsen. Hon lade händerna för ansiktet och vände blicken mot marken.

Hösteld höll kvar hänget mellan fingrarna och Alver, liksom de övriga som stod närmast Sol, såg att smycket var en björntand, fastän den var mindre än Alvers fars.

Plötsligt hördes muntra skratt från mitten av församlingen. Skratten kom från ett gäng unga män som sett Sol rodna. Alver genomfors av en lust att gå fram och tysta ner dem men blev hejdad av fars varnande blick.

Runt honom tilltog ett mummel och snart övergick det mumlande pratet i vilda spekulationer om vad som egentligen hade sagts. Många ville opponera sig mot den syn som schamanen förmedlat men ingen vågade bestrida ett beslut som grundade sig på Härfaderns vilja. Det tycktes också ha blivit klart även för den bittre mannen att han nog fick lov att stanna kvar på Sälgrundet och komma i åtnjutande av Härfaderns beskydd, bara björnarna fick en möjlighet att förenas.

Men vilka var de två björnarna? Frågan yttrades både av den bittre mannen och de som stod närmast Alver. Var det Sol och Hösteld? Alver lyssnade på spekulationerna som hade övergått i ett högljutt oväsen och snart kunde han allt tydligare urskilja både sitt och Sols namn medan allt fler ögonpar vände sig mot dem.

För Alver började bilden framstå allt tydligare. De två släkten på Sälgrundet som ägde björnar som sina skyddsdjur skulle förena sig. Det var budskapet Hösteld ville få sagt.

Om detta var vad andarna ville, skulle sammanflätningen fortsätta i många generationer och Alver skulle bli den nye stamfadern och Sol dess moder. Han hade redan en lång tid vetat att han skulle efterträda sin far som klanens ledare men nu hade Härfadern även bestämt att han skulle ta sig en kvinna. Ingen hade direkt frågat honom men å andra sidan hade det inte heller behövts. Det var schamanen och byns ledare som bestämde en sådan fråga och han hade under en längre tid lagt märke till hur Sol och han fördes allt närmare varandra.

Han hade vant sig vid tanken och nu när han förstod innebörden i Höstelds ord kände han visserligen en ilning av glädje rusa genom kroppen men mycket mera kände han att ett stort ansvar hade lagts på hans ännu unga axlar. Kanske inte under de närmaste åren när far ännu levde, men därefter skulle han tillsammans med Sol leda klanen. Men de skulle inte bli ensamma, de skulle ha med sig Härfaderns beskydd.

Alver hade hela tiden hållit ett öga på Hösteld och nu såg han att schamanen växlade blickar med far och de nickade och log instämmande till varandra. Esbjörn gick fram till schamanen och de slog ihop sina händer som ett tecken på att de var överens.

Hösteld återtog ordet och sade till klanen:

»Det är Härfaderns vilja att Sälgrundets två björnar förenas och därmed är det min mening att min dotter Sol som bär en tand av en björnhona skall flytta ihop med Esbjörns son Alver som bär en klo av en björnhanne.«

Hösteld tog några djupa andetag som för att klanmedlemmarna skulle få tid att smälta det han sagt. Ingen sade något och han fortsatte:

»Är det någon som motsätter sig mitt beslut?«

Inga protester hördes. Tvärtom verkade alla de som Alver kom åt att se gilla beslutet. Några log, några lyckönskade honom och kvinnorna runt Sol tittade på henne med beundran fastän ett par jämngamla kvinnor kastade avundsjuka blickar på henne.

»Om ingen har något att invända så har Esbjörn och jag bestämt att Sol flyttar in hos Alver. Det är också Härfaderns vilja att Alver bygger sin kåta uppe på berget. Den måste bli klart till midvinterfesten.«

Nu hade stunden kommit när far och klanens schaman fattade ett beslut för hans och Sols del och de skulle bo tillsammans under resten av sina liv. Ilningen av glädje var borta nu och det stora ansvaret hängde över honom. Visst gillade han Sol och han var säker på att de skulle få många friska barn. De hade vuxit upp tillsammans, de tänkte lika om det mesta och Sol var dessutom schamanens dotter. Det var naturligt att han skulle ta Sol till sin kvinna och att föreningen var en förutsättning för att ge klanen en trygg och fredlig framtid.

Han skulle bära sin del av ansvaret.

KAPITEL 2

Alver stod på berget vid havet där det fanns en liten försänkning med jord där han kunde slå ner störar för en kåta. Platsen låg bara ett par steg ifrån den åttkant som Sol gjort på marken med sina pinnar men Alver var inte helt nöjd med valet. Det hade gärna fått vara mera jord för att störarna skulle gå djupare ner i marken. Han hade talat med Sol men hon ville inte ha någon annan plats.

Att gräva ner störarna tog på ryggen och han måste då och då räta på sig för att sträcka ut ryggslutet och nacken.

»Är du hungrig?« frågade Sol.

Efter att Esbjörn och schamanen hade bestämt att Sol skulle bli hans kvinna hade Sol följt efter Alver likt en hund. Den enda gången hon lämnade honom var när han skulle sova i sin ände av långstugan eller när han skulle gå på jakt. Men det störde honom inte. Tvärtom. Han uppskattade hennes sällskap och att han betydde något för henne.

»Tack«, sade Alver.

Han tog en näve hasselnötter och torkat kött ur Sols korg och tuggade på maten. Av gammal vana råkade hans blick svepa över havet och han hajade till.

»Titta«, sade han och pekade. »Något rör sig därute.«

»Kan det vara kanoter?« sade Sol och grep tag i Alvers arm.

Alvers läppar pressades samman när han höll blicken kvar på de rörliga föremålen. Och visst, långt utanför skäret med de solande sälarna gled några kanoter som mörka prickar mot Sälgrundet.

»Nej, inte nu igen«, utbrast Sol i en uppgiven suck.

Kanoterna rörde sig öppet därute trots att de måste veta att de var iakttagna. De gled fram över vattnet, inte i någon formation utan alla i olika takt som om de hade all tid i världen.

Alver blev osäker på vad han skulle göra. De verkade ofarliga men man kunde aldrig veta. Han tittade på Sol men begrep att hon inte skulle komma med några råd. För säkerhets skull utstötte han djupt ur bröstet Sälgrundets varningsläte. I bästa fall skulle han höras nere i byn. Han blickade ner mot kåtorna. Där störtade män ut ur sina kåtor med vapen i händerna. Den här gången tvekade ingen. Kvinnorna samlade raskt ihop sina ungar, stuvade ner mat och en kruka vatten för att fort fly in i skogen. Byns hundar började springa planlöst omkring och skällde på allt som rörde sig.

Fyra mastförsedda kanoter med revade segel kom allt närmare byn. Alver räknade till åtta personer, två i varje kanot. Något speciellt var det med flottan eftersom kanoterna styrde mot stranden som om de inte förväntade sig någon fara. Kanske var de så listiga att de hade delat på sig i mindre grupper medan huvudstyrkorna anföll från gömställen i skogarna? Men hur Alver än spanade såg han inga rörelser bakom de närmaste träden och inga fåglar eller djur verkade ha blivit störda.

Snart kunde Alver urskilja sju män i olika åldrar samt en reslig kvinna med långt rödblont hår. En man klädd i ett höftskynke satt framför henne och paddlade med kraftiga tag i lugn rytm. Alvers grepp om spjutet slappnade av. Det här följet var inte ute för att plundra eller för att ta trälar.

Alver vände sig mot byn och gav ifrån sig ett lugnande läte, signalen som betydde faran över. Kvinnor dök upp lite här och var med sina uppskrämda barn i famnen eller släpande dem i handen. Försiktigt och med kvarbliven rädsla i kroppen kikade de ut mot havet i närheten av stenblock, buskar eller trädstammar. Männen stannade utanför kåtorna med sina vapen i händerna och spanade ut över vattnet.

Alver och Sol gick nerför berget för att ta emot sällskapet. Esbjörn var ute på jakt och som alltid föll det då på honom att föra klanens talan. I den främsta kanoten satt en man med grånat skägg och ett vitt, tunt hår som flöt ner över axlarna. Gamlingen lyfte armarna med de öppna handflatorna mot honom och vände sig därefter mot klanens män som dök upp bakom Alver och hälsade även på dem.

Alver gav gamlingen ett välkomnande leende när han kände igen honom. Det var Globe Långfararen, handelsmannen ur en klan som bodde söderut på den stora Ön ett par dagsfärder från Sälgrundet. Alver lyfte sin högra hand till tecken på att de fick ta iland. Sol hälsade inte. Hon ställde sig bakom honom och tittade hårt på den främmande kvinnan.

»Vad gör de här?« viskade hon. »Jaga bort dem, jag får en dålig känsla.«

»Nej Sol, så gör vi ju aldrig mot fredliga handelsmän.«

Sol lät sig inte lugnas och släppt inte kvinnan med blicken. Kanoterna slog i strandstenarna, främlingarna hoppade ur och drog upp sina farkoster. De flockade sig runt gamlingen vid strandvattnet och tycktes vänta på besked. Den gråskäggige mannen steg upp bland de sista och väntade tills kanoten med kvinnan också tagit i land.

Nyfikna människor från byns kåtor hade samlats en bit från stranden.

»Jag har en ouppklarad affär med Hage«, sade Globe Långfararen efter att männen ställt sig i en halvcirkel bakom honom.

Hage stod mitt i folksamlingen och när han hörde sitt namn nämnas steg han fram. Hans blick var fastnaglad vid den unga kvinnan som tagit plats ett par steg bakom Globe. Hennes huvud var nedböjt så att håret täckte större delen av ansiktet, men att hon var ung och vacker syntes tydligt ändå.

»Vad är det för ouppklarade affärer som är så viktiga att Globe Långfararen själv tar sig ända upp till våra vatten?« frågade Alver.

»En man som jag måste vårda sitt anseende. Annars blir det inga nya affärer«, sade gamlingen och skrattade ljudligt så att hans mörka ögon fick djupa skrattrynkor och de slitna framtänderna blottades.

Männen runt om honom log instämmande eller kanske av välgrundad pliktkänsla. Många var villiga men bara ett fåtal blev valda till en handelsmans resesällskap. Ett sådant uppdrag gav både rikedom och spänning och ingen släppte frivilligt ifrån sig en sådan tjänst.

»Vem är flickan?« frågade Alver.

»En trälkvinna som heter Svana. Hon har levt sjutton somrar och är friskare än en vårvind. Jag har alltid varit en man av heder och jag vill ge henne som betalning för kon jag bytte till mig av Hage i fjol. Jag går i godo för att hon kommer att göra ett gott arbete.«

»Svana, säger du? Kom hit«, sade Alver till kvinnan.

Svana lyfte inte blicken från marken när hon släpptes fram och ställde sig framför Alver.

»Det är jag som ska granska henne och inte du«, sade Hage och gav Alver ett hätskt ögonkast.

»Far är på jakt och då är det mitt ansvar att se till att inga oduglingar tas upp i vår klan och det vet du Hage likaväl som någon annan.«

Mörk i synen tystnade Hage.

»Dina händer«, sade Alver. »Får jag se dem?«

Svana stod stilla utan att röra en min.

»Händerna«, upprepade Alver med skarpare röst.

Kvinnan lyfte hakan och tittade förbi honom. En vindil tog fatt i hennes midjelånga hår så häftigt att ansiktet blottades. Hennes blå ögon var stora och runda, inte lika ovala som kvinnornas ögon på Sälgrundet. Kindbenen var utskjutande och låg högt, näsan rak och hakan var smalare än vad hans eget folk hade.

Hon sträckte båda händerna mot honom och han grep dem för att granska om hon såg ut att vara van vid arbete. Händerna var varma och rödnötta. Det var enkelt att räkna ut att hon hade fått paddla lika mycket som männen under överfärden från Ön.

Deras blickar möttes. Alver hajade till när han såg rädsla i hennes ansikte men även något som liknade en vädjan. Längst inne i ögonen tyckte han sig även kunna avläsa en skiftning av lättnad. Alver hade sett blicken förut. Det var samma blick som han sett hos skadade djur som visste att de efter följande spjutstick skulle befrias från ytterligare lidande. Alver hade inte förväntat sig att se den blicken hos den här människan.

Alver vände och vred på hennes händer. De var svullna men mjuka. Naglarna var korta, slitna och det fanns smuts i handens linjer. Men händerna var smala och saknade valkar utmed kanterna som skulle ha kommit av långvarigt, hårt arbete. Någon hade tydligen satt henne i arbete helt nyligen och de röda svullnaderna var färska.

Svana försökte dra tillbaka sina händer när han upptäckte slitningar kring handlederna. Han riktade en anklagande blick mot handelsmannen som slog ut med händerna i en frågande gest.

Alver svarade inte utan sade till kvinnan att visa honom ryggen.

»Nej nu går du ändå för långt«, sade Hage.

Globe Långfararen trädde fram med ett par myndiga kliv.

»Ska det verkligen vara nödvändigt?« utbrast han nästan samtidigt med Hage. »Det är inget fel på henne.«

Alver hade inte för avsikt att vika sig. Det var något annorlunda med Svana och han skulle ta reda på vad det var.

»Hjälp henne att visa mig ryggen«, sade Alver till en kvinna som stod närmast Svana.

Trots Globes och Hages protester lyfte hon upp kvinnans tunika. Svana gjorde inget motstånd när plagget drogs upp och ryggen blottades. Huden var randig med mörkröda streck över den benfärgade huden. Såren blödde inte längre men hade säkert gjort det bara för några dagar sedan. Nu hade de torkat ihop och fått en hård skorpa. Alver tittade på Globe och kände hur hettan rusade till i tinningarna.

»Den här kvinnan har fått mycket stryk«, konstaterade han sammanbitet medan han undrade vad det kunde ha varit som fått någon att slå den skygga kvinnan med en piska.

»Vem bryr sig? Hon är ju bara en träl«, inflikade Hage.

»Du får henne om du ger tillbaka min amulett«, sade Globe till Hage. »Den du fick i pant för kon i fjol.«

Hage kastade en granskande blick på kvinnan och log ett allt bredare leende. Alver lade handen på Globes axel och avbröt förhandlingen innan den ens kommit i gång.

»Jag kan se att kvinnan är sönderslagen, men jag kan också se att hon är ung och stark och därmed långt mer värdefull än din amulett. Är du säker på att detta är ett byte du vill göra?«

Globe Långfararen skakade på huvudet. Vecken i den gamle mannens panna blev djupare och blicken sorgsen.

»Sedan jag lämnade amuletten ifrån mig har olyckor drabbat mig …«, sade han svävande men avbröt sig plötsligt som om han bitit sig i tungan.

»Vad då för olyckor?«

»Det är ingenting som jag vill berätta om.«

Globe var förtegen och det var något skumt med hela affären men Alver hade svårt att komma på vad det kunde vara. Svana hade ett vackert ansikte och om hon fick äta lite mer skulle den taniga kroppen få tillbaka det hull som kvinnor brukade ha kring höften, armar och ben. Efter några dagars vila och mättande mat skulle hon säkert vara till stor nytta för klanen. Men ändå ville han inte ta emot främlingen innan han fått veta mera om henne.

»Men varför ge bort henne så billigt?« insisterade han. »Är hon tjuvaktig? Ond? Illasinnad?«

»Som handelsman har jag alltid hållit mitt ord och det tänker jag göra även nu. Men lyckan har inte stått mig bi det gångna året. Andarna har övergett mig och det enda som kan återställa min lycka är att jag igen får känna styrkan av min amulett mot mitt bröst«, sade han.

»Han ljuger!« utbrast Svana plötsligt.

Hon var så arg att Alver såg vreden blixtra till i hennes ögon. Han hade förstått språket fastän hon hade en tydlig dialekt.

Globe höjde sin hand och innan Svana hann värja sig landade ett kraftigt slag på tinningen. Huvudet flög åt sidan och hon tog några stapplande steg innan hon stöp i marken och blev liggande stilla. Inte ett ljud av klagan kom över hennes läppar.

»Ingen har bett dig tala«, vrålade Globe och blängde på kvinnan som blödde från tinningen.

Han tog sats för en spark men Alver fann sig snabbt, grabbade tag i Globe och höll honom tillbaka från att misshandla kvinnan ytterligare. Gamlingen tycktes lugna sig och Alver släppte honom. Till Svana sade han:

»Res dig.«

Globe tittade på trälkvinnan med något vilt i ögonen som om han med sin blick ville tysta henne. Svana reste sig med blodet rinnande längs sidan av huvudet, ner mot halsen och in i håret.

Alver hade svårt att fullt ut begripa vad som just utspelat sig. Att Svana ville bort från Globe tycktes ändå vara klart och det kanske räckte. Det var inte längre fråga om hon var en arbetsam träl utan nu var läget plötsligt ett helt annat. Vägrade han att ta emot kvinnan skulle Globe slå ihjäl henne för den olydnad hon nyss visat honom. Det måste finnas en mening med att kvinnan så plötsligt dök upp just här. Att händelsen var en viktig del i Härfaderns plan blev alltmer uppenbart och då kunde meningen inte vara att han skulle låta kvinnan återvända bara för att bli dödad av Globe och hans mannar.

Hage gick fram till Svana och rörde vid hennes armar och klämde på hennes kraftiga, långa muskler och den seniga halsen. Hon var nästan lika lång som Hage.

»Hon är stark«, sade Hage och hans läppar drogs upp i ett obehagligt leende när han betraktade hennes långa, rödblonda hår och gjorde ett försök att titta in i hennes ögon.

Svana vände bort ansiktet och Hage ryckte på axlarna.

»Jag ska ta itu med dig lite senare«, sade han och plockade fram Globes amulett som hängt runt hans hals. Amuletten var ett älghuvud som var format av ett ljust hornämne större än en tumme och som hade blivit grått av smuts och svett.

»Det är den här du vill ha?« sade Hage och viftade med föremålet framför Globe Långfararen.

Globe stirrade hänförd på amuletten som om den var värdefullare än själva livet. Hage skrattade åt hans min. Det gjorde inte Alver. Han skämdes å Hages vägnar. Man skrattade inte åt en man som förlorat sin amulett och därmed drabbats av olyckor. Globe var en respektabel handelsman och för Sälgrundet var det av största vikt att affärerna med honom fick fortsätta.

»Jag ersätter din ko med denna träl«, sade Globe och sträckte sig efter ägodelen.

Hage lade älghuvudet i Globes hand. Han tog emot det som om det varit en gåva från andarna. När han hängt det kring halsen föll han på knä och riktade ett tack mot himlen.

Hage ledde trälkvinnan till sin kåta. Alver följde efter med blicken. Det var bäst att inte lämna Hage utan uppsikt.

KAPITEL 3

Äntligen var det Alvers tur att doppa sälköttet i det kokande fettet. Han lutade sig mot långstugans vägg och tuggade långsamt på köttbiten. Hans två yngre bröder och hans syster Hjalta satt i längdordning vid hans ena sida och väntade med en täljd pinne i handen på sin tur.

Brasan i stugans mitt knastrade och kastade långa skuggor över syskonens ansikten. Ingen ville sitta närmast far, men Alvar var så hungrig att han inte brydde sig om stanken. Far verkade uthungrad och fick självklart ta först av köttet.

Han hade kommit hem från sin jakt samma eftermiddag och såg trött ut. Efter att han tagit hand om djurkropparna ute på Slaktön luktade han mer än vanligt av ingrodd smuts, härsknade inälvor och svett. Musklerna i fars kraftiga armar spelade under huden varje gång han kapade åt sig en ny köttbit eller strök flott ur det yviga skägget eller jagade undan en loppa ur det toviga håret.

»Vem är den nya trälen?« frågade far med en grymtning mellan tuggorna.

»Globe Långfararen kom med henne som betalning för en skuld till Hage«, svarade Alver.

Esbjörn nickade tyst. Han tycktes komma ihåg uppgörelsen mellan Globe och Hage föregående sommar.

»Vad är hon för en sorts kvinna?«

»Jag har sett henne i arbetet de senaste dagarna. Hon verkar duglig«, sade Alver.

»Du menar väl inte att Globe skulle ge en arbetsam träl för att få tillbaka sin talisman?« frågade fadern utan att lyfta blicken från köttet.

»Det tycks vara just vad som skett.«

Far grunnade en stund över svaret under tiden som han malde köttet mellan käkarna så att sälfettet droppade nedför hans skägg. Så svalde han och drack en stor klunk vatten.

»Globe skulle ha klarat sig undan med något mycket mindre värdefullt. Är du säker på att det inte är något fel på henne? Har du granskat att hon inte har någon sjukdom, att hon inte är svagsint och att hon inte är besatt av de onda andarna?«

»Klart jag har. Det är inget fel på henne. Hon är ljus och lång som de flesta av oss. Hon sliter hårt och jag har ännu inte sett att hon skulle behöva prygel för att lyda.«

Esbjörn rapade, strök fettet ur skägget och tittade för första gången rakt på Alver. Hans blå ögon hade smalnat och Alver var säker på att han inte godtagit förklaringen. Far var misstänksam av sig och mest av allt var han rädd för att någon utböling skulle hämta med sig de onda andarna som ständigt lurpassade på tillfällen att invadera fridfulla klaner som levde längs den östra kusten vid det väldiga havet.

Alver blev avbruten i sina tankar av ett ljud någonstans från byn. Det lät som om någon jämrade sig men far brydde sig inte om det.

»Något måste det vara med henne eftersom Globe skänker bort henne så lättvindigt«, sade Esbjörn eftertänksamt.

»Jag har pratat med henne och hon är lika arbetsam som någon annan av oss«, sade Ullmira som satt mitt emot Alver och tuggade på maten utan att sluta läpparna.

Alver gav mor ett lätt förvånat ögonkast. Mor hade inte för vana att komma med en åsikt i fars sällskap. Det hade hänt mer än en gång hon hade sagt något som far inte gillade och då var risken överhängande att han brusade upp och rappade till henne. Men med tiden hade Alver lagt märke till att faran inte var lika stor när han var i närheten.

»Mitt på dagen kom hon från skogen med en grov stock i famnen. Till och med för en karl hade den varit tung. Hon sade ingenting till mig men nog är hon stor för att vara en kvinna«, fortsatte Ullmira i vanlig samtalston som om hon talade om storleken på gäddorna i den snabbt växande vassen utanför den norra stranden.

»Jag skall själv ta mig en titt på flickan«, sade Esbjörn, reste sig och vände om för att plocka fram sin stridsyxa som han alltid hade med sig vart än han gick.

»Jag följer med«, sade Alver utan att veta vad det var som fick honom att plötsligt handla.

I vanliga fall skulle han inte behövas när far gjorde sina ärenden omkring i byn men just nu fick han en stark känsla av att det var viktigt att han följde med. Kanske hade det svaga, oväntade skriket väckt hans oro. Eller kanske oroades han för att fars rädsla för de onda andarna skulle få honom att fatta förhastade beslut.

»Du stannar här«, sade far och försvann genom dörren.

Alver svarade inte eftersom han hade bestämt sig för att följa med vare sig far ville ha hans sällskap eller inte.

Alver höll sig på långt avstånd från Esbjörn för att inte ytterligare förarga honom. Det hade blivit skymning och han såg bara de närmaste ek- och bokstammarna och de lite ljusare upptrampade stigarna framför sig. Far var på väg mot kåtorna i byns södra del där Hages familj bodde vid en träddunge som avskilde byn från sädesåkrarna. Utanför kåtorna satt familjer runt eldarna och åt eller berättade historier för varandra. Några vinkade igenkännande. Det orangefärgade skenet från de utspridda eldarna kastade mörka skuggor över stigarna och kåtorna. Högt uppe på himlen hade de första stjärnorna tänts och strålade ett kallt sken över byn, skogen och havet i öster.

Ett gällt rop kom från det håll varåt de var på väg. Far började halvspringa och stannade utanför Hages familjs kåta. Några bybor vid eldarna hade också hört skriket och rest sig för att se vad som höll på att hända. Far tvekade utanför dörren. I Sälgrundet gick man inte in i varandras kåtor utan att först ha visat värdfolket respekt genom att invänta ett »stig in«, utom när det var fråga om överhängande fara. Far tycktes överväga om situationen nu var så allvarlig att han bara kunde kliva in. Alver bedömde att med så många nyfikna människor runtomkring kunde han gå fram till far.

»Jag tror att skriket kommer från någon bakom kåtan«, sade Alver och nickade mot träddungen.

Ett nytt klagande läte hördes, och det var högre än det tidigare.

»Nej. De är inne i kåtan för att lära trälen veta hut«, skrattade far.

»Det är nog något värre«, sade en gumma bakom de båda männen.

Alver vände sig om mot de nyfikna byborna. I det främsta ledet stod gumman som nyss talat. Alver kände henne mycket väl eftersom hon var en av Ullmiras närmaste väninnor. Esbjörn sade några ord till henne men Alver stannade inte kvar för att lyssna.

Skriket hade varit ett nödrop och Alver slet dörrskynket till Hages kåta åt sidan och steg in. En lyssticka som var nertryckt i en ställning brann mellan härdens sotiga stenar. I det svaga ljuset urskilde han Hages far och mor som halvlåg i sina bäddar medan de tuggade på varsitt köttben.

Fadern med sina spretande buskiga ögonbryn och stirrande blick liknade en förskrämd berguv. Modern liknade en ängslig sparv. Hon lade undan sitt köttben och plockade förstrött i sig något, kanske nötter eller söta rötter. Mitt emot dem satt Hages två systrar men Hage var inte där. Inte Svana heller.

Ett nytt förtvivlat tjut hördes och Alver lade märke till hur barnen först ryckte till varefter de genast kastade vädjande blickar på sina föräldrar.

»Vad är det som pågår?« frågade han.

Hages far svarade inte. Han spottade ut en bit brosk eller kanske var det en benflisa. Sedan vred han på huvudet och tittade mörk i synen på Alver.

»Trälkvinnan ljuger. Hon påstår att hon inte är någon träl utan att hon är Globes dotter. Är du nöjd?«

»Globes dotter?« upprepade Alver.

Vid närmare eftertanke kunde det kanske ligga något i vad kvinnan sade. Hon liknade inte en vanlig träl. Enligt hans uppfattning tvättade en träl sig sällan, deras kläder var smutsiga och slitna, håret klippte de först när ägaren sade till om det och det mest iögonfallande var att dessa kuvade människor alltid gick med slokande axlar och vände bort blicken när någon tilltalade dem, som om de ständigt var rädda för att få ta emot slag eller sparkar.

Men den här kvinnan var inte rädd av sig och hon bar huvudet högt och med en värdighet som om hon verkligen hade kunnat vara en högt uppsatt mans dotter. En hövdingadotter eller varför kunde hon inte rentav vara dotter till Globe Långfararen? De hade åtminstone samma ögonfärg och båda var välväxta. För övrigt kunde Alver inte jämföra Globe med sitt gråa hår och skägg med den rödblonda kvinnan. Ändå var släktskapet osannolikt när han tänkte efter. Han kom inte på ett enda skäl varför Globe skulle sälja sin dotter som träl.

»Nej, jag är inte nöjd. Vad fick henne att säga att hon inte är en trälkvinna?«

»Äsch! Det var inte något allvarligt.«

»Något måste det ha varit eftersom ni håller på att slå livet ur henne.«

Hages far grep tag i ett nytt köttben och tittade på den innan han med tänderna slet loss en bit av köttet. Sedan såg han upp på Alver.

»Hage ville ligga med henne och prova lite. Du vet ju själv hur ni män är som ännu inte hittat en egen kvinna. Ni vill prova på hur det är att ligga med ett fruntimmer och då är det bra att träna på trälkvinnor. Men Svana blev ilsken, började tjura och slå vilt omkring sig som om hon blivit stucken av en geting. Till sist, när Hage frågade vad det var för fel på henne, sade hon att hon var handelsmannens dotter och för god för honom. Det var då Hage beslöt att slå dylika lögner ur henne.«

Alver hade hört tillräckligt. Han beslöt att själv se efter vad som pågick därute och steg ut ur kåtan i samma ögonblick som han hörde skriket igen fastän den här gången hade ljudet föregåtts av ett klatschigt läte. Flera bybor stod utanför kåtan och tittade på honom som om de väntade på att han skulle ingripa. Några gummor kastade förstulna blickar på Esbjörn som de hållit kvar med sina frågor. En av dem var mor. Alver förstod situationen. De ville nog att far skulle ingripa.

Ljudet hade kommit från ett buskage ett dussintal steg bakom kåtan. Vid ett träd där man vanligen hängde fisk och hudar på tork urskilde han Svana och bakom henne stod Hage och andades tungt flåsande med ett tillhygge i handen. I ljuset från brasan såg han att Svanas tunika låg i en hög vid hennes fötter och på sig hade hon enbart sitt höftkläde. Benen och armarna var brunbrända av solen men de delar som hennes tunika skyddat mot solljuset lyste benvita. Ryggen hade fått nya färska ränder där piskan träffat henne. Huvudet lutade framåt och hon föreföll halvt medvetslös.

Alver rusade fram till Hage och vred piskan ur hans grepp innan Hage hann reagera. Hage återfick fattningen, snodde runt och måttade ett ursinnigt slag mot Alvers huvud. Han duckade och Hage stirrade på honom med hat i blicken. I ansiktet syntes tydliga klösmärken som ännu blödde. Synen gladde Alver.

»Är du från vettet? Tänker du slå ihjäl henne?« frågade han och kastade piskan åt sidan.

»Hon behöver veta vem som bestämmer här och att inte fara med lögner«, svarade Hage mellan sammanbitna tänder.

»Du vet likaväl som jag att vi inte slår ihjäl våra kvinnor«, sade Alver fastän det inte var riktigt sant. När klanen gjort sina räder till främmande byar kunde männen från Sälgrundet också vara ganska våldsamma.

»Försvinn härifrån och lägg dig inte i«, skrek Hage och drog sin kniv ur bältet och kastade sig över Alver.

Han undvek knivhugget genom att slå undan Hages arm med sitt knä men kände udden rispa mot låret. Av farten fortsatte Hage framåt i en rullning och Alver kom bakom honom och lyckades trycka ner honom på marken. Alver stretade med fingrarna för att få ett grepp om Hages hals. Han fick tag om strupen och klämde till så hårt han orkade. Hage sparkade och slog med armarna tills luften gick ur honom. Det spratt i Hages kropp och Alver såg, trots det svaga ljuset, att Hage hade blivit mörkröd i ansiktet.

Nu skulle han krama livet ur Hage. Det spelade ingen roll att han var en så duktig spejare. Alver hade redan alltför länge tyglat sitt hat och nu hade stunden kommit. Hage skulle få betala för att han hädat Alvers far och kallat honom för feg. Ingen levande människa skulle skymfa honom eller far.

Någon fattade tag om Alvers axel och klämde till så hårt att fingrarna trängde in i senfästet. Alver kved av den plötsligt uppflammande smärtan.

»Det räcker nu«, dundrade Esbjörn.

Alver släppte greppet om Hage och reste sig men Hage låg kvar och kippade efter andan. Hages mor och far hade kommit utrusande ur kåtan. De stod några steg därifrån tillsammans med flera andra som samlats av skriken och oväsendet. Hages mor knäböjde vid sin son och betraktade honom med sina sparvliknande ögon. Ingen tycktes bry sig om den skadade trälkvinnan.

»Min son? Lever du?« frågade hon och höll varsamt om Hages huvud som om det var skört som ett äggskal.

»Ta hand om Svana om ni är så angelägna om att hjälpa till«, sade Alver.

Ullmira och hennes väninna skyndade sig fram till Svana. Hon satt hopkrupen med knäna uppdragna mot hakan. Ansiktet var blekt och trots avståndet såg han att hon skakade i kroppen.

Hages mor och far tittade ilsket på honom och han stirrade tillbaka på dem.

»Varför gjorde ni ingenting? Hage höll ju på att ta livet av henne«, fräste han.

De backade ett steg och tittade på varandra men svarade inte.

»Hur kan ni tillåta att Hage våldför sig så på en hjälplös träl? Svara!«

Hages far harklade sig och sa:

»När Hage blir sådan, rår ingen på honom.«

»Vilket dravel! Du är väl herre i din kåta och barnen ska respektera dig. Har kvinnan gjort någonting som kan berättiga detta?«

Hages mor tog ett steg mot honom och satte händerna i sidorna.

»Jag kommer aldrig tåla att någon ljuger i mitt hushåll, bara så du vet.«

Alver tittade åt Hages håll. Han höll på att återfå en del av sina krafter och gjorde ett försök att komma på benen.

»Har inte trälkvinnan varit till er belåtenhet?«

»Hon har gjort allt vi bett henne om men ska vi verkligen behöva tåla att hon påstår att hon är en köpmannadotter?«

»Vad händer ...«, började Hages far men blev avbruten av ett gällt skrik från trädens skuggor.

»Kniven!« ropade Svana.

Ögonblickligen vände sig Alver om. Hage stod framåtlutad, på väg att kasta sig över Alver. Fingrarna var hårt slutna kring knivskaftet, ögonen glödde av ursinne.

»Lägg undan den där«, skrek Esbjörn och högg i samma ögonblick tag i Hages arm med sin stenhårda näve.

Hage försökte slita sig loss men hejdades av Esbjörns grepp. Han tappade kniven och glodde hotfullt på Alver. Hages far sprang mot Esbjörn men stannade när Esbjörn inte gjorde ett enda tecken på att flytta på sig eller visa rädsla.

»Esbjörn kan skicka hem sin son nu. Vi tar själva hand om vår träl«, sade Hages far och fäste sin berguvsliknande blick på Alver.

»Utan Alvers ingripande hade vi nu haft en död träl här«, svarade Esbjörn.

Alver förstod först nu att far hade kunnat ingripa mycket tidigare men han hade låtit honom agera. Han sträckte på ryggen. Far litade på honom, liksom han litade på far.

Alver tittade åt Svanas håll och för första gången besvarade Svana hans blick. Hon nickade ett tyst tack till honom, eller så var den knappt skönjbara rörelsen bara inbillning. Han ställde sig bredbent framför Hage.

»Ger du dig på en försvarslös kvinna en gång till kommer jag att skära pitten av dig.«

Esbjörn föste Alver åt sidan. Han ansåg uppenbart att det var färdigdiskuterat för sonens del.

»Se till att få det där såret på benet omlagt, pojk«, beordrade han.

Alver såg ner och upptäckte att han blödde från rispan i låret som han fått av Hages kniv. Han rev åt sig en näve gräs och tryckte tuvan mot såret, men hade inte för avsikt att lämna platsen. Inte förrän han visste hur det skulle gå för Svana.

Till Hage sade Esbjörn:

»Vad menar de med köpmannadotter?«

»Så fort jag har försökt närma mig henne, som det är trälägares rätt att göra, hävdar hon att hon är Globes dotter och att jag kommer att få ångra mig ifall jag försöker ligga med henne«, förklarade Hage. »Idag fick jag nog av det pratet.«

»Kanske har du rätt men nu går vi härifrån och det ska ni också göra«, sade Esbjörn och lade en arm om Alvers axlar.

Under vägen var Esbjörn tystlåten och hans steg hade blivit långsamma. Då och då drog han sig i skägget. Innan de kom fram till långstugan ryckte han i Alvers tunika och Alver stannade.

»Det är något besynnerligt med den där Svana«, sade Esbjörn. »Om hon verkligen är Globe Långfarares dotter undrar jag varför Globe i så fall skulle förskjuta henne? Visst kan jag också tycka att hon är en präktig kvinna. Men varför skulle hon vilja ljuga för oss? Jag kan bara förstå det på ett sätt.«

Alver rös till. Fars ansikte var förvridet som om han sett självaste Råå titta bakom hans rygg och grina sitt mest hånfulla leende mot far. Alver hade aldrig sett far vara rädd men nu var han det.

»Vad är det far?«

»Jag tror att Globe har förkastat henne antingen för att hon har stulit eller för att hon har dödat. Om det inte vore värre än så skulle situationen inte vara så farlig.

Men det som oroar mig är att hon kan vara i förbund med de onda andarna, de som bor där nere under jorden. I mina mörkaste stunder har jag själv sett den onda anden utan förklädnad, må Härfadern förlåta mig.«

Far hade aldrig yttrat något liknande förut. Alver såg framför sig djävulen Råås ludna kropp med det röda gapet och det grinande varghuvudet med onaturligt stora och spetsiga öron.

»De stickande ögonen ... de är nog de värsta«, sade far och drog in några djupa andetag som om han hade svårt att få luft. »Du skall veta att de onda andarna kan förklä sig till arbetsamma och utmärkta människor. Även till en vacker kvinna som Svana. Hör du det, Alver!«

Det gick en rysning genom kroppen när far klädde sina tankar i ord. Men att Svana samarbetade med de onda andarna var uteslutet. Det kunde inte stämma och det kände han i sin egen kropp varje gång han varit nära henne. Han hade bara fått varma, välkommande skälvningar när han stått vid hennes sida.

»Det tror jag inte på«, svarade han. »Och dessutom kan vi inte lämna kvar Svana hos Hage. En dag kommer Hage att slå ihjäl henne.«

Far tittade långt på honom som på ett barn som inte fattade.

»Jag vet inte vad som är rätt men jag ska redan i kväll tala med Hösteld. Får han bara sitta vid sin eld och dra i sig röken av en flugsvamp kommer han att driva sanningen ur flickan.«

KAPITEL 4

Alver vaknade kallsvettig av att odjuret Råå hade uppenbarat sig vid skogsbrynet i väster och stirrat på honom en stund innan den tog ytterligare ett tungt steg mot honom. Han satte sig upp i bädden och förstod att det bara hade varit en dröm.

Fars ord hamrade i hans skalle som om schamanen hade slagit på sin största trumma där inne i huvudet. I takt med trumslagen upprepades orden: *Svana är Råås dotter, Svana är Råås dotter, Svana är Råås dotter.*

Far trodde verkligen att Svana hade sänts till Sälgrundet för att utföra onda andars verk eller något ännu värre. Han hade beskrivit odjuret med de grymma ögonen och dess blodfärgade gap som såg ut som ett enda stort hål i Råås ansikte. Och det onda odjuret var Svana, hade far sagt.

Alver torkade pannan och tänkte på sin farbror som varit en ond människa och så snål att han ytterst sällan offrade något till Härfadern. Inte heller hade han för vana att tacka för de villebråd som andarna skickade i hans väg. En gång hade han skadeskjutit en björn och drivits av den vansinniga björnen mot en ravin och fallit över kanten. Som tolvåring hade Alver varit med när klanens män hittade farbrors sönderslagna kropp. Härfadern hade låtit det ske och nu förstod Alver det tydligare än då. Det var Härfadern som hade skickat björnen, sin väktare på jorden, för att utföra verket. Nu trodde far att Råå hade skickat Svana till Sälgrundet för att döda, bränna eller kanske sända sjukdomar över klanen.

Alver steg upp ur sin bädd och gick ut i natten. Det var vindstilla och den molnfria himlen var täckt av stjärnor. Månen låg i nedan. Han drog in luft i lungorna och kände doften av hav, sjögräs och träcket från strandfåglarna. Tankarna klarnade och han fattade att ett sådant straff som Härfadern hade utmätt för hans farbror inte kunde gälla för en oskyldig kvinna som Svana, eftersom hon inte var en ond människa och det visste han.

Hans bekymmer var bara att han inte hade några bevis för det, bara en känsla och en känsla var ingenting som räckte till om han skulle försvara henne för far och schamanen. Eller jo, han hade också något mera. Svana hade levt på Sälgrundet under ett halvt månvarv och ingen hade något att klaga över hennes arbete, ingen hade sett henne göra onda gärningar eller påkalla onda makter till hjälp fastän hon ibland hade behövt det så som Hages familj slog henne och tvingade henne att arbeta. Inte ens Hages mor, som var den som gav henne arbetsuppgifter, hade knorrat.

Men far hade talat med schamanen Hösteld och han skulle avgöra vad som skulle ske med trälkvinnan. Alver lade sig igen inne i kåtan och somnade.

Dagen grydde och medan Alver väntade på svaret från schamanen, beslöt han att göra något nyttigt. Han drog på sig sin tunika och gick upp till sitt bygge på berget.

Vädret hade slagit om och det hade blivit kyligt. Han fäste ett par garvade skinn runt kåtans skrov och gick därefter ner till byn för att hämta fler sälskinn som han föregående dag hade skrapat rena från hinnor, kött och senor. Det största skinnet spände han ut på den släta marken bredvid kåtan och fäste kanterna med träpinnar, varefter han med händerna malde sälens kokta hjärna i en vätska som fått dra i sig saften ur sälgträ.

Han knådade och klämde på hjärnmassan tills den blev en klimpig gröt. Smeten gned han in i huden och gav den tid att tränga in i porerna. Den tidigare så mörka huden fick en ljus färg, nästan vit. Sälskinnet hade tidigare varit styvt men mjuknade under behandlingen men Alver lät det inte bli så mjukt att det skulle duga till klädesplagg. Det här skulle bli tältduk till hans kåta, så den behövde stå emot väder och vind. Huden fick torka under tiden som han tog sig an följande skinn, varefter han smorde in det första skinnet med tran för att det skulle hålla mot väta.

»Vad gör du?« undrade Sol som dykt upp bredvid honom.

Hennes ansikte hade fått en lätt solbränna och det hade kommit några fräknar kring näsroten. Håret var flätat hårt i nacken. Hon hade de senaste åren vuxit till en vacker kvinna med lika pigga och vakna ögon som hennes far hade. Men stor var hon inte, hon nådde Alver till armhålan. Kanske bråddes hon på sin far även i detta avseende. Varför hade hon kommit? Ville hon undersöka vad han höll på med eller ville hon bara vara i hans närhet?

»Jag ska olja in de sista hudarna och låta dem torka«, sade han och tittade på skinnen och vände sedan blicken mot sitt bygge. »Kanske kan jag redan i morgon täcka den sista delen på min kåta.«

Sol lade huvudet på sned och betraktade honom.

»Din kåta?«

Alver vände på huvudet.

»Vad?«

»Du sade din kåta, menar du inte vår?« undrade Sol.

Han drog häftigt in andan och förstod sitt misstag.

»Kom«, sade han och tog hennes hand och ledde henne in i den halvfärdiga kåtan. Hon ställde sig mitt på golvet och såg sig omkring i halvmörkret. Ovanför deras huvuden drog grå moln över himlen men det mesta av den kalla snålblåsten stannade utanför.

»Så rymlig den är«, sade hon och pekade mot väggen närmast skogen i norr. »Där kan vi göra våra bäddar. Och marken måste vi täcka med ett lager av vass. Annars blir det dragit.«

Medan Sol pratade hade hon kommit så nära Alver att han kände hennes andedräkt mot sin hals.

»Ja, här ska vi bo«, sade han och undrade vad han skulle göra av sina armar.

Det lät dumt och självklart, men han kom inte på något annat att säga.

»Jag vill inget hellre«, sade Sol och kramade om honom medan hon vilade sitt huvud mot hans bröst.

De stod en stund i varandras armar men snart lösgjorde han sig för att fortsätta sitt arbete. Sol tog ett steg tillbaka och bet sig i läppen.

»Jag kan hjälpa dig.«

Under eftermiddagen hade hudarna torkat. De var så många och stora att de täckte även kåtans övre del. Medan Alver och Sol fäste och formade hudarna så de passade den konformiga öppningen högst uppe, återvände Alvers tankar till vad som skulle hända med Svana.

Om andarna kom med ett besked om att Svana var en ond människa, vad skulle då hända? Alver visste svaret. Då skulle inga böner räcka till för att rädda trälkvinnan. Esbjörn skulle se till att klanens män och kvinnor skulle samlas för att bygga ett bål vid stranden och det skulle tändas vid skymningen.

Hennes armar och ben skulle bindas, men innan hon kastades på elden skulle Härfaderns sju trognaste män fylla hennes sköte med så mycket av sin säd att de onda andarna skulle vämjas vid åsynen av de goda männens vätskor. Andarna skulle då förkasta henne från de ondas boning ner till bottnen av de fredlösas hav. Därifrån kunde hennes själ aldrig mera hota byn.

Alver var mer än orolig och hade svårt att koncentrera sig på sitt arbete. För två vintrar sedan hade en hungrig trälkvinna stulit ur klanens förråd. Hon hade blivit ertappad av sin husbonde och uppenbart ljugit om sina förseelser när hon konfronterades av byarådet och därefter hade hon blivit bränd på bål. Klanens män och kvinnor hade druckit jäst blåbärsdryck och ätit grillat fårkött medan de bevittnade kvinnans förtvivlade skrik när elden klev uppför hennes kropp, satte eld på hennes hår och brände hennes hud tills ropen på hjälp tystnade. Andarna hade hämtat hem hennes själ.

Tanken på att samma sak kunde hända Svana fick kyla att krypa längs ryggraden. Alver hade inte sett till Hösteld sedan gårdagen. Han var inte i långstugan och inte heller någon annanstans i byn. Varför dröjde han?

Innan det blev mörkt satt Alver utanför långstugan och såg Hösteld vandra ner från grottorna. Han tittade rakt framåt och han talade inte med någon fastän många sprang fram för att fråga vad andarna hade bestämt. Alver följde efter schamanen.

»Jag vill först tala med Esbjörn i enrum«, sade Hösteld när han kommit in i långstugan.

»Vi sätter oss där ute«, sade Esbjörn. »Här är det för mycket folk.«

Männen gick ner till stranden där de satte sig vid bryggan och blickade ut över havet som hastigt mörknade i öster. I väster, bakom skogarna var himlen ännu ljus med ett violett skimmer strax ovanför trädtopparna.

Alver följde med de båda männen fastän de visade med miner och kroppsspråk att de tyckte att hans sällskap inte behövdes. Men Alver brydde sig inte om det så länge de inte bokstavligen förbjöd honom att närvara. Som hövdingens son var han alltmer en del av besluten i byn.

»Tecknen var tydliga«, sade Hösteld med låg röst för att inte höras till kåtorna. Esbjörn vände sitt räddhågsna ansikte mot honom och det gjorde även Alver.

»Det är inte andarnas önskan att vi tar livet av trälkvinnan.«

»Vad?« utbrast Esbjörn med en röst som innehöll både lättnad och en tveksamhet som om det fanns en möjlighet att schamanen hade misstagit sig.

Alver andades ut i en lång suck och axlarna sjönk ner. Han sände tacksamma tankar till Härfadern. Nu var det klart och han kände ingen tvekan. Svana skulle inte brännas.

»Andarna vill alltså att vi håller kvinnan vid liv«, konstaterade Esbjörn när han återfått fattningen.

Hösteld svarade inte. Han vände sig om och tigande blickade han ut över havet. Den outtalade frågan löd vad männen då skulle göra med Svana. Far avbröt den långa tystnaden.

»Om Härfadern vill hålla liv i henne kan hon inte stanna hos Hage«, sade Esbjörn. »Han kommer förr eller senare att ta livet av henne om han får fortsätta så som han hittills hållit på.«

Alver hade tänkt precis samma sak. Hösteld skakade på huvudet och tittade ner i strandvattnet. Sedan lyfte han blicken igen och sade:

»Vi måste hitta en annan ägare till henne eller så kan vi skicka henne tillbaka till Globe.«

Esbjörn sträckte på sig och tog Hösteld i armen.

»Eftersom hon inte är ond kan flickan få träla hos mig. Ullmira har kommit till åren och behöver hjälp.«

Alver tittade på sin far som såg mer ut som en mörk skepnad i halvmörkret än en levande människa. Hur resonerade han egentligen? Det fanns ju redan en ung kvinna och en äldre gumma som hjälpte familjen. Dessutom var hans syster Hjalta femton somrar och arbetade i hemmet som en vuxen. Vad skulle de med en träl till?

Men Alver bestred ändå inte sin fars beslut utan nickade bifallande. I långstugan skulle Svana vara trygg. Han sträckte på ryggen medan en värme spred sig från magtrakten och ut i kroppen.

»Frågan är avgjord«, sade Hösteld och de båda männen reste sig.

KAPITEL 5

Sommarmorgonen var ännu tidig och de flesta i långstugan låg kvar i sina bäddar tätt intill varandra, förutom några av de yngre och ett par äldre män som gått ut för att uträtta sina behov. Mitt i kåtan brann en liten eld som spred sitt sken över dem som låg närmast.

Svana hade uträttat sina enkla morgongöromål och låg raklång på mage närmast elden så att Ullmira kom åt att vårda hennes sår som gick tvärs över ryggen. Vanligen sov hon på en bädd närmast ingången. Den hade blivit hennes sovplats bredvid två kvinnor som hjälpte till med sysslorna i stugan.

Ingen valde frivilligt att ligga vid dörröppningen eftersom det var den kallaste platsen och det ställe där de sovande blev störda av varenda person som gick in och ut ur långstugans östra ingång. Folket inne i stugan tyckte också att det var en fördel att trälarna låg närmast dörren eftersom de utan att störa de sovande kunde smyga sig ut för att hämta ved och göra upp eld på morgonen innan någon annan vaknade.

Svana klagade inte. Det var betydligt bättre att bo i långstugan än hos Hage som varje natt hade försökt komma nära henne, men varje gång hade hon lyckats värja sig.

»Det ser bättre ut idag«, sade Ullmira och gned in en salva som bestod av sälfett i vilken Hösteld blandat krossade blad av daggkåpa.

Ullmira hade upprepat behandlingen varje dag efter att Svana piskats och hon var fullt medveten om att det snart skulle bli dags att betala tillbaka. Kanske redan idag eller helst i morgon. Hon kunde stå upprätt, yrseln var borta och hon klarade av att vrida kroppen utan att såren på ryggen öppnades och började blöda igen. Ullmira hade varit tålmodig med henne. Hon hade till och med bemödat sig om att lära Svana några nya ord. Fast det mesta förstod hon redan. Språket i Sälgrundet liknade det språk hon var uppvuxen med på Ön.

»Upp med dig«, sade Ullmira muntert och rätade på ryggen.

Svana reste sig samtidigt som hon kände männens blickar på sin halvnakna kropp. Hon letade reda på tunikan för att skyla sig.

»Ryggen är ohygglig men framsidan är det inget fel på«, sade Höstelds brorson som satt bara ett steg ifrån Svana.

Han var ung, kroppen var spenslig och skägget ännu fjunigt. De äldre männen gav honom ett medhållande leende.

»Tyst med er«, sade Ullmira rappt. Rösten lät inte som om hon var arg utan mera som en godmodig tillrättavisning.

Svana hade hunnit få på sig tunikan och gick förbi ännu sovande män, kvinnor och barn på vägen till sin bädd. Alvers bädd var tom. Hon hade ofta sett honom uppe på berget där han arbetade med Sol för att göra den nya kåtan inflyttningsklar. Kanske sov han redan där uppe på klippan? Kanske Sol gjorde det också, om inte annat så säkerligen i smyg. Svana avundades Sol hennes ställning, hon skulle bli hövdingens kvinna i framtiden, medan hon själv skulle gå här som träl.

En bit ifrån elden satt Esbjörn och tuggade förstrött på några nötter. Hon ökade längden på stegen när hon gick förbi honom och undvek att titta på den gamle buttra hövdingen. Hon hade hunnit halvvägs till sin bädd när han lyfte en hand.

»Inte så bråttom«, sade han.

Svana stannade och vände sig om. Hans ögonbryn var buskiga och det blonda skägget med gråa ränder i hade inte blivit klippt som hos de flesta andra män i byn. Det nådde honom ner till bröstet.

»Idag ska du börja arbeta«, sade han.

»Ja?«

»Du kan sätta igång med att sy mina mockasiner som jag ska ha till vintern. Och du ska se till att de blir så täta att inte en enda droppe väta tränger igenom sömmarna.«

»Ja«, upprepade Svana och fortsatte gå till bädden.

Hon visste att det var viktigt att hon stod på god fot med Esbjörn. Det var han som kommit till henne och berättat att hon skulle flytta ifrån Hages kåta. När han ledsagat henne till storstugan hade han påmint henne om att hon genom hans initiativ hade undgått att bli bränd på bålet. Hon stod i tacksamhetsskuld till Esbjörn och hon skulle genast ta itu med mockasinerna så att Esbjörn såg att hon inte hade för avsikt att lata sig i hans hushåll.

KAPITEL 6

Ett halvt månvarv senare vaknade Svana som vanligt i gryningen. Hon steg upp för att hämta brännved och tittade ner på sin bädd. Där hon legat fanns inte längre några nya spår av färskt blod från såren på ryggen. Hon kunde inte låta bli att le även om stelheten fanns kvar i ryggen och det kände hon av när hon måste böja sig framåt eller vrida på kroppen.

Svana hämtade veden, gjorde upp en eld och efter morgonmålet skulle Ullmira ge henne nya uppgifter. Sedan hon var barn hade hon varit van att arbeta och de sysslor som Ullmira gav henne var lagom krävande. Hon lagade mat, rensade fisk och styckade djurkroppar när männen kommit från jakt. Hon hämtade brännved från skogen och när marken var torr ville Ullmira att hon skulle vattna familjens åkerplätt ovanför den södra strandkanten eller jaga bort närgångna hjortar från sädestäpporna.

Ullmira snålade inte med maten och Svana fick äta sig mätt varje dag. En gång hade Ullmira förklarat för henne att det enbart berodde på att om hon var mätt skulle hon göra ett bättre arbete och orka jobba längre in på kvällarna.

Svana kom ihåg tiden hos Hages familj där de tänkte på ett annat sätt. Hages mor hade sagt att det inte vankades mat om en träl inte orkade utföra alla de uppgifter som hon eller Hage hittade på. Sysslorna hade varit så många och krävande, att husfolket sällan hade varit nöjda vid dagens slut. Under vistelsen i Hages kåta hade Svana magrat så att revbenen trätt fram under huden, men nu var hon åter lika rund om brösten och baken som hon alltid varit.

Dagen gick över i kväll och Svana var den sista som fick gå och lägga sig. Hon låg på rygg under en av de stora älghudarna när hon hörde tunga steg i mörkret. Hon vred på huvudet och såg att det var Esbjörn. Han stannade vid hennes bädd och hon drog täcket tätare om sig.

»Mina mockasiner«, sade Esbjörn. Rösten var vresig som om han var arg över något och Svana kom snabbt på orsaken.

Sent på eftermiddagen hade hon stått vid åkerskanten och sett jaktlaget på åtta man återvända med en ynklig hare och några skogsduvor. Det var allt Härfadern unnat dem för flera dagar ute till skogs i eländigt väder. Klart att en jägare som Esbjörn var besviken.

Svana kom upp ur bädden och med ett osäkert leende överräckte hon mockasinerna som hon haft färdiga i flera dagar och bara väntat på att Esbjörn skulle fråga efter dem.

»Här«, sade hon.

Hon hade polerat skodonen och sytt sömmarna med täta stygn. Inget vatten skulle tränga igenom skorna och skinnet hade impregnerats med ett tåligt fettlager som gjorde att det vid regn och snö skulle bildas droppar som skulle rinna av skinnet utan att tränga in i det.

Esbjörn sträckte ut handen, tog skorna och synade den mjuka sälskinnspälsen och skaftet som gick att snöra upp till knäna. Själva skon bestod av en sula som gick från ovansidan av tårna, ner under foten och upp runt hälen. Skinnet var så brett att kanterna gick att vika upp mot ovansidan av foten. En långsmal skinnremsa täckte övre delen av skon från tårna och upp till vadbenet där den mötte ett rörformat skinn som kunde snöras tätt mot benet upp till knäet. De tre pälsdelarna var hopsydda med trådar som tvinnats av sälarnas ryggsenor som var så långa att de inte behövde skarvas med knutar som man vanligen gjorde på Sälgrundet men inte på Ön därifrån hon kom. Det var ett par fint sydda skor, värdiga en klanhövding.

Esbjörn lade sig på Svanas bädd med mockasinerna i sin hand. De två kvinnliga trälarna som låg i sina bäddar bredvid Svanas bädd vände sig ljudlöst om med ryggen mot Esbjörn.

»Sätt dem på mina fötter«, beordrade Esbjörn. »Jag vill prova dem.«

Svana tog skon och gick till fotänden, grep tag i Esbjörns häl och lyfte den ett par tum i luften. Huden var valkig och hade förhårdnader på hälen, under tårna och under främre fotvalvet. Naglarna hade nötts korta. En stark och frisk fot. Ändå hade Svana helst inte velat ta den i sina händer.

Hon trädde på skon men den gick inte på. Hon snörade upp den så långt det gick och provade på nytt. Den gick inte nu heller. Lilltån tog emot. Svana tryckte tån inåt mot de andra tårna men strax när hon släppte greppet spärrade han ut den igen. Hon gav Esbjörn ett ögonkast. Han flinade. Skulle hon säga åt honom att låta bli att breda ut tårna som en liten barnunge. Varför ville en karl som han bråka med henne?

»Du får inte på den eller hur?« sade han retsamt.

Svana svarade inte.

»Vänd dig med röven mot mig och dra på skon så som man vanligen skulle göra«, föreslog han.

Svana gjorde som hon blivit tillsagd. Hon ställde sig bredbent över Esbjörns ben och böjde sig framåt för att dra skon på foten. Det gick inte eftersom hon inte kunde böja sig tillräckligt långt framåt utan att tunikan åkte upp där bak.

»Böj dig framåt«, uppmanade han.

Esbjörns röst hade blivit hård och Svana anade att det skulle bli följder om hon inte gjorde som han sade. Den gamle mannen visste vad han ville ha och tydligen blygdes han inte för att kräva det heller. De båda trälkvinnorna bredvid henne rörde sig inte fastän Svana hörde på deras andning att de var vakna. Den yngre kvinnan hade lagt sin hand över örat.

»Längre fram«, sade Esbjörn och snart kände Svana på sig att Esbjörn tittade upp mellan hennes ben. Så fort hon kunde tryckte hon in lilltån, drog skon på hans fot och rätade på sig.

»Klart«, sade hon.

»Knyt den också.«

Svana tvekade. Gjorde hon som han önskade skulle hon bli tvungen att blotta sig en gång till. Snabbt vände hon sig om och snörde skon medan hon var vänd mot honom. Uppdraget var genomfört.

»Förbannade kvinna«, muttrade Esbjörn. »Nu tar vi den andra mockasinen också.«

Än en gång tvingades Svana ställa sig med benen isär över Esbjörn och böja sig framåt. Den här gången nöjde han sig inte med att bara titta upp i hennes privata område. Omilt förde han ena handen upp mellan hennes lår och tryckte ett par av sina valkiga fingrar inuti henne. Hon skrek nästan till av den oväntade smärtan, men lyckades hålla det tillbaka. Sedan drog han henne ner över sig. Hon vred sig ur hans grepp och gjorde ett försök att dra ner sin tunika. Att ropa på hjälp var uteslutet. Esbjörn var hövdingen i byn, det var han som hade makten över hennes liv och också över hennes död.

Esbjörn skrattade. Kanske tyckte han att det var en spännande lek. En jakt som han redan på förhand visste hur den skulle sluta. Med ett tag om hennes liv vände han henne om. Det sved och brände i de just läkta såren när ryggen trycktes mot vassen på bädden. Hon lyfte ett knä mot Esbjörns mage med den påföljden att han vek det åt sidan och drog upp sin tunika innan han med hela sin tyngd lade sig mellan hennes ben. Nu glömde hon all försiktighet och skulle skrika på hjälp när han lade sin hand över hennes ansikte och det blev svårt att få luft.

Svana gav upp hoppet om att slippa därifrån när han trängde in i henne och hon stirrade upp i taket med Esbjörns hand över mun och näsa. Plötsligt förstod hon. Detta var det pris hon fick betala, det var samma här som hos Hage. Svana sneglade mot de båda trälkvinnorna som låg tysta på varsin sida om henne. Den äldre kvinnan till höger hade vänt sig mot henne och såg på henne med medlidsam blick. Håll ut, tyckte Svana att blicken ville säga. Svana förstod att hon också hade råkat ut för samma våld som hon själv blev utsatt för. Men det var inte medlidande Svana önskade sig. Hon ville bara arbeta för sin föda och själv få bestämma över sin kropp. Men en träls kropp var en annan människas egendom.

Svana såg upp i Esbjörns hänförda ansikte. Blicken var dimmig och ofokuserad som om han letade efter sin njutning i en annan värld. Det var som om varje pumpning förde hans vällust allt närmare en höjdpunkt och hon hoppades att han snart skulle nå den och släppa taget om hennes näsa och mun innan hon kvävdes till döds. Hon kunde inte annat än att ligga stilla, spara på luft och försöka låta bli att tänka på att detta skulle bli hennes liv framöver.

Till Ön kunde hon inte återvända. Skulle hon förbli en trälkvinna för resten av sitt liv? Skulle hon underkasta sig Esbjörns vilja och låta honom ta henne närhelst han ville? Varför dög inte hans kvinna? Ullmira var en god människa och inte alls för gammal att dela bädd med.

Efter vad som tycktes som en evighet gav Esbjörn till slut ifrån sig ett utdraget stönande och rullade frustande och andfådd av henne. Svana drog in luft. Något varmt rann mellan hennes lår och hon vred huvudet för att leta efter ett skinn eller gräs att torka sig med.

Då såg hon i dunklet en mörk gestalt som ljudlöst dykt upp. Skepnaden stannade vid fotänden och när elden flammade till såg hon ett ögonpar lysa fulla av hat. Ullmira stod ett steg ifrån dem och stirrade turvis på henne och på sin man.

»Det där kommer du att få ångra«, sade Ullmira med en röst som var kallare än midvinterisen.

»Förbannade kvinna, vad gör du här?« väste Esbjörn och kravlade sig upp ur bädden.

»Nu följer du med mig«, svarade Ullmira.

Hennes ansikte var stramt och det skulle inte behövas mycket till för att hon skulle slå till någon.

Esbjörn hade rest sig och försökte bibehålla sin värdighet när han drog ner tunikan över sin kropp. Svana hörde hans steg avlägsna sig mot hans egen härd längre in i långstugan. Ett par steg bakom honom följde Ullmira.

Svana låg kvar i mörkret och undrade vem Ullmira hade menat skulle få ångra sig. Esbjörn eller hon?

KAPITEL 7

Två månvarv efter att Alvers kåta stått färdig stod han uppe på berget och betraktade förödelsen. Under natten hade stormvindarna svept med sig hudar in i den norra skogen och kvar stod störar nerstuckna i marken och spretade likt en jättelik spindel med långa ben. Några långa vidjor som trätts mellan störarna lyste som svarta trådar för att understryka förödelsen. Han hade hittat hudarna blöta och tunga, fastklistrade på stenar och i snår. Som tur var hade han ännu inte hunnit tillverka bäddar och bänkar eller bära in husgeråd.

Men han skulle inte ge upp. Boplatsen var väl vald högt däruppe på berget, avskild från byn. Kåtan låg i skydd för insyn från havet samtidigt som han hade överblick över kåtorna därnere och även över de närliggande öarna och allt som försiggick ute på vattnet. Han måste bara flytta kåtan närmare skogen där han kunde gräva ner störarna djupare ner i marken.

I byn hade träd blåst omkull, grenar brustit och de minsta kvistarna flugit omkring i skogen. Vågarna, höga som en fullvuxen man, hade sköljt alg och säv upp på stränderna och kastat kanoterna huller om buller upp bland alarna som växte tätt längs stranden.

Nu var det lugnt och byns kvinnor passade på att samla in avbrutna grenar och släpade hem allt brännbart för att dryga ut de knappa vedreserverna som sinat märkbart under det tre dygn långa ovädret. Sol gick inte med kvinnorna. Hon var upptagen med att rengöra och släta ut hudarna till deras kåta. De äldre männens jaktlag hade tidigt på morgonen gett sig ut för att fiska. Fisksumpen var nästintill tom. Själv skulle Alver leda de yngre männen ut i skogen för att jaga vilt.

Hans jaktlag bestod av ett dussin jägare, däribland Eldar och Hage. Efter morgonmålet gick han i täten mot de norra skogarna för att fånga något ätbart och gärna något gott att grilla redan på kvällen. Medan stormen härjat hade byborna kurat inne i kåtorna och det hade blivit ensidigt med fisk och säl. Innan Alver gett sig i väg hade Ullmira sagt att hon så fort som möjligt ville känna doften av hare eller fågel som långsamt värmdes över eldarna och hon ville känna smaken av det vilda köttet i munnen.

Under tiden som solen rört sig en handsbredd hade männen kommit in i orörda skogar. För att locka fram hararna lade de ut gräs och nötter på öppna ställen och i skogsdungar och väntade. Det var dags att se om de lyckats locka till sig några bytesdjur.

Alver delade upp sina män i två grupper. Hages män fick i uppdrag att inspektera byns snaror och fällor som måste vittjas efter stormen. Själv skulle han ta hand om gruppen som skulle stå på pass med sina pilbågar vid lockbetena.

Alver fattade post tillsammans med Eldar vid ett skogsbryn varifrån de spanade ut mot en öppen dunge. Mitt i öppningen hade han riggat med en tuva färskt gräs som hängde från en stör.

Solen hann röra sig ytterligare flera handsbredder när en hjort dök upp vid skogsbrynet och vittrade med nosen i luften. Alvers fötter hade blivit kalla och armarna stela av att stå på den fuktiga marken men när han fick syn på hjorten skärptes sinnena. Eldar hade också sett djuret. Han var en bra jägare. De skulle ta hjorten.

Hjorten tog försiktiga steg mot grästuvan men stannade då och då för att vädra eventuella faror. Den vågade sig fram och nafsade i gräset när Alver såg två kid som skuttade fram bakom honan. De kunde bara ta ett djur men vilket skulle de ta? Han tecknade till Eldar att de skulle ta kidet till höger och han nickade. De satte samtidigt sina bästa pilar mot strängen, tittade än en gång på varandra och blinkade i samförstånd. De skulle ta djuret. Hjärtat började klappa hårdare när han spände bågen och siktade på kidet som gjorde hastiga rörelser och försvann bakom honan. Alver tog ner sitt vapen. Det gjorde Eldar också.

En liten stund senare var grästuvan uppäten och honan vände sig om. Kidet stannade kvar, sträckte på sig och nådde upp till de sista kvarvarande grässtråna.

»Nu«, viskade Alver och lyfte bågen i skjutläge.

Pilarna for i väg genom luften och träffade hjortkalven med två dova dunsar. Den ena pilen träffade i halsen och den andra i bogen där hjärtat låg. Frambenen vek sig och den förvånade kalven segnade ner innan den välte runt på ena sidan. Honan vände sig om, snusade på kidet, puffade med nosen och märkte att något var fel. Hon lyfte på huvudet och spanade med sina stora ögon. En liten rörelse från Eldar gjorde att honan upptäckte dem och hon skuttade in i skogen tätt följd av det andra kidet.

Eldar och Alver gick fram till det döda djuret. De tappade det på blod och band det vid en bärstång. Om de skyndade sig skulle de hinna till byn innan det blev mörkt. Men först ställde de sig på knä och andades djupt ett par gånger innan de tackade djurets ande för uppoffringen. De tackade också Härfadern för att han lett hjortkalven till dem, varefter de skar ut hjärtat och begravde en del av det på den plats där hjorten stupat. Andarna fick tillbaka lite av den gåva som de skänkt till jägarna.

»Vad har ni med er?« frågade Ullmira när Eldar och Alver kom till långstugan och lade bytet på den ännu blöta marken.

Svana kom fram och tittade på ungdjuret. Knappt märkbart nickade hon gillande och Alver log brett.

»Vill Alver att jag tar kroppen till Slaktön för att stycka det?« sade hon.

»Du får göra i ordning maten av det ena låret. Eldar och jag kan ta hand om styckningen.«

Ullmira tittade på djurkroppen.

»Vilken präktig en«, utbrast hon.

»Hages lag hade också jaktlyckan med sig. De fick fem ripor i fällorna och på vägen hem sköt de ännu en hare«, sade Alver.

»Hage, han är duktig, han«, svarade Ullmira.

Alver måste hålla med mor om att Hage var en god jägare men han var ännu bättre ute till sjöss eftersom han kunde navigera efter stjärnhimlen. Men Alvers beröm satt djupt inne.

Redan i unga år hade Alver och Hage tävlat mot varandra. De hade fört jämna och rättvisa kamper i pilskjutning, löpning och i brottning. Även om Alver ibland hade förlorat hade han inte surat men det gjorde Hage. Han tålde inte att bli besegrad, särskilt inte i brottning.

Hage hade aldrig sagt det rent ut men Alver hade under sin uppväxt känt ett hat från Hages sida. Kanske berodde det på att Hage aldrig kunde bli klanens ledare, det som Alver en dag skulle bli. Men det var ändå inte den främsta orsaken. Det fanns en händelse i deras ungdom som skulle ha gett Alver rätten att ta livet av Hage.

Alver hade åkt ut på en fisketur med några jämnåriga kamrater. En av männen hade smugglat med sig blåbärsvin och de hade druckit av det under kvällen. När vinet var slut reste sig Hage på vingliga ben och sade att han hade en hemlighet att berätta. Alver anade att Hage skulle säga något galet och försökte avstyra honom men lyckades inte eftersom männen hejade på Hage och uppmuntrade honom att avslöja hemligheten.

Hage skrattade, drack det sista av sitt vin och berättade att han en natt smugit efter Esbjörn eftersom han även andra kvällar sett honom smita i väg, alltid mot byns norra del. Nu skulle han ta reda på till vems kåta klanens hövding försvann. Alver trädde emellan och sade att nu fick det räcka men männen hade blivit upphetsade av Hages prat och tvingade honom att fortsätta.

Hage grymtade till och tittade skadeglatt på Alver. Han beskrev hur han smugit efter Esbjörn till Metas kåta där hon väntade på att hennes man skulle återvända från jakten. Hage hade stannat utanför kåtan och snart hade han hört genom väggarna hur Meta skrek. När han kikade genom dörrspringan såg han Esbjörn våldföra sig på kvinnan fastän hennes barn låg bredvid dem.

Hage tog en paus och tittade på sina fiskekamrater innan han kom med sin slutkläm:

»Och då kan ni också räkna ut vem som är far till några av Metas barn.«

Alver såg rött och kunde inte behärska sig. Han ropade att Hage ljög och att hans far Esbjörn aldrig skulle våldföra sig på en försvarslös kvinna och flög på Hage med sina bara händer. Hade inte kamraterna hindrat honom hade han dödat Hage där ute i skärgården.

Lögnen om far låg djupt etsad i Alver. Även nu när han bara tänkte på händelsen knöt han nävarna och hjärtat slog hårt.

»Mår du bra«, sade Ullmira och tittade bekymrat på honom.

»Ja, det är inget«, svarade Alver och såg sig omkring.

Svana skar upp rejäla bitar av hjortens lårmuskel och lade dem över den öppna elden utanför kåtan. Alver följde hennes smidiga händer med blicken, hur hon vände och vred på det som låg över elden. Det var som om köttbitarna gillade hennes beröring och de fogade sig villigt i rätt läge för att bli jämnt stekta från alla sidor utan att en droppe saft föll i marken.

Med vana rörelser vände hon på köttstyckena en gång till, kryddade dem med en örtblandning och tog dem från elden innan de blev brända. Hennes sätt var mjukt men ändå bestämt när hon delade maten så att den räckte till alla. Innan Svana delade ut de sista bitarna såg hon sig omkring och räknade.

»Ska Esbjörn också äta?« undrade hon och hennes blick blev ängslig.

Alver hade sett den förskrämda blicken förut. Att hon hyste aktning för Esbjörn förstod han men hon hade väl ändå inte behövt se så rädd ut varje gång hon nämnde Esbjörn vid namn. Han hade trots allt räddat livet på henne.

Det hade blivit mörkt och det slog Alver att Esbjörn faktiskt borde ha varit hemma för längesedan. Hade något hänt?

»Jag frågar Höstelds folk om de har sett något.«

Alver gick raklång de femton stegen över till Höstelds ände av långstugan. Ingen var där inne och han fortsatte ut genom dörren till en brasa som var omringad av kvinnor och barn som grillade små och beniga fiskar. Det måste vara de sista som funnits i sumpen. Hösteld satt också där med Sol vid sin sida.

»Har ni sett någon från fiskelaget?« frågade Alver.

Sol satt kvar bredvid sin far utan att lyfta blicken.

»Nej, jag har inte sett dem komma ännu, svarade Hösteld. Men du Sol, har du sett till dem?«

Sol måste vända sig om för att se på Alver när hon började tala.

»Ingen från fiskelaget har jag sett. Däremot har jag hört att ni fått en hjort och medan vi ännu satt därinne hörde jag att den även smakade gott«, sade hon och Alver hörde tydligt hur anklagande hon lät.

Alver bannade sig själv för att han helt och hållet glömt att dela med sig av köttet så som de alltid gjorde. Det måste ha varit att tankarna flög iväg till händelsen med Hage som gjorde att han glömde Sol och Höstelds familj. I framtiden måste han skärpa sig. Snart var han hövding och då måste han tänka på hela byn.

»Den var inte så stor men jag ska genast hämta en bit till er«, skyndade han sig att säga och försvann för att hämta en fin köttbit till Hösteld och Sol.

Alver satte sig igen vid brasan och övervägde om han skulle be Sol komma över men ångrade sig. Det skulle komma fler tillfällen att få vara tillsammans med henne.

Det blev svalare och när elden hade brunnit ut flyttade de in för att avsluta måltiden. Det fanns ännu mycket kvar av köttet. Alla i familjen var samlade, förutom Esbjörn. Han hade ännu inte återvänt och Ullmira gick ut för att spana.

»Jag såg ingen därute«, sade hon när hon kom tillbaka till värmen.

»Han kan ta vara på sig«, sade Alver.

Han tog ytterligare en köttbit och sade:

»Svana har lyckats väl med köttet.«

»Vad är det som ger den goda smaken?« frågade Ullmira.

»Rönnbär, vildlök och honung«, svarade Svana som stod i ett hörn och var färdig att fylla på med mer kött och vattennötter. Hjalta tittade på köttet och tog en av de skurna bitarna av innerlåret och smackade ljudligt.

»Jag känner då ingenting särskilt«, sade hon. »Alver är bara hungrig efter att han varit hela dagen i skogen. Skulle du få en mockasinsula skulle du tycka att även den smakade utmärkt.«

»Nu är du orättvis Hjalta«, svarade Alver. »Svana lagar utmärkt mat.«

»Allt som Svana säger eller gör tycker du är märkvärdigt.«

»Äsch, inte alls.«

Den kvällen åt alla sig mätta. Svana hade fått det sista köttstycket och satt för sig själv utanför långstugan. Inne i långstugan stannade familjen kvar vid elden och Ullmira talade om sin längtan efter mera sol för att hennes regndränkta åker skulle torka upp. Det hade samlats vatten på åkerjorden och de redan tre handsbredder höga stjälkarna med ax högst uppe, höll på att kvävas av vätan.

»Lyssna«, sade Alver plötsligt.

Steg hördes utanför långstugan. Ljudet av en fot som klev på en kvist, svagt mummel och ett släpande, hasande ljud blev allt starkare och snart slogs förhänget upp. En av de äldre jägarna stod i dörröppningen och flämtade.

»Det är Esbjörn«, sade han. »Ni måste komma.«

»Vad har hänt«, sade Ullmira och steg upp med en halväten köttbit i handen.

»Han lever men han har tappat mycket blod.«

»Var är han?«

»Följ mig.«

Esbjörn låg på en bår som hans jaktlag släpat till byn. Männen bar in Esbjörn i långstugan. Ett blodigt skinn låg över hans högra lårben. I skenet från elden såg han blek ut och trots kvällskylan badade han i svett. Hans amulett, den bländade vita björntanden, hängde i en rem kring den uppfläkta halsöppningen på hans tunika. Det såg ut som att han just nu skulle behöva amulettens hela lyckobringande kraft. Ullmira böjde sig över honom och tog hans huvud mellan sina händer.

»Vad hände där ute?« frågade Alver en av männen som släpat hem far.

»Det fanns mycket säl därute på klipporna. Vi spred ut oss och mitt i allt hörde jag ett förfärligt skrik. Jag vände mig om och såg hundra steg längre fram att din far brottades med en väldig hanne. Jag rusade dit och då först såg jag att sälen hade fått tag i Esbjörns lår och att den tänkte släpa honom med sig ner i vattnet. Först efter att jag slagit sälen i huvudet fick jag loss honom.«

»Han har plågor«, sade Alver när han såg hur far grimaserade mellan sammanbitna käkar varje gång någon stötte till hans bår. Han lutade sig fram för att se hur allvarlig skadan var. Det enda han såg var ett mörkt blödande bylte.

»Flytta över honom till hans bädd så skall jag öppna bandaget och skära bort hosorna för att se hur allvarlig skadan är«, sade Hösteld som hade skyndat sig från sin ände av långstugan till Esbjörns hjälp.

Alver hjälpte till att flytta far till hans egen bädd. Så som far plågades när männen grep tag i honom började han förstå vidden av skadan men kunde inte begripa att far, som var så van vid jakter, inte hade kunnat förutse faran. Esbjörn var en god man, klanen hade levt gott under hans ledning och utan allt det som Esbjörn lärt Alver om jakt skulle han ännu vara en lärling. Varför hade inte Härfadern stått honom bi i farans stund?

Hösteld hade med sig några lerkrukor med örter och torkade blad. Han lade bladen i hett vatten och lät drycken svalna innan han tvingade Esbjörn att dricka. Esbjörn drack och blev alltmer omtöcknad och hostade till ett par gånger varefter plågorna tycktes avta. Alver antog att Hösteld stärkt drycken med lite flugsvamp och vänderot.

»Håll honom«, beordrade Hösteld.

En man satte sig över Esbjörns höfter och två män höll fast hans skenben, Alver var den ene av dem. En fjärde man tryckte ner Esbjörns axlar. Hösteld tittade prövande på Esbjörn för att avgöra hur pass bortdomnad han blivit. Så tog han ett stadigt tag om omslaget och skar upp hosorna och rev loss det tillfälliga förbandet. Far vrålade till och kastade sig av och an när såret revs upp igen.

»Håll honom. Det här måste sys«, uppmanade Hösteld och stack vassa pinnar genom huden vid sårets kanter. Han fick in fyra pinnar på var sida om såret och pressade med ena handen ihop sårkanterna medan han med den andra handen trädde en tunn sena runt pinnarna och spände till. Såret gick ihop och flödet avtog.

»Han blöder också från undre sidan av benet«, sade Alver.

Höstelds ansikte var härjat och pannan svettig. Han skakade på huvudet.

»Jag kan inte dra ihop såret därunder. Han kan inte ligga med pinnar på båda sidorna om låret.«

»Vad gör vi då?«

»Jag ska förbinda det med ett rent skinn«, svarade Hösteld och lade örter mot ett avlångt skinn som han tryckte mot lårets undersida och fixerade det med hjälp av snören.

Alver tittade på far. Pannan var våt av svett och ansiktet lyste blekt i det knappa ljuset. Ögonen var slutna och han rörde sig inte. Var han död? Alver tog hans arm i sin hand och sökte med fingerspetsarna på insidan av handleden. Han kände en svag bultning under huden och drog ett djupt andetag. Lättad av att känna livet rinna i sin far, rätade han på sig och log ett tacksamt leende upp mot taket, upp mot Härfadern som inte hade glömt dem.

En stund stod Alver bredvid schamanen och betraktade sin storvuxne far tills han återfick medvetandet. Han var en ynklig syn.

Svana hade smugit sig tyst fram till honom och stod vid hans sida. Hennes ansikte var kallt som sten när hon med armarna i kors över bröstet betraktade Esbjörns bleka ansikte.

KAPITEL 8

Tre dygn senare låg Esbjörn kvar på sin bädd i långstugan. Mitt på dagen vaknade han till och kände att han höll på att återfå något av sina krafter. Han lade märke till att bädden var avskild från de andra med en vassvägg. Han uppskattade omtanken. Som klanens hövding skulle han få vila i avskildhet.

Alver och Ullmira hade vakat vid hans sida den första natten men sedan hade Ullmira ensam tagit över och Alver hade inte längre synts till. Hösteld hade lindat om låret med ett nytt örtbandage.

Nästa gång han slog upp ögonen hade det blivit kväll. Ullmira satt bredvid honom och baddade hans heta bröst och ansikte. Hon blev färdig, betraktade honom med uttryckslösa ögon och reste sig.

»Vart skall du gå?« frågade han med hes röst.

»Jag är trött och i natt kommer någon annan att avlösa mig.«

»Du går ingenstans. Jag litar bara på dig«, sade Esbjörn och grep tag i hennes arm. Ullmira lösgjorde sig från greppet och han orkade inte hålla emot.

Esbjörn hörde själv hur matt han lät. Manligheten i hans röst hade förvandlats till ett mjäkigt vädjande, som om ett ängsligt barn bett mor stanna kvar inför natten. Han hade velat säga något mer men skämdes över sin jämmerliga situation och lät bli. Det värsta han visste var att behöva bli beroende av andra människor. En karl som han redde sig själv, att behöva be om tjänster var ett tecken på svaghet och det var något han hatade. Han hade under hela sitt liv vant sig vid att ta det han ville ha. Aldrig hade han behövt be någon om något.

»Jag hämtar Svana«, sade Ullmira och försvann.

Esbjörn hann inte hejda henne. Vem som helst men inte Svana. Han ville inte att trälkvinnan skulle se honom så här eländig. Hon skulle få för sig att hon kunde försumma sina plikter om hon såg hur klen och svag hennes husbonde blivit.

Det var tyst i långstugan. Småbarnen hade somnat för längesedan och de vuxna höll på att breda aska över de falnande eldarna för att sedan lägga sig de också. Uppe i taket, där störarna som bar upp väggarna gick ihop, höll en fet spindel på att väva ett nät som glimmade till varje gång skenet från elden kom in i en viss vinkel.

Tystnaden störde honom och med åren hade det blivit allt svårare att mota undan de dystra tankar som angrep honom om nätterna. Många gånger hade han gått hårt åt de liv som Härfadern skapat och som Härfadern värnade om. Hur många gånger hade han inte stulit ägodelar i främmande byar, dräpt fiender och hur många gånger hade han inte tagit motsträviga kvinnor med våld utan att ta sig tid att skänka offergåvor? Tänk om det gick för honom som det gått för hans bror? Björnen hade tagit honom för hans girighet.

Om han nu inte överlevde, skulle allt det onda han gjort då räknas som hans skuld? Och vad skulle bli hans straff? Allt annat kunde han ta, bara han inte vid dödens portar fördes iväg till de onda andarnas värld, till de som levde där nere i hålorna djupt under i marken. Han ville inte att de onda makternas eldar skulle sveda hans fotsulor och flammorna slicka hans kropp. Råå var den värsta av dem alla. Odjuret hade visat sig för honom och det odjuret ville han inte träffa igen.

Esbjörn kunde inte sluta att grubbla över den hotande faran. Han undrade om Alver hade somnat i sin koja uppe på berget? Imorgon skulle han kalla på sonen och tala med honom. Alver skulle få offra ett av hans bättre spjut och även det som var kvar av hjorten som Alver fällt under sin senaste jakt. Det borde vara tillräckligt för att återställa balansen och för att blidka Härfadern.

Eller skulle det vara bättre om han talade med Hösteld, han var ju ändå schaman? Ja, i gryningen skulle Hösteld få offra någonting för hans räkning. Kanoten skulle säkert vara tillräcklig. Men den behövde han själv mera än Härfadern och dessutom var den en av hans värdefullaste ägodelar. Kanske något annat, något mindre värdefullt skulle duga. Han skulle nog rådfråga Hösteld om en så stor offergåva som hans kanot verkligen måste offras.

Han vände på huvudet för att se efter om Ullmira kommit tillbaka men han var isolerad mellan de vasskynken som hon riggat upp runt hans bädd. Det hade gått en lång tid sedan hon lämnat honom. Skulle han ropa på henne? Men då skulle han bli tvungen att röra sig och varje rörelse gjorde fruktansvärt ont.

Han andades lugnt och ögonlocken blev allt tyngre. Trots att det värkte i benet och även i hela kroppen orkade han inte hålla sig vaken. Han slappnade av. Han var en stor karl och bädden var gjord av en stadig träram på vilken man hade fäst en matta av vide som i sin tur var täckt av en tjock matta av säv och älgskinn. Den var bekväm och varm. Snart glömde han både Alver och Hösteld och han somnade.

Esbjörn ryckte till men slappnade av igen när han genom sömnen kände en sval hand mot sin panna. Den var mjuk och skön.

»Är det du«, frågade han med sömndrucken röst.

Ingen svarade och han orkade inte öppna ögonen bara för att få se Ullmira. Han hörde ljudet av krukor och burkar när hon mixtrade med de örter som han sett att Hösteld lämnat kvar. Hösteld hade gett Ullmira i uppdrag att med jämna mellanrum öppna bandaget kring låret och lägga på nya fräscha örter och slänga de gamla på elden för att bränna upp det onda som sugits upp ur hans kropp. Esbjörn domnade bort i en barmhärtig dvala men blev väckt av en hand som stuckits under hans nacke och lyfte upp huvudet.

»Drick«, sade en röst.

Rösten lät annorlunda än Ullmiras. Eller så inte. Troligen var hans hörsel försvagad av sömnen.

»Är det du, Ullmira?« frågade Esbjörn utan att få svar.

Motvilligt tvingade han sig att slå upp ögonen men såg ingenting i det omkringliggande mörker som bara svagt lystes upp av den falnade elden bakom vassväggen. Rösten var nära honom, kanske bakom hans huvud. Han kisade för att fokusera blicken med såg bara suddiga konturer av vassväggarna. Han vred på huvudet så mycket det gick men kunde bara se åt sidorna, inte bakåt därifrån rösten kommit.

En hand förde en kruka mot hans läppar. Rörelsen var smidig och handen luktade friskt, men vem tillhörde doften?

»Drick, så blir du bättre.«

Esbjörn ansträngde sig för att böja sig mot krukan och drack. Det var en vätska som mer liknade en välling än en vattenblandning.

»Smakar beskare än sälpiss«, mumlade han och spottade ut det han fått i sig.

Johannesörtens smak var tydlig. Men där fanns också något annat, en främmande smak som gjorde drycken besk och aningen söt. Kanske kom den beska smaken från daggkåpa, älggräs, stormhatt eller valeriana som man blandat med lite honung men alltför lite för att täcka det stickande och beska.

»Höstelds mediciner smakar alltid illa. Du måste ta den«, sade rösten lugnt och med ett släpande tonfall.

Rösten hade rätt. Han hade redan blivit lite bättre efter Höstelds medicinering. Avbröt han behandlingen skulle det kunna innebära ett varande sår som i värsta fall skulle leda till att hans ben började svartna. Från såret kunde det svarta dag för dag krypa vidare upp mot ljumsken och ner mot foten tills hela hans ben skulle bestå av svart kött som luktade som döden. Gick det så långt skulle han förlora sitt liv. Han hade alltför många gånger sett det hända med andra. Han drack ur krukan.

Smaken var bitter och besk. Drycken brände på tungan. Kunde det vara rätt? Medicinen var inte densamma som han tidigare fått, det var han säker på. Han kände paniken växa, det blev uppror i magen. Vem var den där människan som matade i honom medicinerna?

Ullmira skulle ju bara gå bort för en stund och sedan komma tillbaka med någon som skulle hjälpa till att vaka över honom. Han begrep att hon behövde hjälp men inte hade han kunnat föreställa sig att hon skulle lämna honom helt och hållet i en främmande människas händer. Var fanns Ullmira? Hon hade pratat om Svana. Nej, detta var inte Svana. Det lät inte som Svana. Kvinnans händer doftade inte som Svanas.

Det började vända och vrida på sig i magen och han måste väcka de andra för att få hjälp. Nu genast! Någon ville honom ont, skada honom. Nej, något ännu värre. Någon ville ta livet av honom.

»Hjälp ... mig ... någon«, var allt han lyckades få fram.

Han hörde själv att det lät som om han bara gnydde i sömnen. Ingen tycktes ha hört honom.

Upproret i magen hade övergått i heta bränningar. Först bara lite men sedan kändes det som om han hade en het eld därinne. Mellangärdet knöt sig i kramp så att han ville vika sig dubbel om det bara hade varit möjligt. Rörelsen gjorde fruktansvärt ont i benet men krampen var mycket värre. Något var riktigt galet och han fick svårt att få luft. Han skulle kvävas.

Esbjörn stötte ut några klagande ljud mellan sina sammanpressade läppar. Han slog omkring sig med händerna men kände hur kraften rann ur honom. Musklerna slappnade av och han mumlade saker som blev obegripliga även för honom själv. Tungan lydde inte längre.

Men hans livslåga var stark och dödsrikets andar som samlats allt tätare kring hans bädd fick inte tag i hans själ, hur mycket han än kände deras beska andedräkt fräta i magen.

Någon förde sitt ansikte över hans och täckte över ögonen med ett skinn. Han kände en tyngd över bröstet som om denna någon ställt sig gränsle över honom. Ett nytt skinn som smakade av sältran trycktes in i hans gap, allt djupare ner i svalget, samtidigt som ett par fingrar knep igen hans näsa. Bröstkorgen höjdes för han skulle kunna dra luft i lungorna men det gick inte. Han spärrade upp ögonen men allt var svart. Det kompakta skinnet över ögonen släppte inget ljus till honom.

»Vem är du?« ville han fråga men det gick inte. Starka fingrar trycktes allt djupare in i hans hals och nu var munnen fylld av det tranluktande skinnet. Han kände hur ögonen svällde till stora kulor som höll på att tränga ut ur sina hålor. Han gjorde ett försök att sparka av sig den ondsinta människan men det friska benet rörde sig inte. Det satt fast.

Luften höll på att ta slut och han var säker på att hans liv hade kommit till en ände. Han gjorde några orkeslösa kast från sida till sida, han försökte sparka och slå med händerna men utan resultat. Armarna måste vara fastbundna. Kanske benen också. Kraftansträngningarna avtog och slutligen orkade han inte spjärna emot. Efter en tid som verkade vara oändlig, blev allt lugnt och stilla.

Esbjörns själ lösgjorde sig och han var medveten om att han förflyttat sig över till den andra sidan. Värken var borta och han drog in ren och frisk luft i sina lungor. Det var härligt och befriande. Han såg sig omkring och undrade var hans förfäder fanns. Mor och far skulle vänta på honom. Det hade schamanen lovat men var fanns de?

»Vi är här för att hämta dig hem«, hörde Esbjörn en välbekant röst bakom ryggen och vände sig om.

»Är det du?« svarade Esbjörn och sträckte ut handen när skepnaden av mor närmade sig och blev allt tydligare.

Hon tog hans hand i sin och de svävade bort ifrån hans döda kropp och långstugan där Esbjörn bott under hela sitt liv. Men inte alltför långt. De skulle vänta på fler tidigare döda släktingar och sedan skulle de stanna kvar tills Esbjörns världsliga kropp skulle läggas till sin sista vila. Därefter skulle de vara fria att inträda i Härfaderns rike.

Esbjörn kände på sig att någon följde honom. Han blev inte rädd. Känslan var angenäm och han såg sig om. En skugga gestaltade sig till en människa och han såg sin förstfödde klädd i en liten barntunika. Sonen som han älskat så mycket men som endast hann bli tio somrar innan han drunknade på sin första säljakt stod framför honom.

KAPITEL 9

Alver vaknade av att någon ruskade om honom. Han slog upp ögonen och trodde först att det var Sol som ville honom något men sedan såg han Svana stå knäböjd vid hans bädd. Hennes hand låg kvar på hans axel när hon sade åt honom att vakna.

»Svana«, sade han förvånat och skärpte blicken så gott det gick efter en lång natts sömn.

Hennes ansikte var allvarligt. De bleka, sammanpressade läpparna var strama och han förstod att något hade hänt. Han reste sig i sittande ställning.

»Esbjörn dog under natten«, sade hon.

Svanas ögon så sorgsna att Alver förvånades över att han inte såg tårar i dem. Han hade svårt att ta in vad hon sagt men plötsligt förstod han. Det stod skrivet i Svanas ansikte och han läste i hennes dystra blick att far verkligen var död.

Alver blev klarvaken och skyndade sig nedför berget till fars bädd. Där låg den gamle kämpen på rygg med ögonen slutna. Far hade under de senaste dagarna blivit allt piggare och han hade börjat tala rediga tankar med alla som besökte honom. Till Alver hade han sagt att det viktigaste just nu var att sätta i gång med en förlängning av kanotbryggan så fort han stod på benen igen. Just då hade Alver inte en tanke på att far inte skulle överleva hugget från sälen. Och nu hade han plötsligt dött.

Ullmira stod vid bädden med händerna sammanknäppta framför magen och betraktade sin man. Hjalta och småsyskonen stod också vid bädden och undrade vad som pågick. Hösteld hade för vana att sova länge men den här morgonen hade han blivit väckt och ville se vad som hade hänt.

»Låt mig komma fram«, sade schamanen och ställde sig bredvid Ullmira.

Ullmira grät inte när hon strök undan håret från Esbjörns panna för att en sista gång se hans anlete. Hon lyfte upp hans haka och plockade fram amuletten under det frodiga skägget för att Härfadern och hans döda släktingar skulle känna igen honom.

»Jag måste få titta lite närmare på honom«, sade Hösteld.

Ullmira gav schamanen en nick och backade undan. Hösteld böjde sig över den döde mannen varefter han rätade på sig för att betrakta kroppen på avstånd. Därefter gick han till fotänden och vek undan bandaget kring låret och luktade på det. Han lade undan det utan att med en min röja vad han hade sett eller känt. Slutligen gick han fram till huvudänden och öppnade ögonlocken.

Innan han slöt dem igen hann Alver se en skymt av fars ögon. De var rödsprängda. Hösteld lutade sig över den dödes ansikte och förde näsan så nära hans mun att endast en handflata hade rymts mellan Esbjörns mun och Höstelds näsa. Slutligen öppnade han käken och tittade in i munhålan och grävde med ett finger.

»Ska det där vara nödvändigt?« frågade Alver.

Schamanens undersökning började gå för långt. En död människas kropp måste hedras, inte vanäras genom att gräva i hans kroppshålor. Hösteld måste själv ha insett samma sak. Han rätade på sig och lade armarna i kors över bröstet.

»Nå, vad är det?« frågade Alver.

Skulle schamanen berätta vad han hade upptäckt, om det var något överhuvudtaget? Det gjorde han inte.

»Esbjörn var inte Härfaderns bästa människa men han var ändå min man och far till mina barn«, sade Ullmira. »Jag sörjer honom. Må andarna förlåta honom«, tillade hon med en viskning och tryckte läpparna hårt samman.

Svana hade följt efter Alver och nu stod hon bredvid Ullmira med nedböjt huvud och händerna sträckta längs sidorna. När hon åter lyfte huvudet kunde han inte undgå att notera att hon var en vacker kvinna att titta på. Kanske var det just hennes vemodiga ansikte som klädde henne. Kunde det vara så att Härfadern med avsikt ställt trälkvinnan i hans väg. Vad hade hon annars att göra här bland de fria människorna?

»Var döden lugn eller hade han svåra plågor?« frågade Hösteld.

Alver tittade på sin mor som hade vakat hela natten över Esbjörn. Om någon visste så var det hon.

»Jag vet inte, han dog under tiden som jag vilade mig«, svarade Ullmira.

Alver kände ett sting av dåligt samvete. Ullmira hade inte orkat vaka hela natten. Varför hade hon inte väckt honom? Han var utvilad och han hade gärna suttit hos far bara någon hade bett honom om det. Naturligtvis hade han själv kunnat erbjuda sin hjälp men han hade inte förstått hur trött mor hade varit förrän nu. Han borde tänkt på att hon faktiskt hade vakat vid sjukbädden fyra dygn i ett streck.

»Lugna dig Alver«, sade Ullmira med ett leende. »Svana vakade över honom medan jag sov.«

»Svana, kan du berätta vad som hände under natten?«

Svana var lugn när hon förklarade med entonig röst.

»Jag satt bredvid din far när han plötsligt fick svåra plågor. Jag matade honom med den örtdryck som jag blivit uppmanad att ge honom och han lugnade sig och somnade snart därefter. Medicinen var stark och gjorde honom så avslappnad att han sov stilla medan jag satt vid hans bädd och lyssnade till hans jämna andetag. Annars var det tyst runt omkring honom och jag tror att jag själv måste ha somnat eftersom jag kommer ihåg att jag vaknade av att jag hörde konstiga ljud.«

»Vad då för ljud?«

»Jag hörde rosslingar och att han flämtade som om han behövde luft. Han liksom kippade efter andan. Allt gick väldigt fort. Han stelnade till som i en kramp och därefter låg han stilla.«

»Var det då som han dog?« undrade Alver.

»Jag kände på hans panna. Den var svettig men också kall och jag såg inte att hans bröstkorg rörde sig som den gör när man andas. Jag förde mitt ansikte mot hans mun och kände ingen andning och då blev jag verkligen rädd. Jag skyndade mig bort till Ullmira och väckte henne.«

Alver vände sig mot mor som nickade bifallande. Svana fortsatte:

»Vi undersökte honom genom att först titta på hans förband och därefter lyssna på hans andning men det var likadant som när jag lämnat honom. Bröstkorgen hävde sig inte och ögonen hade blivit stirriga. Din mor slöt hans ögonlock och sade till mig att ingen kunde överleva ett så djupt bett av en enorm sälhanne.«

»Svana har rätt, trots att Esbjörn var byns starkaste man«, bekräftade Ullmira.

»Jag undrar varför Esbjörns ögon är blodsprängda och varför hans munhåla luktar beskt«, sade Hösteld och tittade turvis på Ullmira och Svana.

»Det måste vara medicinerna«, sade Ullmira och gav schamanen ett förståelse-fullt leende.

»Så kan det naturligtvis vara. Låt mig bara granska vilka örter han har fått i sig«, svarade Hösteld.

Hösteld sniffade och smakade på örterna som stod i de små krukorna vid Esbjörns bädd. Han förklarade inte vad han gjorde och Alver beslöt att schamanen måste få göra sina granskningar i lugn och ro. I sinom tid skulle han berätta, ifall det behövdes.

Alver kände sig tom. Far hade alltid varit god mot honom fastän han även hört mycket annat om Esbjörn. Orättvis, egoistisk, långsint och framför allt våldsam. Men för Alver hade han varit en god far och läromästare. Han hade visat Alver hur man jagar, använder spjut och pilbåge och han hade tagit med honom på sina färder och behand-lat honom nästan som en jämlike. Alver var stolt över honom och nu var han borta.

Hur skulle det gå nu? Vem skulle leda byn undrade han, fastän han visste svaret
på sina egna frågor. Även det hade far förberett tillsammans med Hösteld. Enligt
byledningens planer skulle Alver ta Sol till sin kvinna innan midvinterfesten och
paret skulle leda klanen. Allt lät så bra och genomtänkt men innerst inne var det
något som gnagde. Det var bara en känsla som saknade förnuft men så stark var den
att han inte kunde förtränga den. Ibland undrade han om det var självaste Härfadern
som planterat känslan i honom och om det var så, måste han följa den.

»Vi får pratas vid«, sade Hösteld som lagt sin hand på Alvers axel och avbrutit
honom i hans tankeflykt.

»Om vad?«

»Låt oss kalla till råd men först måste vi bära din far till grottorna. Vi gör det på
en gång eftersom det inte är bra att låta hans själ irra omkring längre än nödvändigt.
Han skulle nog själv också ha velat träffa sina döda släktningar så fort som möjligt.
Men medan de letar upp varandra måste vi se till att han får sin bästa båge och sitt
spjut med sig.«

»Och sälklubban?« undrade Alver.

»Ja, den ska han naturligtvis ha med sig. Sälklubban lägger vi närmast hans hän-
der.«

»Och därefter, hur gör vi sedan?«

Höstelds ögonbryn gick ihop och hans panna veckades som om han grubblade
över något. Han tittade på sina krukor som han hade i famnen.

»Det är något underligt med Esbjörns död. Hans munhåla luktar beskt och bakom
en av hans hörntänder hittade jag det här.«

Hösteld visade Alver ett ljusgrått skal som ännu var fuktigt av saliv. Det var inte
större än en flisa, eller en matrest. Alver gav Hösteld en oförstående blick. Schamanen
skakade på huvudet och betraktade krukorna.

»Vad är det?« frågade Alver och tyckte att det ryckte kring Höstelds läppar som
om han ängslades eller var rädd för något.

Schamanen vände sig mot Alver och sade:

»Jag tror att flisan kan vara flugsvamp. Jag kände igen den tydliga beska lukten.«
Schamanen gjorde en paus varefter han tittade med en fundersam blick på sina kärl
med örter och fortsatte. »Men flugsvamp fanns inte i någon av mina örtkrukor.«

KAPITEL 10

Följande dag gick Alver till stranden för att se efter sin kanot. Dagen var varm och många människor var ute. Mor var fullt upptagen med att ordna med det praktiska inför Esbjörns begravning. Till sin hjälp hade hon Hösteld och Sol. De skulle nog klara sig utan honom.

Det fanns alltid saker som behövde göras på kanoten. Nu var det fästet för masten som måste bli stadigare. Egentligen skulle kanoten klara sig bra ett tag till men han behövde komma bort från långstugan och vara en stund för sig själv. Han måste få tänka på vad schamanen sagt om att han hade upptäckt flagor av flugsvamp mellan Esbjörns kindtänder.

Det mest troliga var att matresterna var spån av någon av de dekokter som Hösteld tillrett. Schamanen kunde ju omöjligt komma ihåg vad allt som låg i hans små krukor. Dessutom måste det vara svårt, eller rentav omöjligt att urskilja en tuggad flisa av flugsvamp från daggkåpa eller älggräs. Örterna måste ha blivit blandade för att öka på den läkande effekten och då blev det svårt att separera örterna, men vad visste han? Han var ingen medicinman utan jägare och fiskare.

En annan minst lika vild tanke for genom hans huvud. Kunde det vara möjligt att någon av Esbjörns fiender skulle ha förgiftat honom? Men vem skulle det kunna vara? Far var inte i gräl med någon i byn. På sin höjd kunde det vara någon från grannbyarna där de härjat och våldfört sig på deras kvinnor. Men att någon skulle ha smugit sig till Sälgrundet, förgiftat Esbjörn och sedan smugit sig därifrån, trodde han inte på.

Då kom han att tänka på det som Hage en gång berättat, att hans far besökt Meta. Om Metas man på något sätt fått höra att Esbjörn legat med hans kvinna skulle han ha ett motiv. Alver slog ifrån sig den befängda tanken. Även om det hade varit sant hade det gått så lång tid att ingen kunde ruva så länge på en hämnd.

Halvvägs till stranden stannade han mitt i ett steg. Borta vid stranden kom Svana emot honom med två tunga vattenkrukor. Hon brukade alltid gå till brunnen när ingen annan av byns kvinnor var där. Även han hade lagt märke till att klanmedlemmarna undvek henne och hon hade tydligen lärt sig att undvika byns kvinnor. Många var fortfarande rädda för att hon var besatt av en ond ande och ville hålla avstånd till henne.

Han började gå emot henne igen. Pulsen ökade och han blev märkligt svag i benen när de närmade sig varandra. Vad var det med Svana som fick honom att reagera så där? Sol var en bra kvinna, men han blev aldrig muskelsvag i hennes närhet. Men när den här kvinnan tittade på honom eller om hon frågade honom om något kändes det som att tiden stannade upp för ett ögonblick och det blev svårt att tala.

Från andra hållet fick han syn på Hage som skyndande sig för att hinna fram till Svana före Alver.

När det var trettio steg kvar såg han att Hage lutade sig mot Svana, gestikulerade och talade snabbt som om han var arg över något. Alver bet ihop käkarna och skyndade fram till dem.

»Vad pågår här?«

Hage vände sig om.

»Det är en fråga som du inte har något att göra med!«

»Svana, vad är det Hage vill dig?«

»Han vill att jag ska ...«

»Tyst med dig!« utbrast Hage så högt att Svana hoppade till och höll på att tappa sina lerkrukor.

»Jag hjälper dig att bära krukorna. Nu går vi hem«, sade Alver.

Han böjde sig ner och tog den ena krukan under armen. Svana gjorde som Alver hade beordrat och tog den andra krukan i ett fastare grepp och följde efter honom.

Halvvägs tillbaka till långstugan stannade Alver och vände sig om.

»Vad var det Hage ville dig?«

Svana satte krukan på marken, reste sig igen men undvek att titta på honom.

»Nå?«

»Han menade att det var Esbjörn som beslutade att ta mig till er familj men nu när han är död är det bara naturligt att jag flyttar tillbaka till honom.«

Alver stod som förstenad. Visst förstod han Hages tankegång men det var något som aldrig skulle inträffa. Aldrig!

Till Svana sade han:

»Vill du det?«

Han lyfte upp hennes haka med ena handen för att tvinga henne att se på honom medan hon svarade.

»Jag är en trälkvinna och har ingenting att säga till om«, svarade hon och gjorde inga försök att vrida undan sitt ansikte.

Orden var tydliga, men att hon inte hade någon egen önskan måste vara en lögn. När han såg in i hennes ögon tyckte han att han kunde urskilja en vädjan om hjälp därinne. Samma bön om hjälp som han sett i hennes blick den dagen när hon kommit ur Globe Långfararens våld och tycktes ha hittat en fristad på Sälgrundet.

»Det duger inte, Svana. Jag vill veta om du vill stanna i långstugan?«

Alver släppte greppet om hennes haka.

»Jag vill inget hellre«, sade Svana.

Rösten var stadig men hennes kinder blossade upp och ögonen hade blivit fuktiga. Han tog hennes hand i sin. Hon gjorde inget för att slita bort den. Tvärtom, hon kramade om den och han kände hur en rysning genomfor honom.

»Bäst att vi går vidare«, sade Alver.

De tog upp vattenkrukorna och gick bredvid varandra mot långstugan. Alver var medveten om att det var ovanligt att en man i hans ställning gick bredvid en träl-kvinna. Han visste också att människorna tittade på dem och att det snart skulle talas och skvallras i byn.

Det fick bli som det blev. Han ville beskydda henne som om hon var något som inte fick komma till skada. Han ville vara nära henne, inte bara nu utan hela tiden.

De var framme vid långstugan när Sol kom ut. Hon stannade som om hon gått mot en vägg och kunde inte slita blicken ifrån dem. Ögonen var uppspärrade och rödkantade.

»Jag vill tala med dig Alver«, sade hon lugnt som om det gällde något lika vanligt som att rensa en fisk.

KAPITEL 11

»Jag har sett er förut«, sade Sol när Svana hade gått in i långstugan med vattnet för att förbereda för maten.

»Vad då har du sett«, undrade Alver fastän han visste exakt vad hon menade.

»Du har hängt efter Svana hela tiden. Ja, ända sedan hon kom till byn. Du glor på henne och du skyndar till hennes hjälp när det behövs, även när det inte behövs.«

Alver svalde och kunde inte genast svara. Han visste att denna stund skulle komma och att han inte kunde undvika den. Han ångrade inte vad han hade gjort. Eller han skulle kanske ha gjort på ett annat sätt om han kunnat. Men nu var det som om en starkare kraft styrde honom. En kraft som aldrig lämnade honom ifred och som påminde honom om Svana genom att ständigt föra bilden av hennes vemodiga ansikte framför hans inre syn.

Alver rätade på sig och tittade på Sol. Hon var inte arg men hennes ögon var sorgsna och besvikna. Snart skulle han göra henne ännu mera besviken.

»Jag vet inte vad det är med mig men jag kan inte tänka på någon annan än Svana som min kvinna.«

Sol vände blicken ner mot marken och när hon lyfte upp ansiktet igen såg han tårar i hennes ögon.

»Du vill inte ha mig så som du lovat mig. Och inte bara mig utan också som du lovat min far och din egen döde far?«

Alver svarade inte. Han ville men det var omöjligt att säga att det var sant det hon hade sagt. Att säga i ord det som skulle uttrycka hans innersta känsla blev omöjligt även om han försökte. Orden stockades i halsen på honom.

»Du vill alltså bryta ditt löfte?«

Alver svalde igen. Munnen hade blivit torr.

»Men Alver, du måste svara. Säg det rent ut!«

Han kunde inte längre komma undan och svalde ett par gånger till för att få saliv i munnen.

»Ja Sol, jag kan inte fullgöra mitt löfte.«

Sol sade ingenting mer. Hon vände om och gick med huvudet nedsänkt mot skogen. En av jakthundarna följde efter henne.

KAPITEL 12

Hela byn samlades uppe på offerplatsen för att begrava Esbjörn. Enligt klanens urgamla regler lades Esbjörns lekamen på sidan med benen uppdragna och ansiktet mot öster. Kroppen var inlindad i hudar och Ullmira vred huvudet mot norr och placerade Esbjörns sälklubba närmast intill kroppen. När kvarlevorna låg så som Hösteld hade bestämt och Alver och Ullmira täckt kroppen med stenar, sjöng schamanen dödshymnen som Härfadern ville höra när han skickade Esbjörns förfäders döda själar för att hjälpa honom över till andra sidan.

Efter att de anhöriga hade ledsagat Esbjörn till hans sista vila gick Alver fram till Hösteld för att tacka honom för det han gjort för far. Men Hösteld var inte mycket för att ta emot tacksamhet. Han avbröt honom och plockade fram amuletten som hade hängt kring Esbjörns hals. Schamanen sträckte ut den i sin hand och betraktade den.

»Eftersom du ska väljas till klanens ledare är det du som skall bära Esbjörns amulett. Det har Härfadern låtit mig veta«, sade han och gav amuletten till Alver.

Alver tittade på den välpolerade björntanden och på den slitna remmen som den hängde i. Remmen var skuren ur ett björnskinn precis som remmen med björnklon som hängde kring hans egen hals. Tanden symboliserade styrka, mod och björnens ansvar som ledare för sin flock. Alver trädde amuletten runt sin hals och kände tanden mot sitt bröst. Den var varm och snart började den bränna mot huden när den gav ifrån sig av den kraft som fanns lagrad i den. Det var en värme med mycket styrka men också med vishet.

»Den har kvar sin kraft«, sade Alver.

Schamanen nickade till svar för att bekräfta att allt var som det skulle.

Nu var Alver klanens ledare, precis som far hade varit och han kände hur bröstet svällde och han rätade på ryggen. Endast klanens råd behövde bekräfta beslutet. Han tackade Hösteld och tog av sig sin egen amulett och gömde den i sina kläder. Björnklon skulle en annan människa ha.

På vägen tillbaka från offerplatsen vandrade Alver bredvid Hage och Hösteld. När männen närmade sig byn grep Hage tag i Alvers arm så hårt att Alver stannade.

»Vad är det«, frågade Alver förargat och slet sig fri.

Hage pekade på Svana som gick i täten ett par steg bakom Ullmira.

»Esbjörn dog inte av sina skador och det är hon där som är orsaken till allt«, sade Hage.

Alver kunde inte annat än oförstående blänga på honom. Hur kunde Hage komma med ett sådant påstående? Hösteld hade också stannat och tittade med en egendomlig blick på Hage.

»Esbjörn dog av flugsvamp, han blev förgiftad och jag vet också vem som gjorde det«, sade Hage.

Påståendet kom lika plötsligt som om Alver fått en rejäl smäll i ansiktet från ingenstans.

»Det där har du fått om bakfoten«, sade Alver och glodde på Hage som om han blivit tokig.

»Det finns en människa som kan bekräfta att jag talar sanning.«

»Tig!« sade Alver och vände Hage ryggen.

»Tål du inte höra sanningen?«

Alver lät bli att svara och de tre männen fortsatte sin vandring. Alver försökte få ordning på sina tankar. Han kunde inte förstå det Hage slängt ur sig. Det kunde väl ändå inte stämma? Men å andra sidan hade Hage varit ovanligt lugn som om han bara väntade på att Alver skulle få höra de dåliga nyheterna.

De närmade sig Sälgrundet och Alver urskilde kåtorna och kanoterna vid stranden. Bortom kanoterna, invid den täta vassen simmade ett svanpar följda av två ljusgråa ungar som hade fullt upp att hålla samma takt som föräldrarna. Alver brydde sig just nu inte om svanarna. Han måste få klarhet i vad Hage hade hittat på.

»Vi sätter oss där borta så får du förklara dig. Hösteld följer med«, sade Alver och pekade på bryggan.

Männen satte sig i lugn och ro i solskenet med havet glittrande framför sig.

»Du kommer med allvarliga anklagelser«, sade Alver. »Har du inte fog för dem kommer jag att se till att det blir konsekvenser.«

Hage backade inte inför hotet. Tvärtom, han sköt ut hakan en aning och visade med handen mot Hösteld.

»Säg som det är.«

Hösteld skruvade på sig och harklade sig.

»Nå Hösteld!«

Till slut erkände Hösteld att eftersom Hage frågat honom så ihärdigt, hade han till sist medgett att han trodde att Esbjörn blivit förgiftad men han framhävde att han inte kunde vara säker.

»Förgiftad av vem då?«

»Svana, så klart«, sa Hage.

Trots solskenet blev Alver alldeles kall inombords. Hur hade Hage luskat reda på allt detta? Han kom ihåg att han sett Hage gå in i Höstelds kåta. Kanske hade han också hunnit tala med Svana och Ullmira? Hösteld hade hittat flugsvampen i Esbjörns mun och Ullmira och Svana hade vakat över Esbjörn natten när han dog. Ju mer han tänkte på möjligheten desto mer övertygad blev han om att Hage hade kokat ihop något för att få Svana tillbaka till sin härd.

»Det finns ingen anledning för Svana att ta livet av min far. Det måste även du begripa.«

Hage gav honom ett överlägset leende och hans ögon smalnade när han kisade mot honom. Helst ville han kasta Hage i sjön och tvaga bort det högmodiga flinet ur hans ansikte. Som blivande ledare för klanen måste han anstränga sig för att tygla sådana impulser både nu och i framtiden.

»Det där vet du ingenting om«, sade Hage. »Svana har räknat ut att om Esbjörn är död kan hon få dig till sin man. Det finns inte en enda människa i byn som inte har sett hur du åtrår flickan.«

Alver tänkte efter hur det var möjligt att Hage kom med ett sådant påstående. Det enda skälet han kunde tänka sig var att Hage snappat upp kvinnornas byskvaller eller hade han spionerat på honom och Svana?

Hösteld harklade sig ljudligt.

»Nu går Hage alldeles för långt.«

Alver och Hage vände sig samtidigt mot schamanen.

»Jag ser att det här samtalet inte leder någon vart. Vi måste avsluta innan det bara blir bråk.«

Hösteld fattade tag om Alvers axel och gjorde ett försök att styra honom därifrån. Men Alver bestämde sig för att han måste stanna kvar och Hösteld gick ensam iväg.

»Schaman«, ropade Hage mot Höstelds rygg. »Du begriper likaväl som jag att det måste vara Svana som dödade Esbjörn.«

Hösteld hann inte långt innan han vände sig om. Det gnistrade till i hans gråa ögon på ett sätt som Alver aldrig tidigare sett. Att han var förargad gick det inte att ta miste på.

»Ingen kan påstå något sådant. Esbjörn hade sina fiender och dessutom sade jag aldrig att flisan som jag hittade i Esbjörns mun med säkerhet är från någon giftig ört eller svamp«, svarade Hösteld och drog in mera luft. Han lugnade sig och betraktade Alver ett ögonblick innan han fortsatte.

»Alver skulle aldrig ta en träl till sin kvinna. Du vet ju att han ska få min dotter och de ska flytta upp på berget så fort Alver fått det sista därinne på plats.«

Varje ord som schamanen sade kändes som hårda slag mot Alvers kropp. Det hettade till i ansiktet och i nacken när blodet steg i honom. Hage hade på ett oförklarligt sätt lyckats trycka till på det som snurrat runt i hans huvud redan samma dag som Svana dök upp på stranden. Bandet mellan honom och Svana hade blivit ömsesidigt och stärkts när Svana varnade honom då Hage tänkte sticka kniven i hans rygg.

Sedan den stunden hade han sett varningen som ett tecken på att hon brydde sig om honom, att hon kanske uppskattade honom på ett annat sätt än vad Sol gjorde. Sol var hans vän. Alver åtrådde henne inte på samma sätt som han åtrådde Svana. Många nätter hade han föreställt sig hur det skulle vara att ligga med Sol. Det gick inte. Hon förblev en god vän. Alver hade godtagit att Sol var den kvinna han skulle få barn med endast beroende på att hans far och Hösteld hade sagt att Härfadern bestämt att det skulle bli så. För klanens bästa.

Men med Svana var det annat. I sin fantasi hade han föreställt sig hur det skulle kännas att insuga hennes dofter, smeka hennes hud och hur det skulle vara att ligga tätt intill henne. Han kunde inte sluta föreställa sig hur han utforskade hennes kropp och vilka barn han kunde få med henne.

Han var övertygad om att hon inte var någon träl. Hon hade själv hävdat att hon var Globe Långfararens dotter. Fastän Globe var en hårdför handelsman var han också en uppskattad person. Hans dotter Svana dög mycket väl för vilken klanledare som helst.

Höstelds axlar hade sjunkit ihop. Alver tyckte synd om schamanen som såg på honom med besvikelse i sina djupt liggande ögon.

Ute på havet rev den lätta vinden upp vågor som dämpades av öar och skär och förvandlade dem till lätta dyningar. I bakgrunden hörde Alver ljudet av dyningarna när de kluckade mot kanoternas bogar och drog med ett rasslande ljud över strandstenarna.

»Du har väl inte ångrat dig?« frågade Hösteld bestört med sin genomträngande röst.

Nu måste Alver vara stark. Att komma med fel svar till klanens schaman skulle aldrig gå att senare reparera. Han kände styrkan av fars amulett mot sitt bröst och sade:

»Jag har inte ångrat mig men jag har inte heller lovat någonting eftersom jag inte blivit tillfrågad varken av dig eller av min far.«

Hösteld irrade med blicken mellan Alver och Hage. Några andra fanns inte kvar av begravningsföljet, endast de tre männen vid stranden.

»Nog har vi alltid frågat dig också«, svarade schamanen trevande som om han samtidigt försökte erinra sig när ett sådant samtal kunde ha ägt rum.

»Nej, det har varken du eller far gjort.«

»Du går väl inte emot din fars och min vilja? Jag har talat med andarna och de har välsignat Sol som din kvinna.«

Alver måste säga sanningen och sanningen skulle ses som ett svek mot hans klan och mot andarna. Han samlade sig inför det oundvikliga och satte ord på det som han så länge våndats över.

»En av klanens bästa jägare heter Eldar, det kan även du Hage gå i godo för.«

Hösteld tittade förvånat på Alver.

»Ja, det stämmer, men vad har det med saken att göra?«

»Jag har beslutat att jag kommer att ta Svana till min kvinna. Sol som är en av byns dugligaste kvinnor kan få Eldar till sin man.«

Hösteld blev varken arg eller ivrig. Alver försökte, men lyckades inte tyda några tecken i schamanens ansikte. Men att han bakom sina uttryckslösa ögon ändå var djupt besviken var Alver övertygad om.

»En så stor fråga kan inte avgöras ensam av dig. Det gäller klanens framtid och jag måste tala med andarna igen«, sade Hösteld slutligen och tittade på Alvers amulett som om han ångrat att han gett den till honom. »Jag kommer att meddela dig vad jag får veta.«

Hösteld vände långsamt om. Med slokande axlar och med blicken mot marken gick han därifrån. Hage följde efter honom.

Trots hotet om att andarna inte skulle stödja tanken på att han skulle ta en träl till sin kvinna oroade Alver sig inte. Skulle klanen gå emot hans beslut skulle han ta Svana med sig och flytta från byn. Att det skulle gå så långt trodde han inte eftersom han visste att Svana var en god människa och det skulle nog andarna också komma fram till.

Alver lät schamanen och Hage få ett försprång innan han vände upp mot berget till sin nya kåta.

Inte förrän följande morgon skulle han träffa rådet som bestod av Hösteld, några äldre jägare och han själv. Han var den yngsta medlemmen men ändå trodde han att de litade på honom. Klanmedlemmarna hade visat sitt förtroende för honom när de ställde upp på hans kommandon den dagen när byn blev överfallen av rövarbandet. Med den vetskapen i ryggen kände Alver sig säker på att han skulle bli vald till klanens ledare. Därefter skulle ingen ifrågasätta hans val av kvinna utom i det fall att Härfadern skulle se något ont i Svana.

Alver såg redan sin kåta på berget när han ångrade sig och vände tillbaka. Det var en viktig sak han måste göra. En sak som inte kunde vänta. Han gick in i långstugan och såg Svana vid härden. Ullmira satt vid en slocknad brasa och talade med Hösteld som hunnit till långstugan före honom. Vad de talade om var inte svårt att gissa eftersom de tystnade tvärt när de fick syn på honom. Hjalta rensade ett skinn och hans mindre syskon lekte eller täljde på pinnar. Ett par steg därifrån bröt Svana kvistar och grenar för att göra upp en eld och värma maten.

»Alver, kom och sätt dig. Det pratas så mycket i byn och jag måste tala med dig«, sade mor.

»Inte nu mor«, svarade Alver och tog Svana lätt om armen.

»Jag har ett ärende till dig. Helst där ute«, sade han och vände om.

Svana följde efter och utanför långstugan sade Alver till henne:

»Kom till min kåta i morgon vid soluppgången.«

KAPITEL 13

Den runda solskivan hade stigit över horisonten när Alver ännu lite sömndrucken klev ut på berget och sträckte på sig. Med ett leende på läpparna tittade han tillbaka in i sin kåta och beundrade de två nya bäddarna, bänken som ännu gav ifrån sig doften av björk, härden med de nyplockade stenarna och krukorna med de viktigaste förnödenheterna. Det var bara att flytta in.

Han borstade bort småkryp, barr och torra grässtrån som under natten fastnat i skägget och håret och knöt luggen med ett läderband bak i nacken varefter han fäste sin nyslipade yxa vid bältet. Slutligen spände han ut bröstet, vek upp tunikans korta ärmar så att musklerna syntes och blickade ner mot byn.

Av det skvaller som just nu måste sjuda nere i byn anade han att alla på Sälgrundet vid det här laget visste att Sol hade försvunnit med en av byns jakthundar som enda sällskap in i skogen. Om hon hade återvänt visste han inte. Så som Hösteld tycktes tala med alla, måste hela byn också känna till att han ville ha Svana. Den enda som inte kände till det var nog Svana själv. Men den här morgonen, innan rådsmötet började skulle han berätta det för henne, bara hon nu dök upp.

Innan Alver hann bli orolig såg han Svana gå uppför stigen. Han gick några steg emot henne och de stod utanför kåtan mitt emot varandra. Alla de ord han hade tänkt säga till henne var som bortflugna ur hans sinne.

Under natten hade han föreställt sig att han bara skulle ta hennes hand i sin, smeka henne över kinden och säga sitt ärende. Hon skulle le mot honom eller så skulle hon blygt titta ner i marken. Men det gjorde hon inte.

Svana tittade honom i ögonen och något i hennes hållning och i sättet som hon bar sin stolthet avskräckte honom från att röra vid hennes kind eller gripa tag om hennes hand. Han ville så mycket men saknade modet att göra det. Nu var han helt säker på att hon inte var en vanlig trälkvinna.

»Vad vill Alver?« frågade Svana slutligen efter att han betraktat henne en stund utan att hitta de rätta orden.

»Varifrån kommer du egentligen?«

Orden kom klumpigt och det var inte alls de ord som han hade menat. Hans röst lät som om han var arg och som om han hade påbörjat ett förhör. Svana lyfte en aning till på hakan och tittade oförstående på honom.

»Vad?«

»Jag menar, vem är du?« svarade han och irriterades över att rösten lät så ostadig.

Han var klanens ledare och han skulle tala med en röst som hos klanens överhuvud. Som hans far skulle ha gjort. Men Svana tycktes inte ha märkt hur osäker han var.

»Min far är Globe Långfararen och min mor bor kvar på Ön. Jag är här, inte av fri vilja utan av tvång, eftersom min far beslöt att använda mig som betalning för sina affärer.«

Alver skakade på huvudet.

»En far säljer inte sin dotter, och absolut inte för priset av en ko.«

Svana vände sig om och tittade ut över havet på den uppåtgående solen. Därefter suckade hon djupt och ansiktet blev sorgset.

»Varför Svana, det måste finnas en orsak?«

Svanas händer knöt sig och musklerna kring käken stramades åt.

»Jag har inte stulit, jag har inte dödat och jag är inte heller besatt av de onda andarna som jag hört att någon påstår. Men det är något annat som hänt, något som jag varken vill eller kan berätta. Det är inget som kan bringa olycka över någon i Sälgrundet, det är allt jag kan säga.«

»Något kan du väl avslöja?«

Svana tittade ner mot sina fötter och skakade på huvudet. Därefter lyfte hon blicken och sade med en röst som höll på att brista i gråt:

»Jag ber, tvinga mig inte.«

Alver ville tro att hon talade sanning. Använde han våld skulle han kunna tvinga hemligheten ur henne. Han överlade med sig själv. Vad hade det för betydelse för det som han ville uppnå? Hon hade lovat att hon inte begått något brott eller var besatt av onda väsen och det borde räcka för honom. Han kom inte på ett enda skäl varför han måste pressa fram något som hon inte frivilligt ville berätta. Om han tvingade henne att tala skulle han inte vara säker på om det hon sade var sanning eller lögn.

»En fråga till då, en helt annan«, sade han och var noga med att formulera sig rätt den här gången.

»Vad hände egentligen då min far dog?«

Svana såg olycklig ut som om allt var hennes fel.

»Jag ber om din förlåtelse för att din far blev så sjuk under den natten som jag vakade över honom och jag kan inte sluta anklaga mig själv för att jag inte kunde vårda honom bättre. Vill du bestraffa mig för det, är det inte mer än rättvist, det har jag i så fall förtjänat.«

Svana sjönk ihop en aning som om hon hade blivit trött av att tala. Han beundrade henne och tänkte på allt hon måste ha gått igenom. Att bli såld av sin far måste vara en av de värsta händelser som en kvinna kunde bli utsatt för. Och nu var hon helt ensam utan vänner i en by där många ansåg att det var hennes fel att Esbjörn dött.

Hans händer sökte efter hennes utan att han märkte det och hon lät honom hålla om dem. Hennes rödblonda hår var knutet i en fläta som gick ner för hennes rygg. Han såg på hennes runda höfter och på brösten som spände mot tunikan. Begäret efter henne växte och det blev allt svårare att styra åtrån.

»Jag är säker på att du gjorde så gott du kunde och far fick de mediciner som Hösteld gett honom.«

»Ja, han fick nog sina mediciner«, konstaterade Svana som igen rätat på ryggen och skjutit ut hakan.

Alver stod med hennes händer i sina och i det ögonblicket fattade han sitt beslut och sade:

»Jag kommer att bli klanens ledare och jag vill ha dig till min kvinna.«

Svana stod stilla som om hon frusit till is. Han kände det i hennes händer som höll hårt om hans. Sedan flämtade hon till och slet sig fri ifrån honom och slog ut med armarna.

»Nej Alver, jag är bara en träl, hur tror du att jag kan bli klanledarens kvinna?«

»Du sade ju själv att du är Globe Långfararens dotter och det har du varit i hela ditt liv. Som min kvinna får du tillbaka din frihet.«

Svana tycktes leta efter ord fastän hon inte behövde svara någonting. Det skulle vara tillräckligt för honom ifall hon igen fattade hans händer och tryckte dem. Då skulle han veta att hon var med honom och att hon ville det av sin egen fria vilja.

Svana lade sina händer på Alvers armar, tittade honom i ansiktet och blinkade till en enda gång med ögonen. Han förstod att det var hennes sätt att svara honom.

»Vänta på mig där inne i kåtan medan jag håller mitt möte med rådet«, sade han och hade svårt att tygla jubelkänslan som höll på att bubbla ut ur hans bröst.

Han oroade sig inte längre över att snart stå inför rådet. Fastän Svana inte hade svarat rakt ut hade hennes blick och hennes sätt att hålla hans händer gett honom kraft att gå till rådet för att berätta om sitt beslut, ett beslut som inte ens Hage eller Hösteld skulle kunna stå i vägen för.

KAPITEL 14

Svana väntade utanför Alvers kåta fram till sent på eftermiddagen. Hon hade tittat in och sett att den var beboelig och att det doftade rent. Den låg uppe på berget men inte på samma plats där den legat innan stormen hade blåst iväg hudarna samt rivit loss stöttepelarna och kastat runt dem som om de varit lysstickor. Alver hade flyttat kåtan djupare in mot land och nu låg den i skydd av skogen i väst och i norr.

Stod hon utanför dörren öppnades en vidsträckt utsikt över havet och öarna där nere. När stormen ven och rev upp det öppna vattnet skulle kåtan ändå ligga illa till. Men den var så väl nergrävd i marken att den inte skulle blåsa bort. Kom vindarna med snö skulle ett tjockt täcke bildas mot den södra och östra sidan. Hon skulle nog se till att stigen ner till byn skulle hållas öppen även om snön föll i rikliga mängder.

Plötsligt hejdade hon sig. Nu stod hon där och drömde som om hon redan bodde i kåtan med Alver. Visst hade han bett att hon skulle bli hans kvinna men kunde det vara sant? Ett första tvivel slog rot i henne. Han hade ju Sol. Först om Alver återvände och upprepade vad han sagt på morgonen skulle hon våga tro att han menade allvar.

Sol kanske också stått precis där hon nu stod och drömt om en framtid med honom. Men vad gjorde det? Hon gillade kvinnan men Alver hade gjort sitt val och det kunde hon inte ändra på och nu längtade hon bara efter att få leva tillsammans med honom. Hos honom skulle hon vara trygg och inga män skulle längre våldföra sig på henne. De skulle bo i samma kåta så länge att deras barn blev stora och det började växa mossa och gräs på kåtans väggar och tak.

Hon tittade på hudarna som omgav kåtan och tryckte till med handen. De hårt spända hudarna sviktade och höll för trycket men tjocka var de inte. Bara enkla hudar. Hon skulle se till att de väderutsatta sidorna genast skulle bli så tjocka och täta att ingen vindil eller väta kunde tränga igenom. Hon såg fram emot att få samla mer näver, och mossa för att täta springor och fästa dem med väv av vass och vidjor. Vass skulle hon skära nere i viken men inte bara för väggarna. Av de långa och sega bladen skulle hon också göra en tjock matta med vilken hon skulle täcka det skrovliga berget som utgjorde kåtans golv.

Kåtan var duglig men i hennes fantasi skulle väggarna bli starkare, golvet mjukt att stiga på och fällarna så varma att ingen skulle frysa fastän kylan knäppte i tallarna och det knakade i isarna nere i hamnen. Men först måste Alver komma tillbaka och bekräfta att han ville ha henne.

Hon satte sig framför kåtan och tittade ut över havet när minnet från morgonen kom tillbaka. Länge hade hon tvekat men nu, trots det gnagande tvivlet i trakten kring hjärtat, tänkte hon att Alver nog skulle hålla sitt ord.

Till en början hade hon inte velat svara honom, eftersom hon inte trodde att det var möjligt. Senare, när hon insåg att Alver verkligen menade allvar, hade orden fastnat i halsen. Visst hade hon hört och förstått honom men inte kunde hon fatta att någon ville ha henne till sin kvinna, en dotter som hennes egen mor och far hade övergett, en träl som fått stryk och det värsta, en kvinna som var tillåten för män.

Skulle Alver överge henne om han fick veta vad Esbjörn gjort med henne? Hon visste svaret på sin fråga. Kunde hon bara spela sitt spel rätt skulle han aldrig få veta och ingen skulle lida någon skada.

Som det nu såg ut skulle hon få leva tillsammans med Alver men också med sina hemligheter. Hon försökte föreställa sig hur befriande det skulle ha varit att bara öppna sig och berätta allt för honom. Det hade hon velat göra men modet fanns inte i henne. Hennes andar hade visat henne en väg ut ur träldomen men priset för friheten var att stilla tiga och bli Alvers kvinna. Att leva med hemligheterna skulle säkerligen orsaka henne olidliga samvetskval och hon skulle under långa tider känna sig som en usel människa.

Tidigare händelser dök upp i hennes minne. Allt det hemska som utspelat sig hemma på Ön och hur hon sedan blivit såld som träl. Hages försök att våldföra sig på henne och hans snöpliga misslyckanden. Och slutligen att Esbjörn ... Hon gömde ansiktet i händerna. Nej, det skulle hon inte längre tänka på.

Det som ändå mest tyngde hennes samvete var att människorna på Sälgrundet såg snett på henne för att de alla var överens om att hon varit försumlig under natten då Esbjörn dog. Men det hade hon inte, fastän hon inte kunde förklara det. Hon fann tröst i att händelserna med tiden skulle blekna bort. Det första året skulle vara svårast men om en tid skulle det som skett slutligen falla i glömska. Under tiden skulle hon inte göra Alver besviken.

Hon ängslades över att man på Sälgrundet liksom på Ön ordnade med en ceremoni varje gång en kvinna flyttade till sin man. Hon och Alver kunde inte undgå den innan hon skulle bosätta sig i Alvers kåta. Under riten skulle Hösteld blidka

Alvers döda anhöriga. Han skulle skänka andarna gåvor för att de skulle hjälpa Alver och henne i uppgiften att leda Sälgrundet och låta dem få många barn. Det var nödvändigt och i hennes fall var det särskilt viktigt efter allt som hänt henne på Ön.

Det dröjde tills det började skymma innan Alver kom tillbaka från rådsmötet. Svana såg honom och gick in i kåtan och spred ut glöden som låg i härden, så det vart klart för att värma maten. Hon lade rejäla skivor sälkött på en steksten och ställde den ovanför glöden mellan två stenar. Vildlök hade hon plockat under dagen och enbär hade hon hittat i Ullmiras förråd.

Alver slet upp huden som täckte dörröppningen. Stegen var självsäkra och hans ansikte lyste upp när han såg henne. Svana hade svårt att möta hans blick. På ett plan var Alver hennes ägare och hon var hans träl, fastän på ett annat plan var hon hans blivande kvinna. Men just nu kändes det inte så.

Alver kom nära, tog henne om midjan och kramade om henne. Sedan släppte han taget.

»Fick Hösteld kontakt med andarna?« frågade Svana.

Alver nickade.

»Mer än så. Hösteld lyckades få andarna att tala och visade att de var nöjda med de tecken av björnen de såg i mig och i dig.«

»Men det är ju bara du som har en björnamulett?« sade Svana för att få en förklaring.

»Jag undrade över samma sak men schamanen tolkade andarna som så att jag har ju även min gamla björnklo kvar. Därmed har jag ett dubbelskydd genom björnens ande. Med tiden kommer du att få den.«

Svana kände en lätt rysning. Hon hade redan ett eget skyddsdjur och någon annan ville hon inte ha.

»Fungerar det så?« fick hon slutligen ur sig.

»Hösteld har undersökt frågan och kommit fram till att det räcker.«

»Och Hage då?«

Alver blev ivrig.

»Hage är inte längre i rådet och ingen annan var av annan åsikt. Det var till och med så att en av rådmännen tackade mig för att jag hade avbrutit striderna när rövarna överföll vår by. Han menade att vi därigenom sparade många liv.«

Alvers ögon glittrade och han talade allt snabbare. Inte bara om rådets beslut utan också om framtiden. De skulle så fort som möjligt flytta ihop, få många barn och klanen skulle under deras ledning och Härfaderns beskydd få leva ett liv där föda inte skulle saknas och härjningar från utomstående klaner slås tillbaka.

För Svana räckte det att han hade blivit klanens ledare och därmed kunde varken Hage eller någon annan ifrågasätta hans val av sin kvinna.

»Jag måste vända på köttet«, sade Svana och skrattade för första gången sedan hon kommit till Sälgrundet.

Hon lutade sig över elden och vände på stekarna innan de brändes. När hon reste sig och vände sig om stod Alver så nära att deras kroppar nuddade vid varandra. Han tog hennes ansikte mellan sina händer och ledde henne till bädden. Skuggorna från elden dansade över hennes slanka kropp. Blickarna som möttes var som en tyst överenskommelse om att äntligen utforska det som länge hade legat dolt mellan dem Hon lät det ske det som hon visste skulle komma.

Ljudet som uppstod när köttet stektes i sitt eget fett lät avlägset när Alver låg bredvid henne. Hon blundade och njöt för första gången i sitt liv av att känna sin hud mot en annan man. Varje beröring var som en eld som flammade upp inom henne. Deras andetag blev synkroniserade i en rytm av förväntan och begär. Det var en kraft som hon aldrig känt förut.

KAPITEL 15

När solen sju dagar senare nått sin högsta punkt skulle Alver ta sig sin kvinna. Han hade för säkerhets skull drivit på för att ingen skulle komma på tanken att hindra honom. Fastän såväl Hösteld som Hage och hans familj endast motvilligt accepterade att Alver tog Svana till sin härd var han mycket nöjd över att mor Ullmira inte hade sagt emot.

»Men Sol då?« var det enda hon hade frågat, precis som Svana också gjort.

Men när Alver förklarat för henne att Sol skulle flytta till Eldars kåta, såg han lättnaden i hennes ansikte.

»Hon kommer att få det bra hos Eldar«, hade hon sagt.

Det var feststämning i byn. Alver kände den förväntansfulla stämningen genom alla de uppmuntrande blickar och lyckönskningar han fick när han vandrade genom byn till festplatsen utanför långstugan. De enda sura miner han såg var från ett par unga kvinnor som samlats kring Hages båda systrar. De varken hälsade eller lyckönskade honom. Alver brydde sig inte om dem och gick vidare.

De flesta människorna hade putsat sina tunikor från smuts och repor, männen hade borstat sina skägg och kvinnorna hade lagt färska blommor i håret. Ingången till långstugan var dekorerad med unga björkar och i rymliga lerkrukor satt knippen med getpors, ljung och hjortron som spred en doft av kärr och sötma runt festplatsen.

Längre bort såg han Svana, Ullmira och Hjalta gå bort till köttgropen utanför kåtorna där jorden var sandig. De flata stenarna i gropens botten och kanter var upphettade och tidigt på morgonen hade kvinnorna lagt ner flera lager kött varvat med svamp, söta rötter och sälfett.

Nu tog Svana fram maten ur köttgropen och med hjälp av byns kvinnor bar hon fram allt och lade det, tillsammans med kokta vattennötter och örter på ett långbord. Den jästa blåbärsdrycken från fjolårets skörd stod i stora krukor på bordet. Vuxna och barn samlades kring en eld som kvinnorna då och då matade med ved.

Hage och hans far stod en bit ifrån de andra och kastade då och då onda blickar mot Alver. Han gjorde ett försök att hälsa men Hage vände genast bort blicken. Hages far hälsade däremot, fastän han tycktes mycket motvilligt träda fram till Alver.

Han tog hans båda händer i sina, höll dem som hastigast och mumlade något om att han önskade Alver och Svana många barn. Inte en enda gång mötte han Alvers blick. Därefter återvände han till Hage.

Alver stannade bredvid Hösteld som satt sig på en bänk och täljde på något som verkade ta formen av ett djur, kanske en säl. En kruka med blåbärsdryck stod vid hans fötter. Han smuttade på den då och då och såg på Alver.

»Är du säker på att du gör rätt?«

Alver misstänkte att Hösteld fortfarande hyste en förhoppning om att Alver skulle ångra sig i sista stund och ta Sol. Det skulle han inte.

»Jag är säker.«

»Det är något med den där kvinnan som vi ännu inte känner till«, sade Hösteld.

»Vad skulle det vara?«

»Det är just det att jag inte vet. Andarna har talat till mig och de ser inget ont i henne. Men de har låtit mig veta att hon döljer något ...«

»Bekymra dig inte. Sol kommer att få en bra man«, avbröt Alver och log ett brett leende.

Hösteld såg upp och även han log fastän hans leende var sorgset.

»Den näst bäste«, svarade han och tittade på Eldar som stod utom hörhåll.

»Nåväl«, sade schamanen och reste sig. »Hämta din kvinna och jag skall blidka dina förfäders andar så att de vakar över er.«

Oavsett vad schamanen ansåg om Alvers val, var Alver övertygad om att schamanen skulle förbli lojal och trogen sin hövding.

Svana hade gått in i långstugan för en stund sedan. Alver gick dit och värmen spreds inom honom när han såg henne sitta där, rak i ryggen, vid änden av sin forna trälbädd. Hennes tunika var ren och insmord med fett så att inga fläckar var kvar. Håret var knutet i en lång fläta som gick ner över ryggslutet, prydd med nyplockade färggranna blommor. Han urskilde blåklint och vitkullor.

Hon tittade på honom med sina klarblå ögon och han förundrades över hur vacker en av Härfaderns skapelser kunde vara. Ännu mer förvånade det honom att ingen annan tycktes lägga märke till hennes tjocka hår, den resliga kroppen och de breda höfterna. Kanske var de rädda för att hon trots allt bar på något ont i sig? Men om han tänkte närmare efter, fanns det faktiskt en man som inte var rädd och som tycktes uppskatta henne. Hage. En känsla av obehag stack till, men han skakade genast av sig olusten innan den sjönk för djupt i honom.

Han räckte Svana handen och hon steg upp.

»Kom«, sade han och ledde henne ut genom dörröppningen för att möta folket som samlats på den öppna platsen utanför långstugan.

Shamanen stod framför församlingen, beredd att genomföra riten som var bruklig när en kvinna flyttade till en mans härd. Kring hans hals hängde ett band med björntänder varvade med fjädrar från havsörnen. Bandet såg stort ut på hans magra kropp.

»Ställ er här framför mig«, sade Hösteld.

Alver ledde Svana så att de kom att stå ett steg framför Hösteld och med sidan vänd mot folksamlingen. Närmast dem stod Ullmira och Hjalta.

»Alla stirrar på mig«, viskade Svana.

»Du måste ge dem tid. De är förvirrade och vet inte vad de skall tycka«, viskade Alver. »De vänjer sig.«

Svana klämde hårdare om hans hand när shamanen tog till orda och kallade ner Härfaderns ande över dem, varefter han gav dem båda fruktbarhetsfrön att svälja med blåbärsdrycken. Innan riten var över bad schamanen att få se Svanas amulett.

Hon grävde innanför tunikan och tog fram ett ben som var snidat till en avbild av ett djurhuvud och gav den till Hösteld. Han tog den och vände och vred på den.

»En älg?« sade han med förvåning i rösten.

»Ja«, instämde Svana. »Därifrån jag kommer tror vi på att älgen är skogens starkaste djur. Många bär älgen som sitt skyddsdjur. Även vi i min familj, som ni såg bar Globe själv också älgens märke.«

Hösteld skakade på huvudet.

»Det här räcker inte. Svana behöver en kraftigare amulett«, sade han och tittade frågande på Alver.

Alver tog fram sin gamla amulett och överräckte björnklon till Svana.

»Den här skall du bära från och med idag.«

»Nej«, sade Svana och drog sig undan.

Alver tittade på henne med björnamuletten i sin utsträckta hand och undrade om detta överhuvudtaget var en fråga som Svana fick bestämma. Vanligen var det schamanen som kontaktade Härfaderns andar för att rådfråga vilket skyddsdjur en människa skulle få. Men nu var situationen en annan. Svana var vuxen och hennes andar hade redan gett henne ett skyddsdjur. Schamanen på Ön hade säkert laddat den med älgens krafter.

Hösteld kom emellan och sade:

»Jag kommer att kalla ner Härfaderns krafter över Alvers björnklo och därefter kommer den att ge dig beskydd mot fienden. Skogens djur kommer aldrig att attackera dig så länge du bär en björnamulett.«

Hage trängde sig fram genom folksamlingen och sade att han ville tala. Alver såg att schamanen hade lyft sin hand för att tysta Hage när han tog till orda.

»Höstelds besvärjning gäller bara oss som tillhör Härfaderns folk. Om det är som jag tror är Svana besatt av en ond ande och då kan ingen björnamulett ge henne skydd.«

Alver hörde hur ett tydligt sus gick genom församlingen när människorna började viska till varandra. Kunde Hage ha rätt, hörde han många säga. Han måste ingripa fort innan folket fick tid att fundera för mycket.

»Svana har bott hos oss i flera månvarv nu och inget ont har kommit av henne«, sade Alver och glodde på Hage tills han sänkte blicken och tills spekulationerna bland åskådarna avtagit.

Svana hade under tiden backat ett steg. Hon tittade ner mot marken och förde händerna liksom i ett skydd för bröstet.

»Vid mina förfäders andar. Jag kan inte ta emot din amulett«, viskade hon så tyst att Alver fick anstränga sig för att höra.

»Varför inte?«

Alver hade svårt att förstå vad som hade tagit åt henne samtidigt som han kände sina döda släktingars missbelåtenhet i sitt hjärta.

Han tänkte på sin far som han älskat och hur far från den andra sidan skulle följa honom vad än han gjorde. Med hjälp av fars amulett var han ständigt i kontakt med honom och fick hans råd. Men hur skulle det bli för Svana? Ifall Svana inte hade ett skyddsdjur från hans släkt skulle hon inte vara en av dem. Far skulle inte nå henne med sin hjälp och ännu värre, hon skulle inte få skogsandarnas och djurens beskydd.

Svana rätade på sig och stod rak i ryggen med huvudet framskjutet, håret hängande i den tjocka flätan och läpparna hopknipna. Alver blev imponerad av hennes mod att trotsa ledarna på Sälgrundet. Hon hade vågat sätta sig upp emot shamanen och mot honom, hennes blivande man.

»Min amulett, eller mitt skyddsdjur som ni kallar det, är en bild av en älg som funnits i min släkt så länge någon kan minnas. Älgen är ett kraftigt och stort bytesdjur och den ger bäraren förmåga att tränga genom skogar, över berg och hinder, snabbare än någon annan av skogens varelser«, sade hon och tittade turvis på Alver och Hösteld.

Hösteld var tyst och inte heller Alver kom på något vettigt att svara. Det hon sade var ju sant. Hösteld skakade på huvudet. Säkert tänkte han, liksom Alver själv, på budskapet från Härfadern. Två människor som stod under björnens beskydd skulle förenas för att Härfaderns beskydd över Sälgrundet skulle stå ogenomträngligt.

»Du vet vad som är rätt för klanen«, sade Hösteld.

Alver stod inför ett val. Skulle han tvinga sin björnamulett på Svana och fullfölja Höstelds och förfädernas önskningar? Eller skulle han låta Svana få som hon ville? Han behövde inte fundera länge, han hade kommit på en lösning.

»Svana, du får som du vill.«

Ett ogillande blixtrade till i Höstelds ögon och han harklade sig ett par gånger. Därefter svalde han och besvikelsen var som bortblåst ur hans ansikte.

»Hur blir det då med din björnklo?« undrade schamanen.

»Det finns en utväg«, skyndade sig Alver att svara.

Hösteld glodde på honom.

»Vi kommer att behålla de två björnamuletterna i vår familj. Jag kommer att ha min fars björntand kring min hals och björnklon sparar jag till vår son«, sade Alver.

Shamanen såg oförstående på honom men Alver förklarade.

»Ja, till vår förstfödde när den tiden kommer att andarna låter det ske«, slog han fast.

»Det är inte andarnas önskan«, hördes en röst från den bakre delen av folkhopen.

Både Hösteld och Alver letade med blicken igenom folksamlingen. Det var Hage som dragit sig tillbaka till sin plats bredvid sin far.

»Nu talar du Hage om en sådan sak som du inte känner till«, sade Hösteld.

Hage trängde sig längre fram igen och Alver kunde se honom tydligt. Att han aldrig kunde ge upp! Alver ville inte själv ingripa utan litade på Hösteld.

»När jag fick budskapet från Härfadern sades ingenting om att björnens tecken nödvändigtvis måste vara hos en man och en kvinna. Det är möjligt att det räcker om tecknen förenas genom klanens ledare och hans son«, sade Hösteld.

»Är det här något ni hittat på efter att ni petat mig ur rådet«, sade Hage och fick medhåll av dem som stod närmast honom.

»Så klart inte och den här frågan bestämmer jag och jag godtar Alvers löfte om att han ger björnklon till sin son«, svarade Hösteld och höjde rösten.

»Men Alver har ingen son?«

»Det kommer andarna se till att han får«, svarade schamanen. »Och nu vill jag fullfölja riten.«

Hage hade blivit röd i ansiktet och han skrek att han aldrig skulle komma att godkänna sådana orättvisor som nu höll på att hända. Han fick medhåll av jägarna som stod vid hans sida. De hade också blivit alltmer högljudda.

»Det här kommer du Alver att få ångra en dag«, sade Hage med en röst som hördes över tumultet.

»Nu håller du tyst och det gäller nog er andra också«, röt Hösteld till och hötte med näven mot Hage och därefter vände han sig mot de missbelåtna rösterna som hörts här och var.

Den högljudda samlingen på minst hundra män och kvinnor tystnade. Alver drog lättat efter andan och mötte Svanas blick. Hon var blek i ansiktet men log svagt mot honom.

Hösteld vände sig mot Svana och Alver och genomförde riten så som klanen under många generationer vant sig vid att göra. Innan schamanen avslutade ceremonin sade han:

»Vill någon säga någonting till Alver och Svana?«

Alver såg en liten människa mitt i hopen som rörde sig mot dem. Hösteld såg henne också och tecknade åt folk att stiga åt sidan. En ljus gestalt trängde sig fram och där stod Sol framför dem. Hon verkade söka efter ord.

»Sol, är det något du vill säga så säg det nu«, viskade Hösteld till henne.

»Må andarna vara med er«, sade Sol och räckte en bukett till Svana med färska apelkvistar, näckrosor och färggranna åkerblommor.

Svana tog knippet, drog in den söta doften och tittade med vemod i blicken först på de små, ännu gröna vildäpplen som symboliserade fruktsamhet och därefter på Sol. Tårar hade stigit upp i Sols ögon men hon lät dem inte falla nerför kinderna utan behöll fattningen och sin stolthet. Hon var trots allt, schamanens dotter. Därefter böjde Sol huvudet mot Alver för att visa hövdingen sin respekt. Sedan gick hon tillbaka till Eldar som väntade på henne.

Folk samlades runt paret medan Ullmira och Hjalta delade ut kött och blåbärsvin. Först till Svana och Alver som gick med sin festmåltid till en eld och satte sig vid den. Hage, hans far och mor armbågade sig igenom folkhopen för att därnäst få del av köttet och vinet. På en kort stund hade en lång kö bildats bakom dem.

Svana och Alver var fulla av iver att komma ifrån byborna som ville tala med dem. När mörkret trängde sig på ansåg Alver att de kunde lämna den festande klanen som inte skulle avbryta firandet innan det blev morgon eller innan den jästa drycken tog slut. De gick uppför stigen och fick hjälp av den uppgående månens sken. Vattnet glittrade mellan trädstammarna och en svag vind förde doften av havets friska sälta upp till berget.

»Mitt första egna hem«, sade Svana när de klev in i sin kåta.

Hon tog sina blommor ur håret och lade dem i en kruka ovanför bädden. Sols blomsterknippe lade hon i en annan kruka där den skulle sprida sin söta doft genom hela natten.

KAPITEL 16

När elden falnat låg Alver stilla på rygg tätt bredvid sin kvinna utan att säga något. Det var ingen brådska. Svana var hans nu.

Alver lade lite trevande handen på hennes mage och hon lät det ske. Huden var mjuk och varm under hans skrovliga hand och han kände hennes livsrytm under ytan. Hon vände sig om som om hon bara väntat på honom och tryckte honom mot bädden. I skenet från den glödande elden tittade hon på honom medan hon lade sin hand över hans bröst och lät den glida nerför hans mage. Han kände hennes fingrar smeka och leta efter något där nere. Hon hittade fram och grep om honom så plötsligt att han häftigt drog in andan av den plötsliga beröringen.

»Kom!« viskade hon i hans öra.

Han förvånades över hennes iver men bara för ett ögonblick. Hettan i honom tog över och han lade sig över henne, tryckte sina läppar varsamt mot hennes hals och sänkte sig neråt mot hennes bröst. Det var ingen brådska, han hade gott om tid att utforska hennes kropp. Med läpparna tryckt mot hennes hud fortsatte han neråt men förvånades över att hennes muskler spändes i takt med att han gled allt längre neråt. Slutligen blev hon så stel som om hon svalt en stör. Vad nu då, undrade han.

Innan han fick tid att säga något tog hon ett fast grepp om hans huvud och styrde honom beslutsamt uppåt så att deras läppar och kroppar trycktes hårt mot varandra. Hudkontakten fick blodet att strömma till och han kände den omedelbara upphetsningen i hela kroppen och han kom in i henne som i en öppen famn. Hon tycktes bara ha väntat på honom. Han ville göra det långsamt, njutningsfullt, få det att räcka länge, men hon jagade på honom.

»Kom, kom«, uppmanade hon och rörde sitt underliv mot honom.

Han exploderade.

Hon höll hårt om honom, nästan krampaktigt och ville inte släppa taget. Han var kvar inne i henne och hon omfamnade honom och pressade honom mot sig. Det verkade som om hon njöt av stunden precis som han gjorde.

»Lämna mig aldrig«, viskade hon och han tyckte att hennes röst skälvde som om hon var rädd.

»Jag ska aldrig lämna dig«, svarade Alver och tryckte sin halvöppna mun mot hennes.

Alver försökte glida över på sin sida av bädden men hon höll honom kvar med armarna om hans rygg så att han inte kunde se på henne. Han var så nära henne, närmare än han någonsin hade varit och de hade förenats till ett, och plötsligt förstod han och han kände en varm våg av ömhet skölja över sig.

Hon ville försäkra sig om att de skulle få sonen som både han och Hösteld talat så mycket om.

KAPITEL 17

Under fyra år härskade ett ovanligt lugn över Sälgrundet. Det var en tid som Alver mindes som ett skede i hans liv när Härfadern stod vid klanens sida. Det fanns gott om villebråd i skogarna och havet kryllade av säl och fisk. Många barn hade fötts och endast några gamlingar hade dött av ålderdom men sällan i olyckor och aldrig i strider med andra klaner. Förråden var fyllda med allt de behövde.

I klanen sades att det var Alvers förtjänst som den nye hövdingen. Visst hade Alver för sin del varit noga med att både dag och natt bära sin fars björntand om halsen och nogsamt förvarat björnklon i ett skrin under sin bädd. Men den avgörande faktorn hade varit att man blidkat Härfadern och offrat rikligt med gåvor till honom. Betydligt mer än Esbjörn gjort under sin tid som hövding. Härfadern hade visat sin tacksamhet och i gengäld försett dem med mat och skyddat klanen från fiender och olyckshändelser.

Efter en svår förlossning och ett månvarv tidigare än väntat föddes Svanas och Alvers son. Han fick namnet Stenkil. När pojken fiskat sin första abborre plockade Alver fram björnklon ur skrinet och hängde den om Stenkils hals. Han växte lika fort som sina jämnåriga och blev stark av den rika kosten.

Stenkil följde efter sin far vart än han gick och ställde ideligen nya frågor. Alver trivdes med att sitta bredvid honom och berätta om björnarna i skogen, att man ska akta sig för vargen och absolut inte reta upp den skygga järven, men också om hur klanens liv styrdes av Härfadern och om förfädernas inflytande på klanlivet.

En gång berättade Alver att Stenkils farfar Esbjörn tittade ner på de levande varelserna och att han ibland ville tala om saker och ge dem goda råd, och att Hösteld då fungerade som mottagare av budskapen genom sina syner.

Svana påstod att en så liten parvel som Stenkil inte begrep sig på sådana frågor men Alver såg på pojken att han förstod allt han sade till honom.

Svana hade inrett hemmet och kåtans väggar var täckta av tjock torv och hon såg alltid till att det fanns mat i förråden. Hon hade gradvis kommit att stå Alvers syster Hjalta allt närmare i hushållsarbetet och de var näst intill oskiljaktiga. De gjorde det mesta tillsammans eftersom Ullmira var äldre nu och rörde sig otympligt. Hon kunde inte längre gå i skogarna för att samla bär, svamp och ved eller arbeta på sädesfältet.

Då och då stötte Alver på Sol i den lilla byn. Hon och Eldar hade fått två barn och Sol hade dem alltid med sig. Varje gång Alver träffade på henne fick hon bråttom att komma i väg.

»Det är barnen, du förstår ju«, förklarade hon.

Hennes man Eldar var däremot fortfarande en av Alvers närmaste vänner. En gång på en fiskefärd långt ute till havs hade han till och med tackat Alver för att han ordnat så att Sol blev hans kvinna.

Det enda som störde harmonin för Alvers del var att Hösteld aldrig kunde släppa tanken på att det måste finnas något hos Svana som hon dolde för klanen på Sälgrundet. I vardagen gjorde det ingenting men då och då dök schamanens misstänksamhet upp hur mycket än Alver försäkrat honom att ingenting ont hade drabbat byn sedan Svana flyttade in hos honom.

»Men något är det med henne«, framhärdade Hösteld.

KAPITEL 18

En sensommardag försvann Svana. Hon gjorde ofta vandringar ut i den närmaste terrängen men när hon inte synts till under hela dagen började Alver fråga runt. Först hos schamanen.

»Jadå, hon var här och lovade hämta örter till mig eftersom hon ändå skulle ut i skogen för att plocka svamp.«

»Är någon sjuk?«

»Ja. Eldars systerdotter har en svår magåkomma. Hon ligger där«, sade han och pekade på en blek och mager flicka i tolvårsåldern.

»Är det något allvarligt?«

»Hon har haft det onda i magen i tre dagar, värmen stiger och hon vägrar att äta.«

Alver tittade på flickan som låg orörlig på rygg inne i långstugan och stirrade upp på det sotiga taket. Det var inte fråga om vanligt månadsblod, förklarade schamanen när Alver betraktade händerna som flickan tryckte mot magen. Hon var för ung för det.

»Det flickan behöver mot magsmärtorna är en dos av roten på maskros eller duntrav. Om inte det hjälper ville jag prova med hundfloka och ögonfröjd. Om inte det heller lindrar smärtan och stillar hettan i henne ska jag prova att ge henne alla örterna på en gång.«

»Vet du vart Svana gick?« frågade Alver.

»Hon kan ha gått till lunden i väster där svamparna trivs i skuggan av ekarna och hasseln«, förklarade schamanen. »Lite längre bort ligger vildängarna där hon skulle kunna plocka mina örter.«

»Jag känner till lunden«, svarade Alver och funderade med tilltagande oro på allt som kunde ha skett Svana.

Under den tiden det skulle ta henne att ta sig till lunden och tillbaka skulle solen hinna röra sig som mest två handsbredder. Nu hade den rört sig minst sex handsbredder och det var sen eftermiddag. Något hade gått riktigt på tok. Det var han säker på.

»Svana måste ha råkat ut för en olycka«, sade han.

Höstelds panna rynkades och ett veck bildades ovanför ögonen. Förmodligen gjorde schamanen samma räkneoperation som han själv gjort.

»Hon borde ha återvänt för längesedan«, svarade han slutligen och han lät mycket bekymrad.

»Kanske har hon sprungit så fort att hon snubblat och vrickat foten? Eller så kan hon ha ramlat ner för ett stup eller blivit biten av en orm? Jag måste leta rätt på henne.«

Alver behövde hjälp och han gick till Eldar. Trots allt var det ju örter till hans systerdotter Svana skulle hämta. Eldar var bra på att hitta spår, fast inte lika bra som Hage. Men Hage ville Alver inte be om hjälp. Han höll sig helst på ett behörigt avstånd från honom, och Hage gjorde detsamma mot Alver.

Eldar hämtade sitt spjut och halvsprang mot lunden så länge stigen var synlig. Svanas spår var tydliga. Stegen var långa och djupa som om hon vandrat fort. Med den fart hon måste ha hållit var det inte underligt om hon snubblat och ramlat omkull.

De kom till en mosse med ormbunkar längs kanterna och saktade farten. Fötterna var blöta och leriga av att ha sjunkit ner i det fuktiga kärret. Det doftade hjortron och getpors. Trollsländor flög omkring men myggen störde dem inte nämnvärt så här under sena eftermiddagen. På en höjd vid en dunge med martallar låg en myrstack. Eldar lyfte handen för att Alver skulle stanna.

»Stacken är sönderriven«, sade Eldar samtidigt som han bet ihop och svalde.

»Jag tror jag vet vad det innebär.«

Männen ställde sig bredvid varandra och studerade stacken medan tankarna malde i Alvers huvud.

»Bara ett stort djur kan göra det där och av spåren att döma har Svana också varit här«, sade han och såg sig oroligt omkring utan att se några faror.

Nedanför myrstacken, på ställen där det var blött såg han avtryck som var nästan lika långa som hans fot men mycket bredare. Ett av spåren liknade en nertryckt häl med fem tydliga tår. Det var inte det största björnspåret han sett men att det var en fullvuxen björn var han säker på. Förmodligen en hona. Närmare stacken såg han hundratals myror som irrade omkring inne i de mindre fotavtrycken.

»En hona med ungar«, sade Eldar. »Förmodligen från denna årskull.«

Svetten trängde fram på pannan när Alver föreställde sig vad en hona kunde göra ifall hennes ungar blev hotade. Han föreställde sig redan hur Svana sprang för sitt liv undan en uppretad björn. Så besinnade han sig och tänkte efter. Varför skulle hon springa? Varför skulle andarna ha övergett henne? De såg ju att hon var hans kvinna och att han älskade henne, att hon dessutom var mor till Stenkil som bar björnens amulett. Redan en sådan sak borde göra Svana oantastlig.

»Björnar anfaller inte människor«, sade Eldar som om han läst Alvers tankar.

Det var en klen tröst. Han hade hört att björnhonor med ungar kunde ge sig på vem som helst om de saknade andarnas beskydd, även på människor och i synnerhet om de kände sig hotade. Han såg sig omkring i alla väderstreck men fuktmarken låg lugn och tyst omkring honom. Han hörde endast vindpustar som då och då satte trädens lövverk i gungning, något enstaka fågelkvitter och kände doften av hjortron. Inga djur.

»Det är inte långt till lunden där svamparna växer. Vi följer spåren«, sade Alver.

»Vargar eller andra rovdjur kan ha fått vittring på ungarna och då kan det röra sig om flera vilddjur som är på jakt.« Eldar talade med en dämpad röst som om en björn eller en varg lurade någonstans i mossan.

»Vi får smyga oss fram«, viskade Alver.

Han lyfte sitt spjut i beredskap. Eldar gick före och aktade sig för att trampa på torra kvistar eller grenar. Alver följde efter och satte tyst ner sina fötter för varje steg han tog. Han lystrade och spanade mot dungen. Eldar synade spåren på marken. Stegavstånden hade blivit betydligt längre och människospåren efterföljdes av björnarnas fotavtryck. Ibland syntes bara små, runda avtryck med taggar längst fram. På fuktigare ställen såg han djupa fotavtryck av en fullvuxen björn. I närheten växte både fårticka, taggsvamp och kantareller i stora mängder, men inga spår visade att någon varit där och plockat. Skulle Svana ha varit där skulle hon inte ha kunnat låta bli dem.

De kom till lunden och Alver vände sig om för att spana och lyssna. Han upptäckte varken björnar, andra djur eller Svana.

»Här«, sade Eldar med en hes viskning. Han stod några steg längre bort och höll något i handen.

»Vad är det?«

Eldar lyfte upp föremålet och Alver såg en avsliten flik av brunt läder mellan hans tumme och pekfinger.

»Svanas tunika!«

Alver glömde försiktigheten, rusade fram till honom och slet skinnet åt sig. Det var verkligen en bit av Svanas hjortskinnstunika. Han spanade och upptäckte att marken vid hans fötter var uppgrävd. Ytterligare ett par långa remsor av tunikan låg på mossan bland gulnade löv.

Vid kanten av den uppröjda platsen låg knippen av nyplockat älggräs, hundfloka, ögonfröjd och groblad utspridda på marken. Svana hade definitivt varit här. Men vad hade sedan hänt? Örterna låg kringspridda på marken men var fanns Svana och var lurade björnarna?

»Svana!« ropade Alver så att det ekade över den närmaste heden och kärret längre bort.

Han rusade framåt men stannade plötsligt. Han stirrade ner på marken och fick svårt att andas. Där låg hon på rygg. Hennes korg låg en bit ifrån henne med svampar runt omkring. Svanas ansikte kunde han inte se. Det var täckt av blod och av hennes hår som klibbat fast i det. Tunikan var sliten i stycken och bröstet sargat av djupa rivmärken som blödde ymnigt. Kring halsen lyste hennes amulett, det benfärgade älghuvudet med sina horn. Den såg så oansenlig ut och han förebrådde sig själv för att han inte tvingat på henne björnamuletten då han tog henne till sin kvinna. Nu var det för sent.

Alver kastade sig ner på marken och tog Svanas huvud i sina händer.

»Svana, lever du, hör du mig?«

Hennes läppar var dränkta av färskt blod och han gjorde ett försök att torka hennes mun men då vred hon sig i smärta och han drog undan sin hand. Hon levde, men hon var mycket illa skadad.

»Jag ... kom ... emellan ... ungarna ... kom emellan ungarna ... kom emellan ungarna och honan«, pressade hon fram knappt hörbart.

»Hon måste genast få vård«, sade Alver och såg sig omkring efter något att förbinda henne med. Han hittade ingenting annat än sin egen tunika och sönderslitna stycken av Svanas klädsel. Han virade ihop ett mindre klädstycke, rev upp en remsa från sin egen tunika och lade ett tryckförband över hennes upprivna bröstparti. Det hjälpte en stund innan blodet snart sipprade igenom. Det var svårt att skapa ett tryck med de korta remsorna han hade att förbinda med.

»Vi måste få henne till Hösteld.«

Alver lade en arm under henne och lyfte försiktigt upp henne men då skrek hon högt. Det var något med höften och vänstra benet också, hon kunde inte alls stödja sig.

»Vi gör en bår. Det är för långt till byn för att släpa henne så där«, sade Eldar.

Det hade redan börjat skymma när Eldar och Alver kom fram till byn med Svana på båren. Hösteld stod vid ingången till långstugan. Tydligen hade han väntat på dem.

»Är det Svana?«

»Hon lever men har förlorat mycket blod.«

Schamanen undersökte Svana och rörde vid hennes omlindade bröst och den skadade höften. »Hon är illa däran. Och hennes ansikte!« sade schamanen och beordrade männen att lägga ner henne bredvid den sjuka flickan. De örter de hade hunnit rafsa ihop i Svanas korg tog Hösteld hand om. Därefter jagade han ut både Eldar och Alver.

Alver kunde inte hålla sig därifrån utan var snart tillbaka. Svana låg på en bädd med en gröt av örter över ansiktet, halsen och bröstkorgen. Med ett par fingrar petade han undan den gröna massan. Han måste få se hennes ögon. Men Hösteld tog honom hårdhänt i axeln.

»Låt bli det där.«

Alver hoppade till och drog tillbaka handen som om han hade bränt sig.

»Jag vet att hon är din kvinna, men du gör ingen nytta här just nu«, sade Hösteld och ledde honom därifrån.

»Gå hem och tag Stenkil med dig. Jag vakar över Svana under natten.«

KAPITEL 19

Den natten kunde Alver knappt sova. Ett par gånger, när han oroade sig som mest, gick han nedför berget till långstugan bara för att konstatera att Svana låg kvar likadant. Hon andades, fastän med så korta flämtningar att Alver undrade om det var tillräckligt för att hålla en människa vid liv.

Efter det senaste besöket var han så trött att han måste ha somnat till. När det ljusnat vaknade han av steg och mummel utanför kåtan. Skynket vid ingången slets undan och schamanen stod framför honom. Han såg ut som om han vissnat under natten. En torr, ynklig gamling med matta ögon täckte större delen av ingången.

Bakom honom stod Ullmira. Han blev klarvaken och visste genast att något allvarligt hade hänt. Annars skulle Hösteld och hans skröpliga mor aldrig ha tagit sig uppför berget. De båda gamlingarnas bistra miner fick hjärtat att bulta som om han själv hade sprungit uppför backarna. Fastän han anade det värsta måste han ändå ställa frågan.

»Är hon död?«

»Svanas hjärtslag är svaga. Hon kanske klarar sig ett dygn till eller så, men bara om jag kan ge henne hjärtansfröjd och fingerborgsblomma. Dessutom behöver hon vallmo för sina smärtor.«

Han drog efter andan. Hon var alltså inte död. Inte ännu. Han försökte klargöra sina tankar. De örter schamanen hade nämnt växte inte på Sälgrundet. Men han hade hört att de fanns ute till havs, på Blomsteröarna.

Han flög upp ur sin bädd medan han tänkte ut lösningar. Tiden var knapp. För att få tag i växterna måste han genast ta sig ut till öarna. De låg på en halv dags paddlingsavstånd i de norra vattnen en bra bit ifrån kusten.

Alver steg förbi gamlingarna och kom ut, sniffade på luften och fastställde att morgonbrisen kom från syd vilket betydde att han fort skulle komma till ön men det skulle bli motvind tillbaka. Hösteld hade talat om ett dygn och den tiden skulle räcka för honom. Men frågan var om han skulle hitta vägen bland alla öar, skär och utskjutande uddar? Han hade en gång förut varit på Blomsteröarna men det var med jaktlaget och han hade paddlat i ett led efter en vägvisare som kände till farleden.

»Jag måste ha någon med mig«, sade han.

Han tänkte på Eldar som var smidig och snabb i skogen men på havet var han inte mer nyttig än han själv. Kanske skulle de tillsammans hitta farlederna? Eller så inte. Det skulle räcka med att de blandade ihop öar eller vek ut mot det öppna havet vid fel märke och de skulle aldrig hitta fram.

»Du får ta Hage till hjälp.«

Alver stelnade till när han hörde namnet men insåg genast att Hösteld hade rätt. Hage var den bäste men han litade inte på honom. Alver drog in morgonluften djupt ner i lungorna. Den svala, fuktiga luften var lugnande.

»Jag åker på en gång men jag vill först se henne.«

Ett knackande ljud avbröt honom. Det lät som om någon slog mot ett träd. Förmodligen en fågel eller en ekorre.

»Gör det men skynda dig«, sade Hösteld. » Under tiden talar jag med Hage.«

På vägen nerför berget gick Alver förbi en död tall som stod mellan hans kåta och havet. Han tittade upp mot den grå, uttorkade stammen med knotiga och nakna grenar. En stor, svart spillkråka med ett ilsket blodrött huvud syntes i trädet. Dess klor var fastnaglade i stammen och han såg tydligt de vita ögonen med de svarta prickarna i mitten.

En kall kåre gick nedför hans rygg. Spillkråkan var ett dåligt omen, spillkråkan tillhörde inte Härfaderns fåglar. Han hittade en sten och kastade den mot den svarta fågeln. Den tog sats med fötterna och flaxade rakt upp i luften, undvek den förbisusande stenen men flög inte sin väg som han hade förväntat sig. Den slog ut vingarna, siktade och gjorde en dykning över hans huvud varefter den flög in i den norra delen av skogen och försvann.

Alver skakade av sig rysningen och rusade ner för berget till Svana. Spillkråkan kunde väl inte betyda att hon hade dött?

I långstugan var det varmt och kvavt. Närmast taket var luften tjock av matos och rök, men det bekymrade honom inte. Svana låg på rygg med överkroppen bar, precis som hon legat vid hans besök under natten.

Han kände på hennes hals. Den var varm och hjärtats slag i ådrorna var svaga med tydliga. Hon levde. Över sina höfter och ben hade hon en fäll. Ansiktet var täckt av den gröna massan. Örterna var nymalda vilket tydde på att Hösteld nyss hade bytt ut dem.

Hans blick fastnade vid Svanas bröst. Han pillade undan lite av Höstelds örtmassa och urskilde tre djupa skåror från de vänstra nedre revbenen upp mot den högra axeln. Schamanen hade sytt ihop det nedersta och djupaste såret genom att sticka tre stickor genom huden på var sida om såret, trä en tunn tråd kring de utstickande pinnarna och dra ihop sårkanterna. Han undrade varför schamanen inte bett honom om hjälp för att hålla Svana stilla under den plågsamma operationen? Men kanske hade Svana varit medvetslös under behandlingen. Annat kunde han inte förstå.

Shamanen kom in tätt efter Alver.

»Som du ser har hon ont.«

»Kommer hon att klara sig?«

»Under tiden som Hage och du skaffar vallmo för hennes plågor och fingerborgsblomman för hennes hjärta, kommer jag att be till andarna«, sade han.

»Fingerborgsblomman? Är den inte farlig?«

»I stora mängder är den dödlig. Men i små mängder, tillsammans med andra örter, kan jag rädda liv med den.«

»Men klarar hon sig?«

Schamanen vände sig stillsamt mot honom, sökte hans blick och med sorg i rösten sade han:

»Det är inte en fråga som jag rår över.«

Sedan förklarade han och Alver lade märke till ett litet leende i hans blick.

»Om jag utgår ifrån liknande fall kommer hon att klara sig till i morgon. Därefter vet jag inte. Det ligger i Härfaderns händer om hennes skyddsdjur är tillräckligt starkt för att hålla liv i henne.«

Alver sprang uppför berget tillbaka till sin kåta, hämtade torkad fisk, vatten, sitt spjut och sälklubban och skyndade sig till bryggan för att skjuta ut sin kanot. Hage stod redan vid stranden. Han var klädd i en tjock tunika som gick ner mot knäna. Alver kände igen den. Han hade den alltid till sjöss. Alver hoppade i men Hage blev kvar på stranden.

»Vilken brådska för en trälkvinna«, muttrade Hage föraktfullt.

Alver brydde sig inte om kommentaren, det var ingen idé att bli osams med honom innan de ens hade kommit i väg. Han var helt beroende av Hages hjälp för att hitta till Blomsteröarna, vilket Hage naturligtvis var väl medveten om. Han verkade fast besluten att utnyttja sin maktställning precis till gränsen för hur mycket han kunde utmana en hövding.

»Hage«, sade Alver med sitt mest vänliga tonfall.

Det fräcka flinet i Hages ansikte försvann och Alver tyckte att han hade fått hans uppmärksamhet, åtminstone för ett ögonblick.

»Nu gäller det Svanas liv så låt oss glömma våra oenigheter för en stund«, fortsatte han i samma lugna ton.

Till hans förvåning steg Hage ut i vattnet och skuffade ut sin kanot. Kanske ömmade han lite för Svana trots allt? Hage stod i vattnet upp till knäna när han hukade sig, tog stöd vid bordet och klev ner i sin kanot.

Han grymtade något ohörbart till svar, vilket Alver tolkade som att de var överens om att försöka dra jämnt i ett uppdrag där Svanas liv stod på spel. Så lade de ut i sina kanoter.

När vinden tog i, satte Alver upp ett tunt skinn som segel i masten. I medvinden skulle han ha nytta av det. Han lyfte upp kantringsstödet och männen gled i god fart mellan öarna ut mot det öppna havet.

KAPITEL 20

Alver följde Hage på ett ordentligt avstånd och litade på att han skulle leda honom till de gröna men klippiga Blomsteröarna. Under vägen lade Alver några landmärken på minnet för att ensam kunna paddla tillbaka ifall Hage skulle svika honom. Han vågade inte vara beroende av Hages välvilja någon mer gång.

I den tilltagande vinden kom de fram till huvudön. Under den sista sträckan hade blåsten tilltagit och drivit upp vågor med vitt skum. Under sådana förhållanden måste seglet tas ner och kanoten styras med vågorna i ryggen och med paddeln som styråra.

Blöta och trötta pustade de ut efter att de tagit iland, därefter gick de på varsitt håll för att plocka fingerborgsblomma och vallmo. De fanns överallt här. Marken bestod av ett lager med tjock mylla som var täckt av gräs och utblommade blomster. Bokar, ekar och almar växte tätt. Över lundarna surrade sensommarens sista humlor och bin. Här och var såg Alver gnagare som grävt gångar i marken. Det fanns även spillning av hare och ekorrar och mellan strandstenarna hade han sett ringlande ormar.

De pratade inte mycket och aktade sig för att plocka blommorna nära den andre. Under seneftermiddagen hade de samlat så mycket att de hade fyllt sina vasskorgar. Skulle Hösteld torka dem skulle det räcka för klanens behov i ett par år. Även om det gällde Svanas liv, gjorde en klanhövding inte en så här lång färd utan att också tänka på Sälgrundets framtida behov.

Med en allt stigande oro hade Alver spanat mot himlen i syd och sydväst. Regnmoln syntes ingenstans, bara vita, utdragna slöjor. Han lyssnade till vinden som tilltagit ytterligare. Det prasslade i ekarnas kronor och blåsten rev och slet i björkarna. Ute på det öppna havet skummade manshöga vågor vita av skum.

»Vi måste övernatta«, sade han till Hage. »Hjälps vi åt kommer vi hem i morgon fastän det blir hård motvind.«

»Det är så sant«, svarade Hage och gick bort till sin kanot för att se till att den inte slogs sönder mot strandstenarna.

Alver såg att kanoten inte låg bra och Hage klev ut i vattnet för att flytta den i lä bakom några utskjutande klippor. Sin egen kanot drog Alver högre upp på stranden och kilade fast den mellan två stenblock. Han tog sitt stora skinn som alltid låg i kanoten och gick djupare in i skogen där blåsten inte slet så hårt. Som kvällsmål åt han av den torkade fisken, drack lite vatten och lade sig tidigt för att genast komma i väg på morgonen.

Vid gryningen gick han ner till stranden för att invänta Hage. Han tittade ut över havet och bedömde att han inte skulle klara av att paddla i det vilt skummande havet. Men eftersom de var två skulle han föreslå att de turvis paddlade i varandras kölvatten för att spara krafter. Det skulle få kämpa för att hålla kanoterna flytande när de stora vågorna vällde över dem men tillsammans skulle de lyckas. Om de paddlade på utan att ta pauser skulle de trots motvinden hinna fram till kvällen. Det måste räcka, fastän Hösteld hade talat om ett dygn. De hade ingen tid att förlora.

Men var fanns Hage? Han syntes inte till och Alver gick till hans sovplats. Han var inte där. Inte heller fällen han sovit påfanns kvar, bara kall aska efter en eld. Han stannade upp och överföll av onda aningar. Hage hade försvunnit någonstans. Gått vilse, kastats i havet eller, tanken tryckte på som en strypsnara, lämnat honom ensam. Han rusade tillbaka till stranden men Hage fanns ingenstans. Vid klipporna där Hage hade gömt sin kanot var det också tomt. Hur han än spejade över havet och längs stranden såg han ingen båt. Den kunde omöjligt ha slitit sig eller flutit bort eftersom han själv sett hur Hage med stor omsorg dragit upp den.

»Den förbannade Hage!«

De onda aningarna var besannade. Hage gick inte att lita på. Han hade gett sig i väg, utan honom. Kanske hade det varit lugnare under natten och dessutom stjärnklart? Då kunde Hage hitta hem med hjälp av Polstjärnan och de andra stjärnformationer som han kunde navigera efter.

Alver sprang till sin sovplats för att hämta fällen och korgen med blommorna. Hade han tur skulle han orka ta sig igenom bränningarna närmast stranden varefter det skulle bli enklare att paddla. I värsta fall skulle vinden trycka honom tillbaka till ön. Men han måste göra ett försök, för Svanas skull. Hon och Stenkil var de käraste han hade i sitt liv.

Men hade Hage tagit sin blomkorg med sig? Det hade han nog och det betydde att Hage skulle återvända med växterna, bara för att trotsa honom. Men än var spelet inte förlorat. Om han själv bara tog sig ut förbi bränningarna trodde han att han i dagsljus skulle hitta vägen hem. Han hade ju lagt många vägmärken på minnet.

I all hast slängde han fällen och korgen i kanoten och sköt ut den genom strandvågorna. När han var upp till knäna i vattnet hoppade han i och drev kanoten ursinnigt framåt. Snart hörde han bakom sig det öronbedövande bruset när vattenmassorna slog emot strandstenarna och klipporna.

Färden blev långsam. För varje paddeltag kom han tre fot framåt men därefter tryckte vågorna honom två fot tillbaka. Han var genomsvettig när han hade paddlat genom strandvattnet med dess starka undervattensströmmar. För att spara tid beslöt han att styra mot sydväst, rakt mot vågorna, i stället för att sikta mot öarna i väst där han kunde ha fått lä.

Mitt i ett paddeltag kände han ett sting i vaden. Det gjorde mer ont än ett stick av en geting, men han kunde inte släppa paddeln för att undersöka vad det var. Följande våg var så stor att han måste spjärna med fötterna mot durken. Då kände han ett nytt sting men nu lite högre upp på benet. Han ropade till av smärta och vände sig om. Korgen med örterna hade ramlat omkull och växtdelar låg utspridda i vattnet på kanotens botten.

Örterna var det viktigaste han hade. De fick inte flyta i väg med det vatten som samlats i kanoten. Han lade paddeln ifrån sig för att plocka tillbaka innehållet i korgen, men ryckte hastigt undan handen. En gråsvartrandig huggorm låg orörlig till hälften dold under den stora fällen. Den hade lyft huvudet en handsbredd ovanför durken och var beredd att försvara sig. Den väste och spottade medan den trevade i luften med sin kluvna tunga. Utan att tänka sig för tog Alver kniven från bältet, siktade noga och med ett hastigt stick fäste han dess kropp i durken. Den fräste ilsket och ringlade sig men kom inte loss. Med sitt spjut slog han den minst tio gånger i huvudet innan han kastade den så långt ut i vattnet han kunde. Han såg hur ormen med det krossade huvudet försvann i vågorna varefter han samlade ihop sina örter i korgen och hängde den i masten.

Ormar var de enda djur han inte gillade. De var falska och onda. De hörde inte till Härfaderns goda skapelser eller till hans skogsgudar. De tillhörde Råås onda makter liksom spindlarna, råttorna och den svarta spillkråkan.

Han satte sig i fören för att återuppta paddlingen fastän svedan i vaden hade övergått i smärta. I stället för att kämpa rakt emot vågorna ändrade han kursen mot väst för att komma in i den skyddande skärgården innan giftet hann sprida sig ut i kroppen.

När solen hade klivit halvvägs upp mot sin högsta punkt hade han halkat flera gånger på den våta durken när han med sinande krafter försökt parera de största vågorna. Knäna blödde och händerna hade fått blåsor. Det var omöjligt att hålla ett stadigt grepp om paddeln. Svetten dröp från pannan och nerför nacken i en rännil.

Då och då kastade han blickar mot sitt ben. Foten hade stelnat och nu hade den också börjat svälla upp.

Solen stod som högst på himlen och han insåg att han inte skulle orka paddla hem. Han hade tagit i alltför hårt och krafterna var slut. Ormgiftet hade spridit sig allt snabbare för varje rörelse han gjorde. Men stilla hade han inte heller kunnat vara.

Han vände sig om och blev kall inombords. Blomsteröarna tornade upp ur havet så tydliga att han urskilde enskilda öar och större skär. Öster om öarna låg bara det oändliga havet. Men det som gjorde honom panikslagen var vinden som drivit honom ur kurs. Han hade hamnat alltför långt åt öster.

Händerna ömmade och ryggen värkte. Han snörde upp mockasinen och konstaterade att högra benet var helt orörligt. Bakpå vaden fanns små hål efter ormbetten. Han måste få vila och han måste lugna sig. Vinden skulle få driva kanoten under tiden som han återhämtade sig men sedan skulle han paddla igen och sätta kurs tillbaka mot ön. Där skulle han ta sig iland och lägga sig för att vänta ut giftet. Han skulle försena sig ett dygn men schamanen måste hålla liv i Svana så länge. Han bara måste.

Han slöt ögonen, såg Svanas bild framför sig och han bad en stilla bön till Härfadern att hon skulle få leva tills han var framme. Innan han åter öppnade ögonen kom tröttheten över honom och han överlade med sig själv. Han beslöt att svälja sin stolthet och i sin bön lade han till att han önskade att åtminstone Hage skulle komma fram i tid med örterna.

Vågorna drev Alvers kanot mot nordost, allt längre från Blomsteröarna. Han orkade inte hålla emot och vinden vred hela tiden kanoten med bredsidan mot vågorna. Trots att han försökt vila hade inte krafterna återvänt, snarare tvärt om. Hur skulle han orka paddla tillbaka? Efter att solen rört sig ytterligare en handsbredd på himlen såg han Blomsteröarna som en smal, mörkare rand i väster. Sanningen klarnade för honom. Han skulle driva ut till havs och det fanns inget han kunde göra för att förhindra det.

Hugget av ormen brände i benet och det blev allt svårare att hålla balansen. Han orkade endast med stor möda hålla paddeln i vattnet. Den sista skymten av Blomsteröarna försvann bakom de väldiga vågorna och han var ensam ute på havet. Han sträckte händerna mot himlen och ropade:

»Härfader, hjälp mig!«

Till svar fick han en kraftig våg som törnade mot kanotens sida och han föll omkull. Han slog huvudet mot relingen och det svartnade för ögonen.

KAPITEL 21

Alver slog upp ögonen och kände med handen hur håret låg i våta sjok över ansiktet. Det salta vattnet hade trängt in i ögonen så att de sved. Att gnugga dem gjorde bara saken värre. Läpparna var torra och spruckna, tungan hade svällt upp så att den fyllde hela gapet. Värst av allt var törsten.

Hans blick fastnade vid det skvalpande vattnet på botten av kanoten. Det var frestande men han skulle inte dricka av det. Det visste alla som varit ute på havet. Ändå kupade han handen och lät några droppar av vätskan fukta läpparna. Lättnaden var stor när de vätte tungan och gommen.

För ett ögonblick blev det möjligt att uthärda tillvaron, tills sältan gjorde sig påmind. Det salta vattnet trängde in i kroppen, for under huden och ner i svalget där den brände och sved i hans oskyddade gap. Han måste väta munnen igen. Men nej. Sältan i havsvattnet skulle bara förvärra situationen. Han vände ansiktet från vattnet och knep ihop läpparna.

Han insåg att han för länge sedan hade tappat herraväldet över kanoten. Kunde det ha varit under dagen när solen stod som högst eller hade det skett redan i går, eller var det i förrgår? Dagarna och nätterna hade flutit ihop till ett jämntjockt flöde där tid markerades av de tillfällen han vaknade ur sitt töcken. Ibland såg han solen där uppe och ibland lyste stjärnorna från en svart natthimmel.

Värken i huvudet och illamåendet hade gjort honom så yr att han tappat tidräkningen. Mest plågad honom smärtan i benet och i huvudet. Blod sipprade ut ur ett djupt sår i skallen. Han måste få hjälp. Det måste finnas någon som kunde sy ihop såret innan han förblödde.

Men någon människa fanns inte här mitt ute på havet. Runtomkring honom fanns bara det brusande vattnet med de höga vågorna vars toppar bröts och bildade vitt skum som kastades ner i följande vågdal. Öronen fylldes endast av ljudet från vågorna. Den monotona vinden drev de vita, utdragna molntussarna framåt över den oändliga himlen som krökte sig i en vid båge över havet.

Ett svagt minne trängde upp till ytan. Någon hade paddlat med honom till en ö? Visst var det så? Han hade en minnesbild av att han inte kommit ensam till ön och att han inte heller skulle bege sig ensam därifrån. Han ansträngde sig för att komma ihåg och minnet blev tydligare. Det var Hage som hade lämnat honom kvar på Blomsterön. Fastän han vetat att vinden låg på med farlig styrka hade han trotsat faran och kastat sig ut bland vågorna för att komma i land med örterna till Svana.

Svana! Hans kvinna som var skadad. Som skulle dö ifall han inte kom i tid. Men så hade hans ben börjat svälla och det hade inte gått att paddla mer.

Kanske hade han klarat av att ta sig till de västra öarna ifall han inte blivit biten av huggormen. Hur den hade kommit ombord hade han bara en enda förklaring till. Någon hade lagt ormen i hans kanot. Och denne någon var Hage. Om Hage trodde han skulle komma undan sitt svek misstog han sig. Alver skulle se till att han höll sig vid liv, återvända till Sälgrundet och ställa Hage till svars.

Han fick allt svårare att hålla sig vaken. Helst ville han släppa allt och sjunka in i en djup, behaglig sömn. Han önskade att han kunde skjuta ifrån sig tanken på att ha blivit lurad, tanken på det oändliga havet och tanken på sin värkande kropp. Sedan slogs han av ytterligare en hemsk insikt. Livet där hemma skulle faktiskt gå vidare, men utan honom.

Han smakade på ordet hemma. I ordet fanns något som ingav honom ett nytt hopp. Allt var inte ondska och elände. Där hemma på Sälgrundet fanns två människor som var viktigare för honom än hans eget liv. Det var därför han hade gjort resan ut till öarna. Han ansträngde sitt värkande huvud och fångade in konturerna, färgerna och dofterna av Svana och Stenkil. Bilden av dem fick honom att le men bara för en kort stund.

Kroppen blev slapp, musklerna i benen och i ryggen gav efter och han förnam hur han sjönk i ihop i det två tum djupa salta vattnet på kanotens botten.

KAPITEL 22

Vilja stod på tunet mellan den största torvbyggnaden och de andra mindre kåtorna i Sunnanvik. En varm, sydlig bris förde med sig ljudet från vågsvallet som slog mot stranden. Hon strök undan några svarta hårslingor som vinden envist blåste i ansiktet. Hon kisade mot den blå himlen och bedömde tiden med hjälp av solens ställning.

I ögonvrån, där bakom kåtorna uppe vid skogsbrynet, skymtade hon ett par hundar som nosade på avgnagda ben av en nyslaktad älg. Byns vildsvin bökade i jorden i en inhägnad och några nakna barn lekte med en nyfångad kråkunge. Allt var som det skulle i byn.

Vanligen var inte tiden ett bekymmer för henne. Men den här dagen var hon angelägen om att solen skulle vandra sitt varv. Det skulle bli fest när mörkret föll. Hon själv skulle vara huvudpersonen och genomgå riten för att bli kvinna.

Riten skulle genomföras i stengrottan. Det var den vackraste platsen stamfäderna kände till och därför hade man valt den till offerplats för Moder Jord, gudinnan som styrde över Viljas liv, över bybornas liv, ja över allt liv i den värld de levde i.

Stengrottan som hennes förfäder för ett tiotal generationer sedan hade hittat, låg vid en lummig lund omgiven av ekar, björkar och lönnar, inte långt från byn, bara en bit upp för berget.

Närmast grottans mynning växte en ek som var så yvig och grov att två mäns famnar inte räckte till för att omsluta dess stam. Schamanen som hade sett det mesta, hade också sett i en syn att eken skulle stå där tryggt vakande över klanen så länge dess blad var gröna och dess stam stod upprätt. Så stor och mäktig som eken var skulle den aldrig stupa eller mista sin färg, trodde Vilja.

Men nu hade hon annat att göra. Hon skulle hjälpa till med att utsmycka grottans öppning. Högst uppe på klipporna, ovanför grottmynningen där man fäst ett urgammalt björnkranium som skyddade byn, skulle hon med sin syster hänga väldoftande skogsblommor och sommarens sista näckrosor som de skulle plocka i en stillaflytande å öster om byn. En hel del återstod att göra.

Hennes mor och byns äldre kvinnor hade hunnit göra i ordning festmåltiden. De hade kokat köttet och inälvorna av vildsvin i en het jordgrop och stekt rötter, svampar och fisk på upphettade stenplattor. Hasselnötter, sjönötter, skogsbär, hallon och vildapel låg i stora korgar.

En gudapåle med avbilder av Moder Jords viktigaste väsen – skogen, vattnet och solen – hade rests av de tidigare generationerna. Pålen var formad till en rund, mogen kvinna med kraftiga höfter, en avbild av Moder Jord. Den var tillyxad av en tjock stam av furu som hade grånat och fått långa sprickor längs med träet.

Ett offerdjur vars blod männen skulle dricka under natten när månen lyste som starkast, tassade ängsligt av och an i en flätad bur. Dess blod skulle ge männen djurets styrka. Att kraften var stor hade Vilja sett när hon föregående dag tittat på när vargen matades. Snabbare än ögat kunde se, hade djuret slitit ett köttstycke ur jägarens framsträckta hand. Föregående år hade offergåvan varit en räv och året innan en hjort.

Men björnen, skogens härskare vågade man inte offra. I Ural vid floden Kamas strand hade förfäderna kallat björnen för Moder Jords betrodde. Samtliga klanens män drömde om att få björnens storlek och styrka, men att döda ett så heligt djur och dricka dess blod, skulle väcka Moder Jords vrede.

En ny, stark vindpust ryckte i Viljas hår, men hon brydde sig inte om att göra en fläta. Vindilen kom från havet men kändes inte kall mot hennes bara armar. Marken var solvarm under hennes fötter och hon fingrade på bärnstensfiguren hon bar runt halsen. Hon hade fått den av sin mor Valikatta som gåva när hon hade gjort sin första lerkruka. Valikatta, hade i sin tur fått den av sin far som bytt den till sig av handelsmän som kommit söderifrån över vattnet.

»Står du kvar här och drömmer?« frågade mor som kommit ut från kåtan. Inte argt eller anklagande utan vänligt men bestämt.

»Jag tycker att allt är så vackert«, sade Vilja dröjande.

Valikatta tittade mot havet där solen lyste ovanför öarna. Vågorna skiftade färg från blågrönt där solljuset kom åt till mörkgrått eller nästan svart i de rörliga skuggorna i vågdalarna.

»Det är sant det du säger. Men nu får du gå ut till ängen och skaffa nattviol. Har den blommat ut får du hämta getpors eller vildros. Men först bär vi upp krukorna till offerplatsen. Nu på en gång!«

»Ooni, kom ut och hjälp din syster med vattenkrukorna«, kommenderade Valikatta.

Solen fick Oonis svarta hår att glänsa när hon kom ut i solljuset. Ooni hade genomgått kvinnoriten året före men ändå hade hon inte hittat någon man. Kunde det bero på att Moder Jord inte ville sända sin ande över Ooni, ett sådant andeväsen som skulle locka en god jägare till henne och göra henne fruktsam? Eller berodde det på hennes defekta ben som gjorde henne krum och låghalt i förtid och inte lika snabb som de andra kvinnorna i sitt arbete? Oonis ansikte var också kantigare och grövre än Viljas, men hennes axlar var breda och starka.

»Vad står du och glor på?« frågade Ooni. »Har du aldrig sett himlen förr?«

Vilja studsade till vid det häftiga tilltalet.

»Ingenting. Fastän jo, jag undrar om det är så ställt att en kvinna inte nödvändigtvis behöver ta sig en man, fastän hon genomgått kvinnoriten?«

»Varför undrar du det?«

»Du har ju själv inte hittat någon.«

Ooni såg först ut att bli arg men sedan tycktes hon ångra sig och log.

»Det är så enkelt att jag ännu inte hittat en tillräckligt bra karl.«

Vilja slogs av en hemsk tanke. Föregående sensommar hade Oonis bästa väninna inte heller hittat någon man och då hade hennes far bestämt sig för att det fick bli Urgun. Den klene pojken var knappt god nog att träffa ett vildsvin med sitt spjut på tio stegs avstånd.

»Kommer du ihåg hur sälfångaren tvingade Urgun på sin dotter?«

Ooni tittade förskräckt på henne.

»Jamen det var annat. Hon hade ju varit utan man i två år. Själv har jag bara ett år bakom mig.«

Vilja drog Ooni närmare till sig och viskade i hennes öra.

»Tänk om mor och far redan har valt ut en karl åt dig?«

Ooni stelnade till under Viljas grepp. Hon såg ut som om hon sett ett skogstroll.

»Tänk om det är den där gråskäggige Bidar, han med den knarriga rösten? Han som bor i kåtan närmast stranden«, undrade Ooni knappt hörbart.

»Bidar? Han som tappat alla sina tänder?« undrade Vilja.

»Hans kvinna dog ju när hon födde deras barn i vintras och han behöver en ny kvinna som tar hand om minstingen«, svarade Ooni.

»Så illa kan det inte bli. Det skulle nog mor hindra«, sade Vilja tröstande och skrattade sedan när hon föreställde sig sin krumbenta syster bredvid den tandlöse Bidar. Skrattet smittade inte av sig på Ooni.

»Det kan du säga som redan fångat in Untamo«, sade Ooni »Men för min del kan det faktiskt bli så att man ordnar med den där gamla gubben åt mig om jag inte själv ser till att skaffa mig någon bättre.«

»Du får väl göra något åt den saken ikväll«, uppmuntrade Vilja.

Valikatta kom ut ur kåtan.

»Fart på er nu«, ropade hon.

Vilja var kvar i sina tankar när hon gick till mor. Hur skulle det gå för Ooni? Och vad skulle hända med henne själv ikväll?

»Mor?«

»Ja?«

»Vad kommer att ske under kvinnoriten?«

Valikatta tittade på henne. Hennes blick var mild.

»Det är ingenting farligt. Det är någonting som alla vi vuxna kvinnor har genomgått«, sade Valikatta och lade en arm om hennes axlar.

»Men mor ...«, började hon igen.

»Fundera inte så mycket. Du får lita på att schamanen Tonala gör det som riten föreskriver. Hjälp i stället Ooni att bära den här krukan upp till offerplatsen. Sedan ska ni bege er till ån för att plocka blommorna!«

Vilja tog krukan och följde efter sin mor och syster på den slingrande stigen upp mot bergen.

KAPITEL 23

Det var långt efter midnatt. Klanens medlemmar hade offrat till Moder jord. Männen hade druckit av vargens blod, alla hade fått äta sig mätta och nu berättade man historier för varandra innan riten började.

Vilja stod ensam vid en björk och tittade på shamanen vid grottöppningen. En stor gul måne mellan de svarta träden lyste upp Tonalas ansikte. Hon vände blicken mot skogen och skrämdes av de mörka skuggorna och de skarpa kontrasterna där månen kom åt att sprida sitt vita ljus mellan trädstammarna. Det var livets ljus som kämpade mot dödens mörker inne i de djupa skogarna. Det var Moder Jords evinnerliga kamp mot Råås onda makter.

Vid en liten eld närmast grottmynningen hade schamanen Tonala satt i gång med sina förberedelser. Iklädd en stor vargskinnspäls satt hon hopkurad på en grånad stock vid hövdingen Magna-tais sida. Över lågorna brände Tonala giftiga svampar och drog in röken. Hennes blick hade blivit stirrig men skärptes när hon fick syn på Vilja.

Shamanen krökte sitt pekfinger.

»Kom!«

Vilja ställde sig framför Tonala. Byborna hade flyttat sig närmare i en halvcirkel för att följa ritualen och hon kände deras blickar på sig. Alla tycktes de ha förväntningar på henne. Särskilt mor som ville visa upp vilken välväxt och duktig dotter hon hade. Den blivande hövdingen Untamo fanns också någonstans bland åskådarna och fastän hon inte såg honom visste hon att han betraktade henne med en värderande blick. Skulle hon duga som hans kvinna eller skulle han vänta tills någon bättre dök upp? Om han ville ha henne skulle han få leda henne in i grottan efter att hon fått andarnas välsignelse. Snart skulle hon få veta.

»Nu skall Sunnanvik få en ny kvinna«, sade schamanen och pekade på henne utan att resa sig.

Tonala lyfte ett fat med färska frön mot månljuset, varpå hon tillkallade Moder Jords välsignelse över fröna. Vilja tittade på de mörkbruna, runda kulorna men kände inte igen dem i mörkret. Kanske var de något slags nötter eller bär?

»Kom närmare«, sade Tonala och reste sig äntligen.

Vilja tog ett steg framåt och Tonala tog hennes hand i sin. Hon kom ihåg att hon skulle falla på knä och sluta ögonen. Så mycket hade mor sagt. Shamanen bad om tystnad och sorlet försvann när hon tog de första tonerna till en entonig melodi. Klanen hade sjungit tonerna sedan de tider när dess förfäder hade vandrat från öster till denna avlägsna strand. Ett efter ett lade shamanen de välsignade fröna i Viljas mun.

»Svälj«, sade hon och Vilja svalde.

Utan dryck var de sista fröna svåra att få ner. Hon blundade och lät dem stanna i munnen och bestämde sig för att svälja dem när hon fått mera saliv.

Hon slog upp ögonen igen och såg röken från de upphettade vita flugsvamparna virvla upp mot Tonalas ansikte. Gumman drog in röken och hennes blick blev fjärrskådande och hon uttalade enstaka ord på ett språk som Vilja inte förstod. Schamanen hade kommit i kontakt med Rådarna. De var av samma väsen som Moder Jord och hade förmågan att tolka Moder Jords vilja. Den här natten bad shamanen Moder Jords tre Rådare att föra denna flicka som stod framför henne över till ett liv som kvinna. Under sången förde shamanen fertilitetsörter över hennes huvud och blåste flugsvampsrök i hennes ansikte.

Shamanen vände sitt ansikte mot månen och bad till andarna att de skulle ta emot flickan. Hon framförde att andarna skulle låta henne förbli frisk och välsigna henne med många barn.

Vilja svalde de sista fröna. Hon kände sig yr i huvudet och flyttade lite på knäna för att få bättre balans. En plötslig svag vind som var stark nog att få löven att darra drog över berget och grottan. Hon jublade inombords. Andarna hade givit henne ett tecken.

Shamanen gick in i grottan. Untamo steg fram ur skuggorna, bad henne resa sig och lade sin arm om hennes midja. Hon borde inte ha blivit förvånad men blev det ändå. Så som hon anat hade han stått dold i skuggorna och spanat in henne. Han ledde henne in genom grottans öppning som om det var självklart att hon skulle bli hans kvinna. Hon gillade inte hans självsäkerhet. Hon hade ju också en egen vilja, begrep han inte det?

Förra sommaren hade hon träffat Tegehar från grannbyn. Hon hade blivit stormförälskad fastän de bara hade träffats under ett par dagar. Men med tiden hade bilden av honom bleknat bort och nu måste hon motvilligt medge att Untamos arm om hennes midja kändes både varm och trygg. Det var frestande att luta sig mot honom och få känna hur hans starka arm stödde henne. Hon hejdade sig och kom till klarhet. Att bli kvinna var något hon måste klara av på egen hand.

Inne i grottan slogs hon av en tjock, kvav röklukt som kom från en liten eld. Längst in i grottan satt schamanen vid sidan av en björnfäll som var utbredd på en upphöjd flat sten. Schamanen pekade på Untamo och sade till honom.

»Klä av henne.«

I halvmörkret hajade hon till när Untamo som stod bakom henne rörde vid hennes rygg med fingrarna. Han grep tag om fållen på hennes tunika och drog hjortskinnsplagget över hennes huvud. Han måste ha stannat med plagget i handen eftersom hon inte längre kände hans händer på sin kropp. Hon såg inte hans ansikte men gissade att han betraktade henne.

Hans andhämtning hade blivit kort och häftig på ett sätt hon aldrig hört en man andas. Hon kände tydligt hans varma utandning mot sin nacke och överväldigades av en önskan att springa därifrån. Hon var ännu inte beredd på något med Untamo. Ingen hade frågat henne och fastän Untamo var den bäste man hon kunde tänka sig ville hon inte. Inte just nu. Hon måste få tid innan hon bestämde sig för ett förhållande som skulle räcka livet ut.

»Lyft upp henne och lägg henne här bredvid mig«, sade shamanen.

Innan hon hunnit invända, hade Untamo tagit henne i sin famn och lagt henne varsamt på den stora björnfällen. Hans blick for över hennes ansikte, mage och ben. Varför var han där hos henne? Skulle han befrukta henne nu? Var det så kvinnoriten gick till?

Hon blev kall inombords. Ingen hade talat om för henne vad som skulle ske under akten. Visst var Untamo utsedd av rådet att bli hövding efter Magna-tai och visst hade han rätt att välja sin kvinna som han ville men henne skulle han bemöta med respekt. Annars fick han se sig om efter någon annan.

»Untamo kan gå nu«, sade schamanen.

Schamanens ord var de mest välkomna hon hört under sitt liv. Hon låg kvar stilla på rygg och undrade varför inte Untamo kunde slita sin blick ifrån hennes kropp. Han rörde sig inte. Kanske hade han inte hört schamanens uppmaning.

»Untamo!«

I det svaga skenet från elden såg Vilja den blivande klanhövdingen slita blicken ifrån henne och avlägsna sig. Först nu uppfattade Vilja att hon hållit andan under tiden som Untamo betraktat hennes nakna kropp. Hon visste inte varför hans blick gjorde henne så orolig till mods.

Hon blev ensam med shamanen och slappnade av. Hon hade hört att det alltid varit de kvinnliga shamanernas uppgift att förbereda klanens flickor på att bli kvinnor och med det kände hon sig trygg.

Tonala reste sig, gick med långsamma steg fram till henne och lade sina händer på Viljas mage. Hon kände gummans cirkelformade rörelser över sin kropp och hon slöt ögonen. En doft av lavendel trängde igenom röklukten när Tonala med mjuka långsamma rörelser masserade in en olja i huden. Kroppen blev mjuk och avslappnad.

»Jag ska öppna dig för att Moder Jord ska kunna låta ett nytt liv växa i dig«, sade Tonala.

Schamanen fortsatte att massera henne ner över magen och över låren och cirklade in mellan hennes ben. Njutningen stegrades när Tonalas händer smekte över skötet. Hon ville inte att Tonala skulle sluta. Hon öppnade ögonen men slöt dem igen och önskade att den pirrande känslan skulle stärkas. Det gjorde den när Tonala varsamt öppnade henne med sina fingrar.

En kramp fylld av välbehag fick henne att spänna kroppen i en båge och det kändes som om något exploderade i henne. Sedan slappnade hon av och kroppen översköljdes av en känsla fylld av välbehag. Det var över nu och hon slog upp ögonen. Schamanen välkomnade henne med ett leende.

»Kvinnans njutning är en gåva från Moder Jord. Det är så här det ska kännas när Moder Jords ande låter ett barn börja växa i dig«, sade Tonala. »Jag har invigt Untamo i hur han ska göra för att ni ska uppnå detta tillsammans.«

Därefter gned hon mer olja över Viljas mage och ben.

Långt senare höll Vilja på att somna när smekningarna hade upphört och schamanen hade försvunnit därifrån. Detta var alltså riten som markerade att hon nu var kvinna.

KAPITEL 24

Följande morgon gick Vilja ner till stranden. En lätt vind låg på från sydväst och drev upp små krusningar på havet. I den klara luften syntes öarna utanför tydligt, även Vinterön som avtecknade sig som en blånande upphöjning längst ute vid horisonten. Ett par vargliknande hundar med grå och svart päls följde efter och tryckte sina fuktiga nosar mot hennes tomma händer. Hon klappade dem vänligt på huvudet. Hundarna lunkade tillbaka till kåtorna med nedsänkta huvuden, besvikna över att hon inte hade något ätbart med sig. De lade sig utanför Magnagård där schamanen Tonala och hövdingen Magna-tai bodde med sin familj.

Vilja vadade ut i vattnet och sträckte armarna mot den värmande solen för att bli kvitt stelheten efter den korta nattsömnen i grottan. Luften var fylld av dofter av färsk tång och sjögräs. Några måsar cirklade skränande runt en ljusare fläck ute i vattnet. Moder Jord hade skänkt både fåglarna och henne en ny, solig morgon. Hon vadade längre ut i vattnet och kände sanden när den strömmade mellan tårna. Hon böjde sig ner för att skölja ansiktet och ryste när de kalla dropparna blötte hennes kinder och rann nerför halsen och magen innanför hennes tunika.

Mitt i rörelsen stelnade hon till. Vattnet i hennes kupade händer rann bort mellan fingrarna. Hon torkade ögonen och skärpte blicken. Där borta låg något och guppade vid vattenbrynet. Ett stort föremål. Mycket större än en säl eller ett stycke drivved. Föremålet stötte mot land fyra eller femhundra steg västerut och hon gick dit.

Det var en stör som stack upp ur en lång, urgröpt stock. En människa med ljust hår låg orörlig i skrovet. En skäggig man. Hans hår var långt och lika ljust som vassen om hösten.

Mannen stönade och gjorde tröga, tafatta rörelser. Han lyckades kravla upp på alla fyra och försökte ställa sig upprätt i farkosten. Fastän han inte helt kunde räta på sig verkade han stor, lika lång som den grånade hövdingen Magna-tai, kanske ännu längre men mycket slankare. Han vacklade till och tappade balansen när ena benet vek sig under hans kropp och han föll över bord.

Hon stirrade på det ställe där mannen trillat i. Vattnet var inte djupt, bara till höfterna men ändå tillräckligt för en man att drunkna i.

Plötsligt dök mannens huvud upp ur havet och snart även överkroppen. Han spottade och fräste och han höll i något. Hon såg att det var ett rep. Framåtböjd och med nersänkt huvud kämpade han steg för steg framåt för att nå sandstranden. Han halkade och föll framstupa tillbaka i vattnet. Där låg han på mage med repet i ena handen. De små vågorna kluckade mot kanotens sida och slog över hans utbredda armar, rygg och baksidan av hans huvud.

Hon rusade ut till honom, vände honom på rygg och fick in en arm under hans axlar och släpade honom upp på stranden. Han var tung. Inte bara för att kroppen var stor utan också för att hans mockasiner, benkläder och tunikan hade sugit i sig väta. Hon andades tungt när han äntligen låg på den gulbruna sanden.

Hon vände hans huvud så att han kunde andas om han nu fortfarande var vid liv. Säker kunde hon inte vara när hon stod på knäna i sanden och betraktade hans orörliga kropp. Ögonen var slutna och det långa håret och skägget låg i våta testar över huvudet och axlarna. Hon förde sitt ansikte över hans halvöppna mun och kände att han mellan sina spruckna läppar andades ut varm luft i korta ytliga andetag. Han levde men inte så mycket mer. Vad skulle hon ta sig till med honom? Och vad gjorde han här? Han måste ha råkat ut för en olycka. Ingen frisk människa skulle komma ensam till Sunnanvik i gryningen i det skick som den här mannen befann sig i.

Repet som mannen så krampartat höll i var fäst i kanotens stäv. Kanoten verkade vara lika egendomlig som mannen själv. Den bestod av en bred, urgröpt stock och en mast. Träet var så ljust att det kunde vara lärkträd eller bok. På båda sidor om kanoten fanns kantringsstöd som var fastbundna vid stocken med ett tjockt rep av vass. Hon hade bara sett en liknande konstruktion hos handelsmännen som kom till byn ibland.

På en sittbänk i farkostens bakre del fanns ett par blöta fällar och några jaktredskap. Någon proviant såg hon inte till.

Mannen vred sig åt sidan och hostade upp vatten. Hon tog hans huvud mellan sina händer och vände varsamt på honom. Ett stort sår gapade ovanför örat. Från såret sipprade färskt blod ut i sanden, men levrat blod hade också torkat in längs sidan av hans huvud och även i håret, så helt ny var skadan inte. Kunde mannen ha ramlat omkull och slagit sig? Eller hade någon annan slagit honom i skallen? Hon tittade ut över havet men inga jagande farkoster syntes där ute mellan öarna.

Mannen grymtade till av beröringen och när hon lät hans huvud vila mot sanden slog han upp ögonen. Hon ryckte till och drog sig undan.

»Milda Moder Jord!« utbrast hon.

Hon hade aldrig tidigare sett så blå ögon. Bruna hade hon sett, liksom nästan svarta, mörkblå och olika nyanser av grått, men inte sådana som hade samma färg som himlen när solen lyste som starkast.

Mannen sökte hennes blick. Hon såg något vädjande i hans ögon. Kanske var det hans sätt att be om hjälp? Och hjälp skulle han behöva för att inte dö. Mannen mumlade något men det han sade var obegripligt och kom från så djupt ner i hans hals att det var omöjligt att uttyda. Han tecknade till henne att komma närmare. Hon lutade sig över honom och sträckte ut handen för att undersöka såret.

Hans hand trevade efter hennes handled. Hon blev förskräckt och ryckte häftigt tillbaka sin arm. Enligt klanens seder fick ingen röra vid en kvinna utan hennes medgivande. Och nu hade den här mannen som havet sköljt upp på hennes strand fräckheten att försöka grabba tag i henne. Hon rusade därifrån. Hon måste hämta hjälp. Främlingen såg konstig ut och betedde sig som om han inte lärt sig det minsta om respekt för kvinnor. Han var kanske farlig eller besatt av onda andar. Men Magna-tai och Tonala skulle veta svaret.

Vilja återvände med shamanen, Magna-tai och Untamo. De betraktade främlingen.

»Jag har då aldrig tidigare sett någon med så blont hår och skägg. Långt är det dessutom. Som om han inte har tagit bättre hand om sig än ett vilt djur«, sade Untamo med avsky i rösten.

Shamanen skakade på huvudet.

»Vänd på honom«, sade gumman.

Mannen stönade när Untamo omilt vände honom på mage. Vilja pekade på hans sår i huvudet.

»Han blöder och måste få hjälp.«

Shamanen kände på hans panna och blev allvarlig.

»Han måste bäras upp till Magnagård.«

Hövdingen hade fått syn på mannens kniv, spjut och yxa.

»Jag tar hand om de där tillhyggena«, sade han.

De fick hjälp av några män som rusade ner från byn och bar upp mannen från stranden.

»Lägg honom där«, sade hövdingen och pekade på en plats utanför Magnagård. Han ropade in mot öppningen efter sin kvinna.

Med lika smidiga rörelser som alltid kom Kultima ut och gick genast fram till den liggande mannen.

»Vem är han?« frågade hon och strök med handflatan över den liggande mannens arm.

»Vi vet ännu inte«, sade shamanen.

»Han blöder ju«, utbrast Kultima när också hon upptäckte blodet i mannens hår och hans svullna tunga. »Gör något! Han måste få vård.«

Hövdingen hade inte släppt mannen med blicken. Att Magna-tai var rädd var uppenbart. Men rädsla var ingen orsak för att inte hjälpa främlingen, tänkte Vilja.

Magna-tai tog till orda.

»Vi vet ingenting om den här mannen. Han kan var god men han kan också var hitsänd av de onda andarna för att sprida sjukdom och död bland oss. Jag säger att vi bär honom tillbaka till stranden där vi hittade honom. Vi kan ro ut honom och därefter får gudarna styra honom vart de vill.«

»Nej«, sade Vilja. »Det var jag som hittade honom. Vi bär honom till min familjs kåta så skall jag göra mitt bästa för att bota hans skador.«

Vilja betraktade Magna-tai och Tonala när de utbytte blickar. Där stod klanens två ledare, den världsliga och den andliga och ville bli överens.

»Vilja har rätt. Du vet våra seder«, sade Tonala och vände sig mot Vilja. »Jag skall hjälpa dig. Kanske kan han få ligga i krukmakeriet. Jag tror inte att din mor vill att han ligger inne i kåtan innan vi vet vad han är för en.«

KAPITEL 25

Mannen låg på rygg på en bädd i krukmakeriet. Ögonen var slutna och han andades med korta andetag genom den halvöppna munnen. Läpparna var spruckna och Vilja fuktade dem med så mycket vatten att det rann över. Han tycktes bli nöjd åtminstone för stunden och Vilja passade på att blanda en dekokt på älggräs och rölleka för att sänka temperaturen i kroppen. Han var för svag för att själv orka hålla huvudet uppe och Vilja måste stödja honom så att han kunde få i sig vätskan. Han svalde villigt och Vilja såg tacksamhet i hans ögon. Till en början var hon försiktig varje gång hon närmade sig honom. Men han försökte inte fatta tag i henne igen. Kanske var han för trött för det eller så hade han förstått att hon inte tolererade att han gjorde så.

Hon kände en stark doft av hav och vass i luften och luktade på hans hud. Ja, den friska doften kom verkligen från honom. Kanske hade han legat i det salta havsvattnet länge innan han spolats i land vid Sunnanvik? Hon tvättade såret i huvudet med ett avkok av rötter från daggkåpa och förband det med ett lager färska blad ovanpå vilka hon lade ett tunt ekorrskinn innan hon band fast allt runt huvudet. Han fick vatten att dricka och verkade bli piggare för varje klunk. Hon backade ett steg för att betrakta vad hon åstadkommit, var nöjd med sitt verk och vände ansiktet mot himlen och bad Moder Jord att bistå mannen. Hon hade gjort vad hon kunnat. Nu låg hans framtid i andarnas händer.

Hon hade arbetat så intensivt att hon inte märkt att det stod någon vid dörröppningen. Först när hon hörde ett föraktfullt fnysande bakom ryggen vände hon sig om. Där stod han vid en av kåtans stöttepelare och sög på ett långt grässtrå. Hans ansikte låg i skugga och Vilja urskilde bara hans mörka ögonbryn, den låga pannan och den ilskna rynkan mellan ögonen.

»Untamo«, utbrast hon. »Vad gör du här?«

Hur länge hade han stått där och tittat på henne?

»Den där mannen är ond och jag ber till gudarna att inte du också dras in i de ondas värld. Du skulle ha låtit honom föras tillbaka ut till havs. Men det är ännu inte för sent. Jag skall se till att rådet sammankallas för att besluta om att driva ut honom igen«, sade Untamo och gick därifrån.

KAPITEL 26

Vilja vaknade före gryningen av ett stillsamt klagande ljud. Det lät ynkligt som ett barns kvidande. På en gång var hon klarvaken, vek undan fällen och reste sig ur sin bädd för att se efter främlingen bredvid henne. Hon hade vakat över honom större delen av natten men slutligen lagt sig för att sova i närheten ifall han skulle behöva hennes omvårdnad.

Ute var det ännu mörkt men en svag glöd fanns kvar under askan i härden som vanligen användes för att bränna krukor men som den här natten fick ge värme och ljus till henne och främlingen. Hon lade på ny brännved och blåste på elden så att den tog sig igen.

Hon tände ett spån och gick tillbaka till sjuklingens bädd. Som så många gånger tidigare under den föregående kvällen och natten lade hon sin hand på hans panna. Den var lika het som under natten men beröringen fick honom att sluta kvida. Hon tänkte på vad Untamo hade sagt föregående kväll och bestämde sig för att få mannen frisk. Hon skulle visa att det inte var något fel på honom, förutom att han såg lite konstig ut.

Hon tog ett ekorrskinn och doppade det i vatten. Med långsamma, försiktiga handrörelser torkade hon av hans hud för att kyla ner hans kropp. Kanske hjälpte det, men det tycktes bara vara för stunden.

Att han var ond trodde hon inte på. Men han led av något fel som hon inte kunde lista ut. Hennes kunskaper räckte inte till. Hon måste be schamanen att hjälpa henne. Om inte för något annat så åtminstone för att dela ansvaret med någon annan.

Medan hon arbetade i krukmakeriet kände hon på sig att andarna följde med i vad hon gjorde. De tycktes oroa sig för honom. De gled omkring i cirklar därinne som kraftiga värmevågor, försiktigt undrande och frågande för att inte skrämma henne. Snart flöt de in i henne och hon blev varm. Andarna tog över och började styra hennes tankar och därefter även hennes händer. Hennes mod kom tillbaka och hon fylldes av ett lugn. När hon gick till sitt förråd av örter och lade handen på daggkåpan eller på johannesörten hörde hon andarna tala.

»Ta den, ta den! Nej, nej, inte den, den andra, där. Just så. Bra!« sade rösten uppmuntrande som om hon inte själv visste vad som skulle göras.

»Tack, det vet jag redan«, sade Vilja och log för sig själv. Till sist ville de få henne att lyfta hans täcke vid fotänden. De var påstridiga men då kunde hon inte längre hålla tillbaka ett skratt. Det skulle hon ändå inte göra. Det var i huvudet han hade ont, inte foten. Fattade de inte det?

Natten gled mot morgon och trots Viljas ansträngningar och trots andarnas närhet blev den blonde mannen inte bättre. Men han blev inte sämre heller. Hon matade honom med värmenedsättande dekokter men hans panna och kropp svalnade inte. Mat ville han inte ha men han drack vatten då och då i små klunkar. Vilja satt vid hans bädd och hennes huvud sjönk allt djupare mot bröstet. Slutligen lade hon sig vid mannens bädd och föll i sömn.

Vilja vaknade av att mor rörde vid hennes axel. Hon slog upp ögonen.

»Sover du«, frågade Valikatta.

Solen hade gått upp. Hon hade somnat ovanpå vassen på den hårt stampade marken med ett älgskinn över sig.

Vilja lyfte på huvudet och kände hur det kramade om bröstet.

»Lever han?« frågade hon.

»Han lever men inte så mycket mer.«

Vilja andades ut, steg upp och betraktade mannen. Hans hår och skägg hade torkat men läpparna var spruckna och nu såg hon tydligt hur hans ansikte var bränt av solen. Han måste ha varit länge där ute på havet eftersom solen så här års inte längre var så stark. Hon lade handen på hans panna. Den var het, nästan lika het som värmestenarna på vilka mor stekte abborrar.

»Du ska inte oroa dig alltför mycket för den här främlingen som vi inte vet någonting om«, viskade Valikatta till henne.

»Jo, jag måste. Ingen annan verkar bry sig om honom.«

Vilja förväntade sig inget svar från mor och det fick hon inte heller. Det måste vara något annat än såret i huvudet, tänkte hon. Hon reste sig och gick ett varv runt mannen och studerade honom. Slutligen ställde hon sig bakom hans huvud, lade händerna på hans bröst och studerade hans fötter som stack rakt upp. Andarna hade talat om främlingens fötter. Hon tittade mot fotänden igen och bestämde sig för ett försök. Det kunde ju inte skada heller.

Hon öppnade mannens tunika och drog undan läderhosorna. Det här borde jag ha gjort med en gång, tänkte hon och började undersöka hela kroppen. Mannen verkade vara senig och stark. Han hade ett par ärr på armarna och ett större rött märke längs sidan från armhålan ner till magen. De såg ut som stick- och skärsår, läkta sedan länge och kunde inte besvära honom. Kanske var han en krigare ändå?

Till sist försökte hon dra mockasinerna av fötterna. Skorna hade varit blöta och nu hade lädret torkat och blivit stelt och obändigt. Den ena vaden var svullen en lång bit upp mot knäet och spände mot mockasinen. Fastän hon öppnade snörena lossnade inte mockasinen som den gjort på den vänstra foten. Hon klämde på hans svullna fot och mannen spärrade upp ögonen och grimaserade samtidigt som han gav ifrån sig ett klagande ljud.

»Kniven, var har jag kniven«, muttrade hon och plockade fram den ur sitt bälte.

Hon skar upp skinnet vid hälen. Den svullna foten blottades. Vaden och foten var blåröda och det såg ut som om skadan inte var ny. Hon skrapade bort smuts och intorkade saltkristaller. Strax ovanför fotknölen såg hon orsaken till svullnaden. Det fanns fyra röda, ilskna bett i huden. Lite högre upp fanns det några märken till, fastän inte lika tydliga. Hon gned de röda fläckarna med saften av groblad. Trots att hon visste att det sved knep mannen bara ihop ögonen och läpparna men han klagade inte.

»Vad gör du här?« frågade Vilja när behandlingen var över.

Hennes röst fick mannen att slå upp ögonen och irisens blå färg gnistrade i dem.

»Vem är du?«

Mannen skärpte blicken som han försökte förstå. Hon pekade på sig själv och sade:

»Vilja.«

Mannen sken upp för ett kort ögonblick och svarade något knappt hörbart och hon bad honom upprepa vad han sagt.

»Alver«, sade mannen.

Vilja blev ivrig och frågade varifrån han kommit och hur det kom sig att hans kanot hade landat just här. Mannen talade men orden var obegripliga för henne.

»Du heter alltså Alver«, konstaterade hon slutligen och rätade på ryggen.

KAPITEL 27

Följande morgon vaknade Vilja av att någon rörde sig i krukmakeriet. Hon vred på huvudet och hojtade till när hon såg att Alver var på väg ut. Han vände sitt bleka ansikte mot henne men det gladde henne att han nu stod på sina egna ben och att hans blick hade blivit klarare, mindre febrig. Hon kom på fötter och följde efter honom.

»Vart är du på väg?« frågade hon när hon hann upp honom utanför krukmakeriet.

Alver vände sig om och vred med händerna. Slutligen kupade han dem så att de bildade en skål och vaggade dem från sida till sida. Hon förstod inte vad han menade och han fortsatte gå mot stranden och Vilja gick efter honom. Ville han ha något att dricka? Eller feberyrade han?

Alver gick genom byn och stannade först när han kommit till stranden där han tittade västerut mot den plats därifrån han hade kommit. Därefter pekade han på den närmaste kanoten.

»Letar du efter din kanot?«

Han tittade oförstående på henne.

»Ka … not«, sade hon.

Alver försökte säga bokstäverna på samma sätt som Vilja. På fjärde försöket lyckades han säga »*kanuut*« och samtidigt förde han ihop sina händer till en skål. De såg på varandra. De hade hittat ett första gemensamt ord.

»Jag ska visa dig«, sade Vilja och ledde honom till kanotstranden.

Vid den lugna åmynningen strax öster om byn låg en brygga som skyddades på två sidor av flata klippor. Högre uppför ån fanns en sandstrand. Där hade klanen förtöjt sina kanoter eller dragit upp dem på sanden. Några kanoter var lätta och gjorda av hopsydda sälskinn medan de kraftigare kanoterna var av samma typ som Alvers farkost. En urgröpt stock, fastän klanens farkoster var enkla och saknade mast och kantringsstöd. Även Alvers kanot låg där och var så bred att den upptog två kanotplatser.

Med bestämda steg gick han fram till den och tog upp en korg som var fylld av torkade blommor. Han plockade upp några växtdelar och tummade på de bleknade, klockformade blommorna och lyfte därefter blicken och tittade långt förbi öarna.

Det var uppenbart att han letade efter något bakom horisonten. Vilja visste inte vad. Kanske var det så enkelt att han spanade efter landmärken eftersom han inte visste var han var?

Hon försökte föreställa sig hur mannen måste känna sig. Han hade ännu för en dag sedan varit nära att dö och nu insåg han kanske att han överlevt men var vilse. När hon vände blicken mot honom igen rann tårar nerför hans kinder.

»Bäst du vilar dig«, sade hon och ledde honom tillbaka till krukmakeriet. Hon fick honom att lägga sig ner igen.

KAPITEL 28

Ett månvarv senare samlades rådet i Sunnanvik på två bänkar vända mot varandra uppe på offerplatsen. Samtliga rådsmedlemmar hade tagit på sig sina amuletter, vandringsstavar och huvudbonader. Ett regnväder låg över byn. Medlemmarna skakade av sig regndropparna från tunikor, mössor och hår medan de väntade på att mötet skulle börja, bara även Untamo skulle sätta sig.

Untamo hade drivit på för att besluta om Alvers öde men det hade inte varit så enkelt. Tonala hade sagt att de måste ge tid för Alver att krya på sig och för se om något skulle förändras av att han vistades hos dem.

»Idag måste vi bestämma vad vi ska göra med mannen som kallar sig Alver och som Moder Jord lät spola upp på vår strand«, sade Magna-tai och blickade ut över rådets medlemmar.

Det blev tyst bland de församlade medlemmarna. De skruvade på sig eller tittade ner mot sina blöta fötter. Untamo hade velat tillägga att det inte nödvändigtvis var Moder Jord som sköljt upp mannen på deras strand. Lika väl hade det kunnat vara de onda andarnas vilja att skicka honom till Sunnanvik. Men han förstod att det var för tidigt att framföra sådana synpunkter. Alla väntade på att Magna-tai skulle fortsätta. Tunga mörka moln i söder tydde på att regnet skulle tillta och medlemmarna ville tillbaka till värmen i kåtorna.

Untamo lutade sig framåt för att se om han kunde upptäcka några tecken i rådsmedlemmarnas ansiktsuttryck där under deras mössor, och blöta skägg. Det gick inte så bra och han reste sig och tittade turvis på var och en. De hade dragit upp axlarna och hukande under regnet där de tittade tillbaka på honom.

»Kan jag få tala«, sade Untamo när hans blick slutligen fastnade på Magna-tai.

Hövdingen nickade. Hans pälsmössa kom i gungning och regndroppar strömmade i en rännil längs det feta skinnet ner mot tunikans halsöppning.

»Efter att mannen som kallar sig Alver kommit hit är ingenting sig likt. Det värsta är att en förbannelse har dragit över oss.«

Untamo talade med långsam och tydlig röst och rådets medlemmar lyssnade uppmärksamt. Men när Untamo sade ordet förbannelse vände de sig mot varandra med frågande blickar.

»Vad menar du, Untamo«, sade Tonala.

Untamo fattade på hennes tonfall att hon ville göra klart för honom att frågan om förbannelser kom eller inte kom skulle avgöras av en shaman, inte av en ung man som inte hade levt länge nog för att inhämta kunskap om andevärlden. Som tur var, sade Tonala ingenting om det.

Untamo låtsades inte om Tonala och lät bli att svara. Han fortsatte med dånande stämma eftersom han nu fått allas uppmärksamhet och kände att han kommit i gång. Han var stark, det var han som snart skulle härska över byn.

»Kan ni inte se tecknen?«

Untamo gjorde en paus för att medlemmarna skulle få tid att tänka efter. Ingen svarade förutom en gammal gumma vid Tonalas sida som bad om ordet.

»Allt är sig likt. Jag kan inte se några förändringar.«

Untamo tittade åt ett annat håll. Han var ilsken över avbrottet men valde att inte bry sig om gumman.

»Se er omkring. Har det någon gång tidigare regnat så mycket som det gjort under det senaste månvarvet?«

Ett mummel hördes bland männen medan de båda gummorna tittade frågande på varandra. Visst hade det regnat en hel del men ingen hade tänkt på att det hade regnat osedvanligt mycket. Fastän just nu kom det mycket regn och då var det lätt att komma ihåg att det faktiskt regnade även för några dagar sedan.

»Vad önskar du, Untamo?« sade Magna-tai med en blick full av medlidande när han tittade på sina blöta rådsmedlemmar.

»Det var en sak till innan jag meddelar mitt förslag«, sade Untamo.

»Alver har kastat ett ont öga på byns ungmör. Han har lockat en av våra kvinnor till sig. Innan han kom letade hon efter sällskap bland våra egna män men under det senaste månvarvet har kvinnan vänt ryggen mot oss. Som om en utböling skulle vara bättre än byns egna män.«

Magna-tai nickade för att få tyst på Untamo. Men eftersom alla män och kvinnor i rådet skulle få tala kunde han inte avbryta honom.

»Och Untamo, ditt förslag?«

Untamo drog in luft i lungorna. Nu skulle slutklämmen komma.

»Vi utvisar Alver men kvinnan får stanna. Han må förbereda sig i tre dagar men på morgonen den fjärde dagen ska han ta med sig allt som är hans och som han orkar bära och vi leder honom två dagsmarscher härifrån. Där lämnar vi honom i andarnas våld.«

Untamo satte sig på bänken. Han tittade på rådsmedlemmarna och väntade sig uppmuntrande bifall och hurrarop men de uteblev. Endast shamanen klappade honom tröstande på ryggen med sin blöta hand.

Magna-tai reste sig och skakade regnvatten av sin päls. Åtminstone hövdingen skulle backa upp honom fastän han inte hade sagt det rent ut men han hade låtit förstå att han resonerade på samma sätt som Untamo själv. Magna-tai var ju trots allt hans farbror. Eftersom Magna-tai bara fått den överlivliga sonen Ukko, hade rådet valt Untamo till hövdingens efterträdare.

»I motsats till Untamo har jag inte sett något ont i Alver«, sade Magna-tai och tittade med en medlidsam blick på sin brorson. »Att det kommer regn i dessa dagar hör till vanligheten. Jag håller med Untamo om att hösten är lite tidig men ändå är det inte helt ovanligt. Att Alver sedan har kvinnotycke kan han inte belastas för. Trots att han ser ut som han gör säger min kvinna Kultima att han är en vacker man och att han säkert kan avla starka och välväxta barn. Men inte heller det anser jag vara någon orsak till att vi inte skulle erbjuda honom samma gästfrihet som vi erbjuder andra vandrare, vilsegångna människor och handelsmän som råkar ha sina vägar förbi.«

Magna-tai hade talat klart och Untamo kunde inte förstå att allt detta hade kommit från klanens hövding. Hans företrädare hade svikit honom. Avgörandet var nu osäkert men det fanns ännu en möjlighet att rädda situationen. Schamanen hade ännu inte talat och hennes ord vägde tungt.

»Tonala, vad har du att säga?« sade Magna-tai.

»Jag har sökt kontakt med andarna. Innan vi fattar ett beslut hade jag önskat få höra Moder Jords röst eller åtminstone se ett tecken från henne. Ingenting har jag sett eller hört. Å ena sidan förstår jag Untamos oro att inhysa en man som kan vara besatt av onda väsen, å andra sidan måste vi hålla oss till de lagar om gästfrihet som våra förfäder alltid har följt. Men det finns ett tecken som vi inte ska glömma«, sade hon och tittade på Magna-tai.

»Vilket då?«

Tonala fortsatte:

»Mannen bär kring halsen en amulett av en björntand. Den är stor och kraftig. Mannen som kallar sig Alver bär björnens tecken.«

Tonala kisade i regnet mot det gamla björnkranium som var Sunnanviks starkaste totem. Rådsmedlemmarna följde hennes blick och såg kraniet som förfäderna hade hämtat med sig och som skyddat klanen från bränder, farsoter och anfall från grannbyar. Nu hängde den ovanför ingången till grottan.

»Så länge jag inte har fått några andra tecken och så länge jag inte med egna ögon kan hitta något som skulle visa att mannen är ond, kan vi inte driva honom härifrån. Han delar vårt skyddsdjur.«

Untamo knep ihop läpparna och knöt käkarna. Han gav Tonala en hatisk blick. Den gamla gumman hade svikit honom. Det skulle han minnas den dag när han själv blev hövding.

Bitterheten mot de övriga rådsmedlemmarna brände i bröstet när han gick bakom Magna-tai tillbaka till Magnagård. Ingen hade röstat på hans förslag. Ingen hade uppmuntrat honom. Han hade förlorat med fem röster mot sin egen. Men det kanske inte var för sent att få se Alver fördriven från Sunnanvik. Nästa gång skulle han bara se till att han hade starkare bevis och att han åtminstone hade Tonalas röst med sig och de erfarna jägarnas. Då minsann, skulle Magna-tai få lov att erkänna sig nedröstad.

KAPITEL 29

Alver satt i solskenet bredvid Vilja utanför krukmakeriet och det var inte så konstigt. Det var bara hon som ville ha hans sällskap och det var han tacksam för. Han måste snart fatta ett beslut om vad han skulle göra. Alla blickar och viskningar bakom hans rygg fick honom att begripa att han inte var välkommen i byn. Han måste ta sig härifrån men han begrep också att det inte skulle bli lätt.

Först nu hade han blivit så stark att han kunde röra sig utan större hinder. Han hade uppmärksammat att Untamo sett honom och Vilja sitta bredvid varandra och tala på sina egna språk medan de med yviga gester visade vad de ville ha sagt. Untamo hade bara blängt på dem och gått därifrån utan ett ord. Att han var missbelåten över att Alver tog så mycket av Viljas uppmärksamhet gick inte att ta miste på.

Varje dag hade Vilja lärt honom nya ord och han hade börjat tycka om den lilla kvinnan med det svarta håret och hennes livfulla ansikte. Han fattade snabbt och hans uttal började alltmer likna hennes. Hon hade också lärt sig några ord av hans tungomål. Hon kunde uttala hans namn och visste vad vatten, kanot och fisk betydde. De små framgångarna och Viljas glädje över att han lyckades säga och förstå Sunnanviks ord manade honom till att lära sig allt mer. Under de senaste dagarna hade han alltmer börjat vänta på stunden när de skulle hålla sin språklektion.

De var mitt inne i ett samtal när han hörde steg bakom krukmakeriet. Snabbt hasade han sig en bit ifrån Vilja så att det blev ett ordentligt mellanrum mellan deras höfter. Han lyfte huvudet och lyssnade efter steg. Var det Untamo igen? Nej, stegen lät mycket tyngre och var långsamma. Byns hövding steg fram bakom hörnet.

Magna-tai tittade vänligt på dem men Alver blev misstänksam. Med bara vänlighet blev man inte hövding för en stor klan som den i Sunnanvik. Han hade räknat ut att det måste finnas en hårdhet hos honom som han ännu inte hade behövt uppleva. Visst kunde Alver själv också försvara sig hårdhänt men nu var han i en sådan situation där han var beroende av byns godhet för sin överlevnad. Han visste ju inte ens var han befann sig, utom att hans hem låg någonstans bortom det stora havet. Hans enda sätt att överleva den annalkande vintern var att foga sig i klanens vilja och vara tacksam för det som klanen erbjöd honom.

»Jag har några frågor till dig«, började Magna-tai och ställde sig framför Alver, mönstrade honom ett tag, varefter han drog in andan och började tala.

Alver förstod de första orden men när han började ställa frågor i tät följd blev uttalet så snabbt att han inte förstod någonting. Han tittade frågande på Vilja.

»Ditt hem ...«, sade hon uppmuntrande.

Hon pekade mot havet och därefter mot hans kanot. Hon gjorde deras tecken för kanot och sade ordet. Han förstod. Naturligtvis ville hövdingen veta varifrån han hade kommit och han hade gärna berättat det om han bara visste.

Men situationen var den att han inte hade en aning. Allt sedan han tagit i land, ja faktiskt redan ute på havet, när han vid sina vakna stunder varit så klar i huvudet att han kunde resonera med sig själv, hade han undrat var han befann sig. Det enda han kom ihåg var att han drivit ut till havs från Blomsteröarna men varthän, det hade han ingen aning om.

Vindarna hade till en början kommit från sydväst men därefter kunde de ha fört honom i vilken riktning som helst medan han låg avsvimmad i kanoten. Han hade varit i byn som de kallade för Sunnanvik i mer än ett månvarv och hans bästa gissning var att han måste ha drivit över det stora vattnet under flera dagar och hamnat hos en klan någonstans i norr eller i öster i förhållande till Blomsteröarna.

De här människorna liknade inte honom och de pratade ett språk han aldrig tidigare hade hört. Hur skulle han förklara allt detta för hövdingen i Sunnanvik?

Viljas far och mor kom ut ur kåtan. De hälsade på Magna-tai och lät därefter Alver fortsätta. Han pekade mot havet.

»Där«, sade han och använde för första gången ett av de ord Vilja lärt honom.

»Det säger mig inte så mycket«, sade Magna-tai.

Magna-tai måste ha insett att han inte skulle få ut något mer av Alver och vände sig till Vilja. Av samtalet anade han att rådet hade haft sitt möte och beslutat att ge tillbaka hans vapen. Skötte han sig väl skulle han få bo kvar i byn över vintern.

Alver blev säker på att han förstått rätt när hövdingen överräckte honom hans kniv, spjut och hans yxa. De tycktes lita på honom, åtminstone till en del.

Han ansträngde sig för att uppfatta vad Magna-tai sade till Viljas föräldrar och han uppfattade orden bygga, kåta och frisk. Vilja upprepade strax samma ord men med ett tonfall som om det var en fråga. Handlade det om att han skulle få bygga sin egen kåta? Var skulle den ligga i så fall?

Vilja och Magna-tai fortsatte att prata över huvudet på honom som om han inte alls fanns där eller som om han var så dum att han ingenting begrep. Naturligtvis gillade han det inte men så länge han trodde att diskussionen gick i en gynnsam riktning ville han inte ingripa. Han hade fått sina vapen och han hade fått lov att bo kvar. Dessutom verkade det som om Magna-tai ville visa honom ännu något mer.

»Följ mig«, sade hövdingen, vände om och började promenera mot utkanten av byn.

Vilja och Alver följde efter honom. Efter att de vandrat cirka hundra steg stannade Magna-tai och pekade på en öppen plats längst bort mellan byns yttersta kåtor och skogen. Alver var inte säker på vad han menade. Men Vilja förklarade:

»Där får du bygga en kåta.«

Efter alla de misstänksamma blickar han fått var han osäker på om byn verkligen ville att han skulle stanna kvar och bygga sig en egen bostad. När hövdingen än en gång pekade på marken mot skogsbrynet blev han säker. Platsen låg ovanför byns kåtor och förrådsbyggnader. Stranden och vattnet i söderläge skymtade mellan byns byggnader med Magnagård i mitten och ett antal gråa kåtor utspridda omkring den.

Han fattade tycke för platsen och tackade på sitt eget språk. Att ges möjligheten till ett eget hem var betydelsefullt, fastän han helst hade velat fara hem till Sälgrundet till sin kvinna och sin son.

Tankarna på Svana var aldrig långt borta och han kunde inte sluta fundera över frågan om hon överlevt attacken från björnen. Och vem hade tagit hand om Stenkil, hans lille son? Han hoppades att Ullmira skulle vara tillräckligt kry för att orka ta hand om den lilla pojken. Visst var hon skröplig men nog skulle hon kunna se efter en liten pojke så att han fick mat och en bädd att sova i. Det var inte så tungt.

Han ruskade av sig tankarna på sitt riktiga hem. Sådana grubblerier skulle bara öka hans hemlängtan och göra honom illa till mods. Nu var han här och dessa människor hade beslutat att ta upp honom i klanen som gäst så att han inte skulle förgås under de kalla vintermånaderna. Han måste tänka på alla de praktiska saker som behövde göras för att få till ett skydd där han kunde äta och sova. Det krävdes stora hudar, näver, torv, rep, vidjor, långa störar och mycket tid. Att ta fram allt det skulle bli nog så svårt.

»Jag tackar«, sade Alver. Han hade gärna velat säga fler ord men han kunde dem inte.

Magna-tai vände tillbaka till Magnagård. Alver blev kvar med Vilja. Han undersökte sin nya boplats och hittade en yta där bara lite trädrötter stack upp ovanför jorden och där marken var plan och fri från stora stenar.

»Här«, sade han och stakade ut ett runt område med fem steg tvärs över.

Han ville skyffla bort en handsbredd av gräset och mossan och ersätta det med sand från stranden för att hålla marken dränerad.

»Jag kan hjälpa dig«, sade Vilja när hon såg att Alver föll på knä och började gräva.

Resten av den dagen arbetade de tills det blev mörkt. Då satte han sig på en sten och Vilja slog sig ner vid hans sida. Det hade blivit sent och det onda benet värkte igen. Hon pekade på den svullna vaden och sa något om att vila.

»Sova?« sade han. Han pekade mot Viljas kåta och undrade om han fick stanna i krukmakeriet tills han hunnit bygga färdigt sitt eget hem.

»Ja Alver, du kan inte sova här ute heller«, skrattade hon.

KAPITEL 30

Följande dag vandrade Alver djupt in i skogen för att hitta virke. De närmaste trädstammarna hade klanen redan fällt för sina egna byggnader, kanoter, förråd eller till brännved. Men längre bort från byn hittade han åtta unga tallar som han kvistade och släpade till sin byggplats. Det återstod för honom att barka dem och därefter resa dem till en åttasidig pyramid kring vilken han skulle vira sälhudar. Med tiden skulle han fylla på med lager av näver, torv och mossa. Han var nöjd över att få en egen kåta. Att ha något viktigt att göra fördrev tankarna från frågan hur han skulle ta sig hem.

»Stadig«, sade han till Vilja när pyramiden var rest och han skakade om den närmaste stören som han grävt ner en fot i marken.

Bädden som Alver tidigare hade använt stod kvar i krukmakeriet tills han kunde flytta in. Viljas mor och far bjöd honom som vanligt på mat därinne innan de skyndade sig in i kåtan. Bara Vilja stannade kvar hos honom. Hon hade tagit som sin uppgift att varje dag efter maten lära honom nya ord genom att prata om dagens arbete.

»Hur ska du få tag i hudar?« undrade hon.

»Jag...«, började Alver och letade efter ord. Så sträckte han ut sin knytnäve, drog den andra knutna handen bakåt intill sitt öra som om han spände en sträng, slöt ena ögat för att sikta och släppte i väg en osynlig pil genom luften.

»Pilbåge!« utbrast Vilja.

Han nickade och upprepade det nya ordet så många gånger att hans uttal blev förståeligt.

»Men du kan inte jaga ensam i skogen. Du måste gå ut med jaktlaget.«

Han skakade missmodigt på huvudet.

»Ingen pratar med mig. Bara tittar.«

Vilja suckade.

»Jag ska tala med hövdingen.«

»Nej«, sade han och skakade bestämt på huvudet.

Så länge som Untamo hade något att säga till om skulle han inte vara välkommen bland jägarna. En sådan fråga kunde inte hövdingen rå på.

Följande morgon hittade Alver en enestam, som han kvistade, barkade, kapade och täljde till en båge. Bågen blev kraftig och lång och träet doftade gott. Den nådde honom till bröstet. Han behövde hela sin styrka för att spänna den i skjutläge. Pilarna låg redan klara i ett koger. Nu skulle bågen bara behöva torka för att träet skulle hårdna.

Det var något speciellt med att ha en egen båge. Den gav honom ett skydd och han kände sig fri. Det var som om bågen gav honom visshet om att han kommit ett steg närmare sitt mål att bli självständig och klara sig själv så som han vant sig att vara. Men det viktigaste med bågen var att den var träffsäker. Han trodde det men han kunde inte veta med säkerhet innan han provskjutit.

Han gick ner till stranden, skar fem ark björknäver stora som en handflata och fäste knippet på en trädstam. Därefter ställde han sig på trettio stegs avstånd, spände bågen tills armarna började darra och släppte pilen. Den träffade stammen men hur nära målet spetsen kommit, visste han inte. Hjärtat bultade häftigare när han gick fram för att kontrollera träffen.

Ett leende spred sig över ansiktet när han såg att pilen hade trängt igenom de fem näverarken men en halv handsbredd högre än där han hade siktat. Det dög ändå mer än väl. Han tittade på bågen och visste att den var bra och eftersom den var så kraftig hade pilen tappat mindre höjd än vad han hade räknat med. Nu visste han att han skulle få sina sälskinn och att han den kommande vintern skulle bo i sin egen kåta!

Han lösgjorde pilen och var fullt upptagen med att fästa stenflisan bättre med björkkåda när han såg något i ögonvrån.

En handfull pojkar och unga män hade samlats vid skogsbrynet på ett tryggt avstånd ifrån honom. De såg likadana ut med svart hår och pannlugg som nådde ner till ögonbrynen. Samtliga bar tunikor av säl eller hjortskinn. Fötterna var ännu bara så här års. När snön kom skulle säkert mockasinerna plockas fram, precis som hemma på Sälgrundet.

Det enda som skilde dem åt var längden. Den minste var hövdingens son Ukko som ställt sig vid sidan om och siktade med sin lilla båge på en kråka upp i en rönn. Ett par fullvuxna jägare stod i främsta ledet. En av männen var Untamo. Längre bort såg han Vilja som var på väg åt deras håll. Vad var nu detta, undrade Alver. Det tycktes som om halva byn hade samlats nere vid stranden för att titta på honom.

Untamo tycktes ha fått syn på Vilja och vände sig häftigt om. Först verkade det som om han försvann bort mot kåtorna. Men på vägen stannade han för att säga något till Vilja. Vad ville Untamo så plötsligt tala med Vilja om, undrade Alver?

Och varför tog han så hårt tag i Viljas arm? Alver var redan på väg dit för att fråga när samtalet avbröts.

Vilja slet sig fri ifrån Untamo med ett häftigt ryck och fortsatte vidare mot den snabbt växande åskådargruppen. Untamo såg ut som om ingenting hänt och fortsatte mot sin kåta. Snart var han tillbaka med en pilbåge i handen. Den var något mindre än Alvers men så hade Untamo också kortare armar.

Alver fick annat att tänka på än vad Untamo hade sagt till Vilja eller vad alla åskådare gjorde där. Han visste att om han gick fram till dem eller om han bad dem komma närmare skulle de springa sin väg. Kanske inte Untamo eller Vilja, men de övriga, de lättskrämda, de som fortfarande var osäkra på om han var ond eller god.

»Skjut!« sade Untamo och fick pojkarna att jubla.

»Du också«, svarade Alver och pekade på Untamo.

Han fick ett fientligt flin till svar men vad annat hade han kunnat förvänta sig? Inte ett enda ord hade han växlat med Untamo under den tid han bott i Sunnanvik och ändå kände han av Untamos hat så starkt att det satte alla hans sinnen på helspänn.

Alver ställde sig trettio steg ifrån målet och lade an. Nu siktade han lägre än föregående gång och var beredd att släppa pilen. Någon hostade till och han tog ner bågen. Pojken som hostat gömde sig bakom sina kamrater när Alver blängde på honom.

»Alver ska skjuta«, uppmanade Untamo som om ingenting hänt.

Alver svarade inte men lyfte ändå upp bågen, spände den igen och siktade. Åskådarna hade tystnat och Alver var fullt koncentrerad på att spana in målet. Då hörde han att någon i hopen kluckade till som en tjäder och pojkarna närmast brast ut i skratt. Den här gången lät han sig inte störas. Ett svisch hördes när pilen ven genom luften. Med en dov duns träffade projektilen trädstammen men hur nära mitten den kommit den här gången gick inte att se.

»Untamo skjuta«, sade Alver och fick åskådarna att brista i skratt igen. Hans uttal var kanske inte perfekt. Vilja var den enda som inte föll in i munterheterna.

Han gav sin plats åt Untamo. Utan att bemöda sig om att ge Alver en blick eller säga något ställde Untamo sig i Alvers fotspår.

Ynglingarna hejade på honom. Untamo låtsades inte om dem men Alver lade märke till hur hans hållning blivit stramare och hur han lyfte hakan en aning när han höjde pilbågen i skjutläge. Det blev tyst. Riktigt tyst, ingen hostade eller kluckade till. Untamo siktade och släppte pilen. Han verkade nöjd men hans butterhet hade inte försvunnit någonstans.

»Kom«, sade han och de gick sida vid sida fram till alen.

»Titta!«

Det ordet förstod Alver och Untamo pekade på de båda pilarna som stack ut från trädstammen. Båda hade trängt igenom de fem näverarken. Men både han och Untamo kunde också konstatera att Untamos pil satt närmast mitten. Untamo vände sig mot Alver och grinade så att hans skovelformade tänder syntes.

»Alver måste träna mera«, sade han.

Åskådarna vrålade av beundran. De klappade ihop händerna och hoppade glatt.

Men det de inte såg var att även om Alvers pil hade träffat två tum från mitten, satt den en halv tum djupare inne i träet. Alver var belåten. Det innebar att han på trettio stegs avstånd skulle kunna skjuta igenom den tjocka pälsen på en fullvuxen älg eller en valross. När bågen torkat och fått sin slutgiltiga styvhet skulle han äga ett fruktansvärt vapen. Han behövde inte testa sitt vapen längre. Inte heller behövde han visa att han verkligen kunde hantera sin pilbåge. Utan störande hostningar och andra läten och med lite mera övning skulle han skjuta mitt i prick. Att Untamo fick Sunnanviks unga mäns beundran kunde han gott bjuda på.

Vilja kom fram till honom.

»Bra skjutet«, sade hon. »Hade pojkarna inte stört dig hade du vunnit.«

Untamo stod en bit ifrån och hans ansikte mörknade.

»Vilja, kom hit«, sade Untamo.

»Vad är det?«

»Kom hit, sa jag.«

Untamos blick hårdnade och Vilja gav Alver en snabb, osäker blick innan hon gick bort till Untamo.

Han sade något till henne och hon skakade på huvudet. Avståndet var för stort för att han skulle kunna höra samtalet som slutade med att Vilja vände sig hastigt om och gav Alver en bedjande blick.

Han förstod inte vad som pågick men magen knöt sig som den ofta gjorde när något olustigt höll på att segla upp. Kanske hade det något med klanens egna frågor att göra. Han var inte en del av klanen och Vilja skulle bli Untamos kvinna, det var klart och tydligt, så varför skulle han ingripa? Han följde Vilja med blicken när hon med nedsänkt huvud gick sin väg till krukmakeriet, tätt följd av Untamo.

KAPITEL 31

Alver kände med fingrarna på ett av skinnen som han föregående dag garvat. Det hade torkat och blivit så mjukt att den mer än väl dög för honom. Under flera dagar hade han varit ute på säljakt och blivit nöjd med sin nya pilbåge. Han hade skjutit många sälar som han tagit hem och flått. Köttet delade han med sig och hudarna använde han för att klä sin kåta inför vintern.

Sex hudar hade han redan använt för att klä runt kåtans nedersta del. Ytterligare åtta skinn hade han kvar varav fyra låg i ett kar som var fyllt med vatten blandat med saften från trädbark. De återstående fyra hudarna låg vid hans fötter och de skulle räcka för att täcka kåtan ett varv.

Mot kvällen blev han klar och han slogs av en tanke. Skulle han göra en eld därinne? Bara för att prova hur det skulle komma att kännas i fortsättningen när han flyttat in och även för att inte längre vara en belastning för Viljas familj? Tanken fick det att pirra i kroppen.

Han hade kunnat låna eld av Vilja men sin första eld ville han göra själv. Kanske skulle han genom att ta många små steg kunna frigöra sig från beroendet av klanen? Han hade redan en pilbåge, han hade jagat sina första sälar och snart skulle han bo själv. Han var frisk, ung och stark och om några dagar skulle han kunna leva sitt eget liv därinne vid sin egen rök. Han var på god väg att bli självständig och under tiden måste han hitta en lösning på hur han skulle komma hem. Men först elden.

Han hade en hård pinne av ek och en bit av det mjuka sälgträet. När han gned pinnen under tryck mot det mjuka träet blev det så hett att han fick eld på fnösket som han gjort av en rulle tunn björknäver och med täljspån från pilbågen.

En stund senare satt han vid sin första egna eld. Röken steg till en början rakt upp och flöt sedan ut i ett brett, vitt moln ovanför kåtans spiror som gick ihop några steg ovanför hans huvud. Elden var het och en behaglig värme spred sig i utrymmet. Han satt på en timmerstock med benen i kors och njöt av värmen medan han undrade hur han egentligen hade hamnat här bland främmande människor?

Han tittade på de manshöga väggarna och insåg hur liten kåtan var. Den var inte byggd som om han skulle stanna för evigt i Sunnanvik. Han hade gjort ett hastverk eftersom han ändå snart skulle ge sig i väg. Det fanns ingenting som band honom här men han såg inte heller att han skulle ha några andra utvägar än att stanna kvar, i alla fall över vintern. Snart skulle isarna frysa och han skulle bli instängd. Men för hur länge? Till följande sommar? Men om han inte under nästa sommar kom på ett sätt att ta sig därifrån, hur länge skulle han då bli kvar i byn. Tanken skrämde honom och han märkte att andningen blev kort och hetsig medan han begrundade sin framtid som i värsta fall skulle överskuggas av en påtvungen fångenskap.

Han petade i elden. I det trånga utrymmet vid den lilla brasan trängde ensamheten djupare in under hans hud än någon gång tidigare sedan han hamnat i Sunnanvik. Vissa kvällar, innan han somnat, hade han ansträngt sig för att komma i kontakt med Härfadern. Han hade frågat vad som var meningen med att han hade blivit avskild från sina egna. Han ville förstå varför han hade skickats på en resa till detta främmande land där man talade ett konstigt språk, där människorna för det mesta var brun- eller svartögda, med mörkt hår och där byns män och kvinnor var rädda för honom med undantag för Vilja och kanske även hövdingen. Om Tonala hade han ännu ingen uppfattning. Hon verkade vara helt styrd av sina andar som om hon själv inte hade någon åsikt om något alls.

Något svar hade han inte fått, precis som om Härfadern hade övergett honom. Hade han varit otacksam? Hade offergåvorna varit otillräckliga och därför hade Härfadern straffat honom med avskildheten?

Elden höll på att slockna. En plötslig kall vindpust drog genom kåtan ovanför hans huvud och fick honom att rysa till. Han lade sig på bänken och drog seglet från kanoten som ett täcke över sig och slöt ögonen. Vindilen lade sig och kvar blev endast en svag fläkt som ryckte i trädens lövverk där ute. En uv hoade då och då.

Från Magnagård hördes plötsliga skrik och glada skratt. Ett barn grät. Kanske var det Karukjas yngsta dotter Siimi som fick stryk efter att igen ha gjort något dumt? Hon var en livlig, liten unge, men bortskämd. Kanske hade Karukja den här gången klappat till flickan lite för hårt? Karukja var välväxt med ljusbrunt hår och gråa ögon. Han tillhörde inte de ursprungliga invånarna i Sunnanvik. I hans ådror flöt blod från en man som för två generationer sedan kommit från söder, med rötter i ett land långt borta i sydväst. Hur långt borta visste ingen.

I de närmaste kåtorna pratade och skojade människorna med varandra. Det var ett välmenat sorl med glättiga ord som då och då hördes starkare genom bruset av röster. Han föreställde sig hur människorna stekte fisk och kokade sjönötter medan någon jägare berättade hur han skjutit sin första valross eller Tonala som gärna berättade hur det såg ut på den andra sidan.

Själv var han ensam. Ingen ville sätta sig vid hans eld, ingen ville prata med honom.

Han ansträngde sig för att leta i sitt minne efter bortgångna släktingar som måste sväva där ute någonstans. Under säljakten hade han sett sin far som glott på honom med bister min, men ingen mer. Han hade gärna talat med farfar men bilderna av gamlingen kom inte upp inför hans inre syn. I stället tänkte han på sin kåta där hemma.

Där i byn satt de tillsammans, Svana, Stenkil, hans mor, hans yngre bröder och systrar och andra människor som stod honom nära, kanske Eldar och Sol. Han kom ihåg den gången när han första gången lärt Stenkil meta abborrar. Pojken hade hoppat jämfota och skrikit av glädje när han drog upp sin första abborrpinne. Den dagen hade han fått björnklon till sin amulett och schamanen hade välsignat den och klon tog emot andarnas kraft genom att bli varm. Det var en av hans lyckligaste stunder.

Hur skulle det bli i framtiden? Han saknade sin kvinna och sin son. Ibland kunde han se sig själv komma hem till Sälgrundet och mötas av att Stenkil upptäcker honom. Pojken stannar upp i sin lek och tittar nyfiket på honom. Plötsligt blir hans ögon stora, ett leende kommer över hans ansikte och han rusar rakt i hans famn medan han skriker far, far!

Bilden av hemmet smälte bort och han såg sig ligga ihopkrupen i fosterställning under det smutsiga seglet på en bädd av tallris och vass i en halvfärdig kåta. En klump steg upp i halsen. Ögonen började svida. Han svalde och blinkade bort tårarna som trängde fram.

KAPITEL 32

En blek sol steg över trädtopparna när Alver vaknade frusen och stel i kroppen. Han sträckte på sig, satte sig utanför sin kåta och lät morgonens solstrålar lysa i ögonen. Det var första morgonen sedan han kommit till Sunnanvik som han inte hade vaknat i krukmakeriet till skramlet från morgonbestyren hos Viljas föräldrar. Han blickade ner över byn, blev lugn och fick en känsla av att vara fri. Vemodet från föregående kväll var borta.

Han tittade på molnen, iakttog vindarna och vattennivån. Det vackra vädret skulle hålla i sig en tid till. De sista hudarna i karet skulle snart bli klara men kanske inte idag. Ändå bestämde han sig för att flytta in i kåtan för gott.

Innan det blivit kväll vandrade han över till krukmakeriet för att hämta sina ägodelar. Vilja, Ooni och Valikatta höll på att rista fåror i en ännu inte bränd lerkruka med ett kamliknande verktyg. Kvinnorna stannade upp i sitt arbete och tittade på honom som om han varit en främling. Ooni fick en skarp rynka mellan ögonen. Han tänkte igenom föregående dags händelser men kom inte på att något speciellt skulle ha inträffat som fått kvinnorna att så tydligt ta avstånd ifrån honom. Tvärtom, borde Valikatta bli nöjd över att han flyttat ut. Men Vilja, varför var hon så nedstämd?

»Har något hänt«, undrade Vilja.

Hennes röst var låg, knappt hörbar. Han undrade det samma men svarade bara:

»Jag flyttar«, sade han och samlade ihop sina få ägodelar.

Valikatta svarade inte men han såg att hon blev lättad över beskedet. Det förvånade honom att även Vilja satt kvar utan att så mycket som titta på honom. Han kunde inte hålla sig längre.

»Har jag gjort ... fel«, sade han samtidigt som han blev irriterad över att inte kunna deras språk ordentligt. Bristen fick honom att känna sig underlägsen, som en pojke som ännu inte blivit man men som väldigt gärna ville vara vuxen.

Vilja skakade på huvudet. Hon var blek och hade virat en pälskrage kring halsen.

»Nej, det är ingenting sådant.«

»Vad är det då? Är det Untamo?«

Vilja öppnade munnen för att säga någonting men inga ord lyckades hon forma och hon vände bort ansiktet. Kanske hade Valikattas onda blick tystat henne.

Han ville inte fråga mer. Betraktade han situationen helt känslokallt hade han ingenting med hennes bekymmer att göra. Han rullade ihop sin kniv, sina flint- och granitflisor, ett par långa senor och remmar, och den sönderskurna mockasinen i en tjock sälhud. Kvar blev fällen han hade fått låna av Valikatta. Han stannade vid dörröppningen och sträckte fram händerna med handflatorna uppåt för ett sista farväl. Valikatta vände bort blicken som om en beröring skulle leda de onda andarna i henne.

Han suckade djupt, plockade upp sitt bylte och tittade än en gång på Vilja. Läpparna rörde sig som om hon ville säga något men sedan tystnade hon.

Innan det blivit mörkt hade han radat stenar i ring till en eldstad och fått fart i glöden som han täckt med aska på morgonen. Kött hade han så att det blev över och han kunde välja ut de bästa bitarna.

Medan han betraktade sälköttet som stektes över elden tänkte han på hur tacksam han ändå fick vara över att ha fått bo hos Viljas familj. De hade varit hjälpsamma men å andra sidan inte utöver det som klanens seder hade bjudit. Under de senaste dagarna hade Valikatta blivit alltmer avog mot honom, trots att han burit mycket kött till henne. Det måste vara något med Untamo. Han hade sett honom tala med Valikatta ett par gånger. När de sett honom hade båda två tystnat och återgått till sina sysslor.

Medan Alver satte sina tänder i det välgrillade köttstycket som dröp av sin saft funderade han över vad Vilja hade förklarat för honom. Inför Moder Jord skulle alla människor vara generösa och dela av det man ägde, annars drog man Moder Jords vrede över sig. Därför hade hennes föräldrar låtit honom sova i krukmakeriet och bjudit honom på mat, trots att de var rädda för att han bara väntade på det rätta ögonblicket för att verkställa ondskefulla planer genom att göra människorna sjuka, skapa eldsvådor eller låta stråtrövare förstöra byn och därefter röva bort deras barn som trälar.

Alver blev avbruten i sina funderingar av ett främmande ljud. Det lät som om någon skrapade med foten mot ett mjukt underlag. Han slutade tugga och ansträngde sig för att lyssna. Han blev inte rädd, bara nyfiken. Människorna i Sunnanvik var på sin vakt men han trodde inte att någon skulle smyga sig in för att döda honom. Även om hans kåta låg vid skogskanten var den ändå nära de andra kåtorna. För vilddjur behövde han inte heller oroa sig. Det fanns alltid någon i byn som höll vakt. Men varifrån kom ljudet?

Skinnet över dörröppningen svängde till. Konturen av en kvinna uppenbarade sig i öppningen. Vilja! Alver hälsade på henne.

Vilja nöjde sig inte med att bara hälsa lättsamt med en nickning. Hon bugade sig som man gjorde i Sunnanvik om man ville vara hövlig. Hon tittade vänligt på honom och sträckte fram sina händer. Han blev så förvånad att han till en början inte begrep att fatta dem. Sedan nickade hon med ett leende mot honom och han grep hennes händer och höll dem i sina. Hon steg in och satte sig innan han hann bjuda in henne. Själv satte han sig bredvid henne.

Hon tittade in i brasan. Några myggor flög omkring med ett irriterande ljud. Han skruvade på sig medan han då och då sneglade på henne. Hennes ansikte var plågat fastän tystnaden mellan dem inte tycktes bekymra henne lika mycket som honom. Hon måste ha ett ärende och det skulle hon framföra när hon ansåg tiden var inne.

»Jag måste berätta för dig eftersom jag inte kan berätta det för någon annan«, sade hon slutligen.

En plötslig ilning for genom kroppen. Inte så mycket för att han förstått allt vad hon sade utan mera för att hon visat ett sådant förtroende för honom. Hon kom med sina bekymmer till honom i stället för att gå till schamanen eller till någon av sina väninnor.

»Det är Untamo«, sade hon och drog upp sin tunika över låren så snabbt att han drog efter andan. I skenet av brasan såg han att insidan av låren var svullna och hade både röda och blåa märken. Hon tog av sig pälsen runt halsen och blottade nya klämmärken. Han svalde ett par gånger efter hand som han förstod vad som hade hänt. Vilja drog ner tunikan igen.

»Untamo?« frågade Alver och kände hur det började koka i kroppen.

»Efter pilskjutningen ville han träffa mig, men ensam. Han sade att mötet måste bli samma kväll uppe vid grottan och att det var viktigt.«

»Du gick väl inte dit ...ensam?«

Hennes röst var dämpad när hon talade. Han förstod av hennes gester att Untamos agerande var oväntat, inte så som män brukade bete sig mot kvinnor och att hon därför inte varit rädd för honom. När hon uttalade ordet för smärta sprack hennes röst, men det kan inte bara ha varit fysisk smärta Untamo tillfogat henne. Han förstod av hennes blick och skälvningen i hennes röst hur mycket hon skämdes och han knöt nävarna.

»Jag hade ingenting att frukta. I vår klan får männen lära sig aktning för kvinnor och när de genomgår riten för att bli man lär schamanen dem hur de skall ge sin kvinna njutningen.«

Vilja tystnade och sökte hans blick.

»Untamo gav mig ingenting annat än smärta och ännu värre ... han förnedrade mig.«

Hon blinkade bort tårarna medan axlarna sjönk ihop och han tänkte på hur modig hon var som vågat sig ensam in i hans kåta, trots att hon måste veta att Untamo hela tiden höll ett vakande öga på dem båda.

Hon torkade sina ögon med ärmen och studerade hans ansikte. Han ville fråga vad annat som hade hänt, om hon hade några andra skador och den största frågan, varför hon ville berätta allt detta för honom, men han sade ingenting av detta. Hon måste själv få tala om för honom det hon ville.

»Untamo ska bli min man men han gjorde mig illa«, sade hon och lyfte lite till på tunikan och pekade på några andra blåmärken.

»Men varför ... träffa mig?« började han lite trevande.

Med hjälp av ord och gester försökte Vilja förklara för honom. Om han tolkade henne rätt ville hon fortsätta att träffa honom, hjälpa honom med hans hudar och lära honom språket. Hon förklarade att hon trots allt inte var rädd för Untamo och att hon själv bestämde när och vem hon ville träffa.

»Mig också?«

»Ja«

Han hade inga vänner i byn och om Vilja erbjöd honom sitt sällskap var han mer än villig att ta emot det. Fastän det skulle innebära att han i framtiden fick akta sig än mer för Untamo.

»Vill du ha kött?« frågade han och pekade på det ännu heta köttstycket med en knaprigt bränd yta.

»Ja tack«, svarade hon.

Hennes ansikte var inte längre tårfyllt. Hon log och tog för sig en av de färdigskurna bitarna.

Han skar upp fler köttbitar och de satt sida vid sida på hans bädd medan de åt. Ilskan i honom rann ut och han ställde några frågor men Vilja ville inte prata mer.

Elden slocknade och han reste sig. Det gjorde även Vilja.

»Innan jag går vill jag varna dig«, sade Vilja.

Han tittade oförstående på henne.

»Varna?«

»Untamo vill få dig ut ur byn. Var försiktig.«

Ett ögonblick stod de mitt emot varandra i halvmörkret. De var så nära att han kände värmen ifrån henne. Hon tittade på honom men inte i hans ögon. Hennes blick var fäst vid hans björntand som hade hamnat på bröstet utanför tunikan. Han anade ett leende i hennes ansikte. Hennes fingrar gick till halsen och hon plockade fram en björnklo som hon hade gömt under tunikan. Den liknade den björnklo han gett åt sin son.

Inga ord utbyttes, ändå var han säker på att Vilja tänkte på samma sätt som han. Björnens tecken, de hörde ihop. Under ett kort ögonblick svävade hans tankar i väg till Sälgrundet och till schamanen Hösteld. När hans far ännu levde hade Hösteld sett in i framtiden och han hade sett hur två björntecken skulle förenas till ett och kvinnan skulle föda en ny hövding i Sälgrundet. Men så här kunde det ändå inte vara menat?

»Du är en björn och jag vill hjälpa dig«, sade hon.

Hon grep hans hand och kramade den hårt. Lika snabbt som hon fattat handen, släppte hon den, steg ur kåtan och försvann ut i mörkret.

KAPITEL 33

Alver hade sprungit en lång sträcka efter den skadskjutna haren när han tungt flåsande hittade dess gömställe. Pilen hade träffat i bogen, strax nedanför hjärtat och med sina sista krafter hade djuret sprungit uppför ett mossbeklätt berg och gömt sig i en tät enbuske där den stirrat på honom med sina skrämda ögon. Han hade gripit haren i öronen och kapat halspulsådern med sin kniv. Nu var djuret hans och han hade tackat Härfadern och återvänt till byn.

Det var inte mycket han hade fått. Två harar och en orre som han fångat med lockbete och en snara. Han tappade hararna på blod och hängde dem i benen över ryggen. Orren höll han i fötterna när han vandrade tillbaka till kåtan i den vindstilla och krispiga luften.

Vilja gick emot honom när han kom in till byn. Hade hon väntat på honom?

»Fick du något?« frågade hon och sträckte på sig för att se vad det var som hängde bakom hans rygg.

»Lite småvilt.«

»Men harar och en hönsfågel! Godare kött finns inte«, utbrast hon. »Jag kan flå och steka hararna om jag får behålla pälsarna«, sade hon och tittade på honom med huvudet på sned som hon alltid gjorde när hon verkligen ville ha något.

Alver föreställde sig hur skönt det skulle vara ifall Vilja gjorde i ordning maten. Det värkte i korsryggen, fötterna var ömma och han hade inte ätit på hela dagen. Han ville bara slänga sig raklång på bädden och pusta ut.

»Gärna«, sade han. Han gissade att pälsen skulle bli handkläder eller underplagg till vintern.

De gick in i kåtan och Vilja flådde den ena haren och skar upp en bit av köttet. Han lade sig på bädden och slöt ögonen.

För några dagar sedan hade de också suttit vid elden. Vilja var en bra lärare och han kunde nu så mycket av språket att samtalen blev längre och mer innehållsrika. De hade diskuterat om det blev godare att krydda hare med enris och enbär eller om köttet blev bättre om man pressade saften ur rönnbär och slog den över de utskurna köttbitarna och därefter strödde på blad av mynta eller hjortron. De kom inte överens om annat än att köttet var gott oberoende av hur det var tillrett. Om det dessutom fanns nötter, stekta svampar, lingon eller vildäpplen med honung till var måltiden fullkomlig. De hade suttit där inne i värmen och lyssnat till regndroppar som slog mot kåtans hudar medan lågorna från eldstaden lyste upp det omslutande mörkret. Det var då hon plötsligt hade frågat.

»Får jag räta ut ditt hår? Det liknar ju ett skatbo«, hade hon sagt och avslutat med ett pärlande skratt så att hennes vita tänder glimmade till i skenet från elden.

Hon måste ha haft en kam med sig för plötsligt fanns den i hennes hand. Han såg att den bestod av ryggraden på en stor gädda.

Han lät henne rufsa om i sitt hår, inte så mycket med kammen som med sina långa fingrar. Hon tryckte sin kropp mycket närmare hans rygg än vad som hade behövts för att räta ut tovorna. Värmen från henne väckte en oemotståndlig lust att vända sig om och dra ner henne på fällarna.

Men han besinnade sig. Skulle någon upptäcka att han låg med krukmakerskans dotter skulle det bli ett sådant rabalder att han inom ett solvarv skulle ha drivits ur byn. Untamo skulle se till att han jagades ut i skogen utan sina tillhörigheter eller vapen. Den risken kunde han inte ta. Men han visste att de lekte med elden även när de umgicks så här.

Han avbröt sig i sin tankeflykt och slog upp ögonen. Vilja stod kvar och var vänd med ryggen mot honom. Hon höll på att dra skinnet av den andra harens tassar, försiktigt så att det inte skulle rivas vid klorna och trampdynorna. Han hade blivit varm och lade sig bekvämare till rätta på sin brits.

Mellan halvslutna ögonlock tittade han då och då åt Viljas håll. Hon hade tagit ut inälvorna och plockat ur hjärtat, hjärnan, ögonen och levern. De skulle tillagas separat. Det sprakade till när hon kastade på några furuklabbar på elden. Han förstod att hon skulle vänta en stund tills det blivit ett lager av kol på vilket köttet skulle stekas. Den andra haren och orren ville han spara.

Han höll på att dåsa bort när det prasslade vid kåtans dörr. Han ryckte till. Plötsligt stod en krökt man i öppningen med ansiktet i skuggan. Untamo, tänkte Alver genast. Alvers hand letade efter kniven.

Vilja stannade upp med harens blodiga skinn i handen och tittade undrande på nykomlingen.

Främlingen var inte Untamo, utan Viljas far, Majalk.

»Det har kommit främmande till byn«, sade han.

KAPITEL 34

Alver flög upp från bädden och rusade till sina vapen, i tron att byn stod under anfall.

»Var gömmer de sig?« frågade han medan han skärpte hörseln och irrade sökande med blicken efter fiender.

Majalk förklarade att det bara var handelsmän som hade kommit.

»Vi går till Magnagård så får ni hälsa på dem.«

Ett par obekanta män stod utanför Magnagård och en främmande hund med valpar dök upp och nosade vid Viljas och Alvers fötter. Männen var klädda i tjockare pälsar än vad byborna bar på sig men annars liknade de till sin kroppsbyggnad och hårfärg människorna i Sunnanvik.

»Det här är Tata och hans yngre bror«, sade hövdingen och pekade på två korta män med samma mörka hy som barnen brukade få efter att en hel sommar ha sprungit nakna på stranden på Sälgrundet. Den äldre mannen med djupa fåror i ansiktet, bred näsa och med en brokig sälskinnsmössa på huvudet tittade en lång stund på Alver.

»Vem är han?« frågade handelsmannen som Magna-tai kallat för Tata.

Han släppte inte Alver med blicken och fortsatte:

»Jag har sett sådana förut. De var alla storväxta, deras hår så långt att de liknade de gamla uroxarna och många med ögon så djupblå att ingen kan veta vad som försiggår bakom dem.«

Alver förstod bara hälften av vad handelsmannen hade sagt. Av sammanhanget begrep han ändå att det rörde sig om hans ögon som Tata inte litade på. Det var inget Alver brydde sig om, men visst hade mannen sagt något om män som liknade honom själv? Då kanske handelsmannen med den breda näsan också visste hur man tog sig till det land där hans gelikar bodde?

Pulsen dunkade när han med stor iver tog ett steg närmare.

»Kan Tata berätta varifrån kommer män som liknar jag?« frågade han och måtttade sin egen längd med handen.

Tata vände ryggen till som om han inte ville svara. Hövdingen skakade på huvudet och viskade till Alver.

»Sådana frågor kan du ställa först efter att du blivit bekant med dem.«

Den tredje kvällen satt Tata och hans bror, Vilja och Alver runt elden i hans kåta. Alver hade bestämt sig. Han kunde inte längre hålla sig och den här kvällen skulle han fråga ut Tata. I tre dagar hade han visat männen stor gästfrihet och låtit dem bo hos honom för att bli så bekant med dem som Magna-tai sagt var nödvändigt. Han hade verkligen fjäskat för handelsmännen, visat dem runt och bjudit på de bästa bitarna ur hans köttförråd men så satt de även inne med värdefull kunskap.

Tatas hund hade lagt sig utanför ingången. En valp låg vid Alvers fötter. Den glufsade i sig fiskbitarna som han då och då släppte till den. Innan måltiden hade Tata gett valpen till honom som tack för att de fått bo i hans kåta. Han hade tagit emot gåvan och sagt att det var alldeles för mycket men Tata hade insisterat. Han hade kliat hunden bakom örat och bestämt att den skulle heta Valpen.

Männen småpratade och åt sig mätta på Alvers mat och rapade ljudligt. Alver bestämde sig för att tiden hade kommit när han skulle ställa sin fråga. Han hade länge väntat på ögonblicket och formulerat frågan i tankarna så många gånger att han visste att han skulle uttala den perfekt.

»Ni träffar människor som jag. Kan Tata berätta för mig var de finns«, började han och pekade på sig själv. I smyg kastade han en blick mot Vilja som med ett leende bekräftade att hans fråga hade varit begriplig.

Tata log vänligt mot honom.

»Oj, oj. Det var längesen. Jag tror inte du var född då ännu. Men nog har vi träffat sådana som liknade dig.«

»Var träffa Tata de männen?«

»Det var en gång när vi gjorde en av våra längsta färder någonsin. Vi åkte i väg på sommaren och var tillbaka först på hösten ett år senare. Under färden träffade vi på många klaner. De flesta var fredliga.«

Alver förklarade att han ville veta hur Tata hade tagit sig till människorna och om han kunde beskriva färden som de hade gjort.

Det kunde han och Tata tog god tid på sig.

»Den sommaren gick vi ut med sex kanoter och vi färdades längs med kusten först västerut och sedan norrut tills det blev sensommar. Under ett halvt månvarv paddlade vi västerut innan kusten krökte sig i en båge och snart var vi på väg söderut med kusten på höger hand och havet på den vänstra sidan om oss.«

Alver sträckte upp handen för att Vilja skulle hinna tolka för honom. När han förstått det mesta frågade han om inte Tata råkade ut för oväder eller hamnade ut på havet?

Tata förklarade att de varit noga med att hela tiden ha land i sikte. Kommer man för långt ut finns en fara att vattnet börjar rinna allt fortare. Hamnar man i en sådan strömning kan ingen människa ta sig loss innan män med sina kanoter sugs ner över en kant och försvinner ner i de onda andarnas rike.

Alver ryste vid tanken. Vilken tur han hade haft när han själv hade drivit ute till havs. Tänk om han hade hamnat i en av de där lömska virvlarna.

»Vi stannade i några byar, vilade oss och bytte varor med jägarklaner. Efter att vi under ytterligare ett månvarv färdats söderut kom vi till byar där det bodde människor som liknade dig.«

Under tiden som Tata talade hade Alver andats bara ett par gånger och hans hjärta bankade onaturligt hårt i bröstet. Han spände sig och bad till Härfadern att ingenting skulle störa Tata just nu. Den erfarne sjöfararen måste fortsätta sin berättelse. Det var så nära nu.

»Tata, berätta mera om männen«, bad han.

Tata strök sitt glesa svarta skägg, log lite och såg ut som om han förstått Alvers iver men inte hans fråga. Vilja kom till hans hjälp.

»Alver vill veta om Tata minns vad människorna hette, hur de såg ut, eller hur de levde. Om ni minns några särskilda byar och var de låg.«

Tata tittade upp mot det sotiga taket. Han hummade och harklade sig innan han tog till orda.

»Du Alver verkar vara en man som kommit vilse. Men du har tagit oss till din kåta och du delar ditt kött med oss. Jag ska berätta för dig det jag vet.«

Alver lutade sig framåt och nickade. Hundvalpen hade lagt sig med huvudet över hans fötter och somnat.

Med Viljas hjälp förstod han att Tata ansåg att han träffat på besynnerliga människor. Visserligen liknade de honom fastän de inte pratade handelsmännens språk så som Alver gjorde. Tata berättade att han och hans vänner hade förundrats över att de åt en brunaktig massa som de kallade för gröt. I säckar förvarade de grovt pulver, ungefär som malda nötter eller äppelkärnor. De blandade det med vatten och lät det koka i en lerskål över elden tills det fått bubbla en stund. Ibland blandade de honung i smeten och åt ur skålen med en gemensam slev. Gröten höll hungern borta hela dagen.

Alver visste precis hur den gröten smakade och hur den doftade. Han slöt ögonen och såg hur det ångade från ett fat med den brunfärgade röran. Flera människor, både vuxna och barn, satt runt omkring faten. Ingen hade bråttom. Turvis öste de med sleven. Smaken på den kletiga massan var mjuk och hade en svag sötma. Ibland kom ett skal i munnen som man måste spotta ut.

»Ville du fråga något mer?« sade Tata och tittade på honom.

»Var männen vänliga?« frågade Alver.

Tata tog god tid på sig att förklara med enkla ord att de flesta var jägare och fiskare och att de bodde i kåtor, ibland upp till femtio stycken i en enda by. Deras kvinnor samlade svamp, bär och rötter i skogarna men inte alla. I många byar fanns även familjer som odlade säd och en del hade kor och får. Några var handelsmän liksom de själva. Alver förstod att de måste vara fredliga människor och att de bytte varor med varandra. Men Tata sade att de också hade träffat på giriga människor, lynniga och ovänliga.

»De utbytte också varor med men inte på det sättet som det ska gå till«, sade Tata och tystnade.

»Vad menar Tata?«

Tata tittade in i elden och fick något vemodigt över ansiktet och han sade att om de inte fick det pris de ville ha eller om någon inte ville sälja tog de varorna med våld. Någon gång kunde de också fånga in unga människor till trälar.

Alver tänkte på sin far som man berättat liknande historier om och han vände blicken mot marken.

»Vilka var männen som gjorde det?«

»Jag minns en särskilt väl, en speciell man. Han var hövding över ett ställe som kallades Sälgrundet och han hette Esbjörn. Han var nog den grymmaste människan vi träffade under vår färd.«

Alver ville rusa upp och säga att det inte kunde vara sant. Esbjörn var hans far och han hade aldrig skadat någon fastän så många påstod det. När han tänkte efter hade far faktiskt slagit ihjäl människor men då hade det alltid varit i självförsvar och det räknades inte. När han kände Viljas arm på sin, lugnade han sig och svalde ett par gånger innan han kunde tala igen. Han skulle inte vinna något på att försvara sin far inför dessa män som aldrig mera skulle se honom.

»Tack«, sade han i stället. Han hade hört tillräckligt.

Nu visste han hur han skulle ta sig hem. Men vetskapen om att Tata beskrivit hans far som en grym människa gick inte att skaka av sig och det gjorde honom bedrövad. Hans far hade alltid varit god mot honom.

Han visste att under natten, medan männen sov, skulle han ligga vaken och memorera Tatas berättelse. Tata hade sagt att det tagit honom en hel sommar att komma fram till Sälgrundet. Men då hade han färdats i en båge först norrut och sedan lika länge söderut. Gick det att paddla tvärs över vattnet för att slippa den långa kringgående rörelsen? Det kunde ta många dygn och under den tiden kunde vinden vända åt vilket håll som helst. Då kunde det bli livsfarligt.

Det hade blivit sent och mörkret hade lagt sig över byn. Tata och hans bror steg upp för att gå och lägga sig längst inne i kåtan. Alver reste sig och det gjorde även Vilja.

»Jag följer dig hem«, sade Alver trots att han var omtumlad av allt han hört under kvällen.

Han var fortfarande kvar i sina tankar när han sträckte på ryggen utanför kåtan. När de sida vid sida började gå mot krukmakeriet grep Vilja hans hand. Som om det varit det mest naturliga han gjort, lade han sin arm om hennes axlar och tryckte henne mot sitt bröst. Hon var mjuk och lät sig tryckas mot honom.

När han tittade ner i hennes ansikte var hon vackrare än någon annan kvinna han tidigare sett med sitt svarta hår och de höga kindknotorna. Stjärnljuset fick hennes vita tänder att glittra mellan de fylliga läpparna. Han ville trycka sina läppar mot hennes när hon sköt honom ifrån sig och sade:

»Det är en sak jag vill säga till dig.«

Månen kom fram bakom ett moln och lyste upp hennes ansikte och nu såg han också beslutsamhet i hennes ögon.

»Vad är det?«

»Jag kommer aldrig att bli Untamos kvinna.«

Alver stelnade till av förvåning och fick inte ett ord till svar medan tankarna for runt i hans huvud utan att kunna begripa vad allt detta kunde innebära. Och vad skulle det komma att betyda för honom.

»Har det med mej att göra?« frågade han slutligen.

»Med dig vet jag inte, ingen i Sunnanvik vet. Men mitt beslut gäller även om du skulle söka dig hem med hjälp av Tatas vägbeskrivning.«

Hon såg upp på honom och fortsatte:

»Och jag skulle förstå dig.«

Under några ögonblick hoppade Alvers hjärta över ett par slag och en allt starkare åtrå väcktes i honom. En näst intill oemotståndlig lust att verkställa planen att få trycka sina läppar hårt mot hennes och därefter ta henne till sin kvinna överväldigade honom.

Sedan fick förnuftet övertaget. Än en gång. Han måste få tid att tänka.

»Det är sent«, sade han och ledde henne mot krukmakeriet.

KAPITEL 35

Vad hade Vilja menat, och varför hade hon velat öppna sig och bekänna sina innersta känslor just för honom, en främling?

Det var morgon och Alver satt utanför sin kåta och täljde pilar. Han drog med kniven över det tunna furuträet och doften av kåda steg in i näsborrarna. Skulle han tolka det som att han skulle vara en bättre man för henne än Untamo? Han ville gärna ha Vilja. Men han visste inte om han var fri att ta sig en ny kvinna.

Den mest uppenbara frågan var om Untamo verkligen skulle godta att Vilja gjorde sig fri från honom? Trots allt hade hon och Untamo ett förhållande. Alla i byn, till och med de minsta barnen som knappt lärt sig prata, visste att rådet hade bestämt att de två skulle flytta ihop, kanske redan före följande midvinterfest, vad visste han? Och Untamo var en stridbar man. Så mycket hade han sett av honom att han trodde sig veta att Untamo inte skulle ge sig. Han skulle kämpa för sin kvinna till sista blodsdroppe.

Den andra frågan var om han önskade bosätta sig i Sunnanvik, nu när han äntligen fått kunskap om vägen hem. Ville han leva sitt liv hos en klan som var så fientligt inställd till honom? Hur länge var det möjligt för en människa att leva bland människor som inte välkomnade en. Eller var det trots allt så att klanen med tiden skulle vänja sig vid honom? Snart kunde han deras språk så bra att ingen längre skulle skratta åt honom. De hade vant sig vid hans långa kropp, blonda hår och blåa ögon. Kanske skulle de acceptera honom om ett år eller två. Kanske först om tio år?

Den tredje och den mest avgörande frågan var ändå hur han skulle hantera sitt förflutna. De första två problemen skulle han hitta en lösning på, men han kunde inte kämpa för Vilja innan han visste hur hans förflutna såg ut. Levde Svana och om hon inte gjorde det, vem tog då hand om hans son?

Han hade levt ihop med Svana i fyra år och under den tiden hade han varje dag varit lycklig över att vara tillsammans med en så behaglig kvinna, hon med sitt röda hår och ansiktet med de jämna anletsdragen. Efter hennes olycka förändrades allt. När han åter ville frammana bilden av henne, kunde han bara se en luftspegling av henne där hon låg hjälplös på Höstelds bädd, blodig i ansiktet och med sin skadade höft. Oförmågan att se henne som hon alltid varit skrämde honom. Han hade resonerat som så att Härfadern hade stängt av minnesbilderna eftersom hon inte hade klarat sig med livet i behåll, och det förstod han, så mycket blod som hon förlorat och med bara en älg som sitt skyddsdjur. Tanken på att ha förlorat Svana gjorde honom nedstämd och han undrade om inte allt var hans fel.

Han hade haft ett tillfälle under sitt liv när han hade kunnat tvinga henne att bära hans björnamulett. Men den gången hade han varit svag och nu ångrade han det. Kanske hade han i grund och botten varit ängslig för det okända som hon aldrig hade yppat för honom. Något som till och med schamanen hade talat om. Han kom så väl ihåg hans ord.

»Hon bär på en hemlighet«, hade han sagt och det stämde.

Trots att de bott fyra år vid samma härd hade hon aldrig berättat för honom varför hon hade blivit fördriven från sin by. Och varför hade de inte fått fler barn? Båda två hade velat det men andarna hade inte låtit det ske. Hösteld hade hela tiden anat att hon dolde något och nu var han säker på att schamanen hade rätt.

Plötsligt blev han avbruten i sina funderingar. Han hade varit så inne i sina tankar att han inte hade hört eller sett Magna-tai komma.

»Jag vill prata med dig«, sade Magna-tai och steg in i hans kåta och satte sig mitt emot honom. »Du undrar nog varför jag kom«, fortsatte han och lyfte huvudet för att bättre se honom i dunklet. Alver kastade på några träklabbar och värmde upp vatten i en kruka.

»Ja«, sade han och pekade på sig själv. »Jag får sällan besök.«

Magna-tai betraktade honom en stund varefter han sade:

»Mitt råd är att du tar dig en kvinna.«

Alver skulle hälla upp det heta vattnet i två lermuggar men stannade i rörelsen. Han hade trott att det gällde affärerna med handelsmännen eller att han hade misshagat någon som krävde att han genast måste flytta ur byn. Han var beredd på allt annat men inte på att hövdingen skulle föreslå att han skulle ta sig en av kvinnorna i Sunnanvik.

»Att jag tar mig en kvinna«, upprepade han högt. »Inte möjligt. Alla kvinnor är rädda för mig.«

»Jag ger dig mitt råd eftersom du är en god man och du har inte gjort något ont mot mina klanmedlemmar. Du har heller inte gjort något som skulle misshaga Moder Jord eller hennes andar, även om någon i byn kan tänka så.«

Magna-tai gjorde en paus men det skulle snart komma mer.

»Jag är gammal och snart kommer de att byta ut mig mot Untamo. Men så länge jag är hövding kan du lita på att jag ser till att du får stanna. För att göra livet i Sunnanvik lättare både för mig och för dig själv bör du hitta en kvinna som knyter dig till vår klan.«

Menade hövdingen verkligen att han skulle stanna kvar i byn för en längre tid? Det skulle han inte, kanske över vintern men absolut inte längre. Men en kvinna skulle han gärna dela sin härd med om det var hövdingens önskan. Han gick igenom sina möjligheter.

Han tyckte om Vilja och skulle ta henne till sin kvinna när som helst, om hon bara hade befunnit sig inom möjligheternas gräns. Någon annan hade han inte fattat tycke för. Det fanns ju alltid Ooni men hon var klumpig och pratade aldrig förståndiga saker, trots att hon var ett par år äldre än Vilja. Hon hade dessutom träffat på en av Tatas män och han hade stannat kvar i byn. Fastän Valikatta hade sett till att han inte fick bo tillsammans med Ooni, åtminstone inte ännu.

Han hade hört att det låg en annan by ungefär två dagsmarscher från Sunnanvik. De kallade byn för Österby. Där skulle han kanske hitta någon? Men det var osäkert. Så som han tidigare hade resonerat måste han få en överblick över sin situation och få tid att begrunda det som Tata hade avslöjat för honom. Tata hade gjort den långa resan till Sälgrundet. Varför vore det inte möjligt för honom själv att göra detsamma?

Det var som om Magna-tai hade läst hans tankar.

»Om du har för avsikt att stanna här bland oss, vill säga. Men om du vill, kan du resa med handelsmän till andra byar längs kusten. Förr eller senare kommer du att hitta din väg tillbaka.«

»Önskar Magna-tai få mig härifrån?«

»Nej, men du är ung och jag vill bara visa olika möjligheter för dig.«

»Magna-tai oroar sig för att Untamo inte får Vilja till sin kvinna? Jag är i vägen«, sade han.

Magna-tai gav honom en förvånad blick.

»Du vet ju att Vilja är ämnad för Untamo?«

Han skakade på huvudet.

»Vilja vill inte ha Untamo«, svarade han och lade märke till att han knutit nävarna hårt. Kanske var detta inte något han fick yppa för Magna-tai eller någon annan utomstående. Men han tyckte att de nu talade förtroligt.

»Untamo har sina sidor. Men han är också en bra jägare och en av våra bästa skyttar. Kanske den bästa. Jag önskar att Untamo kunde ta sig sin kvinna och lugna ner sig«, sade hövdingen utan att lämna honom med blicken. »Men du säger att Vilja inte vill ha honom?«

Magna-tai hötte med fingret mot honom.

»Och där ska inte du gå emellan. Unga människor kan få för sig ett och annat. Det har jag sett förut. Men bara de får vara tillsammans kommer de att hitta varandra igen.«

Alver kontrollerade att vattnet fortfarande var hett innan han blandade i blommor av kamomill. Han räckte hövdingen en mugg och de smuttade under tysthet på den heta drycken.

»Vad tycker du om mitt förslag?«

Alver tänkte så att hjärnan gick het. Att ta sig vilken annan kvinna som helst utom Vilja skulle lösa många problem. Han trodde att han skulle bli upptagen i jaktlaget som en likvärdig. Untamo skulle känna sig lugn och han själv skulle få hjälp med hushållet. Men han skulle inte stanna i Sunnanvik. Hans högsta önskan var att komma hem.

»Nå?« frågade Magna-tai.

Alver sörplade lite på sitt kamomillte innan han svarade.

»Er omtanke är god. Jag stannar gärna i Sunnanvik«, sade han för att inte vara ovänlig mot hövdingen. »Men mitt liv ligger någon annanstans, långt borta härifrån. Jag kan inte ta mig en kvinna eller låta en kvinna binda sig till mig här i Sunnanvik.«

Magna-tai rörde inte en min. Det var omöjligt att veta vad han tänkte.

»Då borde du låta Vilja veta detta«, sade hövdingen.

Magna-tai reste sig men stannade och vände sig om. Han suckade djupt.

»Om Untamo eller någon annan vid följande rådslag tar upp frågan om att du måste ut ur byn kommer jag att tala för din sak. Det kommer även Tonala att göra«, sade hövdingen. »Men tänk på att en dag kommer jag att vara borta och om du är kvar här då, blir det Untamo som bestämmer.«

KAPITEL 36

Den ljusa tiden under dagarna blev allt kortare. Kylan trängde in i kåtorna och in under människornas tunikor. Mockasiner, pälsar och pälsmössor blev alltmer nödvändiga. Klanens djur i inhägnaden var i fara när rovdjuren sökte föda i byarna. Men de två vildsvinen och en slaktfärdig hjort som jägarna sparat sedan sommaren skulle vargarna inte få. De skulle tas med till Vinterön för att ha något annat att äta än fisk under de långa vintermånaderna.

Liksom alla tidigare år hade hövdingen och Tonala bestämt att man inom ett par dagar skulle flytta till öarna längst ut i skärgården bara vindarna blev förliga. Inte enbart för att komma i skydd från attacker från varg, järv och lo utan främst för att sälarna hade dragit sig längre ut där vattnet var öppet och där isarna var så tunna att det gick att hålla sälarnas andningshål öppna.

Det regnade lätt. Det gjorde det ofta nu. Vätan bekymrade inte Alver när han vandrade ner till stranden. Han stannade vid sin farkost och hukade sig för att granska kanoten. Det var ingen vanlig kanot som man använde sig av i Sunnanvik. Av handelsmännen hade han fått idéen att foga ytterligare en urgröpt stock vid sidan av den egna kanoten. Han hade provpaddlat farkosten och visst var den långsam men om han någon gång skulle ta sig ifrån byn genom manshöga vågor behövde han mer bärförmåga än snabbhet.

Under arbetet för att göra kanoten lättare hade det uppstått en lång spricka längs med träet i den nya stockdelen. Det goda var att sprickan låg ovanför vattenlinjen. Han skulle fukta virket och kanske, med lite god tur, skulle träet svälla så att sprickan försvann. Annars fick han täta den med björkkåda.

Ett ovanligt ljud från byn bröt tystnaden, han rätade på ryggen och lyssnade. Ljudet tilltog och han hörde att det kom från Magnagård. Han urskilde många separata röster och det lät som förtvivlade skrik. Hans första tanke var att det inte angick honom men när ropen blev allt mer upprörda anade han fara och gick uppför stigen till kåtorna där människor hade samlats utanför Magnagård. Vilja stod i den yttersta ringen.

»Vad pågår här?« frågade han.

»Några barn har försvunnit.«

»Vad? Barn kan inte bara försvinna. Vilka då?«

»Karukjas tre döttrar. Ännu på morgonen lekte de med ett par halvvuxna kråkor på gården. Flickorna hade låtit Ukko vara med i leken.«

Alver studsade till när han hörde Ukkos namn och visste att då kunde vad som helst hända.

»Vad är det pojken har gjort nu?«

»Jag fick höra det av Karukjas kvinna. Hon berättade att Ukko inte gillade leken och började kasta småstenar på flickorna och den här gången så hårt att barnen började skrika och tjuta högre än vanligt. Till en början brydde hon sig inte om det. Flickorna bråkade ju ofta med Ukko. De tyckte det var spännande när han blev rasande och jagade dem mellan kåtorna och ut längs med stranden. Men nu har han tydligen sprungit efter dem så djupt in i skogen att de inte hittar hem.«

Alver tänkte efter. Ifall barnen hade sprungit längre än till ån i öster eller förbi offerplatsen i norr kunde de befinna sig var som helst. Skogen var djup och endast spejarna och de vana jägarna hittade i vildmarken med korsande djurstigar, kärr, höjder och branta stup.

Magna-tai kom ut ur Magnagård och ställde sig upp på en sten.

»Ukko är borta. Likaså Karukjas döttrar, Siimi, Elle och Biret. Det är sent på eftermiddagen och snart börjar rovdjuren jaga men än finns det tid«, sade Magna-tai och tittade på Karukja, klanens mest erfarne jägare. »Vi delar upp oss i fyra lag. Ett lag söker längs stränderna västerut, ett annat österut. Ett tredje lag letar bakom grottan och det fjärde laget går igenom området mellan grottan och östra stranden. Leta på högst en halv dagsmarschs avstånd«, sade Magna-tai.

»Det blir snart mörkt«, sade någon ur hopen.

»Ni tar facklor med er och ni letar så länge ni kan se. Om vi inte hittar barnen ikväll fortsätter vi vid gryningen.«

Magna-tais röst hade till en början varit stadig, men vid de sista orden brast rösten och hans ansikte fylldes av tårar som han torkade bort.

Alver hade fattat tycke för den gamle mannen och när Magna-tai var olycklig, kände han av sorgen i sitt eget bröst. Han bestämde sig för att göra allt som stod i hans makt för att hitta barnen.

Han stod kvar och såg byns män försvinna in i skogarna bakom träd, buskar och stenar. Kvinnorna letade på nära håll, i kåtorna, i djurens inhägnader och i kanoterna. Och i strandvattnet.

Untamo stod liksom Alver kvar och följde inte efter de andra.

»Och du då Untamo?« sade Magna-tai.

»Jag är erfaren nog att leta på egen hand«, sade han och försvann österut längs stranden. Alver trodde att han skulle fortsätta uppför ån, slaktplatsen och garveriet.

Även Alver beslöt att välja sin egen väg. Han paddlade västerut förbi det ställe där hans kanot en gång tagit i land och steg ur för att undersöka marken. Han vandrade längs stranden och letade inne skogen för att sedan komma tillbaka till kanoten.

Alver återvände till byn med Valpen i hasorna när det sista ljuset i väster övergick i ett djupt mörker. Ingenting hade han sett. Åtminstone ingenting som tydde på att barnen skulle ha vandrat längs den västra stranden. Inga fotavtryck, inga kottar på platser där de inte skulle finnas och inte heller några hår eller borttappade klädesplagg. Men han hade inte givit upp. Barn tyckte om att leka vid stranden och genast när följande dag började gry, skulle han ge sig av igen.

Regnet hade tilltagit. I byn fick han höra att sökpatrullerna inte hade sett mer än ett par steg framför sig och de hade också återvänt.

Följande morgon blev solig och klar. Alver tog med sig kött och gick ner till sin kanot. I samma ögonblick som han ställde sig på knä i kanotens för och doppade paddeln i vattnet, hörde han glada skrik från byn. Alver skyndade sig dit och såg Untamo närma sig byn. På ryggen bar han Ukko. De tre flickorna gick i en rad bakom honom. Först den äldsta flickan Siimi och till sist den yngsta flickan Biret och där emellan gick Elle.

Magna-tai avbröt sitt rastlösa traskande mellan kåtorna och skyndade sig emot barnen och Untamo.

Ukko fick syn på sin far och krånglade sig ner från Untamos rygg.

»Far!« ropade pojken och sprang svårt haltande mot Magna-tai som tog honom i sin famn och höll honom hårt. Ukko trädde sin smala arm om sin fars nacke och snyftade mot hans bröst.

»Jag har inte gjort något«, sade han.

När Alver kom närmare såg han att hövdingens rödkantade och svullna ögon var fyllda av glädje.

»Tack Untamo för att du hämtat hem våra barn«, utbrast hövdingen och satte ner Ukko på marken.

Kultima dök upp och tog pojken i handen. Ukko bedyrade igen sin oskuld.

»Det var inte jag«, upprepade han.

Fler människor strömmade till, däribland Vilja tillsammans med sina föräldrar. Även Viljas syster Ooni och hennes man Sitibor, handelsmannen som stannat hos Ooni fanns där. De ställde sig alla bredvid shamanen. Nu var minst halva byn samlad.

»Vad hände?« frågade Karukja medan hans kvinna höll hårt om sina döttrar. Untamo förklarade.

»Ungarna hade lekt vid ravinen. Ni vet ju att det finns ett stup bortom offerplatsen. Berget är täckt av vitmossa och när det blir fuktigt blir det halt. På något sätt hade en av flickorna halkat ner för stupet och Ukko därefter. Flickorna säger att Ukko knuffade ner Elle med flit och att han själv gled efter henne men Ukko säger att han inte ens rörde vid Elle. Siimi och Biret hade i sin tur halkat i när de hållit i varandras händer för att dra upp honom och Elle. Jag vet inte vad som är sant men barnen är här, välbehållna men hungriga«, sade Untamo och rätade på sig. Hans ögon lyste och han berättade gärna alla detaljer om människorna bara ville höra och det ville de.

Under tiden som Untamo underhöll sin publik, gick Magna-tai bort till shamanen. Alver anade att något skulle hända eftersom klanens två viktigaste personer ville talas vid. Han smög närmare för att höra vad som sades.

»Vi måste belöna Untamo«, började Magna-tai.

Alver uppfattade att hövdingen och Tonala blev överens om att de på något sätt måste visa Untamo hur mycket de uppskattade vad han gjort. En ny kanot, en större kåta eller skulle han rentav bli hövding i förtid? Men nej, ingenting som de förslog verkade vara tillräckligt värdefullt för Untamo.

»Bäst att jag frågar honom själv«, bestämde Magna-tai.

Folket tystnade när Magna-tai klev upp på sin sten och lyfte händerna för att be om tystnad. Han såg ner i marken som för att samla sig och rätade därefter på sig.

»Untamo, lyssna nu.«

Untamo vände sig om.

»Vi är tacksamma för vad du har gjort och vi vill ge dig en gåva. Tonala och jag är överens om att det du ber om ska du få.«

Untamo tittade på de båda gamlingarna. Tydligen hade han inte förväntat sig något annat än ett tack. Förvåningen dröjde bara en kort stund i hans ansikte innan han sade:

»En natt med Vilja. Det är allt jag begär.«

Ett sus gick igenom folkhopen. Männen tittade på Vilja med värderande blickar. Kvinnorna såg på henne med blandade känslor. De yngre kvinnornas och även männens blickar var fulla av beundran. Kanske fanns där också en gnutta avundsjuka.

Många unga män hade säkert också velat ha en natt med Vilja. De äldre gummorna skakade oförstående på huvudet. Några satte handen för munnen, blev förlägna och började fnittra.

Alver försökte få ögonkontakt med Vilja men hon såg honom inte, kanske såg hon ingen annan heller. Hennes ansikte hade plötsligt bleknat och ögonen blivit sorgsna. Läpparna var hårt sammanpressade medan hon backade ett par steg som i ett hopplöst försök att fly därifrån.

Skulle hon uppfylla Untamos önskan? Han kom ihåg kvällen när hon hade sagt att hon inte skulle bli Untamos kvinna. Men hur blev det nu? Skulle hon underkasta sig Untamos och kanske även klanens vilja eller skulle hon rusa därifrån? Och vem annan skulle vilja ha henne efter att hon legat en natt med Untamo?

Några unga män och Karukja i främsta ledet, vände sig med ett skadeglatt leende mot honom. Ingen uttryckte i ord den känsla av revansch som de flesta tycktes känna. Han förstod dem. Untamo var Sunnanviks egen son. En främling hade försökt komma åt klanens mest åtrådda dotter. Äntligen skulle allt ställas till rätta igen och livet i Sunnanvik skulle rulla vidare så som det alltid gjort.

Magna-tai klev ner från sin sten. Han gick bort till Vilja och grep henne om hennes axlar innan hon hade backat för långt.

»Du vet våra lagar. Untamo har hittat våra barn och han skall få sitt pris«, sade hövdingen med en självklarhet som Alver visste att ingen skulle ifrågasätta.

Magna-tais ord kändes som tusentals knivar som stacks in i hans mage, hals och rygg. Han hade inbillat sig att han inte kände så starkt för henne. Men just då hade han velat skrika ut sin vrede och besvikelse över hövdingens dom. Untamo hade skadat honom värre än om han spetsat honom på sitt spjut.

Vilja stod ensam i människohopen, hårt hållen av hövdingen. Hennes blick hade blivit fjärrskådande och ögonen fuktiga. En bit ifrån henne stod han själv lika ensam. Han önskade att hon hade velat möta hans blick men det gjorde hon inte. Han hade velat signalera till henne att springa därifrån, fastän han visste att hon inte skulle göra det.

Han hade sett nog och lämnade folksamlingen. Bybornas blickar brände i ryggen när han gick upp mot sin kåta. Ingen följde efter honom eller gav honom ett tröstande ord. Någon pekade men mest hörde han förödmjukande viskningar.

»Måtte han begripa att lämna oss nu«, sa Karukja tillräckligt högt för att även Alver skulle höra. Alver svarade inte. De äldre männen gav honom ett avkylt leende och några hummade jakande men ingen vågade öppet uppmuntra Karukja.

Alver lade sig på rygg på sin bädd i mörkret i sin kåta. Magen var spänd. Halsen hade blivit tjock och han fick anstränga sig för att hålla tillbaka tårarna. Begrep han inte bättre, bannade han sig själv. Det var aldrig meningen att han skulle få Vilja. Han visste ju själv att någonstans därhemma hade han en son och kanske även Svana. Ändå svedde smärtan i honom likt en eld. Han skulle inte klara av att stanna i byn. Att röra sig i närheten av Untamos kåta, där bara den tunna väggen skulle skilja Untamos och Viljas intima läten ifrån honom, måste han undvika till vilket pris som helst.

Han steg upp och klädde på sig sin tjocka hjortskinnspäls, tog med sig pilbågen och spjutet och packade ner torkad fisk och nötter. Elden i härden fick brinna ut av sig själv. Han gick till sin kanot. Ingen såg när han satte sig med Valpen i fören och paddlade därifrån.

Vinden blåste från sydväst och drev honom i östlig riktning. Vart han var på väg hade ingen betydelse bara han kom bort från människorna i Sunnanvik.

Tiden gick utan att han lade märke till det. När han lyfte ansiktet för att se havet hade färgerna skiftat. Solen var på väg ner bakom hans rygg. Han hade paddlat sedan morgonen och kommit en lång väg ifrån Sunnanvik. Här var det lättare att andas och krampen i magen avtog men inte helt.

Hur han än försökte kunde han inte jaga bilden ifrån sig där han för sitt inre såg Untamo vila sitt huvud mot Viljas nakna lår. Ändå var inte Vilja hans kvinna så varför kändes det då så illa magen att han nästan behövde kasta upp sin mat? Han hade sin egen kvinna någon annanstans och han hade fått veta hur han kunde ta sig dit. Så varför kunde han då inte bara nöja sig med tanken på att ta sig hem så fort havet blev farbart igen?

Kvällen kom med sitt ett mörker. Han tog iland någonstans öster om Sunnanvik och gjorde i ordning en bädd uppe på ett av de stora, flata flyttblocken som isarna för länge sedan lämnat efter sig. Där uppe skulle han få vara ifred för vilddjuren och människorna.

Det blev kyligare. Mörkret kändes som om en isande, svart mantel hade lagt sig över honom. Han tände en fackla och klev ner från stenen för att leta efter mera torra grenar.

Värmen från elden och fisken som han värmt på ett spett fick honom att må bättre. Han kastade några grenar till på brasan. Lågorna gav ljus och han urskilde skuggorna från de närmaste träden. Valpen hade lagt sig bredvid honom. Kanske anade han att hans husse hade sorg.

Kvistarna och grenarna i elden var tjocka men nu höll de på att förkolna. Alver drog en fäll över sig. En uv hoade inne i skogen. Han hörde en annan flaxa över sitt huvud fastän vingslagen var nästan ljudlösa. Den jagade höstens sista fladdermöss. Naturens välkända ljud och dofterna från tallskogen och myrarna vaggade honom in i en lugn stämning och Alver somnade med sitt ansikte tryckt mot Valpens päls.

Följande morgon vaknade han utvilad. Under natten hade han känt Härfaderns närvaro och uppfylldes av tröst. Någon tog hand om honom och brydde sig om honom fastän hjärtat kändes tungt. Han bestämde sig för att under nätterna stanna kvar i skogen och under dagarna paddla ute på havet tills han hade blivit fri från sina dystra tankar om Untamo, Karukja och den olycka som Vilja hade råkat utför.

Under dagarna tänkte han på Vilja. Hon hade gjort mera för honom än vad vanlig gästvänlighet förutsatte. Hon hade varit den enda människan som tagit emot honom och som lärt honom klanens språk.

Men vad hade han gett henne? Kanske lite vänskap men längre än så hade han inte vågat gå. Han hade tidigt fattat att han skulle bli utkastad ur byn ifall han lät förhållandet till Untamos tilltänkta kvinna gå för långt. En uppretad och förolämpad man som snart skulle bli klanens hövding skulle inte dra sig för att döda honom. Vilja hade fått nöja sig med hans vänskap och med att han då och då kom till henne med skinn och kött. Ganska magert, måste han medge.

Sju dagar senare återvände han till byn. Vid stranden stannade han och försökte förstå vad han såg. Byn var förändrad. Sunnanvik var tomt på folk, förråd och på kanoter. Kåtorna var borta. Magnagård stod kvar men saknade väggar och tak. Bara skelettet av störar spretade mot himlen. Uppe vid skogsbrynet stod en ensam kåta kvar. Den såg så liten och övergiven ut. Den var hans.

Full av förhoppningar letade han efter spår. Kanske hade Vilja, Tonala eller Magna-tai lämnat ett meddelande till honom? En lerskärva med ett inristat tecken, en av Viljas krukor eller helst en liten vas i lera med höstväxter som Vilja skulle ha lämnat efter sig som tecken på att hon tänkte på honom.

Trots att han undersökte varje liten vrå i kåtan och trots att Valpen nosade överallt hittade han ingenting vare sig innanför eller utanför kåtan, endast sina kvarblivna växter från Blomsterön som han torkat och lagt mellan ett par skinn. Men det fanns ännu en möjlighet.

Han rusade uppför bergsstigen till offerplatsen men redan när han kom innanför den heliga ängen vid grottans mynning förstod han att inte heller här fanns något meddelande till honom. För säkerhets skull tittade han in i grottan. Den unkna och kyliga luften slog emot honom. Det luktade död därinne och han vände om och ställde sig vid den stora eken framför grottans ingång.

Björnkraniet som skyddade Sunnanvik från olyckor hängde inte längre kvar på sin plats. Schamanen måste ha tagit den med sig till Vinterön men vad skulle han själv göra. Stanna kvar och försöka överleva vintern ensam eller följa efter dem? Förnuftet vann och han fick svälja sin stolthet. Det bjöd honom emot men för att klara sig levande över de fuktiga och iskalla vintermånaderna måste han följa efter klanen likt en övergiven hund. Där ute skulle han komma att träffa Vilja. Vad skulle han säga till henne?

KAPITEL 37

Det hade gått ett månvarv sedan han ensam anlänt till Vinterön i sin dubbelkanot. Han lade märke till den underliga stämningen som låg över vinterlägret ute på den snötäckta ön vid yttersta delen av havsbandet. I en skyddad vik levde byborna sina liv i kåtor som låg tätt tillsammans men ändå så att det var minst tjugo steg till den närmaste grannen. När han mötte dem, hälsade de på honom med undvikande blickar, i bästa fall med en motvillig nick.

Tiden släpade sig långsamt framåt. Han hade gjort sitt yttersta för att återuppta kontakten med Vilja men hon hälsade inte på honom när de träffades i byn och hon kom inte heller på besök. Han visste inte vad mer han kunde göra och han visste inte heller vad ont han hade gjort som fick henne att vara så avvisande. De var ju trots allt goda vänner. Att det var något med Untamo begrep han, men vad?

Ändå avlöste månvarven varandra och vintern gick stadigt mot sin mörkaste tidpunkt innan den vände mot vår och solen började stiga allt högre upp på himmelen. Istäcket fick sprickor, sälhonorna födde kutar ute på isarna och smältvatten steg upp på isflaken till deras stora glädje. Men det tilltagande solljuset förmådde inte lyfta Alver ur hans dysterhet. Livet hade blivit likgiltigt. Tomt, utan mening. Hans steg hade blivit långsamma och blicken var matt när han utförde arbeten som skulle hålla honom vid liv; fiska, leta brännved och lappa sin kåta. För det mesta sov han med sitt huvud mot Valpens päls för att få värme och närhet till en levande varelse.

När hans fisksump var tom måste han anstränga sig för att samla krafter för att orka ta sig ut på isarna med sina fiskeredskap. Han blev förvånad varje gång han lyckades fånga en lax eller fälla en säl fastän han befann sig i ett tillstånd som liknade dvala. Ett par gånger blev han tvungen att fara bort till de mindre öarna och till fastlandet för att hitta ved. Uppgiften utförde han som om han varit inne i en suddig dröm.

De gånger han lyckades möta Vilja ute på klipporna hälsade hon genom att under en kort stund hålla sin tomma blick vid honom för att därefter hasta vidare. Vad var det för fel på henne? Hade Untamo förbjudit henne att tala med honom?

Ett månvarv efter att solen passerat sin lägsta punkt hade klanen firat sin Midvinterfest i hövdingens kåta. Alver var inbjuden av självaste Magna-tai men han gick inte. Han hade inte klarat att se Untamo och Vilja skratta och sitta tillsammans och äta sig mätta i någon undanskymd vrå, fastän han inte sett dem vandra omkring som ett par på ön. Den kvällen och natten grillade han en bit sälkött på sitt spett, delade den med Valpen och lade sig tidigt med ett tjockt täcke över öronen för att utesluta de muntra ljuden från festen och schamanens trummor när det bjöds på jäst blåbärsdryck och kött.

Kanske var det ändå ljuset och att dagarna blev längre som till slut tände hans livslåga. Han förstod att han inte längre kunde gräva ner sig i sin självömkan och det var omöjligt att få Vilja ur sina tankar hur han än hade försökt. Han ville åtminstone träffa henne och prata så som de alltid gjort tidigare. Han kunde ju inte vara arg eller besviken på henne, bara på sig själv. Hon hade gjort det som krävts och hon hade anpassat sig till klanens regler. Det fick han godta fastän det sved i hans själ. Men vad hade hänt efter den ödesdigra natten? Hade hennes gamla förtjusning blossat upp igen?

Eftersom hon inte ville tala med honom måste han själv ta reda på hur det stod till. När han tänkte efter hade han aldrig sett Untamo och Vilja vandra tillsammans ute på de snöiga stigarna eller ute på isen. Kanske hade de inget förhållande?

Han tillbringade mycket tid utanför sin koja medan han med blicken följde människorna som gick in och ut ur Viljas kåta. Ofta vandrade han till stranden så tätt förbi hennes kåta att han hörde enstaka ord. Efter ett månvarv var han säker. Vilja gick aldrig in till Untamos kåta. Ett par gånger hade han sett Untamo besöka Viljas familj men han hade ganska snart kommit därifrån och alltid utan Viljas sällskap.

Till en början gjorde upptäckten honom förvirrad och han undrade om det hade något med honom att göra. Han måste få veta mera för att komma ur den egendomliga situationen som hade uppstått mellan dem. Han måste hitta på ett skäl att besöka henne. De mest uppenbara orsakerna att träffa henne hade han ratat. Men brännved fanns det inte mycket av. Det kunde vara lösningen.

Klanen hade rest sina kåtor på den största av öarna i en ögrupp som till stora delar var trädbevuxen. Eftersom klanen avverkade virke både för kåtor, värme och för att göra mat, skulle skogen inom ett par år vara nerhuggen om man låtit det ske. Rådet hade därför bestämt att öns träd måste sparas. På de mindre öarna växte endast videbuskar, nödväxta björkar och enar. Men på fastlandet fanns skogar. Och vattnen hade igen blivit farbara, förutom i de innersta vikarna där isarna ännu låg kvar.

En morgon efter att han ätit en stadig frukost samlade han mod till sig. Han klädde på sig sin päls och gick till Viljas kåta och stannade vid dörröppningen och andades några djupa andetag för att insupa det mod som behövdes för att stiga in. Med ett ryck drog han undan förhänget och tittade in i kåtans halvmörker. Majalk låg vaken i sin bädd, som vanligt. Kvinnorna och Sitibor satt på huk i en ring runt en liten brasa och värmde vatten och trädde fiskhalvor på spett. Småbarnen var ute någonstans.

»God morgon«, hälsade han så glatt han kunde.

Till svar fick han förvånade blickar. Vilja satt vid elden och gav honom ett snabbt ögonkast innan hon återgick till sitt pyssel. Valikatta var den enda som bemödade sig med ett svar.

»Varför kommer du hit?« frågade hon och gav honom en osäker, halvt fientlig blick. Han svarade inte genast. Han försökte få ögonkontakt med Vilja. Hon måste ha både hört och sett honom men hon valde att hålla ögonen på fiskarna som fräste på en het sten. De ovänliga blickarna och Valikattas avoga svar fick honom att tappa en stor del av det mod han samlat på sig. Hade han gjort ett misstag? Borde han vända om och strunta i Vilja och hennes familj. Men nej, nu fick han inte backa. Fastän ingen tittade på honom visste han att de lyssnade.

»Jag tänkte paddla över till fastlandet för att hämta ved och undrade om ni också behöver lite?«

»Vi har ständigt brist på ved. Det är snart dags att flytta tillbaka men det brukar komma en riktig köldknäpp före det«, sade Majalk och tittade upp från sin bädd så mycket att hans huvud syntes utanför den tjocka fällen. »Eller vad säger du Valikatta?«

Valikatta nickade instämmande.

»Majalk har varit svag de senaste dagarna men kanske han ändå skulle orka ut på en paddeltur«, sade hon och verkade redan lite gladare av utsikten att få ved.

»Jag är inte tillräckligt kry ännu«, sade mannen och lät ynklig och försvann under sitt täcke. Sedan tittade han ut igen.

»Men Vilja kan väl åka med Alver«, sade han med en nykommen iver i rösten.

Alver stod kvar vid dörröppningen och sände Härfadern ett ordlöst tack men insåg genast att han tackat för tidigt. Valikatta rynkade ögonbrynen på ett olycksbådande sätt.

»Vi gör så här. Ooni får se efter sin far medan Sitibor och Vilja åker ut för att hämta ved«, bestämde Valikatta.

Sitibor sken upp, reste sig på en gång och började leta efter sin päls och sin yxa. Alver förstod att Sitibor önskade få ett avbrott i sin monotona vardag efter flera månvarv i isolering i en kåta på en ö. Sitibor var van att resa och saknade rädslan för främmande människor som Alver.

Ändå var Alver inte riktigt nöjd med att Sitibor skulle följa med och han kastade frågande blickar mot Vilja. Hennes ansikte var lika uttryckslöst, och ögonen lika matta som när han sett henne tidigare under vintern.

»Nå Vilja. Ta fars yxa när du går. Sitibor är redan klar.«

Vilja lämnade fiskarna och steg upp. Nu såg han att hon hade magrat kring midjan. Kindkotorna och hakan framträdde tydligare i hennes ansikte. Hon gick till en flätad kista där familjens verktyg och andra viktiga redskap förvarades och plockade upp yxan och drog på sig pälsen. Snart satt de i sina kanoter.

Havet var lugnt och det gick lätt att ta sig över vattnen. Det visade sig att Sitibor var skicklig med sin yxa. Under eftermiddagen hittade de så mycket lösvirke och högg så många fallna stockar att både Alvers och Sitibors kanoter blev fyllda. De var tillbaka och lastade ur när det höll på att bli mörkt.

»Jag vill prata med dig«, sade Alver när Vilja bar de sista tjocka furugrenarna till sin kåta.

»Vad ska vi prata om?«

»Dig och mig. Kom!«

»Varför då?«

Han tog henne i handen och drog henne hårdhänt in i sin kåta. Ett par gummor hade kommit från stranden och stannade upp. De tittade på honom med hatiska blickar men sade ingenting. Vilja följde med honom men inte utan att hon stretade emot. Det irriterade honom. Kunde hon inte ens tala ut med honom?

»Sätt dig där!« sade han och pekade på sin bädd. Han höll ett öga på henne medan han gjorde upp en eld och trädde färska fiskar från sumpen på ett spett.

»Jag måste gå«, sade hon plötsligt och reste sig. Han tog i hennes axlar och tryckte henne hårdhänt tillbaka på bädden framför elden.

»Sitt kvar tills jag är klar!« sade han och blängde på henne.

Ilskan i hans röst måste ha varit effektfull och hon försökte inte längre gå därifrån.

»Jag grillar fisk till oss«, sade han efter en stund med en överslätande klang i rösten. Snart fräste fiskarna på elden och fick en guldbrun färg.

»Ät«, sade han.

Hon skakade på huvudet. Han hade sett att hon hade tittat på de feta abborrarna på stekstenen och hon liksom han måste också ha känt doften av mat. Den långa dagen på havet och arbetet ute i skogen måste ha gjort henne hungrig. Han log mot henne och kryddade fiskarna med den saft han lyckades pressa ur en handfull övervintrade enbär.

»Bättre nu?« frågade han och lade ett grillspett med en fet abborre i hennes hand.

Utan att svara tog hon den och de åt under tystnad. När bara ryggraden var kvar av fisken och hon höll på att suga saften och ögonen ur dess huvud bad hon att få en till.

»Vad hände?« frågade han när hon fått i sig en fiskhalva till och druckit av det friska vattnet ur sin kruka.

»Du vet ju exakt vad som hände«, sade hon häftigt och blängde stint på honom.

Han visste vad som hade inträffat men inte det som hade hänt inne i kåtan. Han tummade på sin amulett. Fingrarna gick över den glatta ytan. Han vände och klämde på den hårda tanden. Det gjorde han alltid när han blev nervös och nu var han spänd som en pilbåge. Han drog efter andan och bestämde sig. Det fick bära eller brista. Han måste ställa frågan han gått och funderat på under hela vintern.

»Väntar du Untamos barn?«

Det lät klumpigt och direkt även i hans öron och han vände bort blicken och kände sig enfaldig men också lättad. Äntligen hade han ställt den oundvikliga frågan.

Hennes vrede var borta. Till hans stora förvåning drog hon på munnen och för första gången den vintern tittade hon honom i ögonen. Det blänkte till i ögonvrån. En liten gnista hade äntligen tänts i den matta blicken.

»Jag är medicinkvinna. Den näst bästa efter Tonala. Jag vet vilka örter jag skall ta för att inte bli med barn.«

Han kände hur hans ögon utvidgades och hjärtslagen slog allt hårdare mot hans bröst.

»Gjorde du det då?«

»Klart jag gjorde. Jag tog till och med en dubbeldos eftersom jag visste att min akvileja hade torkat. Den dubbla dosen inne i mitt sköte sved och brände så fruktansvärt att jag visste att örten fungerade som om den onde Råås hetaste undersåtar hade stått vakt vid porten.«

»Då fullbordade alltså Untamo ...«

»Ja!« nästan skrek Vilja. »Untamo tog ut hela sitt pris. Men akvilejan stoppade det liv hans andar försökte plantera i mig.«

Alver tittade på hennes vackra men bleka ansikte. Hon måste ha lidit mycket under natten med Untamo.

»Varför gjorde du det«, slank det ur honom innan han hunnit tänka klart.

»Dummer, det borde du själv kunna räkna ut. Untamo är inte den man jag kommer att ha vid min härd och få barn med. Behöver jag förklara något mer?«

Hon bet ihop läpparna och tittade på honom med en anklagande blick. Det bubblade i honom så att han kände sig yr. Han ville rusa fram och krama henne. Han ville hoppas och tro att det var för hans skull hon hade genomlidit en natt med den svidande syran i sitt sköte. Han tog tag om hennes axlar och höll om kvinnan han åtrådde så mycket. Hon lät det ske och då visste han att hans aning hade varit rätt.

KAPITEL 38

Den längsta vintern och våren i Alvers liv var förbi. För varje dag klev solen allt högre upp på skyn och lyste starkare än någonsin efter sin långa och välbehövliga vintervila. Värmen lockade sjöfåglarna till de avlägsna stränderna långt uppe i norr. En våldsam kamp om utrymme kom i gång på de solvarma klipporna där sälarna, måsarna, havstrutarna, andfåglarna och de senast anlända sjötärnorna tävlade om de bästa boplatserna.

Hannarna slogs med näbbar och klor för att komma åt den bästa och starkaste makan att bygga bo och fortplanta sig med. De tidigaste fågelarterna hade lagt ägg och snart skulle de kläckas. Ungarna krävde oändliga mängder fisk, insekter och alger och begärde sin andel genom att öppna sina omättliga gapar och skrika och skräna högljutt till sina föräldrar. Kampen om födan hade skärpts ytterligare ett snäpp. De svagaste skulle aldrig överleva.

Klanen hade flyttat tillbaka till sitt sommarläger vid Sunnanvik under den gamle Magna-tais ledning. Schamanen Tonala hade spått att han inte skulle klara av en vinter till men där hade gumman fel. Den gamle ledaren var av segt virke och han hade hållit sig vid liv.

Under de mörka och långa vintermånaderna hade femton par fått barn som överlevt vintern. De flesta nya paren ansåg att de behövde en egen kåta efter tillökningen medan några nyblivna föräldrar ville stanna kvar vid kvinnans eller mannens föräldrars härd.

Det hade också förekommit dödsfall. Nästan lika många spädbarn som överlevt sitt första månvarv hade också dött. Likaså hade en handfull åldringar mist sina liv under de kallaste vinterdagarna. Shamanen hade med sin dödsjojk ledsagat de dödas själar på deras färd till sina döda släktingar. Väl framme skulle Moder Jord ta hand om dem tills det åter var dags att inträda i ett nytt jordeliv i en ung och frisk kropp.

Alver hade rustat upp sin kåta i Sunnanvik precis som alla andra i klanen. Vilja besökte honom dagligen trots att blickarna från Untamo blev alltmer hotfulla.

En eftermiddag satt Alver vid sin kåta när Vilja skyndade sig till honom. Hon flämtade och var röd i ansiktet.

»Vad är det?« undrade han.

»Björnkraniet är borta«, sade hon när hon hämtat andan och kunde tala igen.

»Alltså den som hänger ovanför grottans mynning?«

»Ja«, sade hon och han såg på henne att hon var rädd, riktigt rädd. »Nu står klanen utan björnens beskydd.«

Innan Vilja talat färdigt hade Alver redan begripit allvaret. Den uppkomna situationen kunde jämföras med att klanen på Sälgrundet skulle skicka ut alla män på jakt och lämna byn utan beskydd. Till och med små barn visste vad som då skulle hända. Ryktet skulle löpa genom skogarna, över haven och längs stränderna och snart skulle byn invaderas av plundrande klaner som skulle tömma hela byn. För Sunnanviks del innebar det att den onda anden Råå nu hade fritt tillträde till byn. Råå skulle inte vara sen att röva åt sig de själar som blivit utan björnens beskydd.

»Men hur kan ett björnkranium bara försvinna?«

Vilja tittade på honom med frågande blick som om han visste något mera.

»Skulle jag ha tagit det?« frågade han och slog ut med armarna i en häpen gest.

»Nej, nej. Naturligtvis inte.«

»Nå så vad då?«

»Det är Untamo. Han säger att han såg dig vid grottan och strax därefter försvann den. Efter den dagen har du haft jaktlyckan på din sida. Magna-tai tror inte heller att du tagit kraniet. Han har skickat män för att söka efter den hos alla klanmedlemmar. Snart kommer de även till dig.«

»Men här finns den inte. Du vet ju själv.«

»Jag vet, men ändå är det bäst att du undersöker din kåta innan de kommer.«

Alver visste att han inte gömt något inne hos sig men gick ändå igenom den grundligt. Vilja hjälpte honom och det gick fort. Ingen hade varit där eller rört hans saker. Sälköttet hängde på tork på träkrokar i det närmaste trädet. Hans yxa, spjut, pilbåge, pilar och fällar låg där de skulle. Brännved låg i en trave för sig. Vassbädden var orörd och de tre hopsydda skinnen som Vilja senaste höst hade garvat åt honom låg vikta över ett par tvärställda störar i kåtan men något kranium hittade han inte bland sina ägodelar.

»Ingenting här«, sade han fastän Vilja redan själv sett det.

Hennes ansikte sken upp av lättnaden och hon blickade ner mot gården där Magna-tai och schamanen bodde.

»Vad händer nu?« undrade han fullt medveten om att något grymt när som helst skulle drabba byn.

Människor skulle dö, barn skulle insjukna, ägodelar skulle försvinna och kåtor brännas upp. Försvinnandet var inte hans fel men Untamo skulle utnyttja tillfället för att skjuta över skulden på honom.

»Magna-tais mest förtrogna kommer att leta överallt men därefter vet ingen vad mer vi kan göra. Hittar vi inte kraniet måste Tonala komma i kontakt med Rådarna. Allt hänger nu på att Tonala får goda råd från dem däruppe.«

KAPITEL 39

Från sin utkiksplats utanför kåtan hade Alver full uppsikt över byn. Spaningarna pågick hela eftermiddagen. Män och kvinnor genomsökte kåtor, förråd, offerplatsen och de närbelägna skogarna men så långt han kunde bedöma hade ingen hittat kraniet eller spår efter det.

Han hade redan hunnit leta i närheten av sin kåta och träffat på uppjagade klanmedlemmar som sökte inne och utanför kåtorna, vid kanoterna, inne i buskar och under stenar, uppe i de närmaste träden och till och med i strandvattnen.

Uppskärrade män och kvinnor höll allt hårdare om sina amuletter, gned på dem så att de blev heta medan de med fruktan i sina ansikten vände sig mot himlen för att be Moder Jord om hjälp. Tonala hade hittat en treårig flicka med såriga utslag kring munnen. Det första tecknet på att någon av de onda andarna hade kommit. Hon skulle inte säga någonting men bestämde att barnen inte längre fick gå ut och de övriga sjuka och gamla måste ligga orörliga i sina bäddar. Hon hade också uppmanat alla i byn att tända eldar och offra kött och fisk till Moder Jord.

»Nu är tiden inne när varje man och kvinna skall visa sin generositet«, deklarerade hon.

Trots ansträngningarna hittades inte kraniet och i nödens stund såg Alver hur människorna samlades kring Magna-tai i Magnagård och de som inte rymdes därinne stod utanför. Alver hade följt Tonalas uppmaning och tänt en eld utanför sin kåta för att offra, inte till Moder jord men till Härfadern och kastade då och då blickar mot de ångestfyllda klanmedlemmarna. Han blev klar med sitt offer och beslöt sig för att vandra ner till människorna för att få höra vad hövdingen och schamanen skulle besluta. Han plockade på sig sin kniv, satte den vid bältet och steg ut men stannade genast. En mörk skepnad närmade sig hans kåta. Den kom allt närmare. Det var Tonala som med nedsänkt blick vandrade rakt mot honom. Vad ville hon?

»Jag behöver din amulett«, sade gumman när hon kommit fram.

Alver backade ett steg, sökte med handen under tunikan och höll hårt om sin björntand.

»Nej«, sade han.

Amuletten skulle han inte släppa ifrån sig. Inte just nu när han själv behövde den mer än någonsin förut. Allt kunde ju hända.

Schamanen tittade på honom med en bedjande blick. Hon ställde sig vid hans sida och lade en tröstande arm om hans rygg.

»Var inte rädd, amuletten skyddar dig även om den inte ligger mot ditt bröst.«

Med sin vädjande blick tittade hon upp i hans ansikte och han mjuknade inför hennes blick.

»Du kan hjälpa oss«, sade hon.

»Hur då?«

»Du vet ju att björnkraniet har försvunnit. Nu är en av de starkaste länkarna till andarna din björntand«, sade Tonala och räckte fram handen.

»Men ni säger ju att jag är ond?« sade han, inte för att vara uppkäftig utan för att förstå hur Tonala tänkte.

»Din amulett kommer att ge av sin kraft även till mig.«

»Hur menar du?«

»Vi är båda barn av björnen. Vår klan har under många generationer haft skydd av björnkraniet och jag har sett vilken lycka din björntand gett dig.«

»Men alla andras amuletter då?« undrade Alver. »Har de ingen kraft?«

Schamanen grävde under sin tunika och plockade fram en björnamulett och en amulett med ett måshuvud och visade dem för Alver.

»Den här björnamuletten är Untamos. Med hjälp av den kommer Moder Jords andar att låta mig se in i Untamos liv. Och den andra amuletten som liknar en mås låter mig se in i Magna-tais framtid. Min förhoppning är att Moder jord låter mig förstå vart kraniet taget vägen med hjälp av dessa och din amulett.«

»Och din egen amulett då?«

»En schaman behöver ingen amulett. Björnkraniet har gett mig det beskydd jag behöver. Men nu är det borta. Jag är blottad och jag är svag«, sade Tonala.

Det var första gången Alver hade hört hennes röst darra. Han kände lukten av rädsla från hennes kropp när han kom nära henne för att räcka över björntanden i hennes framsträckta, kupade händer. Hon stirrade på föremålet innan hon gömde det vid bröstet, innanför sin tunika och återvände till Magnagård för att förbereda sin färd till offerplatsen.

KAPITEL 40

Tonala drog på sig den gamla vargskinnspälsen. I håret stack hon in rovfågelfjädrar och ansiktet målade hon med röd färg från krossad johannesblomma och området kring ögonen med sot. Åtgärderna var nödvändiga eftersom de skulle göra henne stark och tillgänglig för andarna. Tonala rotade i sina förråd tills hon hittade krukan med vargklor i. De vassaste klorna fäste hon vid ärmarna och i fållen för att de skulle överföra vargens uthållighet och kraft till henne.

De båda björnamuletterna och måsamuletten tryckte hon närmast mot bröstet, under pälsen och tunikan. När hon vände den flataste sidan mot sin hud kände hon björnens styrka flyta ut i sin kropp. Ändå bultade hjärtat hårt när hon vandrade upp till offerplatsen och steg in i den mörka, fuktiga grottan.

Sunnanvik hade aldrig tidigare hotats av yttre faror på det sätt som byn gjorde nu. Situationen var ny och ingen visste med säkerhet vad som måste göras. Men hon var schaman och det var hennes uppgift att rådfråga andarna.

Tonala ställde sina två facklor på varsin sida om grottmynningen. Hon drog för huden till grottan och satte sig i högsätet. I ett kärl med en jäst blåbärsdryck blandade hon vit flugsvamp och skivor av alruna. Men inte mycket. Hon hade allt oftare känt att för mycket av flugsvampen gav henne störningar i hjärtrytmen. Senast hade hjärtat börjat slå oregelbundet som om hon hade en otäck fladdrande fjäril i bröstet. Riten gick ut på att hon skulle känna sig stark, inte bräcklig. Ändå måste det finnas tillräckligt med svamp för att drycken skulle föra hennes själ över till den andra sidan där andarna och de döda anfäderna och förmödrarna befann sig.

Tonala valde bland amuletterna och grep hårt om Alvers amulett. Han hade den starkaste amuletten hade hon förstått. Hon kände genast kraften bränna i handflatan. Kraften överfördes i hennes muskler och hon kände sig stark. Hennes kropp blev varm. Hon slöt ögonen och hummade i takt med varje utandning. En stund senare började hon slå på sin trumma och det hummande lätet övergick i en entonig sång.

Ganska snart tappade hon uppfattning om tid och rum. Kroppen blev lätt och hon svävade i väg i en främmande dimension. Här var ljuset klarare och värmen behaglig. Det doftade av vildäpplen och skogsviol. En lustfylld frid trängde undan hennes rädsla och ett andligt lugn flöt in i hennes själ. Hon vände sig om och såg sin bräckliga kropp hopsjunken i högsätet.

Hon blickade in i det okända och såg sin farfar som dött i en sjukdom. Han var iklädd sin gamla tunika som han begravts i. Hon såg sin mor som också varit shaman men som gått över till andra sidan när Tonala fortfarande varit en flicka. Hon hälsade med ett leende men gjorde ingen ansats att vilja prata.

Tonalas uppgift var inte att söka efter sina släktingar. Hon ville ha ett möte med Rådarna och sökte sig högre upp mot andarnas sfär, till de stora och de kloka, till de skepnader som hade samma färg som byborna hade målat på gudapålen och som såg ut som gula, röda och blåa moln. Hon slappnade av och lät sig styras genom det andliga kosmoset.

Det var då hon såg kraniet av en björn som av åldern gulnat och fått svarta prickar här och var. Hon kände igen det. Där låg Sunnanviks björn som hon måste få tag i. Den vilade på en platå mellan henne och Rådarna. Alla tre var där. Den gula, den röda och den blåa Rådaren. Hon lät sig föras närmare. Även Rådarna betraktade kraniet med uttryckslösa blickar. De befann sig långt borta och hon kunde bara se deras disiga skepnader. De hade väntat på henne.

»Vår by har förlorat sin skyddsbjörn och vi kommer att drabbats av olyckor«, sade hon.

De tre andarna förblev tysta medan de betraktade Tonala. Därefter upplöstes de. Men innan den sista anden, den som var blå som havet, hade försvunnit fick hon ett meddelande. Anden hade givit henne tecknet att vänta.

Tonala satt stilla och väntade. Kraniet som legat mellan henne och Rådarna löstes upp och bilden inför hennes syn förvandlades till en öppen slätt med en doft av en-ris, ljung och mogna lingon. Mitt på slätten sprang en ensam kvinna med fladdrade rött hår. Jägare letade efter henne. Hon hade en björnunge i famnen och kastade ångestfyllda blickar över axeln.

Nu såg Tonala vem som jagade kvinnan. Det var ingen jägare utan en vuxen björn-hona. Den rusade i full fart och avståndet till henne krympte fort. Kvinnan släppte ungen men björnhonan lät den förvånade ungen ligga i mossen och skumpade vidare efter kvinnan. Hon blev allt tröttare, slutligen snavade hon och föll omkull. Björn-honan var över henne och tryckte sin nos mot hennes mage.

I samma ögonblick frigjorde sig en ihålig avbild av björnhonans skalle. Björnen stod kvar som om den frusit till, men avbilden svävade allt högre upp och närmade sig Sunnanvik. Men dess färger avtog och konturerna blev diffusa.

Tonala hade varit med förut och visste vad som måste göras för att stärka bilden. Hon höll kvar Alvers amulett i ena handen och tog Untamos björnmärke i sin andra hand. Avbilden framträdde tydligt nu.

Den irrade omkring som om den letade efter sin plats. Skallen var stark nog för att skydda Sunnanvik men den saknade sin kraft så länge den letade efter det hem där den legat sedan urminnes tider. Slutligen fastnade avbilden vid Untamos fötter där han stod mitt i byn framför Magnagård.

Skallen var inte längre vit utan den hade blivit gammal och ytan hade gulnat men samtliga tänder satt kvar i käken. Tonala skärpte blicken och blev förvånad. Ja, det var nog Untamo som böjt sig ner för att lyfta upp skallbenet i sina händer.

Under tiden som avbilden svävat bort, hade björnhonan stannat kvar hos den liggande kvinnan. Nu blev det liv i den igen och honan vred sig åt alla håll som om den letade efter sina ungar. Den kastade med huvudet, röt och visade sina tänder. Kvinnan låg orörlig på den höstfärgade ljungen och stirrade med skräckslagna ögon upp på björnen.

En älg frigjorde sig ur hennes bröst och slet upp björnens päls med sina horn. Björnhonan reste sig på bakbenen, vrålade högt av smärta och slog med sina ramar med sådan kraft att älgen flydde tillbaka in i kvinnan. Björnen brummade ut en segertriumf och landade med framramarna på kvinnan. En smäll hördes när ett ben brast i hennes kropp. Björnen stirrade på bröstet där älgen försvunnit och rafsade med ramen. Klorna slet upp fåror i huden och i ansiktet som snart täcktes av blod. Kvinnan rörde sig inte längre och björnen rusade därifrån för att leta upp sina ungar.

Bilden blev allt otydligare. Kvinnan och björnen försvann in i ett dis. Untamo med sitt kranium i famnen hade också smält bort. Rådarna hade försvunnit och också den blåa Rådaren gled i väg. Tonala var oroad. Skulle de bara smälta bort utan att ge henne ett enda råd.

»Men kraniet!« ropade hon. »Hur får vi tag i det?«

Den blåa Rådaren vände sig om och det tog tid innan Tonala såg dess väsen. Den sade bara:

»Björntanden skall finna björnen och björnen skall ge Sunnanvik sin frid«, varefter även den upplöstes i bakgrunden.

Tonala förstod inte vad anden menade men kanske fanns det något mera som anden ville berätta. Hon sökte med handen under sin tunika och plockade fram även Magna-tais amulett och då trädde Magna-tais gestalt fram.

Magna-tais stela ansikte rörde sig hastigt mot Tonala. Gestalten blev allt större och kom så nära henne att hon lyfte upp armarna för att värja sig. Strax innan de båda skulle ha krockat, backade bilden av Magna-tais ansikte lika fort som den rusat framåt tills den blev en liten prick långt borta.

Mitt i den avtonande bilden såg Tonala hur Magna-tai smälte in i Kultima. Nu blev det Kultimas tur att bli tydlig och hon steg fram med sin son i handen. Men Kultimas ansikte var sorgset där hon stod mitt i byn med ett litet föremål i handen. Tonala måste få veta vad det var och sträckte på halsen som om det skulle hjälpa. Föremålet fick starkare konturer och hon såg att det var en stav, stor som ett lillfinger och då förstod hon.

Tonala förväntade sig att även få se något som gällde Vilja men det enda hon tilläts se var en av Majalks visselpipor som försvann bortom ett stort hav. Därefter försvann alla uppenbarelser och det blev tyst och stilla. Tonala fick inte se något mera. Hon visste att sessionen var över för den här gången.

Luften hade blivit sval och den hetta hon tidigare känt var borta. Även amuletterna som hon höll i ett fast grepp i handen hade blivit kalla.

Tonala vaknade upp ur sitt rus. Hon slog upp ögonen och andades häftigt. Hjärtslagen kom tätt för att därefter göra plötsliga uppehåll. Under vargpälsen och hjortskinnstunikan var hon genomsvettig. Färden hade tömt henne på alla krafter och hon kunde knappt hålla sig upprätt. Ändå måste hon orka ta sig till byn. De måste genast få veta vad hon sett.

Facklorna hade slocknat. Det var mörkt i grottan och Tonalas kropp föll utmattad ihop på det kalla fuktiga stengolvet. Hjärtrytmen blev lugnare och jämnare igen. Andningen återhämtade sig gradvis. Hon orkade inte gå längre utan kröp ihop i fosterställning, drog vargskinnspälsen tätare om sig och svävade bort i ett mörker.

KAPITEL 41

»Där kommer hon, äntligen«, utbrast hövdingen så högt att hans röst hördes över hela byn. Han pekade på en ensam, framåtböjd figur som med korta steg tog sig ner för offerberget. Folket kom ut ur sina kåtor och rusade fram till honom.

Alver hörde honom också fastän han befann sig vid stranden vid sin kanot för att granska att sprickan i en av stockarna torkade ihop som den skulle. Vilja hjälpte honom. Han njöt av att få arbeta vid hennes sida fastän hennes hjälp inte hade behövts. Ett par gånger hade han kommit på sig att tänka att det var viktigare för honom att vara tillsammans med henne än att få arbetet utfört.

Hon hade också hört Magna-tais rop och tittade frågande på honom med sina mörka ögon. Ingen i byn hade gjort något annat än väntat på Tonala och nu var hon tillbaka. Om en liten stund skulle han få höra hennes dom och få tillbaka sin amulett. De avbröt sitt arbete och skyndade sig till hövdingens härd. Alver hade hunnit få plats inne i Magnagård när Tonala steg in, tog av sig sin vargskinnspäls och tittade först på alla församlade klanmedlemmar och slutligen på klanens hövding.

»Du tog lång tid på dig«, sade hövdingen.

Hon skakade på huvudet och andades tungt.

»Ändå fick jag inte veta så mycket men jag ska tala om för er det jag vet«, sade hon.

Tonala berättade om det hon hade sett ute på en ljunghed. Om björnen som angripit en kvinna, och om björnens dubbelgångare som hade cirklat runt Sunnanvik men inte hittat hem.

»Vad betyder det?« frågade Untamo när hon sade att en björn hade kretsat kring Sunnanvik.

Tonala drog efter andan och suckade. Hon skakade på huvudet och tittade uppgivet på sina knotiga händer.

»Jag vet inte varför björnen rev upp en främmande kvinnas bröst och ansikte eller vem hon var. Inte heller får jag ihop det med björnen. Det enda jag vet är att jag verkligen såg björnskallen, att den var gammal och att den landade i Sunnanvik invid Untamos fötter. Jag är också säker på att björnskallen är densamma som försvunnit.«

När Tonala hade nämnt Untamos namn lade Alver märke till att Untamo blivit uppskärrad och smugit sig djupare in i skuggorna. Men han kom inte undan. Tonala vände sig mot honom. Hennes blick blev genomträngande när hon sade:

»Björnkraniet landade vid dina fötter, Untamo! Hur förklarar du det?«

Untamo hade försökt göra sig liten och osynlig i skuggorna men nu studsade han till och blev hotfull. Han blängde först på Alver och därefter sträckte han på halsen och fixerade sina ögon vid Tonala.

»Jag vet ingenting om någon björnskalle«, utbrast han så högt att rösten trängde ut genom kåtans väggar.

Tonala betraktade honom, satte huvudet på sned och sade med lugn röst:

»Varför skriker du så om du ingenting vet?«

»Hon anklagar mig för att ha något med den försvunna björnskallen att göra och då vill jag säga ifrån«, sade han. Nu talade han inte längre till Tonala utan till Magna-tai.

»Ingen beskyller dig för någonting«, sade hövdingen.

Alver stod så nära Tonala att han såg hur hon ytterligare sjunkit ihop och blev sorgsen. Hon måste vara förtvivlad och kanske även förvirrad eftersom hon inte kunde tyda de tecken hon sett.

»Sätt dig Tonala. Jag tror det är bara så att Rådarna inte berättat allt för dig. Kanske hade du fått veta mer ifall du orkat hålla dig kvar en stund till«, sade Magna-tai.

»Vad gör vi nu?« undrade någon i mängden.

»Jag finner inget annat råd än att vi måste fälla en ny björn«, svarade Magna-tai.

Det blev liv i inne i den stora kåtan. Männen talade i munnen på varandra, pekade och viftade med sina armar. Karukja bad om tystnad och sade:

»Det finns en björnfamilj vid sjön inte mer än en dagsmarsch härifrån«, hojtade han och fick uppskattande blickar av ett par jägare.

Tonala sken upp och hon sträckte på sig i sin alltför stora vargskinnspäls.

»Ja, låt oss offra till Moder Jord och om gåvan är tillräckligt stor ska hon låta oss fälla en björn«, sade gumman.

Tonala och hövdingen nickade till varandra i en ordlös överenskommelse. Alver såg bara lättnad i bybornas ansikten. Äntligen hade de nått fram till en lösning som var både konkret och genomförbar.

Tonala kom fram till Alver och överräckte amuletten.

»Den var till stor hjälp«, sade hon.

Tonala gick tillbaka till sin sida av Magnagård och satte sig vid sin eld. Hon slöt ögonen, lutade sig bakåt och tycktes drömma sig bort in i sin egen värld.

Vilja och Alver gick därifrån. Först nu lade han märke till att han hade spänt sig under mötet och att hans handflator blivit fuktiga. Vilja tittade på honom med en underlig blick.

»Vad är det«, frågade hon.

»Jag vet hur det hänger ihop«, sade han.

»Berätta då!«

Han sänkte rösten och såg sig om för att försäkra sig om att ingen var på höravstånd från dem.

»Det är enkelt«, sade han. »Rådarna säger ju att kraniet hamnade vid Untamos fötter.«

»Men hur? Untamo är ju den som ivrigast har letat efter kraniet?«

»Eftersom Tonala sade att björnkraniet landade vid Untamos fötter måste det betyda att Untamo kan ha varit inblandad i försvinnandet av kraniet eller så vet han var det finns.«

Han såg på hennes frågande blick och förstod att hon inte var helt övertygad eller så var det något annat som bekymrade henne.

»Du tänker på något annat, eller hur?«

»Tonala talade om att hon hade sett en kvinna på en slätt i skogen. Hon vars ansikte blev upprivet? Vem var hon?«

Han hade undrat över samma fråga. Att det hade något med honom att göra visste han med säkerhet. Det var hans björntand som Tonala hade använt och då hade Tonala nog tittat in i hans öde. Eftersom hon hade färdats i olika tidevarv var det inte lätt att reda ut om kvinnan på slätten hade befunnit sig i nutid eller kanske var det något som skulle hända i framtiden eller något som redan hade hänt. Men med tanke på de kännetecken Tonala nämnt kunde kvinnan inte vara någon annan än Svana. Tonala hade beskrivit Svanas hårfärg, hennes skada i ansiktet och över bröstet och Svanas skyddsdjur, älgen som gjort sitt bästa för att försvara henne. Allt stämde. Tonala hade fått se vad som hänt Svana. Men betydde det att Svana var vid liv?

KAPITEL 42

Alver satt i sin kåta vid elden och stekte en fisk. Det började skymma. Fisken hade fått en gyllenbrun yta och dröp av kokande fett som droppade ner i elden och fräste till. Mitt på dagen när han hämtat fisken ur sumpen hade han lagt märke till hur beslutet att jaga fram en ny björn tycktes ha lugnat människorna i byn. Det kändes i luften som om klanen dragit en gemensam suck av lättnad efter att Tonala bett Moder Jord om lov att ta en ny björn och fått jakande svar. Lugnade av beskedet hade han sett dem återgå till sina gamla vanor.

Alver blev avbruten i sin tankegång av att han hörde snabba steg utanför kåtan.

»Kom, det är bråttom«, sade Vilja som stod vid dörröppningen. Hon var andfådd och såg ut att vara rädd för något.

»Vad nu då?«

»Magna-tai vill tala med dig«, sade hon.

»Är han sjuk?«

Han fick inget svar men följde med henne. Magna-tai låg på rygg på sin bädd i Magnagård. Det luktade avföring i rummet och förruttnelse ur hans utandning. Kultima stod vid hans sida och verkade inte bry sig om stanken.

»Hur mår han«, frågade Alver.

»Som du ser. Men han vill tala med dig om någonting«, sade Kultima och lämnade tillsammans med Vilja de båda männen.

Alver ställde sig på knä vid Magna-tais bädd. Gamlingen rörde sig inte. Han stirrade bara upp i taket utan att blinka.

»Magna-tai«, sade han och väntade en god stund men fick inget svar. »Jag har kommit för att du kallade på mig«, försökte han igen utan att kunna fånga Magna-tais blick.

»Det är andarna som styr och de säger att de saknar det gamla björnkraniet«, började Magna-tai med låg röst varefter han föll in i någon sorts dvala. Plötsligt vaknade han upp igen.

»Vi är bara redskap. Moder Jords ande talar till mig och ändå förstår jag inte varför det måste bli som det har blivit. Men jag litar på Hennes vilja. Jag är en del av

Hennes ande och Moder Jord är en del av mig. Vi andas samma luft och våra hjärtan slår i samma takt. Det som är Moder Jords vilja är också min men det som är min vilja är inte Hennes.«

Alver förstod inte vad han menade men situationen var inte sådan att han kunde kräva en förklaring. Det var tydligt att gamlingen var så sjuk att han yrade.

Hövdingens fingrar gned på ett föremål av ett vitt, tunt djurben. Amuletten var ett måshuvud. Alver visste inte vad han skulle göra eller om han bara tigande skulle vänta på att Magna-tai orkade tala igen. Helst något vettigt som han kunde begripa.

Hövdingen vred en aning på huvudet och deras blickar möttes.

»Det är bara dig jag kan lita på och nu ber jag dig om en sista tjänst.«

»Säg mig vad det är och jag ska göra det som står i min makt.«

»Vi ska inte skjuta en ny björn. I stället måste du leta fram björnkraniet. Jag har talat med Tonala i enrum och vi vet båda två att kraniet finns i byn.«

»Men Tonala har ju ...«

»Jag vet. Men det var bara för att lugna min klan.«

Rösten var samlad och full av tillit. Den här gången verkade han vara så redig att Alver för ett ögonblick verkligen trodde att hövdingen visste vad han talade om. Han fick en känsla av att hövdingen trodde att det bara var för honom att plocka fram kraniet ur dess gömma.

Alver stod kvar ett ögonblick, förvirrad av att ha fått ett uppdrag som ingen i klanen tidigare lyckats med. Han hade ingen aning om var han skulle börja leta. Han måste få veta mera och grep Magna-tais hand.

»Men varför jag?«

»Det är Moder Jord som styr och du tillhör björnarna. Gå nu främling och må Moder Jord vara med dig i ditt letande«, sade Magna-tai.

Han reste sig för att gå men stannade kvar när den gamle mannen rosslade olycksbådande. Andhämtningen blev kort och långsam. Ingen skulle klara sig med så lite luft.

»Din livsande är svag. Låt mig hämta Tonala«, sade Alver och gick ut för att leta efter henne. De var snart tillbaka.

»Han är döende«, sade Tonala.

Det kan inte dröja länge nu, tänkte Alver när gamlingen utan förvarning drog en djup suck, stirrade med vidöppna ögon på något i taket och räckte upp sin högra hand som om han sett någon eller något som han gärna ville gripa. Magna-tai lyfte huvudet från bädden och hans blick stelnade för ett ögonblick.

Ett leende kom över hans läppar. Det spred sig över hela ansiktet. Han försökte säga något till det okända där uppe i det sotiga taket men några ord fick han inte fram. Gamlingen sjönk tillbaka i sin bädd och drog sin sista suck. Magna-tais ande hade gått över till den andra sidan.

Alvers blick mötte Tonalas vemodiga ögon men någon förvåning över att Magna-tai nu var borta gick inte att utläsa i hennes ansikte.

»Nu kan jag avslöja för dig Alver att i min syn uppe i grottan lät andarna mig se att Magna-tai skulle hem till Moder Jord och nu är det fullbordat«, sade Tonala och tittade med ögon som blivit fuktiga på mannen som så länge varit Sunnanviks ledare.

Hon torkade ögonen med insidan av handen och grävde under Magna-tais tunika och hittade en liten stav av bärnsten. Det var hövdingastaven. Hon gick bort till ett skrin och lade den bland sina ägodelar.

»Den här skall jag spara till vår blivande hövding.«

»Vem ska det bli?«

Tonala tittade ner i marken, lyfte ansiktet och fick en outgrundlig blick.

»Jag har sett det i min syn men jag är för gammal och förstår inte hur det ska gå till«, sade hon slutligen.

För Alver hade det räckt att hon svarat att det skulle bli Untamo som alla förväntat sig men Alver krävde ingen mer förklaring av gumman. Han måste vidare och steg ut ur rummet och såg att Untamo stod bakom det tjocka älgskinnet som delade av Magna-tais rum från de övriga utrymmena i Magnagård. Hade han stått där hela tiden och lyssnat? Mer än så hann Alver inte tänka på Untamo eftersom han ville underrätta Vilja om att Magna-tai hade gått bort. Innan han gick sade han till Untamo:

»Magna-tai är död.«

Ett högdraget sken kom över Untamos ansikte när han lyfte hakan.

»Se det som ett tecken. De onda andarna har valt att ta ifrån oss Sunnanviks ledare men de goda andarna har sett till att Magna-tai kommer att ersättas av en ny, starkare ledare.«

KAPITEL 43

Den natten hade Alver svårt att sova. Han funderade över sitt uppdrag. Ingen hade kunnat hitta kraniet och nu hade uppgiften hamnat hos honom. Valpen nosade på hans händer och krafsade med tassen. Det tycktes som om även Valpen begrep att husse var sorgsen och hunden lade sig vid hans fötter.

Det blev dag och begravningsförberedelserna kom i gång vid offerplatsen. Magna-tais kropp låg på en bår utanför grottan övertäckt av en vargpäls vars nyborstade hår glänste i solskenet. Byns invånare samlades runt den döde. Untamo och Tonala stod på var sin sida om båren.

Tonala slöt ögonen och lyfte armarna och ansiktet upp i en bön och bad Moder Jord ta hand om Magna-tais själ. Hon avslutade bönen och församlingen var färdig att flytta över liket till dess sista boning inne i grottan när de blev avbrutna av Untamo.

»Jag sörjer Magna-tai lika mycket som alla här men vi måste nu utse en ny ledare«, sade han.

»Traditionen säger att det är du«, sade Karukja från mitten av den församlade klanen.

Untamo tittade över människorna som för att vänta på motförslag.

»Har någon en annan åsikt?«

Ingen svarade. Tonala skakade på huvudet så att hennes långa gråa hår flög från sida till sida. Untamo måste ha tolkat hennes svar som ett bifall och han sträckte ut sin hand mot henne.

»Staven«, sade han.

»Nej Untamo, jag måste först få ett tecken och rådet måste träffas.«

Untamo tog ett hotfullt steg närmare henne.

»Ge honom staven«, sade Karukja som stod närmast dem.

Tonala grävde i sin tunika och hittade staven av bärnsten som hon hade tagit med sig ur sitt skrin. Den hade varit hövdingens symbol så länge någon kom ihåg. Untamo sträckte fram sin hand och väntade att Tonala skulle lägga den kring hans hals men hon höll den kvar i sin hand.

»Staven Tonala!«

»En utnämningsceremoni kommer att hållas men först när rådet följande gång sammanträder och då kommer jag också att nerkalla Moder Jords välsignelse och beskydd över dig«, sade Tonala.

Untamos käkmuskler spändes och ögonbrynen gick ihop när han med ett par kliv var framme hos Tonala. Ett ögonblick blängde de på varandra innan Untamo ryckte staven ur hennes hand och hängde den själv kring sin nacke.

»Det är fel, ingen kan utnämna sig själv«, sade Tonala men kunde ingenting göra när Untamo ställde sig framför de förvånade klanmedlemmarna.

»Nu kan vi begrava honom där borta i grottan«, sade han.

»Du kan inte börja ge order innan rådet valt dig till hövding«, sade en av de mest erfarna klanmedlemmarna.

»Från och med nu ska du aldrig tvivla på mina befogenheter«, svarade Untamo och tog ett steg närmare mannen. Karukja hade ställt sig vid hans sida. Männen tystnade och vände bort sina blickar.

Karukja sade till de närmaste männen att svepa in liket i hudar och bära bort det till grottan där hövdingens kvarlevor skulle få sin sista vila.

Efter begravningen blev det en lång rad av människor som sörjande gick tillbaka ner mot byn. Alver gick sist bredvid Vilja. Halvvägs ner från offerplatsen frågade han:

»Sörjer Kultima sin man?«

»Så länge jag var hos henne satt hon på huk framför elden och grät tyst. Ukko blev arg på henne och började gräla. Han sade att det inte var hon som dött utan hans far, så varför grät hon?«

»Hur blir det nu med Ukko?«

»Han lugnar sig nog och vem vet, kanske kan han växa till sig och bli så som vi? Han är inte dum i huvudet. Det är bara det att han är vild och aldrig tänker sig för.«

På ett sätt kunde Alver förstå den lille Ukko som förlorat sin far som han älskat. Han tyckte om den lille pojken. Han var livligare än de flesta barnen och orsakade mycket bekymmer för sin mor men innerst inne ville gossen alltid väl.

Tankarna for tillbaka till Sälgrundet. Hans egen son Stenkil var i samma situation som Ukko. Stenkil måste ha trott att hans far hade dött när han aldrig återvände från resan till Blomsteröarna. Troligen hade Ullmira tagit hand om honom. Han vågade inte hoppas på att Svana hade överlevt efter alla de skador hon fått.

Snart hade ett år gått sedan han sett sin son. Han måste ha vuxit. Pojkar i hans ålder växte fort. De lärde sig hela tiden nya saker som tog alltmer plats hos dem och trängde undan andra minnen. Som minnet av honom själv, Stenkils far. Men kände han sin mor rätt, skulle hon påminna Stenkil om sin far. Kanske skulle hon till och med övertyga honom om att han någon gång skulle komma hem.

KAPITEL 44

Efter att Magna-tai begravts satte sig Alver i sin kåta. Han orkade inte prata med någon men ändå var han glad över att Vilja hade följt med honom hem. Hon satt tyst framför elden med uppdragna knän och hennes ansikte gömdes av det långa, svarta håret.

Han reste sig och rörde om i de falnade kolen och satte nya torra kvistar på brasan. En stund senare brann en eld som gav värme och ljus, de förblev i sina tankar medan de frånvarande följde lågornas dans i brasan.

Plötsligt stod Untamo och Karukja vid ingången. Alver hade inte hört dem komma. Inte ens Valpen hade uppgett några varnande skall. Hade de med avsikt smugit sig så tyst till honom? Untamo stod med armarna i kors över bröstet med ett hånfullt flin över ansiktet.

»Vad vill ni«, frågade Alver utan att stiga upp eller be dem komma in och sätta sig vid elden.

»Vi har anledning att tro att det är du som gömt björnkraniet«, sade Untamo.

Anklagelsen var så orimlig att Alver inte kunde annat än svara med ett matt leende.

»Du vet att jag inte skulle göra något sådant. Ni har själva genomsökt min kåta utan att hitta något.«

»Det var för länge sedan.«

»Untamo, det är som Alvar säger«, sade Vilja och hon lät trött.

Untamo svarade inte och det tycktes irritera Vilja.

»Magna-tai har blivit begravd och nu vill vi sörja honom. Gå härifrån«, sade hon.

»Vissa frågor kan inte vänta«, sade Untamo. »Jag har blivit vald till hövding och det är på mitt ansvar att återställa frid i byn. Jag upprepar min begäran. Ta fram kraniet.«

Vald och vald, tänkte Alver och gjorde ingen ansats till att svara eller röra sig. Untamo viskade något åt Karukja som vände sig om och tittade på Alver med sina svarta ögon som satt djupt i ansiktet. Karukja nickade att han förstått och utan att tveka gick han bort till Alvers bädd och grävde bland färska hudar, garvade skinn och pälsverk. Det hade blivit en ansenlig hög, men Karukja behövde inte söka länge innan han var klar.

»Ingenting«, sade han till Untamo.

Det ryckte till i Untamos ena mungipa medan han höll Alver fastnaglad med blicken.

»Vi går till din kanot«, bestämde han och vände om.

Alver kunde inte annat än att följa med. Under tiden som de traskade genom byn och ner till stranden möttes de av undrande blickar. Några nyfikna följde efter dem. Det kunde inte vara alltför svårt att räkna ut att något måste vara på gång när Untamo ledde Karukja, Alver och Vilja mot Alvers kanot.

Vilja drog i Alvers tunika.

»De kan väl inte hitta någonting?« viskade hon.

»Nej, absolut inte, fast något underligt är det.«

Untamo blängde på dem och vände sig sedan mot Karukja.

»Undersök kanoten«, sade han och lade armarna i kors över bröstet.

Karukja gjorde som han hade blivit tillsagd och började i fören och gick metodiskt igenom alla gömställen tills han kom till aktern. Där drog han undan en hud som täckte bakpartiet. Under huden förvarade Alver sina fiskredskap, paddeln och en tom korg för fisk.

Karukja vände sig om och log skadeglatt mot honom. I högra handen hade han det gamla björnkraniet. Ett sus gick genom klungan av bybor som stod intill. Alver blev kall och kände att hakan ofrivilligt föll ner.

»Du hade det hela tiden«, sade Untamo och tittade turvis på Alver och Vilja.

Människorna slöt en ring allt tätare runt dem och krävde alltmer högljutt en förklaring. De ivrigaste begärde att få Alver inför rådet. Någon ansåg att Alver kunde förvisas ur byn utan rådets beslut.

Karukja stirrade på Alver med en hetsig blick och tog ett steg mot Alver och viskade i hans öra.

»Jag kommer att döda dej innan någon hinner samla till råd.«

»Vad sa han?« undrade Vilja.

»Ingenting«, svarade Alver och kände hur blodet började rinna snabbare i ådrorna.

Vilja var mörk i blicken och Alver såg att hennes händer var hårt knutna.

»Jag vet inte hur den har kommit dit. Låt mig få se«, sade Alver och tittade närmare på skallen medan han tvingade sig att tygla sin ilska. Nu var inte rätt tillfälle att börja ett slagsmål.

Visst kände han igen den. Det var verkligen skallen som han många gånger sett ovanför grottöppningen. Men han såg också att den hade tappat ett par kindtänder. Han påpekade det för Untamo. Karukja öppnade kraniets käkar och petade med sitt finger i två djupa hål i käkbenet.

»De har alltid saknats«, sade Untamo hastigt och tittade på Karukja som besvarade Untamos ögonkast med en osäker blick.

»Ja det stämmer, de där båda kindtänderna har alltid varit borta.«

Untamo tog ett steg närmare Alver och grep tag i hans tunika.

»Det är du som har gjort klanen svag genom att gömma kraniet. Jag visste det hela tiden men ingen trodde mig«, fräste han i Alvers ansikte.

Alver kämpade för att hålla sig lugn och för att inte backa ett enda steg.

»Jag svär vid min Härfader. Jag har aldrig rört eller sett björnkraniet tidigare i min kåta eller i min kanot.«

»Du ljuger men du kommer inte längre att få ljuga för oss. Du får tid till i morgon när solen står som högst. Därefter ska du vara borta från Sunnanvik.«

Människorna som hört vad Untamo beslutat, jublade. Alver såg ett par äldre män ge honom fientliga blickar, föräldrarna till den insjuknade treåriga flickan talade med varandra och pekade på honom som om han varit självaste Råå.

Vilja rusade fram till Untamo, röd i ansiktet och drog och slet i hans tunika.

»Jag känner Alver och han har inte gjort något orätt.«

Det blixtrade till i Untamos ögon och han slog omkull henne så hårt med handen att hon blev liggande på marken.

Alver reagerade genast. Han kastade sig över Untamo men blev snabbt övermannad av byborna. Fem man brottade ner honom vid Viljas sida.

»Han har förhäxat dig också«, sade Untamo och pekade på henne där hon låg på marken och höll om sin skadade kind. »Du skall passa dig så att jag inte utvisar dig också.«

Vilja flög upp igen, torkade blodet från näsan och grep tag i Untamos arm. Även Alver reste sig när byborna släppte greppet om honom.

»Det här är något som inte du ensam kan besluta. Rådet har ännu inte valt dig till hövding, det har bara du själv gjort och det räknas inte«, skrek Vilja till honom.

Untamo blängde på henne och svarade med iskall röst.

»Du har fel och du glömmer att det nu är jag som bestämmer.«

Karukja lade försiktigt sin hand på Untamos axel.

»Hon kan ha rätt«, sade han.

»Vad menar du?«

»Att välja en ny hövding är en stor fråga och hittills har det alltid varit så att rådet bestämmer«, sade mannen som hjälpt till att brotta ner Alver.

Untamo sökte med blicken för att få stöd av sina närmaste män men när även hans mest förtrogne Karukja skakade på huvudet svarade Untamo att rådet genast skulle sammankallas.

»Är det vanligt i Sunnanvik att en misstänkt inte först får bli hörd?« frågade Alver.

»Vad menar du?«

»Låt oss först reda ut hur det kommer sig att kraniet har hamnat i min kanot. Sedan får rådet besluta«, sade Alver.

»Du Alver kommer att höra av mig mycket, mycket snart«, sade Untamo och försvann därifrån.

Alver kände Untamos hat i sin kropp. Han var övertygad om att det han snart skulle få höra, skulle vara illa för honom. Sedan han första gången vaknade upp ur sitt töcken i Sunnanvik borde han ha hållit sig ifrån Vilja. Då skulle ingenting ha hänt honom. Men hur skulle han ha kunnat det? Hon besatt en oförklarlig kraft som drog honom till sig hur mycket han än hade försökt undvika henne och han ångrade ingenting av det han hade gjort.

KAPITEL 45

»Untamo kommer tillbaka och vad gör vi då?« undrade Vilja som satt hopkrupen bredvid Alver vid elden och tittade på ingången med skräckfyllda ögon.

»Vi bär båda på björnens amulett«, sade Alver eftertänksamt. »Björnen ger oss allt det skydd vi behöver«, fortsatte han sedan, fastän han omöjligt kunde begripa hur björnens styrka skulle kunna skydda dem från Untamos straff.

»Jag hoppas att du har rätt, jag vill inte att något ont ska hända dig.«

Hennes röst darrade en aning och Alver förstod att hon verkligen önskade att han skulle klara sig oskadd. Det gjorde han själv också.

Lite senare hörde han steg från flera personer utanför kåtan och Vilja grep hans arm så hårt att det nästan gjorde ont.

»Nu kommer de.«

Untamo, Karukja och nu även Tonala var tillbaka. Där ute hade mörkret börjat falla på. Untamo steg objuden in i kåtan och ställde sig bredbent på andra sidan elden. Vilja satt kvar bredvid Alver men något fick henne att trycka sig lite längre mot honom. Beröringen lugnade honom.

»Rådet har fattat sitt beslut«, sade Untamo med en hård klang i rösten. »Du får packa dina tillhörigheter, du får ta med dig dina vapen men sedan måste du försvinna härifrån, senast i morgon. Jag kommer personligen att se till att du kommer i väg och att du inte tar med dig något som inte är ditt.«

Det sista Untamo sa, tvivlade Alver inte ett ögonblick på.

»Har någon utrett hur kraniet har hamnat i min kanot?«

»Ja, vi har tillräckligt med bevis och rådet har fattat sitt beslut.«

»Vad då för bevis? Tonala?« frågade Alver.

Den lilla skepnaden med de svarta ögonen stod något framåtlutad. Hon verkade lugn när hon tog till orda.

»Mina andar ger mig inga klara besked men du ska veta att jag har gjort mitt bästa för att nå dem.«

»Beslutet var enhälligt. Bäst att du börjar packa dina saker«, skyndade sig Untamo att säga med ett hånleende på läpparna.

Det uppstod en märkvärdig tystnad och Tonala tittade i tur och ordning undrande på Karukja och Untamo som om hon ansåg att något mer måste sägas. En förklaring hade behövts, eller en önskan om att Alver skulle hitta hem eller åtminstone något om vad som bestämts för Viljas del. Ingen sade något mer och Untamo pekade på utgången. En efter en försvann de därifrån. Beslutet var framfört och Alver hade mottagit det. Mer än så var det tydligen inte.

»De borde åtminstone ha gett mig en förklaring hur de visste att kraniet hade hamnat i min kanot. Som du vet är det inte jag som har lagt dit den, utan någon annan och jag misstänker att Untamo ligger bakom allt.«

»Du har så rätt«, sade Vilja. »Du lade väl märke till att Tonala inte kunde bekräfta att det var du som var skyldig.«

»Jag såg det. Ingen lätt situation för henne heller. Hon fick kämpa mellan att säga det som hon visste var rätt och det som Untamo ville höra«, sade Alver och tittade ner på sina få saker. Det skulle inte ta lång tid att stuva ner ägodelarna och bära dem till kanoten. Men det fick bli i morgon.

Alver förvånades över att han inte kände Untamos beslut som någon stor olycka eller ens att han blev bedrövad. Den mest påtagliga känslan var en lättnad över att ett slutgiltigt beslut hade fattats. Ett avgörande som han själv borde ha gjort redan för längesedan.

»Vart vill du resa?« frågade Vilja.

»Hem«, svarade han.

»Det kan bli svårt.«

Vilja hade rätt. Det skulle bli svårt. Hans ständigt återkommande fråga kvarstod. Var låg hans hem? Den frågan undrade han över minst en gång om dagen. Han mindes så väl att han gett sig av för att leta efter medicinväxterna som han ännu hade kvar i kåtan. Han hade låtit fingerborgsblomman, ögonfröjden och vallmon torka och när växtdelarna blivit knastriga och den gröna färgen försvunnit, hade han satt bladen och blommorna mellan två tunna skinn.

»Jag undrar varför jag har sparat dem eftersom jag vet att jag kommer för sent för att rädda min kvinnas liv. Fastän just nu undrar jag mer hur jag själv ska komma hem«, funderade han för sig själv så högt att Vilja hörde honom.

»Det kan bara du svara på.«

»Jag har försökt.«

»Det har du inte. Inte hårt nog. Nu är det allvar. Tänk efter. När du var omtöcknad och jag lade om dina sår minns jag att vi hittade ormbett på vaderna.«

Ordet orm väckte upp ett minne, fyllt av obehag. Han var åter ensam i sin kanot och kände det första hugget. Den andra gången var bettet mildare men det var då han såg den ringlande huggormen med den kluvna tungan under en av hudarna. Giftet hade snabbt spridit sig i hans kropp och snart hade han inte längre orkat paddla.

Han stirrade in i elden som tagit sig väl. Några furuklabbar brann så att det sprakade. Han fick åter tag i synen. Han mindes att han långt senare hade vaknat trött och hungrig ute på ett hav med en vind från sydväst. Land hade han inte sett någonstans, endast höga, skummande vågor.

Om det var sant det som handelsmännen hade berättat måste vinden hela tiden ha legat på från sydväst och det innebar att han skulle komma hem om han åkte i motsatt riktning, alltså måste han ha en vind från nordost. Av det han hört av Tata kunde han räkna ut att det förutom Blomsteröarna fanns en annan större ögrupp någonstans mellan hans hem och Sunnanvik. Där skulle han ta i land och samla mera föda.

Men nej? Fastän han kunde låta sig föras ut på havet av en nordostlig vind visste han inte exakt var ögruppen låg. Så vad skulle han göra? Kanske var det tryggare att han sökte sig ut i skogen och letade sig fram till en annan by. Det låg en by i öster, på två dagars paddelavstånd. Men då skulle ha komma ännu längre från sitt hem, sin kvinna och Stenkil.

»Vad tänker du på«, frågade Vilja.

Hon hade flyttat sig så nära honom att deras kroppar vidrörde varandra.

»Jag var på en ö för att leta efter örter. Om jag tar samma väg jag kommit, men i motsatt riktning kommer jag tillbaka till öarna.«

Vilja satte huvudet på sned och sade:

»Öarna är små och havet stort. Tänk om du seglar förbi dem? Vart hamnar du då?«

»Jag vet inte men det är en risk jag måste ta.«

»Nej, det måste du inte. Du kan hamna utanför havets kanter och då kommer du att hamna i Råås käftar. Men du kan göra så som Tata sade till dig, eller Sitibor för den delen. Jag har pratat med honom också.«

»Har du talat med Sitibor?«

»Ja, innan han tog Ooni till sin kvinna hade han hunnit göra flera resor med Tata.«

Alver mindes mycket väl vad Tata hade sagt men ville höra det även av Vilja.

»Sitibor bekräftar att du kan färdas längs stränderna norrut tills du kommer dit där isarna är tjocka om vintern. Där böjer sig landet i en båge och viker ner mot söder igen.«

Han tittade häpet på Vilja. Hon slutade inte att förvåna honom, och ett gott minne hade hon också.

»Men Alver. Ska du verkligen åka ensam?« frågade hon och lade sin hand på hans knä.

Han märkte knappt handen och inte heller Viljas vädjande blick men hennes ord hade väckt en ny tanke. Det kanske kunde gå. Men då måste kanoten vara i bättre skick och mat måste han ha med sig för de första dagarna.

Han var vagt medveten om att Vilja höll kvar sin frågande blick vid honom, men han var mer upptagen av tankarna om hans egen räddning som surrade runt i huvudet. Han var säker på att Untamos anklagelser var orättfärdiga, men kanhända var detta ett led i Härfaderns plan så varför skulle han streta emot?

Kanske detta var den knuff han behövde för att ge sig i väg. Han slöt ögonen och föreställde sig hur det skulle bli.

Kanoten tar i land vid bryggan utanför Sälgrundet. Han stiger ut i vattnet och tittar upp mot kåtorna och ser konturerna en kvinna med ett leende på läpparna. Hon vinkar till honom. Framför henne står en liten, vithårig pojke som håller sin hand som ett brätte vid pannan för att avskärma solen. Det är Stenkil som upptäckt honom och som rusar honom till mötes på sina kvicka ben. Han går ner på huk och Stenkil springer in i hans famn och han trycker den spensliga kroppen mot sin.

Alver slog upp ögonen och kände sig väl till mods. Någon väntade på honom därhemma.

»Jag måste ta Valpen med mig«, mumlade han för sig själv.

Vilja reste sig hastigt, hennes ansikte blev stramt och han trodde sig se att hennes underläpp darrade.

»Det är sent. Jag måste gå«, sade hon så tyst att Alver knappt hörde det.

Vid dörröppningen vände hon sig om. Hennes ögon lystes upp av en vrede som han aldrig tidigare sett.

»Åk du och ta med dig den där förbannade Valpen«, sade hon och försvann ut i den kyliga kvällen.

KAPITEL 46

Alver låg sömnlös under större delen av natten. Ensam i mörkret med blicken i taket återkom tankarna inte så mycket till planeringen inför flykten som till frågan om varför Vilja talat så inställsamt till honom om färdvägar, tryckt sin höft mot hans och smekt honom? Hon hade givit honom alla tecken om han bara hade velat läsa dem. Men just i den stunden när hon sökt hans blick och lagt sin hand på hans knä hade han bara funderat över sina egna, självviska resplaner och drömt sig bort till Sälgrundet. Han ångrade sig djupt men nu var det för sent att rusa tillbaka till henne.

Gjort var gjort och han hade mycket att förbereda. Han steg upp i gryningen och rökte två harar som hängt i det närmaste trädet i sju dagar. Hans mest skrymmande saker var hudarna som omslöt hans kåta. De måste han ha med sig och han bar dem till sin dubbelkanot som han byggt klart enligt handelsmännens modell. Fällarna från sin bädd rullade han ihop, likaså vintermockasinerna, pälsmössan och hans viktigaste plagg, sälskinnspälsen som höll kylan borta när det skulle bli så kallt att snön knastrade under fötterna och det sprakade i furorna.

Förutom kläderna och fällarna måste han ta med sig torkat kött. Han skulle också ha med sig en stor kruka med tran och knippen av harsyra, nässlor, tallskott samt saftiga rötter av kvickrot och maskros för att kunna bota enklare skador. Själv hade han inget av detta men han skulle kunna byta skinnen från de skjutna hararna mot örterna. Vilja skulle nog gå med på ett sådant byte.

Han reste sig men stannade vid det som tidigare varit kåtans dörröppning. Han tittade tillbaka på elden och på harköttet ovanför lågorna och blev osäker. Värmen därinne var skön och doften av grillat kött lockade honom att stanna kvar i stället för att gå till Vilja. Benen ville liksom inte bära honom vidare genom den osynliga vägg som låg mellan hans och Viljas kåta. Men han kunde inte heller bara lämna byn och allra minst Vilja utan att ta farväl.

Han bet ihop och tvingade sig att gå till henne.

Han gjorde väsen av sig utanför kåtan men eftersom inget »stig in« hördes klev han in. Det var tomt i krukmakeriet. Inifrån kåtan hörde han skrammel och dovt prat. Familjen satt troligen kring elden och intog en tidig frukost. Han drog undan förhänget för näst sista gången och steg in.

Doften av rök, smutsiga kroppar, svett och andedräkter slog emot honom. Han hade blivit så van att han knappt tänkte på den sura och stickande lukten. Kring elden satt Viljas far, mor och morföräldrar. Småbarnen satt för sig och lekte med några gräshoppor. Ooni sydde på ett skinn bredvid Sitibor.

»Söker du någon?« frågade Valikatta när han blev stående vid dörröppningen.

»Neej, jag bara undrade ... och jag skulle nog vilja tacka för den tid jag fått bo här. Som ni vet måste jag resa härifrån.«

»Tacka inte oss. Mest var det Vilja som hjälpte dig.«

»Var är hon? Jag vill ta avsked av henne också.«

Familjen kring elden gav varandra frågande blickar. Ingen verkade veta var hon fanns eller tänkte på att hon saknades. Valikatta sträckte på nacken och såg sig om.

»Senast jag såg henne var hon nere vid hamnen. Hon behövde mera sand för sina krukor.«

För ett par dagar sedan hade Vilja talat om att hon hade tillräckligt för sina kommande krukor. Vad var det som nu fått henne att plötsligt behöva mera sand? Han hade ju själv sett den stora högen i krukmakeriet.

»När var det?«

Valikatta tittade upp som om hon ville pejla in var solen befann sig.

»Det måste ha varit för en god stund sedan.«

»Jag ska leta reda på henne«, sade han och såg på deras uttröttade och fientliga blickar att de helst ville att han bara gav sig i väg för att aldrig mera stiga in i deras kåta igen.

Valikatta följde honom med blicken men bemödade sig inte om att stiga upp. Hon bara nickade mot honom medan Majalk såg ut som om han överhuvudtaget inte hade hört samtalet eller så brydde han sig inte om det och vände ryggen till.

»Kom Valpen. Nu går vi.«

Alver hade hunnit halvvägs tillbaka till sin kåta när han såg Ukko jaga Karukjas döttrar mellan byns kåtor. Pojken stannade och flåsade när Alver lyfte upp handen och bad honom stanna.

»Har du sett Vilja«, frågade han.

»Ja. Hon gick med en korg i handen.«

»Åt vilket håll?«

Ukko andades tungt och blickade mot solen som nått två handsbredder ovanför horisonten och vände sig därefter mot väst och pekade.

»Ditåt«, sade Ukko och tittade stint på Alver. Som om han ville säga något mer.

»Vad är det?«

»Untamo frågade om samma sak och han följde efter henne«, sade pojken.

Alver förstod och en plötslig kramp i magen fick honom att må så illa att han måste böja sig framåt. Ukko med det mörka, rufsiga håret hade verkligen ögonen med sig.

»Det är inte så länge sedan. Skynda dig«, sade Ukko och betraktade honom med stora ögon.

Det som det lilla överaktiva barnet hade sagt, fungerade som ett startskott för honom. Untamo kunde väl inte göra henne illa, for det genom hans huvud. I samma ögonblick förstod han att det var just det han kunde. Mycket illa.

Han rätade på sig, rusade därifrån och hörde bara flyktigt att Ukko bad honom vänta.

»Stanna, jag har en sak till att berätta«, ropade pojken men då hade Alver redan hunnit ner till stranden.

KAPITEL 47

Vilja behövde komma bort från byn, bort från allt, bort från Alver. Vart, spelade ingen roll bara hon slapp träffa honom tills han hade åkt från Sunnanvik. Hon skulle sysselsätta sig med att hämta mera sand och det skulle ta henne hela dagen, åtminstone tills hon såg Alvers kanot ute på fjärden. Först då skulle hon gå hem och leva ett liv ensam i sin kåta, så som Tonala gjorde. Hon skulle aldrig ta en man åt sig. Det hade inte heller Tonala gjort och hon hade klarat sig bra.

Egentligen behövde hon inte mera sand. Inte krukor heller. Hon hade redan ett lager som skulle räcka för klanens behov under den kommande sommaren och vintern. Men det handlade inte om sanden eller krukorna. Hon måste göra något som höll tankarna borta. Hon klarade inte av att se Alver gå av och an till stranden med pälsverk, åror, verktyg och vapen. Det enda hon hoppades på var att dagen fort skulle ta slut och att han skulle vara borta ur hennes liv när hon vaknade följande morgon.

Hon skulle skaka av sig minnet av honom och aldrig mera tänka på mannen, trots att hon helst hade velat åka med honom för att se något annat än klanens by. Hon ville se allt det som Tata, Sitibor och andra handelsmän berättat om. En helt annorlunda värld som låg utanför Sunnanvik. Hon ville det så mycket att det värkte i hjärtat när hon begrep att det aldrig skulle hända. Hon skulle för resten av sitt liv vara bunden vid Sunnanvik.

Den förbannade Alver! Ett enda ord från honom hade behövts. Den bittra besvikelsen kändes långt nere i magen vid tanken på det som nu blivit omöjligt.

När hon vandrade vidare och resonerade allt djupare med sig själv kom tvivlet. Kunde han verkligen åka ensam? Fanns det överhuvudtaget någon människa som ville resa ensam eller hade han varit så uppskärrad och förvirrad av rådets beslut att han inte hade kunnat känna efter vad han ville. Vissa kvällar hade han sagt att han kände sig ensam och han hade låtit henne trösta honom.

Nej, ingen man eller kvinna skulle välja att åka utan sällskap på en så farofylld men spännande färd. Men varför hade han inte frågat henne?

Tanken klarnade och hon insåg att Alver helt enkelt varit så omtumlad av beskedet att han inte hade tänkt förnuftigt. Eller hade han varit för stolt för att fråga? Klart att hon måste gå tillbaka och ge honom en sista möjlighet. Vad hade hon att förlora? I värsta fall ytterligare en förnedring men vad gjorde det?

Det började kittla och pirra i kroppen och hon kände livskraften rinna fortare i ådrorna. Det var bråttom, hoppas hon inte kom för sent. Tänk om han hade beslutat att ge sig i väg redan tidigt på morgonen så att hon inte hunnit se honom från stranden? Moder Jord, det fick inte ha skett!

Vilja tog korgen i handen. Det fanns lite av den fina sanden på bottnen. Nu gällde det hennes kommande liv, och Alvers också.

Hon började småspringa tillbaka mot byn. Hon blev andfådd och svettig men lät sig inte bekymras av det utan sprang fortare. Just nu orkade hon vad som helst.

En skepnad blev synlig längre fram och hon saktade ner. Någon kom emot henne på stranden. Solen som låg i sydost lyste mannen i ryggen och hans ansikte hamnade i skugga. Men mannens lätta, framåtlutande kroppshållning var speciell.

»Moder Jord, hjälp mig«, utbrast hon och stannade.

Hon kunde omöjligt förmå sig att släppa mannen med blicken. Det var inte svårt att känna igen Untamos gång. Han hade varken spjut eller båge med sig. Bara en kniv och en yxa dinglade i hans midjebälte. Untamo var den man hon minst av alla ville träffa just nu. Hon sneglade norrut mot skogen. Det var för sent att gömma sig därinne. Han lyfte en hand till hälsning.

Egentligen fanns det ingenting hon behövde vara rädd för men ändå skrämde Untamo henne. Hon blev het om kinderna och kände hur hjärtat pumpade mera blod ut i ådrorna. Mycket mera än hon behövde just då, som om kroppen förberedde sig för flykt eller strid. Den glädje hon känt för en stund sedan hade förvandlats till en skräckfylld ångest.

Untamo var ett tiotal steg ifrån henne. Han försökte sig på ett leende som aldrig blev av. Visserligen gick mungiporna upp mot öronen och hans kraftiga skovelformade tänder blottades men leendet liknade mer ett varggrin än ett äkta leende som sprang ur hjärtat. Hans blick förblev kallare än is. Vilja stod stilla. Hon anade att något hemskt skulle hända.

»Jag hörde att du skulle hämta sand. Jag kom för att hjälpa dig«, sade Untamo och tog de sista stegen som skilde honom ifrån henne.

»Jag har redan sand. Jag vill återvända till byn«, sade hon och hörde hur ynklig hon lät.

»Så bråttom kan det inte vara. Jag ser att du har sand men du behöver också lera. Vi har gott om tid och jag råkar ha mat för oss båda.«

Först nu såg Vilja att Untamo bar på en ryggsäck, en sådan där säck av skinn med en rem som männen hade med sig på jakt när de skulle vara borta över en natt eller två. Untamo måste ha sett hur hon kastade längtansfulla blickar bort mot Sunnanvik.

»Jag behöver inte mer lera heller. Jag vill bara tillbaka.«

Untamo svarade inte. Hans läppar drogs ihop och med en snabb handrörelse hade han fått tag om Viljas arm. Hon försökte slita sig fri. Greppet var hårt och han började släpa henne längre bort från byn. Hon blev vettskrämd när hon insåg att Untamo skulle hålla henne fängslad och hon skulle aldrig få komma ut i världen. Alver var hennes möjlighet och om hon inte gjorde något just nu, skulle den glida ur hennes händer.

»Nej Untamo, jag vill inte«, skrek hon och hörde sin förtvivlade röst. Hon gjorde ett kraftigt ryck för att få loss armen men Untamo klämde ännu hårdare om hennes arm.

»Tyst med dig!« väste Untamo mellan sina hoppressade läppar.

»Släpp mej!« ropade hon nu och kastade sig med all kraft bort ifrån Untamo.

Untamo vände om och slog till henne med baksidan av handen så att hon blev yr i huvudet. Blod rann ur näsan och från hennes spruckna läppar.

»Jag håller dig här tills jag ser Alver och hans förbannade hund fara förbi oss där ute på havet«, sade Untamo. Han höll henne tätt mot sin kropp medan han pekade ut över det stora vattnet och mot öarna längre bort i väster.

Trots att Vilja hade blodsmak i munnen och var omtöcknad av slaget begrep hon att hon inte skulle komma undan. Först nu fattade hon vad Untamos plan gick ut på. Han skulle hålla henne fängslad och hon skulle aldrig mera få se Alver. Och just i den stunden förstod hon hur oändligt mycket hon hade velat resa tillsammans med honom. Inte bara för resans skull, utan mest för att få vara hos Alver.

Untamo skulle använda all sin makt för att ta henne till sin kvinna. Men det var något hon aldrig skulle förnedra sig till. Inte före och ännu mindre efter att han slagit henne. Slaget verkade inte bekymra Untamo. Han trodde visst att han som hövding kunde ta vad han ville. Men inte henne, det skulle hon se till.

»Jag kan gå med dig en stund«, sade Vilja mellan spruckna läppar.

Det hade droppat blod ner i sanden vid hennes fötter. Untamo tog tag i hennes haka och lyfte den.

»Du blöder«, sade han med mjuk röst och tittade förvånat på henne. Hon rös till när han torkade av hennes näsa och läppar med ärmen. Hans ögon hade blivit mildare men det hindrade inte blodet att sippra ur hennes sår.

»Kom«, sade han och vände västerut längs stranden.

Vilja följde ett halvt steg efter honom. De gick långsamt. Ingen av dem sade något. Hon ville inte använda tiden till att prata. Hennes tankar klarnade och hon funderade så att huvudet kokade på hur hon skulle göra sig fri. Tiden hade blivit knapp. Då och då tittade hon ut mot havet. Än hade hon inte sett till Alvers kanot. Men snart skulle hon göra det. Alldeles snart. Hon måste skynda sig.

De kom till ett ställe där stranden krökte sig och strandbuskarna var näst intill ogenomträngliga. Vilja gick bakom Untamo och noterade hur han satte ner sina fötter i gruset. När det vänstra benet tog i marken lyfte han det högra benet upp bakom sig. Gick hon riktigt nära honom skulle bakfoten röra vid hennes ben. Vid en utskjutande trädrot tog han ett högt kliv med vänster fot. Medan hans högra fot ännu var i luften kastade hon sig över den och drog den uppåt med all kraft.

Untamo ramlade omkull på magen. I fallet måste han ha slagit sig eftersom han skrek och svor högt av smärta. Kanske hans yxa hade hamnat mellan en sten och hans höftben? Vilja stannade inte kvar för att utreda vad som hänt. Hon slängde sin korg med sand över honom, vände om och rusade in i skogen.

Hon sprang som aldrig förr. Hon rusade genom taggiga buskar som rev hennes ben blodiga. Mosstäckta stenar låg i vägen. Hon hoppade över dem. Utstickande trädgrenar stack henne i sidan och hennes fötter fastnade i rötter, ljung och blåbärsris. Ingenting kunde stoppa henne. Hon måste komma bort från Untamo. Att hon någon gång i tiderna hade tänkt att han skulle bli hennes man var just nu lika främmande som att Moder Jord skulle flytta ihop med Råå, underjordens djävul.

Viljas andhämtning blev alltmer ansträngd och det brände i lungorna. Benen bar henne inte lika lätt längre. Stegen blev tunga och hon hörde kvistar brytas bakom sig. Hon hoppades att det var ett vilddjur. Ett vildsvin eller till och med en björn. Allt hade varit bättre än det hon redan visste att det var.

Hon vände sig om. Untamo sprang bakom henne likt en varg som jagade en hind. Hon skulle aldrig kunna springa ifrån honom. Tre mossbeklädda jättestenar låg i bredd på andra sidan av en skogsglänta. Där skulle hon gömma sig. När träden glesnade och hon hunnit till mitten av gläntan, hörde hon honom några steg bakom sig. Om ett ögonblick skulle han kasta sig över henne.

Då tvärstannade hon, vände om och måttade ett slag med handen mot hans ansikte. Untamo fångade enkelt upp hennes arm i luften och vred om. Smärtan var lika plötslig som den var intensiv. Hon skrek högt. Hade han brutit av armen? Deras blickar möttes.

Hon kände inte längre igen honom. Han liknade ett vilddjur som med blottade tänder var på väg att ta ett struptag på sin hind. Han slog till henne hårt på sidan av huvudet och kastade henne på rygg i det gröna blåbärsriset med de små, röda blommorna. Hennes tunika hade glidit upp till höften. Untamo pustade och stirrade på hennes kropp. Han andades tungt, svalde några gånger och kastade sig över henne. Med ena handen öppnade han träspännet som höll ihop tunikan vid halsen. Han drog undan plagget och började klämma på henne. Vilja kunde inte längre styra sin rädsla. Paniken tog över och hon försökte slå undan hans händer med den oskadade armen, men Untamo var stark. Han verkade eggas av hennes motstånd och drog ner sina hosor.

Vilja visste vad som skulle hända. Hon tog sats och skrek för fulla lungor ett långt och förtvivlat nej när han kom över henne.

KAPITEL 48

Alver var full av onda aningar när han kom ner till stranden. Vad skulle hända om Untamo hittade Vilja långt borta på stranden där ingen skulle se dem? Men var det egentligen hans bekymmer, funderade han och saktade ner farten. Han var ju utjagad från byn och klanens nye hövding hade varnat honom för att han inte fick ta något eller någon med sig.

Minnet av Untamos och Viljas natt tillsammans dunkade i hans huvud som om en ond ande slog med en trumma där inne. Bara för att han inte skulle glömma. Han skulle fyllas av sorg för evinnerliga tider ifall det upprepades. Han hade också i klart minne den kvällen när Vilja hade sagt att det sista hon ville var att bli Untamos kvinna och få barn med honom.

Å andra sidan var det ett obestridligt faktum att långt innan han hade dykt upp hade Viljas och Untamos gemensamma väg varit utstakad. Vid änden av den vägen skulle Vilja och Untamo flytta in i en gemensam kåta. Kanske var det planerat redan till följande midvinterfest, vad visste han? Vem var då han att försvara henne som om hon var hans egen? Klanen hade gärna önskat att Vilja skulle dela Untamos härd. Det var ytterligare en orsak för honom att lämna henne i fred. Det förnuftigaste han kunde göra var att glömma kvinnan och i stället tänka på sin avfärd.

Men Alver kunde inte hejda sig. Han drevs framåt längs stranden, inte av sitt förstånd, utan av känslor som hans förnuft just då inte förmådde tämja. Tvånget att rädda Vilja undan Untamo var så starkt att han förstod att det inte heller var meningen att brytas eller bändas av en människa. Nu var det Härfadern som styrde honom.

Han hade redan hukat sig alltför många gånger för Untamo och alltid stigit åt sidan för honom. Han hade varit följsam och vad var tacket? Att bli bedragen och utslängd ur byn likt en rutten fisk som inte ens en hund ville ha. Nej, han hade bugat och bockat alltför mycket. Nu var det hans tur att göra det som han kände var rätt för honom ... och för Vilja.

Han bet ihop käkarna och gick västerut längs stranden med allt snabbare steg. Valpen sprang framför honom och nosade på alla spår han kom åt. När Alver passerat den mest upptrampade delen av stranden stannade han för att syna fotavtryck. Det fanns alltför många spår av nakna fötter och mockasiner för att han skulle kunna avgöra vem spåren tillhörde. Det kanske inte heller behövdes. Om det var så att Vilja skulle hämta sand för sina krukor skulle hon gå en bra bit bortom det ställe där han för knappt ett år sedan hade sköljts i land. Där fanns den renaste sanden. Alver ökade steglängden.

»Sök Vilja!« uppmanade han Valpen.

Hunden gav honom en förnärmad blick som om han självklart redan visste vad som gällde. Han gläfste och sprang några varv mellan stenar och buskar innan han bestämde sig för vilket spår han skulle följa. Valpen sprang allt fortare och Alver hade fullt upp med att följa efter. Ibland sprang den för långt och han fick ropa på den. Då stannade han vid ett färskt spår och blängde på honom.

Valpen hade inga bekymmer att springa fort. Men för Alver blev farten för hög. Han måste stanna för att flåsa. Svetten rann i ansiktet och han kände hur en kall rännil löpte ner längs ryggraden. Han tittade på marken där hunden nosat. Precis där han stod, fanns märken av två bara fötter och ett par mockasiner av större storlek. Han såg också några mörkare fläckar och böjde sig ner för att prova med fingret. Blod. Färskt blod.

Han reste sig och såg sig omkring. Det fanns fotavtryck överallt och på vissa ställen såg det ut som om fötterna hade vridits i en halv cirkel. Eftersom spåren och blodet var alldeles färska kunde de inte vara av några andra än Vilja och Untamo. Upptäckten gav honom nya krafter. Han rusade vidare fastän spaningen blev svårare. Spåren vek in mot skogen. Marken var hårdare och de märken han hittade i lingon- och blåbärsriset hade gömts när riset och kvistarna rest sig igen.

Plötsligt hörde han ett grymt skrik som skar genom den klara luften och var så hemskt att det fick honom att rysa. Ljudet överröstade måsarnas skrän och sjötärnornas gälla läten. Ur skriket hade han urskilt ett utdraget nejrop som om någon kämpade för sitt liv.

Han stannade, iskall i kroppen. Ljudet återkom inte. Var det slut? Valpen hade också stannat och spetsat öronen. Ett ögonblick stod den stilla bredvid honom för att lyssna och nosa upp i luften. En knackning eller ett snabbt hackande ljud hördes borta i syd. En spillkråka. Inte nu igen, tänkte Alver och genomfors av onda aningar.

Det knackade på nytt som om någon slog snabbt på en trumma och han såg en skymt av den kolsvarta fågeln när den flög i väg. Kanske hade den blivit skrämd av skriket eller så ville Härfadern varna honom? Senast han hört spillkråkan var hemma på Sälgrundet när Svana låg sönderriven på bädden inne hos Hösteld. Var spillkråkan ett tecken på att hon dött eller svävade någon annan i livsfara? Han tittade upp mot himlen men fågeln med den blodröda hättan och de vita ögonen var försvunnen.

Valpen morrade djupt nere i halsen och satte full fart in i skogen. Alver sprang efter hunden. Ett nytt obehagligt skrik hördes. Ljudet var om möjligt ännu mer förtvivlat och kom från en skogsglänta täckt av ljung, lingon och blåbärsris. Vid gränsen mellan en glänta och urskogen, låg tre jättestenar inkapslade i mjuk, grön mossa.

Alver brydde sig varken om stenarna eller det grönskande försommarlandskapet. Mitt i gläntan låg en man över en kvinna. Mannens hosor var neddragna. Han kände igen Untamos kroppsbyggnad och under honom låg Vilja. De var inte mer än tjugo steg ifrån honom. Han kom allt närmare och såg att hon hade mörka, glänsande fläckar på tunikan, i ansiktet och i håret. Fläckarna måste var smuts och blod. Vilja skrek inte längre. Hon tittade med förstorade ögon upp mot himlen och låg stilla som om hon blivit lam. Alver kom allt närmare.

En jägarinstinkt måste ha varnat Untamo, eftersom han stelnade till och vände på huvudet. Untamo höll kvar blicken medan hans lediga hand letade fram en kniv ur sina yviga plagg. Även Alvers hand trevade vid bältet efter kniven.

Ljudet av steg måste ha fått Vilja att vända sig om och han mötte hennes blick.

»Hjälp!« skrek hon med återvunna krafter.

Skriket fyllde Alver med en ursinnig vrede och han kastade sig över Untamo som inte hann resa sig. Blodet pulserade allt snabbare och strömmade mot huvudet så att det dånade i tinningarna. Raseriet uppmanade honom att döda.

Alvers kniv blixtrade till, samtidigt som Valpen skällde och kastade sig över Untamo. Instinktivt värjde Untamo sig med båda händerna för att inte bli biten, varvid han blottade sin vita hals för Alvers kniv.

Untamo var snabb, men för långsam för ett djur. Valpens käkar slöt sig runt Untamos arm. På samma gång trängde Alvers kniv in i sidan av hans hals. Den stannade när bladet hade sjunkit halvvägs in i det mjuka köttet. Men Alver var inte färdig. Han tryckte till och kniven fortsatte allt djupare in bland senor, brosk, ådror och muskler tills fästet tog emot.

Untamo stirrade på honom som om han inte trodde att det som redan hade skett var verklighet. Alver drog tillbaka sin kniv och blodet pulserade ur det öppna såret. Untamo gjorde ett försök att resa sig men benen bar honom inte och han vinglade till. Han bleknade och ramlade på rygg i blåbärsriset med båda händerna om halsen.

Munnen var öppen medan blodet strömmade ut mellan fingrarna. Untamo gjorde ett försök att lyfta ena armen men den föll kraftlös tillbaka till hans sida. Blodet pumpades inte längre ut ur kroppen. Det flöt ut i en svagt strömmande rännil. Untamos förvånade ögon stirrade stela, likt ett par fiskögon mot himlen.

Vilja reste sig, ställde sig bredvid Alver och höll hårt om hans arm. Hon tittade på Untamos kropp, på halsen och på armen där hundbettet gjort djupa sår. Hennes ögon var vitt uppspärrade och kroppen skakade.

»Är ... han ... död?«

Alver gick ner på knä bredvid Untamo där han låg orörlig på marken. Den blodiga kniven låg kvar i hans hand. Alver begrep vidden av vad han hade gjort. Han hade dödat byns hövding. Men han hade också räddat Vilja ur Untamos våld.

Han kände på sig att far betraktade honom från sin himmel. Esbjörn sade ingenting men han log och han nickade instämmande mot honom. Oberoende av vad alla andra skulle tycka hade far godkänt vad han gjort och han kände sig nöjd och lugn. Han hade befriat en av Råås varelser från Härfaderns värld.

»Ja, Vilja. Han är död och han kommer aldrig mera att göra dig illa.«

Alver slet upp Untamos rock och blottade hans bröst. Den honungsgula hövdingastaven lyste i solen. Alver ryckte den till sig och lyfte föremålet upp mot himlen.

»Härfader ... ge Sunnanvik en värdig ledare.«

En ljum vindil for över öppningen i skogen. Fåglarna slutade sjunga, bina och flugornas surr upphörde. Spillkråkan hördes inte längre.

»Vad gör vi nu?« frågade Vilja.

»Vi ska berätta för Tonala allt som har skett.«

Vilja slog båda händerna för ansiktet.

»Nej, Alver. De kommer att döda dig.«

»Måhända, men jag kan inte heller fly som en usel mördare. Jag måste förklara för Tonala. Om ingen annan, så åtminstone hon, måste begripa att jag är oskyldig och det är också till henne jag vill överräcka hövdingastaven.«

»Men vi behöver ju inte tala med någon annan än med Tonala?«

Alver lade sina armar om Vilja och hennes omtanke värmde honom.

»Nej, det behöver vi inte.«

Han släpade Untamos kropp i skydd av det största flyttblocket och täckte över den med kvistar och stenar medan Vilja tvättade sina sår vid stranden.

Alvers steg var tunga när han stödde Vilja hela vägen till byn. Snart skulle han tvingas stå inför Tonala och förklara för henne. Det var något som måste ske innan han var fri att lämna byn.

KAPITEL 49

»Där kommer du«, sade Alver när han såg schamanen.

Tonala steg in under de spretiga störarna som stod kvar i en pyramidformation vid skogsbrynet efter att Alver monterat ner sin kåta. Bara stommen och ett jordgolv med eldplatsen fanns kvar.

Alver hade smugit sig upp till sin gamla kåta och väntat rastlöst på besöket. Sittande med korslagda ben vid härden hade han förberett sig för hur han skulle tala om för henne att Sunnanviks hövding hade dött. Efter att han funderat en stund kom han fram till att det inte skulle bli svårt. Han skulle säga precis som det var och hon skulle nog förstå.

Den gamla gumman steg in mellan störarna. Hennes steg var korta under den långa tunikan och det såg ut som hon gled fram när hon stannade och rätade på sig. Hon sade ingenting medan hon tittade på honom. Vilja följde ett steg efter henne. Inte med en min röjde Tonala vad hon tänkte när hennes blick fastnade vid hans blodstänkta tunika.

»Vilja bad mig komma och hon säger att det är något viktigt«, sade hon slutligen och flyttade sin outgrundliga blick från tunikan till Alvers ansikte.

»Här«, sade Alver och överräckte hövdingastaven till Tonala.

Hon tittade först på staven, sedan på Vilja och därefter på honom. Hon lyfte sin hand och pekade med ett finger på hans blodiga, mörka fläckar på tunikan.

»Staven, blod ... Untamo?« sade hon.

Alver undrade om Tonala verkligen förstod innebörden av vad staven betydde. Han hade aldrig ansett henne för dum men nu verkade hon förvirrad, bortkommen, som om hon inte fick någon logik i sina tankar. Hennes ansikte mörknade när hon lyfte blicken.

»Jag trodde det hade blivit klart för dig att du skulle försvinna härifrån men nu kommer du med klanens hövdingastav till mig.«

»Jag hittade Untamo ...«

»Jag förstår ju det, jag är inte dum heller. Du måste ha hittat honom och tagit hans stav. Senast du hittade något var det björnkraniet i din kanot och nu råkade du 'hitta' Untamos hövdingastav. Var fick du tag i den?«

Alver ville svara att det var inte han som hittat björnkraniet utan Untamo men nu var det inte tillfälle för ordklyveri. Han hade ett större bekymmer. Vad menade gumman egentligen, undrade han. Hon måste ju ha förstått att Untamo var död så vad skulle han svara?

»Av Untamo«, svarade han och ville fortsätta men Tonala avbröt honom.

»Untamo? Var är han nu då?«

»Han ligger bakom en av de tre stora stenarna i väster för att han ....«

»Hämta hit honom«, avbröt Tonala igen.

Alver tittade förvirrat på Tonala och därefter på Vilja.

»Nu, på en gång.«

Alver blev överrumplad av schamanens förhör. Mötet gick inte alls så som han hade planerat. Han hade tänkt sig att han skulle berätta historien för henne och hon skulle lyssna. Det blev uppenbart för honom att gumman inte ville lyssna och att hon inte heller var på hans sida. Det hade varit ett misstag att tro att hon skulle förstå.

»Nå? Vad väntar du på och förresten, vad är det för fläckar du har på din tunika?«

Tonala strök med handen över en av fläckarna och tittade sedan på sitt pekfinger.

»Vems blod?« frågade hon slutligen.

»Det är Untamos blod och han är död«, svarade Alver och tittade på Vilja. Hon måste hjälpa honom att förklara. Hon och Tonala talade trots allt samma språk.

»Lyssna Tonala och avbryt mig inte«, sade Vilja.

Tonala vände blicken mot henne och tycktes för första gången granska hennes sönderslitna kläder.

»Nå, tala då.«

»Untamo försökte våldta mig. Jag skrek på hjälp och Alver hörde mitt rop. Det blev strid och Alver måste döda honom«, förklarade Vilja.

»Han är alltså död, precis som mannen här försöker förklara?«

»Ja Tonala, vår hövding är död.«

Tonala lyfte blicken upp mot himlen, slöt ögonen för ett ögonblick och mumlade något till Moder Jord. Därefter vände hon sig till Vilja.

»Lyckades han fullfölja?«

Något var riktigt fel, tänkte Alver. Tonala borde ha reagerat mycket häftigare på vetskapen om Untamos död. Hon borde ha gett honom en ordentlig utskällning eller något liknande efter hon fått veta att han dödat Untamo. Var låg felet? Trodde hon, eller hoppades hon att Untamo hann avla en ny ledare för klanen innan han dödades?

»Nå?« upprepade Tonala, stirrade på Vilja och väntade på ett svar.

Vilja tog några kraftiga andetag och tycktes lugna sig. Hon visade sin svullna kind och det ännu blödande såret på huvudet och hennes tilltufsade näsa. Därefter öppnade hon sin tunika och pekade på brösten och låren som hade både rivsår och blåmärken.

»Titta, vad han har gjort!«

»Jag ser att du är skadad.«

Vilja drog igen sin tunika.

»Tonala, begriper du vad vi säger. Untamo blev så vild som om han hade varit besatt av ett odjur. Han slog. Han slog en kvinna!« utbrast Vilja så högt att det måste han hörts ner till de andra kåtorna.

Tonalas ögon var slutna och hon vaggade sig själv från sida till sida. Det såg ut som om hon sökte kontakt med Rådarna. Hon stannade rörelsen och öppnade ögonen. Sedan nickade hon instämmande.

»Jag är inte förvånad. Det som har hänt är enligt Moder Jords vilja. Uppe i grottan hade jag en syn och i synen pekade Rådarna ut Untamo. Nu vet jag varför.«

Vilja och Alver tittade på varandra. Hade Tonala känt till allt som skulle hända och hållit vetskapen för sig själv.

»Berätta Tonala.«

»Jag såg i min syn att andarna släpade bort Untamos kropp från Sunnanvik till de dödas rike. Men jag kunde inte avslöja något om Untamos kommande död, utan att det skulle ha utbrutit panik i byn.«

»Du visste hela tiden men sade ingenting?«

»Ja, jag ville skona klanen så länge det gick, kanske hoppades jag att jag skulle ha tytt synen fel.«

Tonala tystnade. Efter en stund som var så lång att Alver undrade om shamanen fortfarande var med dem, lyfte hon blicken och sade.

»Nu förstår jag den blåa andens sista ord innan han försvann.«

»Vad sade han?« frågade Vilja.

»Björntanden skall finna björnen och björnen skall ge Sunnanvik sin frid. Så sade han.«

»Och vad betyder det?« undrade Vilja.

»Det betyder att björntanden är Alver och björnen är kraniet. Då förstår du också att Untamo hittade kraniet som Alver gömt i sin kanot.«

»Det var inte jag som gömde den«, utbrast Alver häftigt.

Vilja följde upp och sade:

»Kraniet hittades av Untamo i Alvers kanot men det var Untamo som gömt den där. Förstår du?«

»Möjligen. Men där låg den i alla fall och nu har Alver också tagit livet av vår hövding och det var något jag inte fick se i min syn. Berätta hur allt gick till«, sade hon.

Vilja drog in andan för att börja berätta vad som hade hänt när Ukko stormade in i kåtan. Han flåsade tungt och viftade med armarna.

»Alver! Jag har letat efter dig«, hojtade han högt.

»Stör oss inte«, sade Vilja.

Ukko brydde sig inte om henne.

»Alver måste komma! Jag vill visa dig något«, sade Ukko som hoppade jämfota och drog honom i armen.

»Vad är det som inte kan vänta?«

»Du måste se själv. Tonala och Vilja också!«

»Men Ukko ...«

»Nu på en gång!«

Ukko drog och slet i Alver och han kunde ingenting annat än följa efter pojken.

»Vart skall vi?«

»Till Magnagård.«

De följde efter den springande Ukko och steg in i Magnagård som var näst intill tom på folk. Jägarna hade gått på jakt och kvinnorna var ute eller samlade ved, bär och svampar förutom några kvinnor som satt utanför hyddan och beredde skinnen. De tittade upp på dem med nyfikna blickar men reste sig inte.

Ukko gick raka vägen till Untamos bädd och grävde vid huvudänden. Han plockade fram ett litet paket inlindat i ett tunt skinn och gav det till Alver. Han öppnade det, flämtade till och överräckte det till Tonala. Hon tittade ner på föremålen som låg blottade på skinnet.

Där låg två platta kindtänder stora som den i Alvers amulett men inte lika ovala och inte lika vassa. Tonala tog tänderna i sin hand och granskade dem mot ljuset. Hon gick till björnkraniet som hängde på en träkrok ovanför Magna-tais bädd i väntan på att en ceremoni skulle ordnas för att återställa kraniet på dess ursprungliga plats ovanför grottmynningen. Tonala tvinnade den ena tanden i sin hand, mätte den med ögonen och passade in den i ett hål i kraniets nedre käke. Hon tryckte och vred på tanden tills den sjönk in på sin rätta plats. Sedan tog hon den andra tanden och fick även den att passa i hålet i den andra sidan av käken.

»När hittade du tänderna?«

Ukko tittade under lugg på de vuxna. Han såg ut som om han gjort något olovligt och Alver tyckte lite synd om honom. Gick Tonala för hårt fram med pojken skulle han låsa sig och inte säga ett enda ord till.

»Nå, berätta då!« uppmanade Tonala och hängde över pojken som om hon varit en ande.

»Det var igår …«, stammade Ukko, tittade på Tonalas svarta ögon och tystnade. Vilja sänkte sig ner så att hon kom i jämnhöjd med Ukko. Hon tog hans händer i sina.

»Du har inte gjort något fel men nu måste du berätta för oss allt du vet. Ingen blir arg på dig.«

Ukko sken upp igen och blev sitt vanliga jag. Han vände sig mot Alver.

»Det var igår och innan man hittade björnkraniet i Alvers båt som jag råkade ligga på mage och vila mig på min bädd.«

»Hade du blivit trött?« undrade Vilja.

Ukko såg skamsen ut när han svarade.

»Nej, det var bara min mor som bestämde att jag måste ligga stilla eftersom Siimis mor hade skvallrat för henne att jag hade släppt loss hennes kråkunge och nu hade den flugit sin väg.«

»Det var ju inte så farligt, men berätta nu vad Untamo gjorde«, sade Alver.

»När jag låg där hörde jag Untamo komma in till Magnagård och gå raka vägen till sin bädd. Det var så underligt att han skulle komma in mitt på dagen att jag blev nyfiken och smög mig närmare honom. Det var inte meningen men jag råkade av misstag se att Untamo plockade ut något stort under sin bädd och lade det i en korg med ryggen vänd mot mig. Jag kunde inte riktigt se vad det var. Mor var inte inne så jag smög mig efter honom för att se vart han gick och när jag sett det, återvände jag för att se vad mer som kunde finnas under Untamos bädd.«

»Och vad låg där mer än paketet?«

»Två björntänder. Jag bara tittade på dem. Jag tror att tänderna måste ha trillat ur paketet när Untamo plockade fram det.«

»Du sa att du följde efter Untamo. Vart gick han med korgen?« frågade Alver.

»Han gav det till sin syster. Jag följde efter henne och hon gick med det till Alvers kåta men när hon upptäckte att Alver var hemma vände hon om och gick till Alvers kanot. Där plockade hon paketet ur korgen och gömde det under skinnen som Alver har i sin kanot.«

»Vet du också vad som fanns i paketet?« frågade Alver.

Ukko såg sig om men möttes bara av uppmuntrande leenden.

»När ingen såg mig smög jag mig in i kanoten och lyfte lite på skinnet och där låg björnkraniet men jag vågade inte säga att jag hittat det för då skulle jag ha fått stryk av Untamo.«

Alver hade lust att krama om den lille Ukko som alla i byn ansåg vara efterbliven men nu hade han än en gång visat att han var en mycket vaken och klipsk pojke.

Tonala nickade betänksamt och flyttade blicken turvis mellan Alver och Vilja.

»Det var alltså Untamo som hade ordnat så att du fick skulden för det försvunna kraniet«, konstaterade Tonala.

Alver nickade och var nöjd över att han inte behövde förklara. Det hade Ukko redan gjort.

»Alver har dödat Untamo och Untamo har lurat Alver och mitt i allt detta har Untamo försökt våldta Vilja. Vad ska jag riktigt göra med er?« sade gumman slutligen och suckade djupt. Hon tittade upp mot rymden som om hon sökte svaret hos himlens andar.

Alver tog till orda.

»Jag har visserligen tagit livet av Untamo. Men jag kan inte anse att jag kunde ha handlat på något annat sätt.«

»Kanske inte men nu har det hänt så mycket att jag måste fundera. Gå nu så kommer jag snart till er«, sade Tonala.

Alver återvände med Vilja till sin gamla boplats och satte sig vid den kalla härden. Viljas ögon var fyllda av oro men också av hopp. Hon grep hans arm.

»Nu kanske du inte behöver fly. Du kan stanna här om du vill, fastän jag vet ju också att du har en son någonstans«, sade Vilja.

»Jag vet.«

»Kanske har du också en kvinna där hemma?«

Alver skakade på huvudet.

»Hur jag än har försökt, kan jag inte få fram bilden av min sons mor och det måste finnas ett skäl för det.«

»Vilket skäl då?«

»Jag tror att hon inte längre finns.«

En ny lyster väcktes i Viljas ögon. Han såg glädje och hopp i hennes ansikte trots allt hon genomgått för en stund sedan. Under ett ögonblick nuddade han vid tanken på vad hon skulle ta sig till när Untamo var död och han skulle åka därifrån. Visserligen hade hon hunnit skölja av sig spåren av våld vid stranden men ingen man

skulle ta en kvinna som blivit offer för sådant våld. I bästa fall skulle någon orkeslös
gubbe förbarma sig över henne. Kanske skulle hon hitta en man i en främmande by,
men aldrig i Sunnanvik.

»Alver«, började Vilja medan hon höll kvar sin hand om hans arm. Hon hade
svårt att fästa blicken vid honom och ännu svårare verkade det vara för henne att
säga det hon tänkte på.

»Ja?«

»Jag har ingenting kvar som binder mig och jag skulle …«

Steg hördes utanför kåtan. Tonala hade kommit tillbaka. Hon hade ett skinnbylte
under armen. Hon satte sig framför Alver och Vilja med benen i kors och rullade
ut det slitna, bruna skinnet och där låg det kraftiga pyramidformade kraniet och
grinade med sina stora tänder. Färgen hade gulnat men annars var det helt med hål
för ögonen, näsa och i gapet var tandraderna intakta. Tonala hade lagt tillbaka de
två saknade kindtänderna.

»Jag visste inte vem jag skulle prata med eftersom både Magna-tai och Untamo
är borta men jag talade med Kultima och visst stämmer det att Untamo gillrade en
fälla för dig«, sade Tonala.

»Det betyder att Alver inte behöver lämna byn!« avbröt Vilja.

Tonala lyfte upp sin hand med de läderartiga och knotiga fingrarna.

»Nej, nej Vilja. Han dödade vår hövding och det kommer ingen att förlåta. Får
Karukja och hans män tag i Alver kommer de att dräpa honom utan att ställa en
enda fråga. Han måste ge sig av.«

»Nu på en gång?« frågade Alver.

Tonala var inte den som fattade snabba eller överilade beslut. Hon funderade och
sade sedan:

»Jag kan ge dig en frist till i morgon. Men på morgonen, innan solen nått sin
högsta punkt på himlen måste jag berätta för rådet att Untamo är död. Sedan kallar
jag rådet till ett möte för att utse en ny ledare. Andarna har redan talat om för mig
vem det ska bli.«

»Vem då?«

Tonala lekte med hövdingastaven mellan sina fingrar och log som om hon hade
kommit på något riktigt klokt.

»När jag hade min session i grottan lät andarna mig se Magna-tai flyta bort för att
försvinna in i horisonten. Kultima trädde fram i hans ställe.«

»Och efter Kultima kan hennes son efterträda henne.«

»Ja, så kan det faktiskt bli«, sade Tonala och virade in skallen i dess läderskydd. Hon lämnade kåtan.

Alver såg att Vilja funderade över något. Inte bara för att hennes ögon glödde, utan även hennes kinder var röda som om hon ville säga något viktigt men inte vågade.

»Alver«, sade hon och tystnade, precis som för en stund sedan.

Han tittade på henne utan att säga ett ord.

»Jag vill följa med dig.«

Alver stelnade till. Han hade hört vartenda ord och han hade sett hur Viljas läppar rört sig för att forma dem. Ändå lät tanken främmande. Som om han inte förstod vad hon menade. Vilja bröt den uppkomna tystnaden.

»Du kan inte resa ensam med Valpen. Du måste ha en kvinna med dig och den kvinnan är jag.«

Alvers tankar virvlade runt likt höstlöv i hans huvud och han hade svårt att få fram orden som han redan tänkt ut. Viljas underläpp darrade och det ryckte i hennes vänstra ögonlock. Hon kunde inte längre hålla kvar blicken vid honom. Skulle hon springa därifrån som hon gjort så många gånger förut? Det fick inte ske.

Han lade sina armar om hennes axlar och kramade henne hårt men ändå varsamt som om hon varit en fågelunge som ramlat ur sitt bo. Hon lade huvudet mot hans bröst och han drog in doften från hennes hår och kände hur värmen från hennes kropp mötte hans hud. Han hörde dämpade snyftningar och tittade på henne. Tårar hade kommit upp i hennes ögon.

»Är du säker?« frågade han.

»Jag vill ingenting hellre. Jag vill vara nära dig. Jag vill se och uppleva en ny värld som måste finnas utanför Sunnanvik och klanens vinterläger. Den värld som handelsmännen berättar om. Men inte ensam utan med dig.«

»Du vet att jag kanske har en kvinna. Hon kan vara vid liv eller så är hon död. Jag vet inte vilket.«

»Jag förstår det. Ändå väljer jag tusen gånger hellre att färdas med dig än att jag stannar här.«

»Du har gjort ett stort beslut. Jag vill bara berätta en sak för dig så att du vet.«

»Vad är det? Säg det bara«, viskade hon.

»Jag vill lova dig att oberoende om min kvinna lever eller inte, kommer jag alltid att ta hand om dig.«

Vilja snyftade men hennes ögon strålade.

»Jag vet, jag har vetat det hela tiden.«

Värmen strömmade allt kraftigare i hans kropp. Han kramade hårdare om den oförskräckta kvinnan medan han kände att även hans ögon hade blivit fuktiga. Så stod de vid hans nerrivna kåta och snyftade mot varandras axlar inte av sorg utan av glädjen och spänningen av att sida vid sida få resa ut i en okänd värld som ingen av dem visste så mycket om.

»Jag måste berätta för mor och far«, sade Vilja och sköt Alver ifrån sig.

KAPITEL 50

Det var tomt i krukmakeriet. Alver och Vilja fortsatte in i kåtan och Viljas ögon vande sig snabbt vid det knappa ljuset från den falnande elden. Valikatta höll på att räta ut ett skinn medan Majalk vilade sig i sin bädd. Fast det var inte riktigt sant. Majalk var verkligen sysselsatt. Han hade ett rör i munnen och försökte träffa flugor och annat småkryp med små kulor av växtfrön. Ooni satt i ett hörn och arbetade med att släta en färg över en bränd kruka. Så här såg det ut för det mesta, tänkte Vilja. Allt var sig likt i hennes familj fastän det hade hänt så stora saker i byn.

»Mor«, sade Vilja och Valikatta vände sig glatt leende om vid det bekanta ljudet av dotterns röst. Leendet försvann när hon såg Viljas barska ansikte. Så fick hon syn på Alver och hennes blick fastnade vid hans blodiga tunika.

»Vad har hänt?« frågade Valikatta. »Ni ser ut som om en varg hade sprungit efter er.«

»Nej mor, inget sådant.«

»Vad är det då?«

Alver ställde sig bakom Vilja och lade sina armar om henne. Hans kropp mot hennes rygg gav henne den styrka hon så mycket behövde när hon skulle säga det som måste sägas.

»Jag har bestämt mig för att fara med Alver på en lång resa. Kanske kommer jag aldrig mera tillbaka till Sunnanvik.«

Valikatta stod som förstenad på sin plats varefter hon ruskade med sin lediga hand om sin man.

»Sluta upp med det där. Hör du inte vad Vilja säger!«

Majalk vände på sig, tog röret ur munnen och strök med handen över ansiktet.

»Är du från vettet?« sade Valikatta slutligen som om Vilja varit ett oförståndigt barn. »Varför skulle du åka härifrån?«

»Nej Vilja, du kan inte åka«, utbrast även Ooni som kommit fram ur sin vrå med gul färg kvar på händerna.

»Jag har ingenting kvar i Sunnanvik förutom er. Jag vill se världen och Alver kommer att ta hand om mig och jag om honom.«

»Alver! Aldrig i livet«, utbrast Majalk som blivit fullt vaken. Han reste sig förvånansvärt smidigt ur sin bädd.

»Men Untamo ... du skulle ju ta Untamo?« undrade Valikatta. Rösten var trevande och Vilja tyckte att hon även hörde ett inslag av rädsla i moderns fråga.

Vilja betraktade sina föräldrar. Det tog emot att säga det som skulle bli en djup besvikelse för dem. De som hade hoppats och gjort allt för att deras dotter skulle bli hövdingens kvinna. Slutligen tvingade hon sig att med knappt hörbar röst säga det som måste sägas.

»Untamo är död.«

Skinnet som Valikatta hade hållit i, föll ur hennes händer och hon gapade stort innan hon kom på något att säga.

»Untamo, vår unge hövding kan inte bara dö.«

»Untamo försökte våldta mig i skogen men Alver kom emellan. Under striden blev Untamo dödad.«

»Att det där missfostret skulle kunna döda ...«, utbrast Majalk.

Det var en av de första gångerna Vilja hört far tala med sådan bestämdhet. Mest brukade han sova, utom när han åt, drack blåbärsvin eller täljde på sina visselpipor. Just nu tycktes han dessutom ha hittat på ett nytt nöje.

Majalk fortsatte.

»Du åker ingenstans och allra minst med den där ... som slår ihjäl vår ledare«, sade far och pekade på Alver utan att darra på handen. »Ta i stället någon av vårt eget folk.«

Fastän handen var stadig såg Vilja något i hans blick som tydde på att han far var imponerad. Blicken var inte lika självsäker längre. En tvekan hade kommit i honom och Vilja förstod. Far övervägde om det var beundransvärt eller inte att döda byns skickligaste jägare eller om det var ett illdåd.

»Alver har inte bara dödat Untamo. Han har också hittat den försvunna björnskallen«, sade Vilja. »Eller rättare sagt var det Ukko som kom på det. Den har helat tiden funnits gömd hos Untamo.«

Nyheten var stor och det fick Majalk att skrapa sig i huvudet och titta sig förbryllat omkring.

»Bäst du berättar allt från början«, sade Majalk.

Vilja berättade hela historien för Valikatta, Majalk och Ooni.

Till sist sade Vilja:

»Tonala säger att vi måste åka innan klanen får något för sig.«

»Vet Karukja om att Alver dödat Untamo?« frågade Majalk.

»Nej och det skall han inte heller få veta innan vi åkt. Det har Tonala lovat.«

»För din skull avslöjar vi ingenting«, sade Valikatta, men Majalk skakade på huvudet.

»Ett mord på Untamo kan inte hållas hemligt alltför länge, ni måste genast åka i väg. Farväl!« sade Ooni som skyndat sig till Vilja för att krama om henne.

»Alver kan åka men du Vilja stannar kvar«, bestämde Majalk.

Alver tog ett hotfullt steg mot Majalk men Vilja hejdade honom.

»Du glömmer att jag är kvinna nu och bestämmer själv över mitt liv. Sådana är våra seder«, svarade hon.

Majalk tittade på henne med en blick fylld av vemod och sorg. Han tycktes inse att han inte kunde rädda henne.

»Du har alltid gjort som du vill«, sade Majalk. »Må Moder Jord och hennes andar följa med dig. Om du någonsin ångrar dig är du alltid välkommen hem«, sade han och vände bort sitt tårfyllda ansikte.

När solen var tre handsbredder ifrån sin högsta punkt på himlen smög sig Vilja och Alver till kanoten. Ingen såg dem, eller de som eventuellt gjorde det, verkade inte bry sig. De flesta hade många gånger tidigare sett henne gå tillsammans med Alver.

Vid stranden med den fuktiga sanden mellan tårna blickade Vilja ut över havet med de många skären och öarna vid horisonten. Sjöfåglarna därute hade i så stora svärmar flugit in från söder för att häcka vid kustlinjen och vid sjöarna runtomkring att hon aldrig skulle kunna räkna dem. Nu var det inte bara måsfåglar utan även ejdrar i stora mängder. Den här tiden på året hade hon vanligen gått längs stränderna eller paddlat ut till de närmaste öarna för att samla ejderdun. När vintern kom var ejderdun det varmaste man kunde tänka sig.

Med fötterna i strandvattnet tänkte Vilja på vad Valikatta och Majalk sagt efter att Alver lämnat dem en stund i kåtan. Hon log över deras omsorg om henne. Far hade berättat att han och mor var överens om att den planerade färden var något synnerligen dumt och också farligt. Vilja hade hållit med dem men sagt att hon ändå skulle åka och i sin frustration hade de slagit ut med händerna och konstaterat att de inte kunde rå på henne med sina kloka råd.

Innan Vilja och Alver hade gått därifrån hade Majalk skänkt dem en eka som bestod av en lätt ribbkonstruktion som draperats med väloljade sälskinn. Vilja insåg genast att ekan var mycket lättare än Alvers kanot och kunde dras över land och isar. Den kunde nog komma till nytta.

Vilja skulle hoppa i kanoten när hon hörde ett ljud bakom sig.

»Vilja vänta!«

Det var Majalk som sprungit efter dem med något i handen.

»Den här gör att du kommer ihåg din far och din släkt. Den fick jag av min farfar«, sade han och överräckte den vackraste visselpipan han hade i sitt sortiment.

Vilja kände genast igen den och visste att den hela tiden hade legat inoljad i fars skrin och att visselpipan hade kommit från klanens hemtrakter i öster. Den var vit, lika lång som hennes handflata och täljd ur den ullhåriga mammutens betar. Hon visslade i den och de höga tonerna som hon fick fram lät som en koltrasts kvitter. Hon tog emot gåvan genom att sträcka ut handflatorna. Majalk lade sina händer emot hennes, varefter han traskade tillbaka mot byn.

Vilja såg efter far, tills han var utom synhåll. Hon svalde bort en klump som fastnat i halsen när hon insåg att hon aldrig mera skulle återse sin hemby, sina föräldrar eller syskon. Sunnanvik hade ändå varit hennes hela värld i de sexton år hon levt. Visst pirrade det i magen inför den spännande resan men något av byn med alla dess minnen satt djupt kvar i henne. Det blev svårare att slita sig loss och kapa banden till Sunnanvik än vad hon hade föreställt sig.

Hon vände om och såg Alvers leende ansikte där han väntade på henne i kanoten. Hon vadade ut i vattnet, sköt ut farkosten och hoppade i aktern. Valpen stod i fören med nosen mot vinden när Alver hukade sig med ena knäet i durken. En sista gång drog hon in den salta havsdoften i lungorna. Den svala förmiddagsbrisen från nordost förde med sig en söt doft av furu, den som hon så många gånger dragit in i sina näsborrar.

Framme i fören doppade Alver paddeln i vattnet med ett litet plask. Ljudet övergick till ett regelbundet droppande när vattenpärlorna rann ner för bladet och slog emot den släta vattenytan. Farkosten med de två sammanbundna och urgröpta stockarna sköt i väg. Repet som var knutet till ekan sträcktes ut och ekipaget kom i rörelse, inte fort men ändå förde de första paddeltagen dem ett steg längre bort från hembyn.

Vilja vände sig om för att en sista gång se kåtorna där hon bott i hela sitt liv. Hon betraktade stranden med de uppstickande stenarna, tuvorna med saftigt, grönt gräs och de gråa kanoterna som till hälften var uppdragna på stränderna. Vid slutet av den upptrampade stigen såg hon Magnagård omringad av klanens vass- och torvtäckta kåtor med rökslingor som steg upp här och var. På gården lekte ett tiotal barfota barn som om ingenting bekymrade dem. Inne i kåtorna vilade sig de gamla och trötta medan de vuxna männen var på jakt och kvinnorna beredde sina skinn, arbetade med köttet eller samlade färska örter. Hundar lufsade omkring och nosade efter kvarblivna matrester.

Ingen lade märke till att hon och Alver gled allt längre bort från byn, utom en mörk gestalt som stod vid vattenbrynet insvept i sin tunika. Det var hennes mor. Hon vinkade dem farväl.

KAPITEL 51

Alver kände inte av någon trötthet när han paddlade med ekan på släp. Vilja satt i aktern och Valpen orkade inte längre nosa i vinden utan låg med slutna ögon vid hans fötter. De hade färdats fjorton solvarv sedan de flydde från Sunnanvik. Ingen skulle längre hitta dem bland de tusentals öar och skär som de hade passerat, hur många kanoter man än skickade efter dem.

Vinden hade vridit mot sydväst. Alver kunde inte längre utnyttja medvinden och han fick ta i ordentligt med paddeln. Några gånger hjälpte Vilja honom att paddla.

»Kusten viker av norrut,« sade Alver efter att ha följt med strandlinjens krökar.

»Jag har inte märkt något«, svarade Vilja och tittade i alla riktningar.

Alver ville förklara för henne men insåg att han skulle bli tvungen att skrika för att höras över vinden och bruset från vågorna.

Han var säker på att om de färdades rakt västerut eller helst mot sydväst skulle de komma till Sälgrundet, eller i alla fall någonstans i närheten av det. Men han var rädd för att ge sig ut på det öppna havet. Det var inte enbart det osäkra avståndet som oroade honom. Det var också vindarna som för det mesta blåste emot dem.

Skulle han ändå våga sig på ett försök? Den farligaste etappen skulle vara under de dagar när de ute på havet, i manshöga vågor, inte skulle se land i något väderstreck. Eller om molnen blev så tjocka att han inte kunde se solen. Då skulle han inte längre veta hur väderstrecken låg. Det farliga var lockande, eftersom det kunde innebära en mycket kortare väg hem. Om de avvaktade till en morgon när vinden kom från ost eller nordost skulle de ha medvind. Men hur länge skulle vinden hålla i sig? Ibland vred den mot väst eller syd redan efter en dag eller två. Under den tiden skulle de visserligen komma en bra bit på väg, kanske halva sträckan. Men sedan?

De kunde också fortsätta norrut längs kusten och hoppas att rutten i en vid båge skulle föra dem hem, så som handelsmännen hade sagt. Vägen skulle bli betydligt längre men också tryggare. Kanske skulle färden ta hela sommaren så som den gjort för Tata?

Skulle han fråga Vilja till råds? Han såg att hon som vanligt satt i sina tankar och tittade ut över havet. Något konstigt var det med henne. Ända sedan resans början hade hon av någon anledning varit svår att nå. Hennes iver och nyfikenhet var som bortblåsta och ibland hade hon bett att få vila sig på durken. Hon svarade kort och pliktskyldigt om han överhuvudtaget lyckades få ett svar. För det mesta bildade hon en osynlig mur kring sig som var svår att tränga igenom.

Det var inte så här som han hade föreställt sig att deras gemensamma färd skulle bli. Han hade tänkt mycket på henne och kommit fram till att hon var sorgsen över att ha lämnat sin familj bakom sig och tills vidare lät han henne sörja i lugn och ro. Snart skulle hon vänja sig och bli som hon varit förut.

Den sena eftermiddagssolen värmde och för Alvers del hade den största brådskan med att komma hem gått över. Han fattade sitt beslut och bestämde själv att de skulle fortsätta norrut. Men det höll på att bli afton och de behövde hitta läger för kvällen.

»Vi tar i land där borta«, sade han och visste att Vilja gillade att övernatta vid stränderna under ett vindskydd. Mitt i sommaren behövde de inget annat än några störar som de band ihop i vinkel så att de bildade ett sluttande tak över vilka de spände hudarna de hade med sig.

»Jag hoppar i och tar emot«, svarade Vilja när de kom ett tiotal steg från stranden. Den dubbla kanoten med ekan på släp gled upp över strandstenarna. En bergsklippa reste sig brant ur vattnet norr om det ställe där de tagit i land. Inåt land fanns så mycket löv- och barrskog att de skulle hitta virke till störarna för vind- och regnskyddet.

Alver fick vindskyddet klart och han såg att Vilja satte i gång med förberedelserna inför middagen därinne. Han måste bara ut och hämta något färskt att äta innan de blev alltför hungriga.

Tidigare under våren hade han hittat sjöfågelägg i stora mängder. Nu var det för sent för färska ägg och varken han eller Vilja saknade dem. Men något ätbart skulle han skaffa fram för att lägga över elden. Han ville inte i onödan tulla på matförråden.

»Jag ger mig ut och ser om jag kan fånga någon fisk här«, sade Alver.

Han gick ner till ekan och paddlade till ett grunt skär längre söderut. Han lade ut sin metrev och agnade med en torkad mört från sin packsäck. En gädda högg nästan genast och han drog upp den. Den var stor nog för att de skulle ha mat för kvällen. Dessutom skulle det bli över för Valpen. Han paddlade tillbaka och tog i land bredvid kanoten och drog upp ekan.

Längre bort, där vattnet var lugnt såg han Vilja. Hon hade badat och höll på att stiga upp ur vattnet. Hon stannade ett ögonblick vid vattenbrynet och lät solens sista strålar smeka sin kropp och vandrade därefter naken mot honom. Han kunde inte slita blicken från henne. Visst var han van vid att vuxna gick nakna. Under varma sommarnätter låg de flesta utan kläder i sina kåtor, vid stränderna fanns det alltid kvinnor som hade månadsblod och måste tvätta sig för att inte tala om trälarna som ofta var så dåligt klädda att deras nakenhet syntes. Men att just Vilja gjorde det och just nu fick honom att stanna.

Hennes kropp var slank men senig. Musklerna avtecknade sig på armarna och benen och hyn var så jämn att den glänste av vattendropparna där kvällssolen kom åt. Det blöta håret var utsläppt och nådde henne ner till ryggslutet. Huden över brösten, magen och nedre delen av hennes kropp var slät och mjuk men ändå fast.

Han förmådde inte sluta titta på henne och lusten vaknade till liv. Ändå skulle han inte närma sig henne utan att hon visat att hon ville det, så han stannade orörlig vid kanoten. Hon tog på sig sin tunika och gick mot lägerplatsen. Han väntade en stund och följde efter henne.

»Jag har fått en gädda«, sade han och visade upp fisken.

»Jag ska genast lägga den på elden. Under tiden hittade jag friskt vatten i en bäck«, sade hon och blåste liv i elden hon gjort av det sparade glödkolet de förde med sig.

Hon grillade fisken, de småpratade och åt sig mätta. Solen sjönk allt djupare mot horisonten och den värmde inte längre.

»Jag fryser«, sade Vilja och makade sig närmare honom. Han gav henne lång blick men sade ingenting. När hon lutade sig mot honom lade han sin arm runt henne.

Under det halva månvarv som gått hade de inte rört vid varandra. Vilja hade varit tyst och sluten. Hon hade suttit bak i kanoten, blek i ansiktet och stel i kroppen. Det enda hon pratat var de gånger när hon ville ta i land någonstans för att leta efter örter. Ofta hade hon legat på kanotens botten och klagat över att hon hade ont, men tydligt markerat att hon inte ville att han skulle hjälpa henne eller komma henne nära. Helst inte ens prata med henne.

Kvinnors månadsblod kunde ibland vara våldsamma, det hade han förstått. Eller så led hon av hemlängtan men den skulle snart gå förbi bara han lät henne vara ifred, tänkte han och funderade mera på sina egna bekymmer.

När det som hänt i Sunnanvik så småningom kommit ikapp honom hade han varit skakad. Han hade tänkt på hur klanen skulle klara sig under Kultimas ledning eller om Karukja skulle ta makten över klanen. Han undrade också om mordet på Untamo skulle ses med oblida ögon av andarna. Skulle Härfadern straffa honom? Under de senaste dagarna hade han lugnat sig. Inget ont hade hänt honom. Karukja hade inte kommit efter honom med sina bästa jägare, vindarna hade varit fördelaktiga och just nu lutade Vilja sitt huvud mot hans axel.

Han slöt ögonen och såg bilden framför sig när hon gick naken upp från stranden, musklerna som spelade på hennes kropp och de mörka hårstråna på hennes armar som glittrade i solen. Kanske var det inte något misstag att hon hade låtit honom se henne naken.

Vilja tog ner hans arm och lade sin hand bakom hans nacke och lekte med hans hår. Han andades in hennes doft. Bilden av Svana med det eldröda håret gjorde ett försök att tränga fram på hans näthinna men idag förblev den suddigare än vanligt. Han manade undan bilden och lyckades. Nu fanns bara Vilja i hans sinnen och han såg i hennes ansikte att hon bara väntade.

Han vände sig mot henne och lade henne varsamt på rygg. Hon lät sig ledas som om hon väntat på honom. Han behövde inte fråga. Svaret lyste klarare än förr i hennes ögon och han läste av henne. Hon var inte enbart fylld av åtrå utan också av en längtan att få vara ihop med honom.

Han blev torr i munnen och händerna darrade när han snörde upp öglan som höll ihop hennes tunika och drog plagget över hennes huvud. Nu var hon igen lika naken som han sett henne på stranden. Han tog av sig sin jacka och sina hosor utan att för ett ögonblick släppa henne med ögonen. Hon kastade en blick mellan hans ben och hon log. Själv behövde han inte se efter, han visste ändå att han var redo.

»Kom«, viskade Vilja och drog honom mot sin kropp. Han lutade sig över henne och hans hud mötte hennes.

Han hade varit utan en kvinna längre än vad han kunde minnas. Han ville inte längre behärska sina lustar. Inte när blodet rusade i ådrorna och han rörde sig inne i henne. När hans upphetsning nådde sin kulmen, slöt han ögonen och väntade så länge han förmådde för att njuta av stunden. Den blev inte långvarig. Ett ögonblick senare rämnade dammarna inne i hennes sköte.

De hade haft sin första kärleksstund. Den blev kort och häftig, de var som två utsvultna som stillar sin första hunger. Nu fanns bara Vilja och hans otillfredsställda åtrå som fått sin utlösning.

Svettig och utmattad av upphetsningen sjönk han ner bredvid henne och tittade på elden utanför vindskyddet och på solen som höll på att sända dagens sista violettfärgade strålar mot dem.

Det blev allt mörkare och kylan gjorde sig påmind. Elden höll på att slockna. Om han skyndade sig skulle han hinna väcka liv i glöden innan den blev till kall aska.

»Jag hämtar mer ved«, sade han och reste sig.

Han kom tillbaka med en famn torkade grenar och tunna kvistar. Vilja låg på ena sidan med armen under huvudet. Han tryckte sin nakna kropp mot hennes och hon tryckte höften mot honom. Elden flammade upp och värmen spred sig i vindskyddet.

KAPITEL 52

Det hade varit värt att vänta i fjorton dagar, tänkte Vilja när hon följande morgon försiktigt lossade på Alvers arm som låg slapp över hennes midja. Hon reste sig och gick bort till bäcken som porlade uppifrån bergen ner mot havet. Stegen var lätta och luften kändes friskare att andas än på länge.

Hon tänkte på Alver som måste ha lidit under de senaste dagarna. Han hade kommit nära inpå henne, han hade strukit henne över håret och han hade ett par gånger försökt fånga henne i sin famn. Varje gång hon hade stött honom ifrån sig hade han gått sin väg, vikt undan med blicken och sysselsatt sig med något annat. Ofta satte han i gång med att kela med hunden eller kasta pinnar som den fick hämta. Hon hade undrat hur länge hans tålamod skulle räcka.

För henne var det inte så enkelt att skjuta ifrån honom som han måste ha trott. Varje gång hon gjorde det, oroade hon sig för att han skulle bli så besviken att han inte längre ville ha henne. Det var ju trots allt hon som hade trängt sig på honom och inte tvärtom och ändå ... Det som hon ville mest var att ge sig till honom. Men inte ännu, hade hon sagt till sig själv. Först måste hon göra klart med det som hänt därute på ljungheden med Untamo.

Tonala hade frågat henne om Untamo hade fullföljt och Vilja visste att den gamla schamanen inte hade önskat sig något större än att han hade lyckats avla en efterträdare till sig. Visst hade Untamo hunnit komma in i henne men hon kunde inte veta om Moder Jord låtit hans livsandar rota sig i hennes sköte. När hon sedan bestämt sig för att ge sig ut på den stora resan med Alver hade hon också beslutat att hon måste vara säker på att hon var ren från Untamos säd när hon första gången lät Alver komma till sig.

Under de tre första dygnen på flykt hade hon grubblat över vad hon skulle göra innan det blev för sent. Så en morgon bestämde hon sig och steg upp medan Alver ännu sov under vindskyddet som de föregående kväll hade rest. I sin tunika gömde hon örter som hon visste skulle driva ut ett foster. Den ört hon litade mest på var liljekonvaljens små röda bär och även akvilejan.

Föregående kväll hade hon sett ut en ödslig plats där det skulle ske. Innan hon smög i väg kollade hon att Alver sov och vandrade därefter bort till den utvalda platsen där hon lade sig på rygg på blåbärsriset och tryckte örterna i sitt sköte så djupt hennes fingrar nådde. Till en början kändes ingenting och hon undrade ifall de alls hade någon verkan. Kanske var hennes örter gamla och hade förlorat sin kraft. Hon reste sig, smög tillbaka och såg att Alver fortfarande sov.

Senare på dagen kom de ut på havet. Vädret var molnigt men det regnade inte. När solen hade stigit som högst kände hon att det brände i nedre delen av magen. Senare på eftermiddagen rev det till riktigt ordentligt.

»Jag måste vila mig«, sade hon till Alver.

»Gör det«, svarade Alver och han fortsatte att paddla och tittade då och då bakåt ifall männen från Sunnanvik trots allt jagade dem. Själv lade hon sig på sidan på kanotens botten och drog upp knäna. I den ställningen var det lättare att uthärda smärtan i underlivet.

»Du ser blek ut«, sade Alver på kvällen när de igen tagit iland och Vilja hade knappt orkat göra middagen.

»Det var nog sjögången«, svarade hon och begrep att han inte lät sig övertygas. Det hade inte blåst mera än under de föregående dagarna.

»Du är väl inte sjuk?«

»Nej, jag är inte sjuk«, svarade Vilja och tyckte att hon inte ljög.

Sjuk var hon ju inte, det var bara det att hon måste få ut ur sin kropp det som Moder Jord låtit Untamo så i henne. Det kunde vara så att Moder Jord hade det låtit ske av misstag. Därför hade Moder Jord låtit Tonala visa för henne vilka örter hon skulle ta för att få ut det som Untamo planterat i henne redan förra hösten när Untamo hade fått henne som pris. Så måste det vara. Moder Jord hade gjort ett misstag och hon skulle med Tonalas hjälp rätta till det.

Den kvällen lade sig Vilja tidigt. Hon sov oroligt medan hon väntade att hennes månadsblod skulle rensa Untamo ur hennes kropp. På morgonen hade ingenting hänt. Hon ville upprepa behandlingen men orkade inte genomgå smärtan en gång till. Sju dagar senare samlade hon mod och upprepade behandlingen men med fler bär av liljekonvaljen.

Under dagen blev värken i magen värre än föregående gång. Hon bad till Moder Jord att hon skulle hörsamma henne och lovade att hon nog skulle klara av de kraftiga sammandragningarna och smärtan. Hon hade använt sig av Moder Jords örter och hon var den enda som kunde hjälpa henne. Mot Alver visade hon upp ett leende ansikte men hon orkade inte sitta i aktern längre än till halva dagen när hon igen måste lägga sig på bottnen av kanoten.

»Vill du att vi tar iland?« frågade Alver och tittade bekymrat på henne.

»Nej, det är bara sjösjukan«, svarade hon medan hon undrade hur hon skulle orka till den stund när hon fick fast mark under sina fötter och det eviga gungandet tog slut.

Det blev kväll och Alver styrde in mot land. Hon låg på bottnen av kanoten, orörlig och knep ihop ögonen av smärta. Hon kände hur Moder Jords händer trängt in i henne och vred om hennes underliv i plågsamma kramper. Det ryckte till i kroppen när kanoten slog mot strandstenarna samtidigt som hon kände något varmt mellan benen. Hon måste orka stå upp, tänkte hon och tog tag i relingen samtidigt som hon var säker på att hon lyckats. Det var över. På ostadiga ben steg hon ner i strandvattnet som gick henne till vaderna.

»Vad är det där?« frågade Alver och såg förfärad ut.

Hon vände sig om och tittade ner på en mörk fläck på bottnen av kanoten.

Visst värkte det i magen men smärtan trängdes undan av en lättnad som hon aldrig tidigare känt lika stark. Moder Jord hade låtit henne blöda bort Untamo ur sin kropp.

»Det är mitt månadsblod«, förklarade Vilja medan hon krampaktigt höll tag i relingen för att inte ramla omkull.

»Låt mig bara pusta ut ett tag så blir jag kry igen«, sade hon.

Lättad över att Alver inte frågade någonting mera vandrade hon uppför stranden för att leta upp ett ställe där de skulle slå läger. Några dagar senare var hennes blödningar förbi och en oemotståndlig önskan att släppa Alver nära henne växte fram. Och nu, fjorton dagar sedan flykten började, hade de för första gången legat tillsammans.

KAPITEL 53

Det hade blivit vinter. Vilja stampade av sig snön utanför grottan. De hade beslutat att de måste övervintra eftersom Viljas mage börjat växa under hösten. Grottan låg vid en klippformation vid stranden med ett bergsmassiv som fortsatte högre upp mot skogen i öster. Dubbelkanoten och ekan låg uppdragna och undangömda i en vik söder om grottan, men inte så nära att boplatsen skulle röjas om någon trots försiktigheten skulle råka hitta kanoten.

På sin färd hade de passerat ett par mindre byar. Alver hade smugit sig inpå byn och studerat människorna. Han hade följt med dem under en hel dag och sett att de hade trälar som de inte behandlade väl. De hade beslutat att fortsätta färden med tanke på Viljas tillstånd. Om de hade träffat på någon by där människorna verkat fredliga och vänliga, hade de kunnat ge sig till känna och kanske fått leva i skydd av en by under vintern. Nu hade det fått bli den här grottan i stället. Här skulle de ha ett rimligt skydd under vintern, men vara utelämnade helt åt sig själva, bara de två.

Efter att ha ställt sitt bohag i ordning i bergrummet hade de en klar höstdag sett sju kanoter fara förbi boplatsen. Männen i kanoterna var iklädda tjocka pälsar. Med sina spjut, klubbor och pilbågar som stack upp ur kanoterna såg de ut som rövare och Alver hade bestämt att de skulle hålla sig dolda i grottan. Hade männen bara haft fiskeredskap med sig eller om också barn och kvinnor funnits i deras följe hade situationen varit en annan. Vilja gömde sig djupt inne i grottan och Alver höll Valpen hårt om nosen och de mörkhåriga männen med sina djupt nerdragna pälsmössor paddlade förbi. Några andra människor hade Vilja och Alver inte sett sedan de lämnat Sunnanvik.

Tidigare på dagen hade Vilja gått in i skogen för att hitta brännved under snön. Veden nära grottan var redan insamlad och använd. Varje gång hon kom in med en ny famn full med kvistar, grenar och avhuggna små träd i den snötäckta grottan, måste hon sätta sig för att pusta ut. Nuförtiden tog det på krafterna att pulsa i den knähöga snön. Snart skulle Alver kanske bli tvungen att göra även det, förutom att han redan skaffade fram maten i skogarna och från havet. Nu var han ute för att fånga fisk eller skjuta en säl.

»Längre ut, bortom öarna är vattnet öppet«, hade han sagt innan han åkte.

Vid plötsliga väderomslag steg en dimma upp ur havet och om vinden låg på och om luften var kall, kunde det bli ymniga snöfall.

För ett månvarv sedan hade det varit en kallare period med is i vikarna och vid stränderna. Kölden hade drivit i väg de sista flyttfåglarna. Tranorna, mås- och andfåglarna hade redan i stora klungor flugit söderut. Även några kungsörnar hade glidit i väg högt uppe på himlen. I skogarna hade björnen gått i ide. Vilja var lättad. Hon behövde inte längre vara rädd för att den skulle titta fram mellan trädstammarna för att leta efter deras undanstoppade förråd av fiskar eller sälkött.

Men vargarna hade inte försvunnit någonstans och de var hungriga. Ensam, utan Alver och Valpen blev hon ängslig varje gång hon hörde dem yla. Hon ville lita på att grottans väggar och hudarna framför ingången skulle hålla dem borta om en vargflock bestämde sig för att komma och snoka. Men hur säker kunde hon vara på att det räckte? Grottan var lika stor som den i Sunnanvik. Kanske även vilddjuren kände till den och använde den under vintern för att övernatta eller som skydd mot andra djur. Den här gången hade hon krävt att Valpen skulle stanna hos henne när Alver gett sig ut på sin jakt.

Vilja lade några grenar på elden och satte sig. Han hade varit borta sedan föregående morgon och skulle återvända under dagen. Vilja avskydde att vara ensam under nätterna.

Det bästa hon visste var att sitta framför brasan bredvid Alver. Hans varma hand mot hennes hud och hans mjuka smekningar över hennes kinder bekräftade att han väntade på barnet lika mycket som hon själv. Han behövde inte säga det och det hade han inte heller gjort. Men blicken i hans ögon, när han hade tittat in i hennes, avslöjade allt. Det räckte för henne.

Hon förundrades över att ett nytt liv hade börjat växa inne i magen. Vid sina riter för att blidka Moder Jord hade hon anförtrott sig till henne och sagt att hon nu var beredd att bli mor. Hon hade genomgått kvinnoriten, svalt alla frön Tonala hade gett henne och hon hade offrat för att Moder Jord skulle låta henne bli fruktsam med Alver.

Moder Jord hade hörsammat hennes önskan. Ett barn växte i henne och ibland kände hon det röra sig därinne. Men hon oroade sig inför födseln. Hon hade sett många kvinnor dö vid barnafödslar och hört om ännu fler. När hon pratat om barnet med Alver såg hon på hans rynkor vid munnen och på pannan att han också var orolig. Hon hade räknat ut att hon skulle föda efter att fiskmåsarna återvänt men innan häggen slog ut och sommaren stod i full blom.

En kväll när de hade suttit framför brasan hade hon undrat om det skulle bli en flicka eller pojke.

»Vad önskar du?« frågade hon.

Alver tittade på henne som om svaret var det mest självklara i världen. Men för henne var det inte alls självklart och hon upprepade frågan. Hans ansikte blev stramt och blicken fjärrskådande.

»Jag önskar att det blir en flicka.«

Vilja förstod inte varför Alver inte ville ha en pojke som de flesta män bad om. Han hade svarat och hon kom ihåg orden.

»Jag har redan en son, men det gör ont i mig att Härfadern inte har låtit mig få behålla honom hos mig. Får jag en dotter hoppas jag att hon får stanna med mig och hennes mor.«

Efter den stunden var Vilja säker på att Alver skulle ta vara på sin dotter, men vad skulle hända om Alver någon gång fick träffa sin son igen? Skulle sonen då ta över platsen i hans hjärta. Och hur skulle det bli om de någonsin kom fram till Alvers by och han träffade sin kvinna? Ibland, när hon tänkte på framtiden ängslades hon för det okända. Hon ville bara leva i detta ögonblick och i denna vinter med Alver.

Snart skulle en ny vår komma. Alver använde redan alltmer tid nere vid kanoten. Det oroade henne. Hans ögon fick en stark glöd när han pratade om att fortsätta norrut längs kusten. Det kunde inte vara långt tills kusten började kröka sig mot väster. Alver hade yxat till en ny paddel och han hade frågat om hon kunde sy ett nytt, större segel. Till en början hade hon lyckats jaga bort tanken på avfärden men med tiden blev det allt svårare.

Ibland när hon var dyster och nedstämd, tänkte hon på hur svårt det skulle vara att hitta Alvers by. Under färden hade hon sett hur stort landet var. Och havet var så väldigt att ingen kunde se över till den andra stranden. Det fanns tusentals öar, uddar och djupa vikar. Hur skulle de veta när de paddlade förbi den rätta viken, om de någonsin gjorde det? Ofta kom hon på sig med att hon önskade att byn aldrig hittades. Då skulle de kunna återvända till denna plats och här skulle hon vara nöjd med livet.

Vilja gick ner till stranden för att hämta fisk så länge det ännu var ljust. Hon hoppades att hon skulle få se Alver likt en mörk prick komma från norr på det vita snötäcket med en gråglänsande säl som han släpade över snön.

De vidsträckta isarna förblev tysta och tomma på allt rörligt. Det var vindstilla och för mycket värme för att isarna skulle knaka. Även tallarna på de närmaste öarna stod som stilla stenstoder under sitt tunga snötäcke.

Vilja steg ut på isen, inte alltför långt bort från stranden. Hon gick till ett ställe där Alver under hösten hade byggt en sump av hopflätade kvistar. En hinna av is hade frusit över sumpen men den var så tunn att hon såg fiskarna i det två fot djupa vattnet. Hon satte ner en håv och lyckades få den under en av de grågröna fiskarna. Med ett plötsligt ryck drog hon upp en sprattlande gädda i luften. Den här fisken skulle hon rensa och fylla med torkad grönmynta och strandlök. Valpen skulle få inälvorna. Inga rester fick lämnas kvar för att inte rovdjuren skulle lockas till grottan.

Innan hon gick in tog hon en sväng förbi klippkanten. Hon stannade och spanade över isarna som låg under de tungt hängande gråa molnen. Alver syntes ännu inte till. Hon påminde sig om att han var van att ta sig fram över de vita vidderna. Det var nog ingen fara med honom.

Den sena eftermiddagen hade gått till sin ände och det hade börjat skymma. Vilja kunde inte längre sitta stilla. Hon traskade omkring i grottan. Hade Alver ramlat i en vak eller hade sälarna eller en valross huggit honom? Tänk om Alver inte kom tillbaka? Hur skulle hon klara sig ensam ute på klippan med ett barn som snart skulle födas? Utan hjälp skulle hon aldrig hitta hem och ingen visste att det bodde en kvinna i grottan. Hon skulle få leva på fisk och bär och svamp på sommaren. Men om hon blev sjuk medan barnet ännu var litet och behövde henne? Hon ryste vid tanken.

Varför dröjde han? Snart skulle det bli så mörkt att hon inte såg mer än några steg framför sig. Hon hämtade ved och gjorde upp en eld högst uppe på klippan. Den skulle lysa så klart att Alver på långt håll skulle se grottan. Hon satte sig på en stubbe och väntade vid elden. Det hade blivit kallare och hon hämtade en fäll som hon lade över knäna.

Plötsligt for Valpen upp, spetsade öronen och började morra. Vilja reste sig och tittade bort mot skogen, sedan över havet. Vargarna, var hennes första tanke. Hon spanade mot halvmörkret men såg ingenting som inte borde finnas där och hon hörde inte heller några misstänkta ljud av vargar, järv eller lokatter.

Valpen blev allt oroligare och sprang av och an längs klippan. Den ylade och morrade och mitt under hundens tvära kast mellan grottan och klippkanten försvann den ner till stranden.

»Kom tillbaka«, ropade Vilja på skarpen.

Hunden brydde sig inte om henne. Hon ropade en gång till, nu med mycket högre röst. Valpen syntes inte mer. Den hade försvunnit ner för sluttningen.

Vilja hörde ett rop någonstans långt borta. Det var svårt att urskilja orden. Hon stod orörlig och lyssnade.

»Det är jag«, hörde hon Alver skrika.

Hon skyndade sig in i grottan för att sätta gäddan på den upphettade flata stenen som låg över elden. Hon hörde ljud, rätade på sig och vände sig om.

Alver stod vid dörröppningen. Han var röd om kinderna och svettig i pannan. Ögonen lyste.

»Det blev en gråsäl.«

KAPITEL 54

Vilja ställde den tomma vattenkrukan bredvid de första tussilagorna som lyste gula mellan knytnävsstora stenar och tunna, skirgröna grässtrån vid stranden. Händerna blev fria, hon reste sig och strök undan håret som vinden svept i hennes ansikte. Alver stod bredvid henne och hon gav honom en lätt klapp på armen.

»Kom snart tillbaka«, sade hon och kisade mot den uppgående solen.

Alver gav till ett skratt. Hon hade sagt det på hans eget tungomål. Han hade lärt henne språket på Sälgrundet på samma sätt som hon hade lärt honom sitt språk. Ord för ord, så att hon nu kunde säga hela meningar.

Uppmaningen var inte bara för att få Alver att känna sig välkommen hem. Den här gången menade hon det verkligen. I dessa tider kunde vad som helst hända. Redan under natten hade hon känt värk i magen som om hon var på väg att få sitt månadsblod. Alver tog tag i kanotens akter, vände sig om med ett leende men sade ingenting. Ett leende räckte för henne och hon besvarade det. Alvers fiskeredskap och maten låg redan där under mittbrädan. Han sköt ut kanoten och hoppade i.

»Jag är tillbaka senast till kvällen.«

Han vadade ut i vattnet och med några viga rörelser gled han in i kanoten utan att den krängde till. Vilja såg honom gripa paddeln och med ett par kraftiga tag vände han fören norrut. Efter ytterligare ett tiotal paddeltag gled kanoten med hög fart längs stranden mellan ett par flata hällar som tornade upp sig bland bränningarna likt ryggarna på de mörka tumlarna. Om en liten stund skulle han vara i höjd med grottan för att sedan paddla vidare till en grupp öar och skär där sälarna levde i stora flockar och sjöfåglarna samlades för att plocka åt sig fisk i det sjudande vattnet.

Vilja fyllde lerkrukan med vatten, tittade ut över havet men såg inte längre till Alver. Hon tog kärlet, balanserade det med båda händerna på den svällande magen och gick uppför stigen till grottan som under vintern blivit inrett som ett riktigt hem. Hon hade kommit halvvägs när hon kände en pressande värk nere i magen. Smärtan var inte våldsam men nog så hård att hon måste stanna. Kanske promenaden uppför det branta berget och den tunga krukan på magen blev för mycket. Skulle hon kämpa sig upp på berget och ropa Alver tillbaka? Men nej, han hade säkert hunnit alltför långt och så allvarligt var det väl inte. Vattnet hade ju ännu inte gått. Hon andades in och ut några gånger, lugnade sig och vandrade vidare.

Solen hade stigit högt över trädtopparna när Vilja hade hämtat brännved till grottan. Hon ställde de torra pinnarna och grenarna i en hög vid ingången. Därifrån var det enkelt att hämta dem när brasan skulle tändas på kvällen innan Alver kom. Mitt i ett steg krampade det till i underlivet. På samma sätt som det gjort ett par gånger på morgonen men nu betydligt häftigare. Hon satte händerna runt magen och vek sig dubbel. Smärtan gick inte över, hon måste lägga sig.

Vilja hann inte fram till bädden. Strax innanför grottan lade hon sig på det steniga golvet för att föda. Skrämmande tankar for genom hennes huvud. Hon var ensam och Alver var långt borta. Hon fick inte skrika. Rovdjuren fick inte höra en försvarslös kvinnas vrål. Smärtan lättade och hon mindes tranen. Hon kröp på knä till trankrukan, den enda som hade en veke av ett hårt tvinnat skinn och hon tände den. Veken sög av den värdefulla oljan och en låga fladdrade sitt oroliga ljus för varje rörelse Vilja gjorde.

Den här gången blev vilan kort och hon gick ner på alla fyra. Det stack till igen så hårt att hon skrek ett enträget skrik som uppstod långt nere i bröstet. Skriken gick inte att hejda. Det rev och slet i korsryggen, svetten lackade och kroppen skälvde som ett torrt höstlöv i vinden. Vilja kände med handen mellan sina ben.

»Ingen förändring«, stönade hon.

Smärtan var förbi och hon fick en ny frist. Hon gick upp på knä, tog stöd med händerna mot grottans vägg och försökte stå upprätt men gick fort ner på alla fyra igen. Hon blev alltför yr. Hon kröp till sitt förråd för att hämta en lång sena, sin kniv och rena, tunna skinn som hon lade nära till hands bredvid bädden medan hon rullade över på ett älgskinn. Alver skulle inte komma tillbaka förrän på kvällen. Hur lång tid var det dit?

Lika plötsligt som förra gången kom sammandragningarna. Plågan blev outhärdlig.

»Hjälp mig Moder Jord«, gnydde hon medan ansiktet var ihopknipet i smärta.

Ingen tycktes besvara hennes nödrop och smärtvågen återvände. Hon sträckte nävarna över underlivet, tog stöd med fötterna mot grottans skrovliga vägg och slutade inte skrika innan plågan var över och krampen drog sig tillbaka. Moder Jord hade hört henne och hon hade fått ett nytt andrum. Hon kände där nere med handen men drog den snabbt tillbaka.

»Milda Moder Jord, vattnet måste ju komma ut någon gång.«

Visst hade hon hört att vattnet inte alla gånger gick så fort men det var inte vanligt. Hon låg stilla och kände svetten rinna och håret klibba mot hennes axlar och rygg. Om hon ändå hade kunnat se vad som hände därnere. Plötsligt kände hon något varmt och fuktigt komma ut. Hon ryckte till sig handen och tittade på sina blöta fingrar.

Äntligen! Vätskan som flöt mellan hennes fingrar var varm och den kom som ur en strid bäck. Snart trängde fostrets huvud ut ur den trånga gången. Hon pustade ut och log på samma gång men bara för ett ögonblick. En ny våg kom och hon kämpade för att inte hamna i panik. Hon måste lugna sig.

Alla jordens mödrar hade klarat av det före henne. Nu var det hennes tur och hon skulle också klara det. En sista gång bet hon ihop, klämde till med det hon hade kvar av sina sinande krafter och kände ungen tränga fram ur kroppen, följt av varmt, blodfärgat fostervatten som kändes mot hennes ben.

Hon orkade bara andas stötvis. Omtöcknad hörde hon en liten stämma som trots sin ynklighet var både vild och krävande. Ett nytt liv hade fötts därinne i grottan.

Vilja reste sig till hälften och andades in och ut. Krafterna kom tillbaka och hon vände om den nyfödde, som hade hamnat med huvudet före på ett lager av vass och vred dess ansikte mot marken och såg till att barnet kunde andas obehindrat.

»Tack Moder Jord«, snyftade hon med sin spruckna och tårfyllda röst.

Vilja hittade sin kniv och skar av navelsträngen. Hennes händer darrade när hon knöt om bandet som hållit livet kvar hos den nyfödda människan. Hon sträckte sig efter ett mjukt skinn och torkade blod och fett ur ögonen på den lilla varelsen. Med en viss bävan tittade hon mellan ungens ben.

»En flicka«, sade hon ut i den mörka grottan och kunde inte hålla tillbaka ett leende. Hon synade henne från topp till tå. Allting såg ut att vara rätt med näsa, mun, fingrar och tår. Ungen höll ögonen hårt hopknipna men skriken ur det röda gapet avtog inte.

Överväldigad av tacksamhet till Moder Jord, svepte hon om den nyfödda med mjuka skinn, tog henne till sitt bröst och lade sig ned på bädden. Hon slöt ögonen som blivit fuktiga och hon andades ut och in några gånger. För ett ögonblick drevs hon in i en annan värld och hon var säker på att det var Alvers kanot som seglade i väg med henne och barnet ut i en vit och ren värld.

Hon såg sin farmor som var död för länge sedan och även farfar som ramlat nerför ett berg och dött. Mot allt det vita såg hon mor avteckna sig i en bländvit kappa av mårdskinn som gick ner till fötterna. Alla tre log och lyckönskade henne och just då insåg hon att även hennes bortgångna släktingar hade väntat på att barnet skulle födas.

»Men Alver«, mumlade hon. Han skulle ju styra båten. »När kommer du, du kommer väl? Du lovade komma på kvällen.«

Med barnet på bröstet tappade Vilja känslan för tid. Kanske var det ännu inte kväll? Det ljusa bandet kring dörren som skilde grottans halvmörker från yttervärlden lyste lika starkt som förut. Han kommer nog. Snart skall du få träffa din far, mumlade hon ömt till barnet.

Hon låg på bädden och väntade. Men inte bara på att Alver skulle komma hem utan också på att hon skulle krysta en gång till. Moder Jord hade försett sitt nya barn med färdkost och det som ännu fanns kvar i henne måste ut. Mitt i sin väntan inför det som måste komma hörde hon någon stiga in i grottan.

»Alver, är det du?«

»Ja, jag kommer lite tidigare. Jag hade en aning om att ... men vad är det här?«

Alver rusade fram till Vilja men stannade tvärt. I samma ögonblick knep hon ihop ögonen och hon hörde Alver backa. En sista krystning genom den ömma kroppen och hon låg stilla. Naturen hade av egen kraft tömt henne på det som inte längre behövdes.

»Du kan ta barnet i din famn«, sade hon när hon orkade möta Alvers förvirrade blick.

Alver lyfte upp den lilla, tittade på barnet och blev tårögd.

»Välkommen«, sade han med skälvande stämma.

Han gav Vilja en kruka med vatten, torra skinn och gräs för att rengöra sig med och tog sedan ungen i sin famn igen och torkade henne ren ifrån återstående slem bakom öronen och i arm- och knävecken. Han visade henne för Vilja. Hon suckade djupt. Det var över nu.

»Håll om mig och låt mig vila i din famn«, snyftade hon mellan sina glädjetårar.

Hon sträckte ut armarna och Alver lade barnet mot hennes bröst. Lite fumlande satte han sig bakom henne med hennes huvud i sitt knä och snart kände hon hur han strök över hennes svettdränkta hår och kinder med sin varma men sträva hand.

»Kan du göra upp en eld och koka örtdricka. En näve kamomill har jag sparat till den här stunden«, sade hon efter en lång stund.

Vilja hade nästan fallit i sömn när Alver kom med två krukor av den varma drycken. Hon drack halvsittande medan barnet låg kvar och sög på bröstet. Vilja kunde inte se sig mätt på det lilla livet. Alver satte sig bredvid henne med ett förundrat leende och släppte inte barnet med blicken.

»Det är ett sällsynt vackert barn«, svarade Vilja. »Det är som om Moder Jord och Härfadern har förenat sina krafter för att skapa flickebarnet.«

Vilja slöt ögonen och lyfte ansiktet mot himlen. Hon tackade Moder Jord för den stora gåvan.

KAPITEL 55

Ett halvt månvarv efter barnets ankomst gick Alver flera gånger om dagen ner till stranden och tillbaka för att kolla sumpen och farkosten. Han hade byggt om kanoten. I stället för två parallella urgröpta stockar bestod den nu av tre stockar som han bundit ihop. Av dessa var den mittersta ett steg längre både i fören och aktern. Kilformen skulle öka farten trodde han och den större ytan i sidostockarna skulle ge plats för deras utökade bohag. Den mittersta stockens mastfäste hade han förstärkt och längst bak hade han gjort ett nytt sittbräde. Där skulle Vilja och barnet sitta i skydd för vågstänk. Allt var i sin ordning.

Ibland gick han ut i skogen för att fånga en hare, ibland fiskade han men ofta kom han tillbaka tomhänt. Han hade svårt att koncentrera sig och saknade det tålamod som behövdes för att sitta på pass eller vänta på napp. Helst hade han genast packat ner familjens ägodelar och påbörjat resan men Vilja var oresonlig.

»Barnet måste få mer krafter«, sade hon. »Flickan är ännu för ömtålig att tas ut på en resa.«

En eftermiddag när solen värmde mot grottan tog Alver barnet i sin famn. Han studerade dotterns lilla kropp och ansikte. Hon hade blivit slät i ansiktet och fått lite fyllnad i kinderna, börjat få veck vid knäna och armbågarna och en ljus hudfärg men ändå var hennes hy något mörkare än hans. På hjässan var hennes hår tjockt som hennes mors.

»Vad ska flickan heta«, undrade han.

»Hos oss brukar shamanen ge barnen deras namn«, sade Vilja.

»Vi kan inte vänta tills vi möter en shaman. Något måste vi kalla henne.«

»Hon ska heta Axa«, sade Vilja.

»Det låter kraftigt. Liksom en yxa«, sade Alver.

»Om vår dotter ska klara sig i livet är det bra att hon får ett starkt namn.«

Följande morgon, i samma stund som solen steg upp, stod Vilja och Alver på klippans högsta punkt. Det var exakt på samma plats där Vilja efter födseln grävt ner en del av moderkakan för att tacka Moder Jord och för att hon igen kunde skapa nya liv av det som Vilja lämnat efter sig.

Barnet var iklätt en liten tunika som Vilja sytt av harskinn i vinterfärg. Dottern var vaken men låg tyst i Alvers armar och tittade upp på de vita molnen som drog förbi. De hade tänt en eld av alla träslag Alver hittade i skogen. Genom röken skulle barnet få trädens egenskaper. Hon skulle få enens seghet, tallens lugn, ekens styrka och slutligen häggens doft och skönhet. Vilja lät röken långsamt fläkta över barnets kropp medan Alver tillkallade andarna för att godta det namn som de ville ge den lilla flickan.

»Härfader, låt oss ge din dotter namnet Axa«, sade Alver upp mot himlen. »Moder Jord, vi vill ge detta nya människoliv namnet Axa.«

Alver lyfte barnet mot den stigande morgonsolen och lät strålarna lysa på henne. Det förundrade barnet grät inte, knep bara ihop sina stora ögon för att undvika det starka ljuset. Han lade flickan i Viljas armar och ur en liten skål tog han ett pekfinger av jordblandat sälblod och strök en rand över barnets panna. Nu var även skogens och havets makter blidkade.

Ytterligare ett månvarv efter Axas födelse stuvade Vilja ner sina krukor i farkostens sidokanoter tillsammans med skinnen och fällarna. Ovan på dem bredde hon ut kåtans garvade och infettade hudar som skydd för stänk från vågorna. Själv skulle hon sitta baktill i den mittersta stocken med dottern i famnen.

»Jag skjuter ut«, sade han.

Vinden blåste svagt från sydost och Vilja, Axa och Valpen hade kommit tillrätta på sina platser. Alver hoppade i farkosten och bad en stilla bön till sin Härfader med en önskan om gynnsamma vindar. Så fortsatte färden, en färd om vilken de ännu inte visste något.

KAPITEL 56

På den fjärde dagen sedan de lämnat grottan hopades molnen i öster.

»De ser hotfulla ut«, sade Vilja och pekade mot himlen.

Alver tittade upp mot skyn.

»Vi kan nog segla en stund till«, sade han med en röst som lät mer övertygande än vad han kände sig.

»Molnen har aldrig tidigare varit så där tjocka och mörka och vinden ökar«, sade Vilja.

Alver gav henne ett leende.

»Jag har varit med förut. Håller vi bara ögonkontakt med kustremsan hinner vi alltid iland om det skulle blåsa upp till ett riktigt oväder.«

Alver såg på henne och av den skrämda blicken hon gav honom förstod han att hon inte låtit sig övertygas. Men det var han som stod för besluten till sjöss och de hade redan försenat sig många dagar.

Senare på eftermiddagen började det blåsa upp så att havet skummade vitt. Ett par fiskmåsar försökte flyga mot vinden men kastades tillbaka av kraftiga byar.

»Vi tar i land«, skrek Alver för att höras över det brusande havet.

»Jag hör inte«, svarade Vilja.

»Vinden driver oss ut till havs. Vi måste ta i land«, ropade han i samma ögonblick som de första stora regndropparna slog häftigt mot hans handryggar och i ansiktet. Åskan mullrade dovt borta vid horisonten.

Vilja nickade och tog ett fastare grepp om det lilla barnet. Valpen hade lagt sig med nosen mellan framtassarna på durken mellan masten och sittbrädet.

Alver tog ner seglet. Det gick inte att använda när vinden kom rakt från öst. Tvärtom. Vinden hade hastigt drivit dem allt längre ut mot det öppna havet och han grep tag i paddeln och satte sig framme i fören och tryckte ena knäet stadigt mot durken. Han fick en bra ställning och paddlade med kraftiga tag in mot land.

Regnet tilltog och vätte ner det som havet ännu inte kommit åt. Åskan kom allt närmare och dånade bakom dem. Blixtar ovanför land lyste då och då upp havet.

Den tunga farkosten lyftes upp för varje ny våg varefter den dök ner i en vågdal för att igen lyftas upp av följande våg. Alver visste vad han måste göra. Han hade paddlat i vågor förut. Om han bara fick fören mot vinden skulle allt bli stabilt men vid den ena sidokanoten hade vatten redan kommit igenom skyddet.

Med vinden som slet i hans tunika lade han ifrån sig paddeln, kröp på alla fyra över till sidokanoten och rättade till hudarna. Samtidigt kontrollerade han att repen som band ihop de tre stockarna satt ordentligt. Innan han började paddla igen konstaterade han att Vilja och dottern satt tryggt insvepta i hennes tjocka tunika av sälskinn. Men Valpen gnydde. Han var en jakthund och trivdes bäst i skogar där han fick springa över stora ytor. Nu var han en ömklig syn där han låg raklång vid Viljas fötter och släppte ur sig gälla klaganden.

Alver torkade regnet ur ansiktet. Paddeln var blöt och det var också hans handflator. Han strök händerna mot tunikan men det hjälpte inte eftersom tunikan hade sugit i sig av regn och stänkande havsvatten. Han intog en så bekväm ställning som det var möjligt i sjögången och satte ner paddeln i vattnet och drog med ett kraftigt tag. Farkosten rörde sig trögt men med det fjärde och femte taget hade han vänt stäven mot vinden. Om han bara tog tillräckligt kraftiga tag fick han farkosten upp för en våg innan den dunsade ner i följande vågdal.

Snart kom han in i en rytm och skulle orka hålla på en god stund till. Vid ett kraftigare årtag gled farkosten framåt med fart och han passade på att titta hur Vilja klarade sig. Det var inte kallt i luften men hon hade gömt ungen innanför sin päls och skyddade flickan mot regnet med armarna. Viljas ansikte var bistert och hennes våta hår klibbade sig på pannan och över axlarna.

»Jag kan inte se land«, skrek hon.

Alver vände sig om och spanade genom störtregnet. Han såg inte mer än ett tjugotal steg framför sig. Klart att man inte kunde se land då.

»Så länge vi håller fören mot vågorna närmar vi oss stranden«, ropade han så högt han kunde.

Under tiden som de hade talat hade farkosten åter vridit sig med långsidan mot vågorna. Det oroade honom inte så mycket. Med ett ögonkast konstaterade han att skinnen som täckte de båda sidostockarna nu var täta. Lasten där under skulle klara sig. Däremot bävade han vid tanken på vad som hade hänt om sidostocken hade fyllts med vatten. Vikten skulle ha fördubblats och farkosten skulle ha blivit omöjlig att manövrera. Men vatten hade ändå kommit in i farkosten. Ett par tum vatten hade samlats på bottnen av den mittersta kanoten där de själva satt.

»Ös!« ropade han till Vilja och pekade ner på durken.

Alver paddlade igen och såg till att ha fören mot vågorna. Då och då vände han sig om och såg att Vilja hade hittat en korg av tätt flätad vass som hon använde som öskar.

Vågorna vällde in från öst och det var i öst han senast sett land.

Tiden rann i väg och han paddlade och paddlade fastän inte lika ihärdigt som i början. Tagen grävde inte längre lika djupt i sjön och han orkade inte sträcka paddeln lika långt framåt som tidigare.

Slutligen kom han till en punkt där krafterna började ta slut och han måste få något att äta och dricka. Vilja grävde i sina förråd, plockade fram en bit torkat kött och gav honom färskt vatten ur en kruka.

Under tiden som han åt, lät han farkosten driva med vågorna och plötsligt fick den upp en fart som den inte hade haft förut. Men i fel riktning. Vinden och vågorna drev den hejdlöst allt längre ut på havet. Alver stelnade till och slutade tugga.

Han hade insett något hemskt. Trots att han paddlat hela eftermiddagen hade han i bästa fall lyckats hålla farkosten kvar på stället. På en kort stund, medan han ätit några tuggor, hade de drivit allt längre ut på det öppna vattnet, och det värsta var att han inte längre visste var de befann sig. Han anade att även om det hade varit solsken skulle han ändå inte sett landremsan. Han kvävde paniken som höll på att komma över honom när han begrep att han skulle behöva mycket mer krafter för att ta dem in till land igen.

»Ge mig en bit till.«

»Det här är det sista vi har«, ropade Vilja och överräckte ett lårben från en kanin.

»Vad?« skrek Alver.

»Jag trodde att vi skulle ta iland som vanligt och jag har ännu inte haft möjlighet att lägga upp några stora förråd sedan vi gav oss av.«

Han åt hälften av benet och gav det sedan till Vilja.

»Du skall ha resten«, sade han och tittade åt det håll där han gissade att stranden skulle vara. »Jag paddlar vidare.«

Han tittade på sina händer. De var röda av skavsår och hade fått blåsor som vätskade. Om han tog nya paddeltag, skulle den tunna huden över blåsorna spricka.

»Ta det här«, sade Vilja.

Han tittade frågande på henne.

»Jag har sett dina händer. Du kan inte paddla utan skydd för handflatorna.«

»Tack«, sade han och tog emot ett par ekorrskinn som han lade mellan handflatorna och paddeln.

Han paddlade tills det började skymma. Tagen hade blivit långsamma och verkningslösa. Huvudet hängde och det värkte i knäna av att nöta mot durken. Han var övertygad om att de hade drivit mer bakåt än framåt. Trots att de inte kunde se något, visste han i kroppen att det var så. Han lyfte huvudet för att titta på Vilja och undrade hur det var möjligt att han såg två likadana kvinnor med två barn i famnen i stället för ett. Han ruskade på huvudet men bilden klarnade inte. Hans armar hade blivit tunga som om stenar hängde från dem och han var för utmattad och för hungrig för att orka ett enda tag till.

I samma stund som han tillät sig att ge upp, ramlade han omkull i fören. Det fick bli som det blev. Innan han sjunkit ihop kände han skammen svida i kroppen. Han var en svag man som inte kunde ta hand om sin familj. Hur dum hade han varit som inte sett tecknen i tid? Att det drog ihop sig till storm och inte bara till någon förbigående åskskur. Han borde ha lyssnat på Vilja men nu var det för sent. Han lyfte huvudet i ett försök att göra något men han förmådde inte röra armarna eller hålla huvudet uppe. Han förmådde inte ens ge värme till Vilja och Axa.

Det blev allt kallare när regnet trängde igenom sömmarna och han skakade av vätan. När han inte längre orkade hålla ögonen öppna sveptes han in i en värld där han värmde sig vid en eld. På andra sidan av elden log en kvinna mot honom. En liten pojke tittade förväntansfullt på henne. I handen höll hon upp en grillad vildsvinsstek på ett spett och visade den för honom.

KAPITEL 57

I två dygn rasade stormen ute på havet. Under den andra natten vaknade Vilja då och då ur sitt töcken för att amma barnet och försäkra sig om att Alver levde. Sedan föll hon tillbaka i en dvala mellan sömn och vaket tillstånd.

När morgonen åter grydde grät Axa inte. Hon tittade på barnet och förvånades. Hungriga barn skulle gråta. De skulle skrika tills de blev mättade. Och Alver? Under natten hade han varit vid liv och han hade sett på henne men hon var osäker på om han hade känt igen henne. Han hade yrat och mumlat något om en svinstek men slutit sedan ögonen igen.

Vilja kastade en blick mot fören och reste sig. Alver låg orörlig i samma ställning som senast när hon undersökt honom.

»Alver!«

Där framme låg han, ett genomblött, mörkt bylte. Hon tog Axa på armen och klev över mastbordet och ruskade om honom.

»Alver«, upprepade hon med en röst som trängde igenom vågbruset och den vinande vinden.

Han slog upp ögonen men blicken var tom. Han levde i alla fall. Händerna var blodiga, håret smetade vått och klibbigt över ansiktet och ögonen var röda av trötthet eller kanske av det salta vattnet.

Det regnade, fastän inte lika mycket som föregående dag och kväll. Stormen hade dragit förbi men lämnat kvar moln som var så tjocka att det inte gick att avgöra var solen fanns eller hur högt den stod på himlen. Även om vinden avtagit var den ändå så stark att den drev upp skum på vågorna. Land fanns inte i sikte. De guppade ensamma ute på det vida havet.

Vilja kollade matförrådet fastän hon visste att korgen hade varit tom redan i förrgår. Men i en av krukorna förvarade hon tranolja. Under natten hade hon själv tagit av tranen och nu kände hon sig starkare. För att få i gång mjölken hade den inte hjälpt men flickan hade fått bröstet ändå.

Ett litet hopp tändes och det blev liv i hennes rörelser när hon beslöt att prova tranen på Alver.

»Drick«, uppmanade hon med en lirkande röst som hon använde för Axa när dottern någon gång tjurade.

Han satte sina spruckna läppar mot krukans kant och drack försiktigt av den slemmiga vätskan.

»Förlåt Alver, men det är det enda jag har«, sade hon och såg hur hans ögon vidgades medan han i små klunkar fick i sig av det som fanns.

Han hade fått smak för oljan och ville ha mer. Vilja gav honom regnvatten i stället. Ögonen fick en ny skärpa och han verkade piggare. Han hävde sig upp och huvudet hängde när han spanade mot horisonten genom den gråa regnridån. Vilja undrade om han spejade i rätt riktning. Kusten kunde lika gärna ligga bakom hans rygg.

Utan att säga ett ord grep han paddeln, satte ner ena knäet i vattnet på bottnen av farkosten och drog ett tag med den, sedan en gång till. Tagen var orkeslösa men till Viljas förvåning vände farkosten fören mot vinden. Han kom in i en rytm men orkade inte driva farkosten framåt. Vilja hjälpte till med den andra paddeln men insåg att det inte spelade någon roll eftersom hon inte visste om de paddlade i rätt riktning.

Vilja satte sig på sittbrädet. Hon slöt ögonen med en uppgiven suck och försökte sova men allt snurrade bara runt i huvudet och gjorde det omöjligt. Ett par gånger fick hon tag i sömnen innan hon blev väckt av att en stor våg stötte till farkosten så att den skakade. Stöten bröt igenom hennes skyddsmekanismer och rädslan för vädrets makter tog hennes känslor i besittning.

Hon var inte rädd för egen del, men att hon stod maktlös inför sin uppgift att rädda Axas liv, skrämde henne. Hon hade inte sagt det till Alver, men visst hade hon begripit redan föregående dag att de hade drivit ut på öppna havet. Deras öde var inte längre i deras egna händer.

Hon hade inte sett någon av de vanliga sjöfåglarna på länge. Men hon var nöjd över en sak. Hon hade inte märkt att havets vatten skulle ha börjat strömma hastigare ut mot dess yttersta kant. Skulle det hända, skulle de alla vara förlorade.

Plötsligt ryckte hon till och vaknade upp ur sin halvdvala. Alver satt konstigt och hängde ut över kanotens bord. Han var blek i ansiktet.

»Vad är det?« ropade hon.

»Tranoljan ... förstörde magen.«

Han talade stötvis innan han måste kräkas igen.

Vilja hade inga svårigheter att behålla tranet. Men på Alver verkade det som ett gift. Hon ångrade att hon givit honom att dricka, men hon hade inte vetat bättre och hade inte haft något annat att stävja hans hunger med.

Alvers mage var tömd och han började paddla igen. Hon ville säga till honom att det inte längre hade någon betydelse om han paddlade eller inte. De visste ändå inte var de befann sig. Hon ville inte ingripa. Männen begrep sig på sådana saker bättre än hon själv. Hon var bra på att göra krukor, samla örter, laga mat och sköta om barnet. Det fick hon nöja sig med.

Dagen gick och det började skymma. Alver hade paddlat hela tiden eller åtminstone hade han gjort försök att driva farkosten framåt. Huden på hans händer och knän hade nötts sönder helt. Det vore bättre om han sparade sina krafter, tänkte hon.

På avstånd såg hon en större våg närma sig. Den blev allt större och nådde manshöjd innan den slog emot farkosten så att den skakade till innan den ett ögonblick senare stänkte vattenmassorna över dem. Vilja väntade tills vattnet hade sköljts bort och hon kunde se igen.

Skinnen över sidokanoterna hade hållit för vätan och Axa hade inte sköljts bort. Men i fören hade vågen slagit omkull Alver och han orkade inte resa sig. Hon rusade till honom, drog och slet i kroppen för att få huvudet ovanför vattnet som låg en fot hög i mittenkanoten. Sedan började hon ösa varefter hon lade ett skinn över Alver och snart hade han domnat bort igen.

Under natten upphörde regnet. Det lugnade henne men nu hade även hon drabbats av magsjukan. Hon kunde inte hålla tranoljan inne. Mjölken hade avtagit och hon gav barnet vatten. Axa hade inte gråtit under hela dagen och nu hade hon också slutat sparka med sina knubbiga ben så som hon brukade. Vilja visste att bara sjuka barn låg orörliga och stirrade upp mot himlen. Ungen måste få mjölk, annars skulle hon inte överleva det följande dygnet. Regnvatten räckte inte.

»Du måste orka, du måste hålla ut«, sade hon till sig själv mellan sina egna kräkningar.

En lång stund höll hon sig vaken men slutligen orkade hon inte längre och sjönk in i en dvala med Axa i famnen.

På morgonen kom hon till sans och konstaterade med ett matt leende att hon hade överlevt natten. Det första hon gjorde var att föra sina läppar tätt mot Axas ansikte. Hon väntade och höll andan och mycket snart kände hon en ytterst svag utandning mot sina läppar. En oändlig lättnad strömmade igenom henne. Men den knappt kännbara fläkten från ungens mun hade fört med sig en ny doft, flickan doftade inte längre av den lite söta modersmjölken utan av hav och tranolja.

Hon lyfte blicken och såg att vinden hade vänt och blivit svag. Solen tittade fram genom det spruckna molntäcket och med solens hjälp visste hon att det blåste från syd.

Alver halvsatt i fören med ryggen mot bordet. Blicken var stirrig och ansiktet såg ut att vara insjunket. Hon tyckte att hans ögonhålor hade blivit djupare och svarta. Kanske var det bara en synvilla eftersom ansiktet låg i skugga. Hon virade in barnet i fällen och kravlade bort till Alver och lade handen på hans panna. Den var lika het som de mörka klipphällarna vid sommarsolståndet. Han led av samma frossa som den gången han hade strandat i Sunnanvik.

»Ligg ner«, sade hon när Alver samlade sina krafter för att vända om och se ovanför kanotens kanter. Men Alver höll tag med båda händerna om relingen och tittade åt olika håll tills hans blick fastnade vid något och hans ansikte klövs upp i ett leende.

»Jag ser land!« muttrade han hest genom sina spruckna läppar och började leta efter sin paddel.

Vilja tittade åt samma håll och skakade på huvudet.

»Men se, titta där«, sade han och reste sig på knä med paddeln i handen. Han fumlade och slutligen fick han paddeln över kanten och förde bladet genom vattnet. Vid det första paddeltaget gled den ur hans händer. Han sjönk ihop i kanoten men Vilja lyckades få tag i paddeln innan den drev utom räckhåll.

Alver feberyrade. Nu var det hon som måste rädda livet på honom, barnet och sig själv och det skulle hon också göra.

Det kramade och slet i hennes tomma mage när hon letade efter seglet under blöta skinn och fällar. Det låg hoprullat i den högra sidokanoten och hon spände upp det. Hon hade sett hur Alver hade styrt seglet med repen som satt fastknutna i den nedre bommen. Med den sydliga vinden i ryggen styrde hon med paddeln som ett roder i aktern så långt österut det gick, utan att tappa för mycket fart. För det mesta blev det så att farkosten gled norrut eller i bästa fall mot nordost.

Hela dagen var vinden stabil och Vilja höll samma kurs men land såg hon inte. Ett par gånger hade hon gjort ett försök att amma ungen. Flickan hade legat tyst och orörlig i hennes famn och tittat upp mot den blå himlen och sugit förtvivlat. Vilja hade lyckats klämma några droppar ur de uttorkade brösten men hon fick dryga ut födan med vatten. Det var allt. Barnet behövde mer näring. Mycket mer än bara de få droppar av mjölk som hon pressat fram.

Valpen låg utsträckt på durken. Även hunden var utmattad och hade legat stilla under större delen av dagen. Hon rörde vid den.

En tanke slog henne och hon förstod att Moder Jord inte hade övergett dem ännu.

KAPITEL 58

Vilja fäste blicken vid horisonten i öster och såg ett diffust lilafärgat streck i gränsområdet där det mörkblå havet övergick i den ljusare himlen. Hon vände sig om och spejade mot de tre andra väderstrecken. Det var likadant där. Hon såg bara olika skiftningar av vatten och himmel men ingenstans såg hon land. Hon, Alver och deras lilla dotter var helt utelämnade åt sitt öde.

Ändå var inte situationen lika hopplös som förut. Hon kände Moder Jords närvaro. I nödens stund tycktes Moder Jord komma till hennes hjälp. Hennes ande fanns där någonstans ovanför farkosten och vakade över dem. Inte högt bland stjärnorna eller bakom månen. Nej, Moder Jord var mycket närmare än så, hon svävade strax under de tjocka vita molnen.

Alver låg medvetslös på durken. Då och då hade hon väckt honom för att få vatten i den uttorkade kroppen. Han behövde mat men även mycket vätska eftersom solen hade kommit fram och lyste starkt. Hon hade samlat regnvatten i krukorna. Mitt på dagen var solen så het att hon svettades även om hon inte rörde på sig.

Det var viktigt att Alver sov när hon skulle göra det hon måste. Hon lade barnet på farkostens botten och ställde en tom kruka på mastbordet. Därefter tog hon kniven och kröp fram till Valpen. Den tittade på henne med sina stora, svarta ögon. Blicken var bedjande och den krafsade på henne med framtassen som om den trodde att den skulle få något att äta. Valpen anade inte att det skulle bli tvärtom.

Vilja tvingade sig att andas lugnt när hon satte sig och kliade hunden bakom öronen. Den fick inte känna av hennes rädsla inför det hon skulle göra. Hon letade efter en bra ställning och lade Valpen på durken så att nosen pekade mot fören och hundens rygg hamnade mellan hennes knän. Hon väntade tills hennes hand inte längre darrade och smekte därefter dess hals med långa trygga rörelser medan hon viskade lugnande ord i dess öra. Käkarna var hårt sammanslutna och hon såg att han skälvde så att morrhåren darrade. Hon hade inte kunnat dölja sin fasa inför sitt uppdrag och en hund med sina utvecklade sinnen anade det.

Musklerna under pälsen var hårt spända men ändå verkade han lugn. Hon trodde sig vara säker på att han inte skulle bita henne när hon tog med ena handen om dess underkäke och lyfte upp nosen så att halsen sträcktes ut. Med den andra handen lade hon knivbladet mitt på strupen medan hon pressade hunden hårt mellan sina knän. Den kved till och morrade dovt men Vilja smekte den och väntade tills den lugnat sig igen. Valpen slappnade av. Nu måste det ske.

Hon andades in och tryckte till hårt i samma ögonblick som hon drog kniven i sidled. Det vassa bladet skar igenom pälsen, halsmusklerna, luftröret och senorna. Hunden spratt till och kastade av och an med kroppen för att göra sig fri. Hon fick anstränga sig till det yttersta för att hålla den mellan sina ben. Det räckte inte med benen och hon släppte kniven för att hålla hunden på plats även med armarna. Hon fick ett bra grepp om hunden och höll den stilla.

Ett gurglande ljud steg upp ur dess strupe medan blodet pumpades ut ur munnen och de sönderslitna ådrorna. Hon fick tag i krukan och ställde den så att det mesta av blodet pumpades ner i den. Tillsammans med de sista blodsdropparna rann även livet ur Valpen. Hon vände bort ansiktet så att hon inte längre såg hundens glansiga ögon.

Vilja hade slaktat djur förr. Både harar, ekorrar och andra gnagare. Men en hund hade hon aldrig behövt ta livet av. Nu var situationen sådan att hon fick göra det som krävdes. När hon övertygade sig själv om att det antingen var hunden eller hennes familj som fick sätta livet till blev det lättare för henne att fortsätta.

Blodet hade hon redan tagit till vara. Hon skar upp buken och plockade ut de ätbara inälvorna. Hon hittade levern. Den var mörk och oskadd. Även njurarna, hjärtat och hjärnan tog hon hand om. Hade hon varit hemma hade hon kunnat tvätta tarmarna och stränga dem till rep men här ute på havet ville hon inte ge sig in på så arbetsdryga uppgifter. Förutom levern, lade hon inälvorna i en hög för sig som hon tänkte offra som tack till Moder Jord.

Efter att hon skurit upp skinnet längs magen, halsen och insidan av benen drog hon loss pälsen och lade den i en egen hög. Slutligen skar hon ut köttet från skelettet och lade det i en tredje hög. Den fjärde högen bestod av ben. De tjockare benen som innehöll märg skulle hon spara. Om hon ännu någon gång i sitt liv skulle komma åt att göra upp en eld skulle hon krossa dem och koka märgen och benpiporna.

Hon blev klar och sjönk ihop bak i kanoten medan hon betraktade seglen som fått röra sig fritt. Efter att ha pustat ut skotade hon om dem så att de fångade vinden. Därefter fixerade hon styrlinorna. Alltför länge skulle den inte hålla rätt kurs utan styråran men först måste hon ge något till barnet och Alver.

Hon ammade ungen. Det kom en mindre skvätt än senaste gång och ungen som hade fått smak på mjölken, började kvida högljutt när den tog slut. Vilja tog upp krukan och öppnade Axas läppar och lät några droppar varm blod rinna ner i den lilla munnen. Ungen slog upp ögonen, smackade och tycktes undra över den nya smaken. Men hungern tog överhand och hon svalde alla droppar hon fick. Vilja gav henne lite mer men inte för mycket och torkade bort blod som runnit ner längs kinderna.

Överst i högen med inälvor blänkte den mörka levern i solljuset och hon kunde inte längre tygla sin hunger. Hemma hade levern dragit till sig alla skogens flugor och småkryp men här ute fanns varken flugor, bromsar eller mygg. Hon skar upp små stycken av den och åt en bit, sedan en till. Men inte för mycket. Det skulle också bli kvar till Alver, och det var bättre att äta lite i taget.

Innan hon gick för att ge Alver att äta, drack hon av regnvattnet och kände sig underligt lätt till sinnes när hon insåg att Valpen hade förlängt hennes livlina. Leverbitarna, blodet och vattnet skulle ge tillbaka mycket av hennes styrka, bara de fick verka i kroppen.

Alver var het om pannan men solen hade torkat håret, ansiktet och kläderna så att han såg piggare ut än på morgonen. Hon väckte honom.

»Vad är det?«

»Du ska få äta«, sade hon och vek undan med blicken.

»Äta?« Alver lät som om han inte trodde på ett enda ord hon sagt.

Hon satte en liten bit av levern i hans mun och han började tugga på den.

»Vad är det?« frågade han.

»Prata inte, tugga«, sade hon och matade honom med fler små bitar. Slutligen lät hon honom dricka av blodet.

Han ville ha mer, men liksom med Axa gav hon honom lite i taget och försäkrade sig om att han fick behålla födan. Efter en stund somnade Alver igen.

Det blev en ny morgon. Under natten hade Vilja då och då slumrat till, fastän hon försökt hålla sig vaken. Axa hade också sovit. Ett par gånger hade hon ammat henne men mjölken kom sparsamt. Bara små strilar hade hon lyckats klämma fram. Men flickan var så hungrig att Vilja drygade ut födan med vatten och blod.

Däremellan höll hon blicken stadigt vid horisonten i norr för att inte tappa kursen. Vid en större våg krängde farkosten till och hon råkade flytta blicken österut. Någonting fastnade i hennes synfält och hon fokuserade på en mörk prick två handsbredder ovanför horisonten. Något svart rörde sig och blev allt större. Hon skuggade ögonen för att avskärma solen. Jo, hon såg rätt.

»En fågel«, ropade hon till Alver. »Titta. Den lilla pricken.«

Hon blev förvånad när Alver började röra på sig och försökte kravla sig upp på knä. Han hade hört henne. De små leverbitarna och blodet hade gett honom krafter och hon jublade inombords. Han lyfte överkroppen med stöd av armarna och spanade i den riktning hon hade visat.

»Ser du den?«

Han föll tillbaka ner mot fällarna och svarade ingenting, men ett nytt ljusare uttryck hade kommit över hans ansikte. Hon trodde att han förstod, att om han bara höll ut skulle de nå land med liven i behåll.

Vilja styrde mer österut fastän farkosten tappade lite fart. Var det verkligen sant att räddningen var inom räckhåll? Ännu vågade hon inte ta ut glädjen. Hon höll kursen mot den punkt där hon sett fågeln. En stund senare såg hon en fågel till, nu på nära håll. Den var vit med gråsvart mantel. En havstrut som gled på sina vingar långt ute till havs. Något senare, när solen stigit så högt att seglet inte längre gav Alver någon skugga, dök en mörkare vågig rand upp i horisonten. Randen växte och snart urskilde hon öar och skär.

»Titta«, ropade Vilja.

Alver lyfte blicken mot stranden och höll den kvar en lång stund innan han igen såg på Vilja. Allt vad Alver sett, stod att läsa i hans ansikte. Räddningen, lättnaden och tacksamheten över att andarna hört deras böner och räddat dem, ja allt fanns där att se.

När solen stod som högst stötte farkosten i land och Vilja lyssnade till det efterlängtade ljudet när bottnens trävirke rullade över små, runda strandstenar.

KAPITEL 59

»Du räddade våra liv«, sade Alver en morgon några dagar efter att de återhämtat sig på stranden där de stött i land.

De satt vid lägerelden och åt av en grillad fisk. Vilja slog sig på pannan och dödade en efterhängsen mygga. Här uppe i norr fanns det gott om dem. Själv blev hon inte så störd av de små inande insekterna men hon vaktade noga att de inte nöp Axa i ansiktet eller hennes bara armar.

Vilja hade med bävan väntat på att Alver skulle börja undra hur Valpen försvann. Någon gång skulle han återkomma till frågan hur hon hade gjort för att skaffa dem mat därute i ovädret. Hur skulle hon förklara för honom att hon var tvungen att offra hunden som han älskade så mycket.

»Jag hade inget annat val«, sade hon och berättade utan ånger hur hon slaktat Valpen för att de skulle överleva. Hon påminde honom om att hon inte varit ensam om beslutet. Moder Jord hade hela tiden varit med henne.

»Du är en rådig kvinna«, sade Alver och Vilja såg i hans ansikte hur smärtfyllt det var för honom när Valpen kom på tal.

Vilja tänkte på hur den färska levern kändes mellan tänderna och smaken av klibbigt blod i munnen, hur blodet med dess innehåll av liv strömmade ner i magen och hur bitarna som maldes mellan tänderna drev hungern ur de tre människorna där ute på havet. Hon var övertygad om att Alver kände det på samma sätt fastän han just nu satt tyst framför henne, försjunken i vemod. Slutligen bestämde hon att de måste få något annat att tänka på.

»Orkar du följa med och samla örter«, frågade hon hurtigt.

Vilja och Axa hade återfått sina krafter sedan de tagit i land och Vilja fått i gång en eld, stekt återstoden av köttet och kokt märgen ur Valpens ben. Mjölken hade efter ett par dagar runnit till i rikliga mängder. Alver hade återhämtat sig långsammare, och blivit pigg först sedan hon själv kunnat ge sig ut i skogen för att hitta ätbara rötter, harsyra och murklor till honom.

»Ja, gärna!« sade Alver.

Vilja tog Axa i en bärpåse på ryggen och vandrade med Alver norrut till en lund med björk, rönnar, lönnar och enbuskar där jordmånen var god. Där blommade maskros, rölleka, brännässlor, liljekonvalj och på lite skuggigare platser vid gränsområdet mellan stranden och skogen växte daggkåpa. Hon plockade växterna och grävde upp rötterna. Växtdelarna skulle hon torka och använda för att krydda maten men också för att bota åkommor under den kommande hösten och vintern. Det var bara under den här tiden, dagarna före midsommar, som Moder Jord gömt den läkande kraften i växterna. Det var nu hon skulle fylla sina förråd för det kommande året. Visst fanns de läkande ämnen i örterna kvar även senare på sommaren men dess kraft försvagades och på hösten fanns nästan ingenting kvar.

Hon hade letat efter johannesört och även hittat den. Men de gula blommorna var ännu i knopp. Om några dagar skulle den blomma. Hon tittade på Alver som också hade sett blomman.

»Kan vi stanna några dagar till?« frågade hon.

Han gav henne en fundersam blick. Därefter log han och hon visste svaret.

»Johannesörten är min viktigaste medicin«, sade hon.

Varje dag hade Vilja noga följt med Alvers tillfrisknande. Den här morgonen konstaterade hon att han var frisk från sin frossa och hans mage fungerade igen. Såren på knäna och i handflatorna hade läkt och han hade under de senaste dagarna blivit alltmer rastlös. Han ville fortsätta resan bara vinden vände mot syd. Det gjorde det tre dagar senare.

Alver tog ner kåtan och packade sina saker i den ena sidokanoten. Vilja var inte lika ivrig.

Hon såg honom nere vid farkosten och speja över havet. Så vände han sig om och ropade:

»Vi måste åka medan vinden är förlig.«

Hon stod kvar med Axa i famnen. För varje dag hade hon alltmer börjat trivas vid stranden. Här saknade hon ingenting. Varför kunde de inte bara stanna kvar? Det var inte bara det att hon tyckte om de flata klipporna, den barrdoftande skogen och utsikten över havet som glittrade mellan trädstammarna. Det fanns även andra orsaker. Först naturligtvis den att hon tyckte att det var onödigt att riskera sina liv ute på vattnet, när de näst intill gått under därute på havet. Den andra orsaken var att hon hade alltmer börjat ängslas för den dag när de skulle hitta Alvers by.

Om de någon gång kom fram till Alvers hem skulle hon hamna bland främmande människor. Hon var säker på att de skulle tycka att hon såg konstig ut. Hon var liten och svarthårig, med mjuka, svarta hår på armar och på benen medan människorna i

Alvers klan säkerligen var både resliga och blonda som han själv. Trots Alvers löften, fanns det ingenting som sade henne att han eller någon annan där borta skulle ta hand om henne och hennes dotter. Löften kunde upplösas eller glömmas bort.

Eller kanske var det så att han visste exakt hur det stod till men för att locka henne med sig hade han hittat på en historia? Vilja viftade bort den illvilliga tanken. Hur kunde hon ens tänka så om honom? Han hade varit en bra man och han hade gett henne en dotter och hon älskade honom.

Det var just det. Att hon älskade honom. Något hade förändrats under vintern medan hon väntade barnet och också efter att Axa föddes och hon hade dottern att ta hand om. Alver hade blivit hennes man. Honom ville hon inte ge ifrån sig till någon annan kvinna.

Hon förstod inte hur Alver kunde vara så angelägen om att ge sig ut med kanoten igen. Kanske mindes han inget av dygnen på havet, då han legat feberhet och varit borta och hon varit den som måste rädda livet på dem. Och därför hade han inte blivit rädd så som hon. Eller kanske ville han bara hem till sin son som han talat så mycket om.

Alver stod rak i ryggen vid farkosten och kisade mot solen. Armarna och benen var brunbrända och muskulösa. De ljusa tjocka ögonbrynen hade nästan blivit vita av solen. Vinden ryckte i hans långa hår. Fastän hon till en början, när han flutit upp på hennes strand, tyckt att han sett konstig ut var han nu en vacker man och en man som kunde ta hand om sin familj.

»Jag har fäst mig vid den här platsen«, sade hon.

Alver svarade inte. Han började gå mot henne. Han såg på henne och tog hennes händer i sina.

»Är du rädd för min hemby?«

Hon lyfte ansiktet och besvarade hans blick.

»Jag tycker om den här platsen men visst är jag orolig för att träffa din klan.«

»Det var ju du som ville ut i världen«, sade han med ett skratt.

»Du sade att du hade en kvinna. Tänk om hon lever och väntar på dig?«

»Jag glömmer inte vad jag har lovat.«

Vilja kände att ögonen tårades och hon kramade hårdare om hans händer. Hon tittade på barnet som hon aldrig hade lämnat längre bort ifrån sig än ett par steg. Flickan hade ökat i vikt efter att hon under de senaste dagarna fått ordentligt med mat.

Det hade blivit klart för Vilja vilken ögonfärg Axa skulle få. Hon skulle få hennes och hennes släkts mörkbruna, nästan svarta färg. Flickans hår hade vuxit och blivit tjockt. Färgen hade förändrats under hennes korta liv. Från att till en början ha varit mörkt hade håret i botten blivit lika blont som Alvers. Men om solstrålarna föll i en viss vinkel mot flickans huvud tyckte hon att håret hade en skiftning i brunt. Mörkt som hennes eget var det dock inte och skulle inte heller bli det.

Alver kramade hårdare om hennes händer.

»Kan vi åka nu?« frågade han. Rösten var mild, nästan vädjande.

Med Axa i famnen gick hon ut till farkostens akter och satte sig. Alver vadade längre fram i vattnet, tog tag i relingen och hoppade i. De urgröpta stockarna hade torkat och farkosten låg högt i vattnet. Hon lade märke till hur hans ansikte sken upp och med vilken spänst han hoppat upp i farkosten.

Morgonsolen värmde och de fick en gynnsam aktervind.

KAPITEL 60

Dagen höll på att vända mot kväll. Alver och Vilja med Axa i famnen hade kommit in i en behaglig rytm. De hade färdats i en vid båge, först mot norr, sedan hade kusten krökt sig mot väster och nu, under de senaste dagarna, paddlade de söderut i lugn takt. Om det blåste för mycket eller om vinden kom från syd väntade de vid sitt läger tills förhållanden blev mera gynnsamma. Alver såg till att de aldrig mera åkte så långt ut på havet att de inte såg land.

Han tittade mot himlen och konstaterade att en blek måne höll på att resa sig över vattnet. Solskivan skulle snart sjunka under horisonten men bara för en kort stund. Nu var himlen så ljus att det gick att urskilja fiskmåsarnas vita och gråa färger mot den mörkare havsytan och även alarnas djupgröna blad återspeglades vid vattenbrynet.

»Vi tar i land«, sade Alver.

»Det blir inte mörkt på länge. Solen har inte tid att vila sig«, förklarade Vilja.

Alver undrade vad hon menade.

»Jag minns vad Tonala berättade en gång.«

»Vad då?«

»Hon sade att solen måste se till att vårens bruna och gråa färger förvandlas till frodigt grönt. Livet finns i det gröna. Växterna måste få näring av solen för att orka blomma, skogarna måste få kraft ur jorden för att framställa träd, bär, svampar och nötter. Allt i naturen måste följa en förutbestämd plan och solens uppgift är att ordna allt detta. Under sådana bråda tider hinner solen inte vila under horisonten.«

Alver nickade eftertänksamt.

»Så är det nog«, sade han slutligen. Han hade samma uppfattning fastän han var säker på att det var Härfadern som styrde solen.

»Tonala har berättat för mig att det är Moder Jord som under sommaren gömmer mirakulösa ämnen i växternas blad, stjälkar och blommor. De är så små att de inte syns men de finns där inne. Ibland kan Hon också lägga dem i vissa svampar och bär men inte i alla. Det är andarnas styrka som finns nerstoppade i allt som växer. Ibland hinner Råås andar före och gömmer gift i örter för att locka människor och djur till sig. Men Moder Jord har avslöjat för Tonala vilka krafter som finns i de olika örterna och mycket av det som Tonala fått veta har hon berättat för mig. En gång sade hon att Moder Jord även gömmer frön i oss människor.«

»Var skulle de finnas gömda?«

Vilja tittade på Alver med en ny, finurlig blick. Han hade inte sett blicken sedan Axa föddes. Sedan log hon mot honom och sade:

»Jag ska visa dig i kväll.«

De tog i land och under arbetet med att sätta upp väderskyddet och tända elden, tittade Vilja på honom igen med den där underfundiga blicken och smekte honom ett par gånger mellan hans ben som om det varit av misstag.

Alver satte sig och drog in doften av det salta havet som blandats med röken från elden och från den stekta fisken. De satt bredvid varandra och han trevade efter Viljas hand. De tittade ut över havet och undrade var för sig över de märkvärdiga krafterna som styrde världen och också över deras liv.

Alver blev mätt och lade sin arm om Vilja och drog henne intill sig. Hon lutade sig mot honom medan hon med ena handen sökte mellan hans ben. Hon hittade pungen och han stelnade till. Hon kelade lite och klämde till.

»Tonala säjer att människofröna ligger här«, viskade hon i hans öra.

Värmen från hennes hand fick åtrån att stiga i honom. Han kände hur blodet pulserade i skrevet och gjorde honom styv.

»Nej, Vilja så är det inte. Fröet till vårt kommande barn ligger här«, sade han och förde handen under hennes tunika och smekte hennes lena mage.

»Vi får se«, sade Vilja och lade sin hand ovanpå hans.

Han betraktade henne när hon med ett par snabba rörelser drog av sig tunikan och lade sig på rygg på den gemensamma fällen. Själv ställde han sig på knä bredvid henne med ena handen på hennes mage och studerade hennes kropp. Han smekte hennes mjuka kurvor och upphöjningar och snart övergick hans andhämtning i korta flämtningar när han lät handen fortsätta neråt mellan hennes lår.

Vilja tog hans huvud mellan sina händer och tittade djupt in i hans ögon.

»Kom då med dina frön«, sade hon och log igen sitt luriga leende som om det varit en lek.

Alver kom ihåg att hon trots allt bara var sjutton somrar gammal och lekfullheten fanns kvar hos henne. Han lade sig över henne och nu gick det inte längre att hejda honom. För honom hade det blivit allvar. Varsamt trängde han in i henne och tänkte inte längre på var människofröna bidade sin tid för att bli väckta till ett liv på jorden.

Den kvällen somnade de utmattade med Alvers arm runt Viljas midja. Axa sov ostört under ett täcke intill dem.

När morgonen grydde vandrade Alver med lätta steg ner till farkosten. Solen värmde upp de tysta skogarna där träden låg täta över marken som om de utgjorde ett mörkgrönt pälsverk över jorden. Vattnet glittrade mellan trädstammarna och de morgonpigga fiskarna hoppade efter insekter. Högt uppe på kalfjället växte tjock mossa och lav och där betade en flock renar. En ny dag hade vaknat till liv med svag vind och snart skulle de sitta i kanoten igen och paddla söderut.

KAPITEL 61

En sensommarmorgon vaknade Alver, Vilja och Axa i skydd av en grupp tätt växande träd på den största ön bland många som låg några hundra paddeltag ifrån fastlandet.

De satt i lugn och ro vid elden och åt fisk och bär som mognat under sommaren. Vilja ammade men flickan hade också börjat tycka om de mogna blåbärens saft och den söta björksaven. Alver log när Axa belåtet smackade med blåbärsfärgade läppar och kunde inte låta bli att ge henne mer. Hon hade blivit mer rörlig och stabil i kroppen allteftersom månaderna gick, och gjorde ofta försök att vända sig när Vilja lade henne ner. Om de skulle fortsätta färden in mot hösten skulle det snart bli svårt att hålla flickan på plats i kanoten när hon inte längre var road av att ligga stilla i Viljas famn. Om de fortfarande inte hade hittat hem nästa sommar skulle det bli omöjligt att ha flickan i kanoten när barnet skulle vilja gå och springa omkring.

De blev klara med morgonmålet och Vilja stuvade ner sina eldstenar och sitt matförråd i farkostens sidokanot när hon plötsligt lyfte upp Axa från strandgräset och smög bort till Alver. Hon drog honom i ärmen.

»Jag såg män där borta«, viskade hon och pekade mot havet i söder i sundet mellan fastlandet och ett par öar. »De paddlar rakt mot oss.«

Alver hukade sig och kikade mellan ett par björkar mot den punkt Vilja pekade på och urskilde långt borta fem kanoter och lika många män. Vilja hade rätt. Skulle männen fortsätta i samma riktning skulle de kanske inte stöta emot deras lägerplats men snart skulle de nog stryka förbi genom passagen mellan ön och fastlandet.

»Bäst vi gömmer oss«, viskade Vilja utan att släppa taget om Alvers tunika eller om Axa.

»Nej Vilja, jag måste ta reda på vad det är för slags män. Du tar jollen och Axa. Ni paddlar i väg till andra sidan av ön längs den östra stranden. Och se till att ni inte syns eller hörs. Jag letar upp er så snart de har gått eller om de nu väljer att bara paddla förbi ön.«

Alver pekade på jollen som låg i strandvattnet inkilad mellan ett par stenar bland albuskar, enar och vass invid den skrymmande kanoten.

»Men du då?« sade Vilja och tittade olyckligt på honom.

»Fort nu!«

»Men jag kan inte lämna ...«

»Jo, det kan du. Nu på en gång. Göm er någonstans där borta.« Han pekade med handen långt bort mot öns norra strand kanske tusen steg längre bort.

Alver gick nerhukad i skydd av strandvegetationen till lägerplatsen, sopade undan alla spår under tiden som Vilja tog Axa i sin famn och smög sig tillbaka mot stranden. Han såg Vilja skjuta ut jollen och snart gled den nära den östra stranden och kom utom synhåll för honom.

Alver gömde sig bakom några träd på den södra stranden och tittade på sin farkost som låg inkilad mellan några stenar i grunt vatten. Han såg ingenting som kunde påminna en utomstående om att en kvinna och ett barn färdades med honom. Vilja hade hunnit få med sig kläderna och barnets mjuka skinn. Masten stack ut över stenarna och strandgräset men på långt avstånd såg den ut som en torkad al. Männen i kanoterna skulle inte upptäcka den innan de kom betydligt närmare.

De främmande kanoterna gled allt närmare. På hundra stegs avstånd såg han att de var storväxta män klädda i lätta, bruna tunikor. De paddlade på och blåsten hjälpte till att föra dem framåt samtidigt som vinden också förde med sig deras småprat och skratt.

Kanoterna närmade sig utan att ändra kurs. Det såg ut som om de siktade på att ta i land men sedan ändrade den främsta kanoten sin kurs så att den skulle stryka längs öns västra strand precis som han hade föreställt sig. De övriga kanoterna följde efter. Om han valde att inte bli upptäckt skulle det med stor sannolikhet lyckas. Ännu behövde han inte fatta sitt beslut. Männen kom allt närmare och han urskilde ett ord här och var. Han lystrade. Det lät bekant men han kunde inte avgöra var han hört orden förut. Det lät så främmande men ändå välbekant.

Mannen längst fram vred på huvudet och ropade något till de som följde efter honom och Alver stelnade till. Hade han inte sagt ordet »fisk«? Alver ansträngde sig för att höra ännu bättre. Och svarade inte mannen i den efterföljande kanoten något om »skär« och »bördig jord«. Han hade förstått deras språk och det pirrade i magen på ett hemtrevligt sätt.

Männen hade kommit så nära stranden att Alver såg fiskeredskap ligga i kanoterna. Metspön stack ut men också mjärdar, spjut och harpuner. Alver sträckte på sig och viftade med handen för att locka männens uppmärksamhet till sig. Småpratet avstannade, männen grep sina spjut och tittade på Alver med misstänksamma blickar.

Alver övervägde sina alternativ. Om männen var fredliga fiskare skulle han gärna stanna kvar och berätta vem han var. Men det fanns också en möjlighet att männen trots fiskeredskapen var strandrövare. Då skulle de förmodligen ta hans farkost och hans ägodelar. I bästa fall skulle de lämna honom vid liv. Men han hade gjort sitt val och att fly var inget alternativ längre. Hans tunga farkost var helt enkelt för långsam för en flykt undan männens lättrörliga kanoter.

Han lyfte upp handen en gång till, nu för en hälsning. Männen besvarade den inte. De glodde på honom medan deras kanoter gled allt närmare.

Männen var så nära att Alver urskilde deras ansiktsdrag och ljusa hårfärg och tunikorna som var gjorda i samma snitt som hans och räckte dem ner till låren. Ett par män hade samma blonda hårfärg som han själv. De var endast ett stenkast ifrån honom när han beslöt att gestikulera för att visa var det var bra att ta iland.

Mannen i den främsta kanoten slutade paddla och fixerade Alver med blicken.

»Vem är du?« ropade mannen vars ansikte var solbränt och rynkigt i pannan. Skägget var långt och närmare vitt än grått.

Alver spratt till. Det var som han innerst inne hade hoppats. För första gången på två år hörde han någon tala hans eget språk. Han tittade närmare på dem i tur och ordning men kände inte igen någon av dem.

»Jag är Alver. Alver från Sälgrundet«, sade han. Sin fars namn tänkte Alver inte säga, eftersom det namnet ofta bara väckte rädsla hos folk.

Mannen nickade igenkännande och sänkte sitt spjut men släppte inte greppet om det. Spetsen pekade inte längre på honom utan på hans fötter.

»Jag känner till byn«, sade han men Alver kunde inte avläsa om nyheten var till hans fördel eller inte.

»Jag har länge varit borta och nu letar jag efter min hemby.«

Mannens ansikte klövs upp i ett leende så att hans vita, starka tänder blottades. Rynkorna i pannan slätades ut och han såg plötsligt betydligt yngre ut än tidigare.

»Det var du som var ledare för klanen på Sälgrundet men som sedan försvann så att ingen visste vart du tagit vägen?«

»Ja, det är jag«, sade Alver.

Mannen drog sig i skägget och tycktes fundera. Så började han tala.

»Fortsätter du två dagar eller bara en om det inte börja blåsa hårdare än vad det gör nu, kommer du fram till din by. Räkna älvarna. Det finns tre älvmynningar innan du är framme. Halvvägs kommer du att ha Blomsteröarna i öster.«

»Och ni då, vad är det som för er hit?«

»Vi letar efter nya trakter där vi kan slå oss ner. Det börjar bli ont om marker där vi bor. Vi undersöker om stränderna här omkring är bra för spelt och för våra kor att beta på. Vi tror att korna tillhör framtiden. Hittar vi inte odlingsbar mark fortsätter vi norrut en dag eller två till.«

»Ta i land så berättar jag vad jag har sett«, sade Alver.

Han slog sig ner med männen vid deras brasa. De småpratade om var han hade varit och därefter om hur det såg ut längre upp längs kusten. Alver kände ingen rädsla för männen och berättade vad han hade sett under sin färd men ingenting om att han hade en kvinna och ett barn i sitt följe.

Så småningom gav sig männen i väg. Solen hade hunnit nå sin högsta punkt för dagen och han började oroa sig för Vilja och Axa. När han inte längre såg männen gick han norrut längs den östra stranden för att leta efter dem. De var inte lätta att hitta. Men när han hade passerat ett ställe med höga stenar och täta buskar hörde han Viljas röst. Han hittade henne och även jollen som var uppdragen ett tjugotal steg in i skogen.

KAPITEL 62

De hade passerat tre älvar och Alver var säker på att de var mycket nära nu. Han vred på huvudet och sträckte på halsen som han gjort så många gånger förut sedan de lämnat den tredje älvmynningen bakom sig. Avståndet var långt men han tyckte sig se en välbekant ö med sälar rakt framför sig i söder. Det måste vara ön framför Sälgrundet som låg där med hundratals sälar som vilade stilla och njöt av sensommarens sol. Han tittade ner i vattnet. Det var så klart att han urskilde en säl som jagade ett fiskstim på djupt vatten.

Han tog ytterligare ett hundratal paddeltag och blev säker på att det var Sälgrundet han såg på fastlandet fastän skärgården såg helt annorlunda ut nu när han kom norrifrån. Innan farkosten kommit i höjd med sälarna paddlade han långsammare och såg till att han höll sig i skydd bakom öarna.

Långt därinne i viken fanns ett stort antal kanoter som mörka streck uppdragna på bryggan eller på stranden. Till höger om kanoterna låg Slaktön och djupast inne i viken såg han en samling torvbeklädda kåtor, förrådsbyggnader och långstugan som tornade upp sig mitt i byn. Allt stämde. Helt säker blev han när han kände igen det höga, gråsvarta berget som stupade rakt ner i havet norr om viken. Ovanpå berget låg hans och Svanas kåta. Kinderna glödde och en förväntansfull glädje drev honom framåt. Han ville peka ut allt han såg för Vilja men hejdade sig.

Kanske han inte heller var välkommen hem, åtminstone inte av alla? Han tvivlade inte på att hans mor och hans syskon önskade honom tillbaka till byn, säkert också schamanen Hösteld men han var osäker på Hage, mannen som hade försökt döda honom. Hage måste tro att han hade omkommit och hur skulle han då reagera ifall han plötsligt, livs levande, dök upp i byn? Han måste vara försiktig och han beslöt att göra en kringgående rörelse och ta sig till samma strand där vandalerna gömt sina kanoter inför attacken mot byn för sex år sedan. Han ville speja lite innan han trampade in i byn.

Kanotens botten klöv igenom sjögräs och tång innan den skrapade mot strandens grus, söder om byn. Alver hoppade i land men Vilja satt kvar tillbakalutad med armarna hårt omslutna om Axa. Hon var blek. Fastän hennes läppar rörde sig kom inga ord ur hennes mun.

»Jag hör inte vad du säger?«

»Jag är rädd«, fick hon slutligen ur sig.

Hon hade alltid visat sig modig och handlingskraftig när det behövdes. Ute på havet hade hon visat prov på sin sinnesstyrka och sin klokhet genom att offra hunden för att de alla tre skulle överleva. Och nu var hon rädd?

»Vad är det som skrämmer dig?«

»Människorna.«

Han tittade på henne och väntade på att hon skulle säga något mer.

»Vad ska de tänka om mig?«

»De kommer att ta emot dig som sin egen dotter, har jag ju sagt.«

Han tittade mot byn men han såg inte mycket av den. Byn låg gömd bakom strandbuskarna och en tät lövskog.

»Vi lämnar våra saker i kanoten under tiden som vi tar oss en titt, innan vi går in i byn.«

Han tog tag i Viljas hand och fick släpa henne de första stegen innan hon rörde sig självmant. De gick ljudlöst genom skogen och stannade när de kommit till skogsbrynet där endast åkern med den mogna, gulbruna vetespelten avskilde dem från byns närmaste kåtor. Han hade oroat sig för att de skulle stöta på får som skulle ge ifrån sig bräkande varningsläten. Men han hade inte sett till några. Kanske betade de högre upp i skogen tillsammans med klanens kor?

Vilja tryckte sig så tätt intill honom att hon kunde hålla honom i armen. Över den knähöga speltåkern såg Alver de närmaste kåtorna mellan trädstammarna men när han flyttade på sig ett par steg såg han även en del av långstugan. Mellan en förrådsbyggnad och långstugan låg Eldars familjs kåta. Han mindes Eldar med värme och hoppades att han och Sol hade fått det bra tillsammans.

Det var liv och rörelse i byn. På gårdarna arbetade män och kvinnor, de flesta var för långt bort för att han skulle se ansiktsdragen. Några barn lekte vid en öppen plats utanför långstugan. Hundar slöade vid en avskrädeshög för att då och då titta upp och nosa i luften för att inga faror skulle överraska dem. Ett par pojkar tränade pilskjutning, några småflickor klädda i ett skinn kring höfterna jagade varandra. Ingen hade upptäckt dem ännu. Alver letade med blicken för att hitta sin son och sin kvinna. Ett par kvinnor som åldersmässigt kunde passa in stod utanför långstugan men sedan stämde inte utseendet med den bild han hade av Svana.

Vid en av de närmaste kåtorna gick en man i hans egen ålder med långsamma men spänstiga steg till en eld utanför en välvårdad kåta. Alver tyckte att det var något bekant över mannens rörelser, fastän han gick mera framåtlutad än vad han kom ihåg och hade låtit sitt hår växa ner över axlarna. Alver måste byta plats för att bättre se mannen. Han kikade bakom en grov ek och då blev han säker.

Där stod jägaren och vägvisaren Hage, samme man som hade gömt huggormen i hans kanot och som nästan hade tagit livet av honom. Blodet rusade till i hans kropp så hårt att han kände det pumpa ända upp mot tinningarna. Hage stannade vid elden, viftade med armarna och tycktes säga något in mot kåtan varefter han satte sig med korslagda ben och blickade ut mot stranden. Alver stod stilla och väntade. Han behövde inte vänta länge.

En kvinna kom ut. Hon var lång och slank, iklädd en sliten tunika. Hon rörde sig konstigt som om hon hade något fel i höften. Kvinnan bar ett huckle men under huvudbonaden såg han lockar av tjockt, rödblont hår. Under ett kort ögonblick vände hon ansiktet mot skogen där han stod gömd och då såg han att hon bar ett skydd för ansiktet, en sorts mask. Endast ögonen och en del av pannan syntes.

Han hade redan trott att hon var Svana men nu visste han inte längre. Masken gjorde honom förvirrad och hennes gång var inte lik Svanas spänstiga steg. Kunde det verkligen vara hon? Han genomfors av fasa. Han kom ihåg henne som byns vackraste kvinna. Men han kom också ihåg henne den natten när hon låg skadad hos Hösteld med ansiktet täckt av blod.

»Vem är hon?« viskade Vilja i hans öra.

Han vände sig om för att svara men avbröts av ett kraftigt hundskall och han spanade mot kåtorna efter ljudet. Det prasslade till någonstans mitt på åkern där den gulbruna säden vek sig åt två sidor. Ett nytt skall hördes. Människorna i byn stannade upp och tittade åt alla håll. En stor gråhårig hund plöjde en fåra genom speltåkern rakt mot Alver. Den måste ha fått vittring på dem. Och nu lade han märke till vinden. Den kom från syd och svepte rakt in mot byn från hans håll. En hund till följde efter.

Han stod stilla och valde att inte fly. När den främsta hunden var helt inom synhåll viskade han med låg röst:

»Kom, kom.«

Hunden spetsade öronen, skällde några gånger och rusade fram mot Alver men stannade när Alver knäböjde framför hunden och sa:

»Katcho, plats!«

Hunden blev förvirrad, nosade på Alvers utsträckta hand och viftade på svansen. Efter att den hade hälsat, upptäckte den Vilja. Hunden ställde sig framför henne och morrade. Den andra hunden hade hunnit i kapp och ställde sig bredvid Katcho och gläfste med blottade tänder.

»Ligg!« kommenderade Alver och pekade mot marken.

De båda hundarna kröp ihop vid hans fötter och blev tysta.

Hundarnas skall hade inte undgått människorna utanför kåtorna. Många reste sig och spanade över åkern. Några pekade, försiktigt och undrande. De modigaste männen hade fattat sina spjut och gick mot honom. Alver ville inte längre gömma sig. Han hade sett nog och steg fram fullt synlig för alla. Han började gå genom åkern på den upplogade fåran mot byn.

KAPITEL 63

Svana stod utanför sin kåta och slog vatten i en kruka och lade till vattennötter stora som vaktelägg. Hon hade blivit svettig och hon måste åter klia sig under masken som täckte hennes tilltygade ansikte. Annars störde masken henne inte längre i arbetet.

Hon lyfte krukan över en eld för att den snart skulle börja puttra. Hon lämnade krukan och gick in i kåtan, plockade fram svampar, rensade och skar dem i mindre bitar. När hon var klar gick hon ut och hällde dem i det sjudande vattnet med vattennötterna. Hon gick tillbaka in i kåtan, ställde sig på knä över ett bräde och skar sälkött i strimlor. Det skulle bli den sista ingrediensen i hennes soppa för kvällen.

Att tillreda maten var en så invand handling att hon under arbetets gång lät sina tankar uppfyllas av viktigare frågor, så som om det skulle bli ännu ett häftigt regnväder som slog ner sädesfältet och hur länge Stenkil skulle stå ut hos Hage, när hon plötsligt blev avbruten av att någon därute ropade på henne. Hon vred på huvudet och suckade. Det var Hage. Naturligtvis var det Hage som ville klaga på något igen eller ge henne nya uppgifter. Hon gick ut och där satt han vid brasan med korslagda ben och tummade på en pinne som kanske skulle bli en pil.

»Jag hörde inte.«

»Blir du inte klar snart?«

Svana fattade. Hage ville ha sin mat nu, vilket betydde nu genast. Under de två åren som hon tvingats bo hos honom hade hon lärt sig att hon måste skynda på och göra som han sade. Annars kunde vad som helst hända. Hon gav Stenkil en blick för att försäkra sig om att han hade det bra. Pojken satt längst inne i kåtan och tvinnade ihop vasstrån till en matta som Hage skulle ha för att avskilja sin bädd ifrån hennes son. Stenkil tycktes inte ha hört något.

Svana samlade ihop köttbitarna och skulle hälla över dem i vattnet som nu börjat bubbla när hon hörde en hund skälla. En stund därefter hörde hon en gumma ropa något. Svana stannade mitt i rörelsen. Gummans röst var hög och gäll men avståndet var så långt att Svana hade svårt att urskilja orden. Ändå trodde hon att hon hört rätt. Gumman hade ropat Alvers namn och nu kände hon även igen rösten. Den var Ullmiras. Hade Alver kommit hem? Fatet med det strimlade köttet ramlade ur hennes händer och bitarna spred sig på marken.

»Alver«, sade hon högt för sig själv.

Hon vände sig om och tittade på Hage och därefter in mot kåtan där hennes son fanns. Hage satt kvar vid brasan och tycktes inte bekymra sig för något annat än att få veta när han skulle få sin mat. Svana tog ett par steg mot ljudet men fick en varnande blick av Hage. Hon kände igen blicken. Det hade kommit många likadana blickar. Hon hade lärt sig att det lönade sig att göra som Hage ville, men just nu kunde hon inte stilla sin nyfikenhet.

Gumman hade ropat Alver och då gällde det också henne i allra högsta grad. Hennes Alver! Men hur kunde det vara möjligt? Hage hade sagt att Alver var död. Hade han ljugit för henne? Svana tog några steg och tittade in i kåtan.

»Kom Stenkil, vi ska se vem som har kommit«, viskade hon.

Pojken reste sig och sprang till henne. Hon tog hans hand i sin och skyndade i väg mot människorna som strömmade ner mot en man som hade stannat vid åkerkanten. Hon kände Hages blick bränna i ryggen men den här gången måste hon vidare. Hon bara måste.

»Stenkil stannar här«, sade Hage med så vass röst att den skar i luften.

Svana skyndade vidare men hann inte långt. Hage kom fort på benen och högg tag i pojkens arm och höll honom kvar. Svanas grepp om hans hand lossnade och pojken stannade.

»In i kåtan med dig! Man smiter inte ifrån sitt arbete«, uppmanade Hage.

Precis så hade Hage gjort förut. Han visste att han kunde styra henne genom Stenkil men idag skulle inte det heller lyckas. Hon skulle vidare fastän hon riskerade Stenkil.

Hages uppmaning hade ändå fått henne att tveka under ett avgörande ögonblick. Hon hade vant sig vid att låta honom bestämma över hennes liv. Det var ju ändå han som ordnat så att han blivit Sälgrundets ledare efter att Alver försvann och det var han som hade tagit hand om henne efter att hon fått sina skador. Det måste hon motvilligt räkna till hans förtjänst.

»Och du Svana, du går ingenstans!« sade Hage och tog några snabba kliv fram till Svana och fattade tag i hennes arm. Hon kände hur hans kraftiga fingrar höll så hårt om henne att det skulle bli nya blåmärken. Svana kunde inte slita blicken från människorna som skyndade sig mot åkerkanten. En lucka uppstod mellan byborna och hon hann se en skymt av honom. Han var reslig, verkade stark och solen hade blekt hans ljusa hår och det långa skägget. Hon ryckte i armen för att komma loss men hon satt fast.

»Du och Stenkil går in i kåtan tills jag säger till.«

Hage föste in dem båda två i kåtan. Stenkil snubblade till därinne i halvmörkret och verkade rådvill. Svana lyfte upp pojken och kramade honom hårt.

»Någon har kommit till byn«, sade hon i hans öra.

»Jag hörde att någon ropade Alvers namn. Men min far är ju död?«

Svana såg förvirring i Stenkils ansikte och hon förstod honom. Hage hade sagt även till honom att hans far var död.

»Det är möjligt att Härfadern har skonat honom och fört honom tillbaka till oss. Sådant kan hända«, förklarade Svana för sin son som tittade upp mot henne med sina klarblå ögon.

»Varför får jag inte se honom?«

Svana svalde ett par gånger medan hon undrade vad hon skulle svara.

»Du ska snart få se honom men inte just nu.«

Hon släppte pojken från sitt famntag och bad honom fortsätta sitt avbrutna arbete. Lydigt satte han sig och plockade fram några vasstrån som var lika långa som han själv och började trä ytterligare ett strå mellan fyra tvärgående kvistar av vide. Han hade hållit på sedan gryningen och mattan var redan ett steg långt.

Svana vände sig om, tryckte lätt mot dörren och märkte att den satt fast. Hage hade knutit den ordentligt men det tjocka skinnet framför dörröppningen gick inte att låsa. Hon öppnade en av de översta knutarna så att det uppstod en liten springa.

Hon ville se mera och öppnade dörren ytterligare. Där mellan byborna såg hon hur Ullmira rusade fram mot Alver och slog armarna om sin son. Fler människor steg fram och sträckte ut sina handflator till hälsning. De skrattade, överöste honom med frågor och lyckönskade honom för att han hittat hem. Snart var Alver omringad och det gick inte längre att se honom.

Hon letade efter Hage bland människorna och undrade vad han kunde hitta på. Han hade varit ledare för Sälgrundet sedan Alver försvann men vad skulle hända nu? Alver hade varit hövding men han hade varit borta så länge. Kanske för länge? Hage skulle aldrig frivilligt ge ifrån sig ledarskapet. Så mycket visste hon.

Så såg hon Hage tränga sig igenom folkhopen. Han knuffade undan människor till höger och vänster. Svana kunde inte urskilja vad de undanskuffade männen och kvinnorna sade, fastän hon hörde högljudda protester. Sedan såg hon något som fick henne att glömma allt annat.

Överkroppen på en liten kvinna med svart, långt hår syntes mitt på den södra speltåkern. Hon hade kommit halvvägs igenom sädesfältet på den upptrampade fåran och skulle snart vara hos Alver. I famnen bar hon på ett spädbarn. Hennes axlar var uppdragna och läpparna hårt sammanpressade som om hon var rädd. Hon gick mot folksamlingen och klanmedlemmarna tittade långt på kvinnan. De släppte fram henne till Alver. Så slöts ringen runt Alver igen och Svana såg inte annat än ryggar.

Kunde det vara sant? Naturligtvis kunde det vara sant. Hur dum hade hon varit? Hade hon verkligen trott att Alver skulle ha väntat på henne i mer än två år för att därefter återvända till henne? Hon slog händerna för masken. Helst hade hon velat sjunka ner i ett hål i jorden där hon ändå måste känna sig mera välkommen än hos sin egen man. Han, Alver som kom tillbaka till henne med en annan kvinna och ett barn.

Hon kände en hand på sin arm.

»Mor, är du ledsen«, frågade Stenkil.

KAPITEL 64

Alver stod vid åkerkanten utanför byns yttersta kåtor och folk samlades i en allt tätare klunga runt honom. Han hade känt igen mors röst och nu frigjorde hon sig ur flocken av tillskyndande människor. Trots sina skröpliga ben var det hon som först nådde fram till honom. Hon ropade hans namn, hon kramade hårt om honom och ville inte släppa taget. Slutligen släppte hon greppet om hans midja, tittade på honom med tårfyllda ögon och upprepade samma fras flera gånger.

»Du lever!«

»Åh mor«, utbrast Alver och tittade in i det fårade ansiktet med de pigga ögonen.

Bakom henne stod hans syster Hjalta och såg på honom med ett brett leende på läpparna och väntade på att få välkomna honom. Systern trängde sig fram och lyfte händerna till en blyg hälsning.

»Jag har hela tiden vetat att du skulle komma tillbaka, men vad i all sin dar var det som hände«, sade Ullmira och hennes ansikte strålade medan glädjetårar rann ner för hennes kinder.

»Jag har längtat efter att få se er«, sade han lite besvärat eftersom han inte kunde uppvisa samma entusiasm som mor. Han hade hoppats att Stenkil skulle springa honom till mötes. Var fanns pojken?

Mellan de storvuxna människorna trängde sig Vilja fram och kom till hans sida med Axa i famnen. Hon såg ut att ha blivit vettskrämd av alla människorna och hon ryckte honom i ärmen.

»Din mor?« frågade hon och höll Axa beskyddande i sin famn samtidigt som hon sneglade på gumman. Alver fick en möjlighet att få en bättre titt på mor. Hon var iklädd en knälång, grånad tunika som han kom ihåg från tiden innan han gett sig av. Håret höll hon ihop med ett band runt pannan och han lade märke till att hon hade blivit rundare om magen och måste hålla tunikan på plats med ett bälte. Ett gott tecken, tänkte han.

Ullmira stod ett par steg ifrån Vilja och betraktade turvis honom och henne med en undrande blick. Vilja hade ställt sin fråga på sitt språk, men Alver svarade på sitt modersmål, men så tydligt att hon säkert skulle förstå.

»Ja, det är min mor och hon heter Ullmira.« Han lade en arm om Vilja och barnet. »Mor, det här Vilja.«

Ullmiras ögon blev vänliga och hon nickade ett par gånger med huvudet så att det gråa håret hoppade under bandet. Hennes blick hade först fallit på Viljas bara fötter, sedan på hennes ärmlösa tunika som på framsidan var täckt av svett och stänk av fett. Slutligen stannade hennes blick vid Viljas mörkbruna ögon, det svarta håret och det lilla barnets släta ansikte med de hårt knutna runda händerna.

Axa glodde på gumman med sina stora ögon och Alver förstod dottern. Hon hade ännu inte hunnit träffa några andra människor under sitt korta liv än sina föräldrar. Ändå blev hon inte rädd, fastän Ullmira förde sitt rynkiga ansikte tätt mot flickan. Axa skrattade till och gav ifrån sig ett jollrande läte. Hon grep efter Ullmiras kind med de små fingrarna. Gumman lät det ske och hon log turvis mot dem båda.

»Du är vid liv och tycks äntligen ha hittat hem«, hördes en stämma bakom Alver.

Hösteld hade klivit förbi byborna och sträckte fram sina uppspända handflator. Alver sken upp när han såg den gamle schamanen frisk och vid gott mod.

»Klart att jag är vid liv. Trodde du något annat«, skrattade Alver och slog ihop handflatorna med schamanen.

Hösteld vände sig om och sökte bland människorna men tycktes inte hitta den han sökte. Alver förstod att det måste vara Hage. Förhållandet till Hage måste genast klaras upp. Hösteld blev allvarlig och började förklara.

»Hage kom tillbaka efter färden till Blomsteröarna men han var ensam. Han sade att du hade omkommit i det hårda vädret.«

Alver skrattade inte längre.

»Den där förbannade Hage«, muttrade han.

»Nu ska du inte bry dig om honom. Skönt att se dig hos oss, nu kanske vi igen får ordning på byn«, sade han och skrattade högt varefter han ångerfullt vände sig om för att försäkra sig om att endast rätt personer hade hört honom.

»Jag skulle gärna vilja se Svana och Stenkil. Var är de?«

En besvärande tystnad kom över Hösteld och även de närmaste byborna blev förtegna och tittade undvikande åt olika håll.

»Vad nu då?« undrade han när Hage trängde sig igenom muren av människor och ställde sig bredbent framför honom med händerna längs sidorna. Blicken var hotfull.

»Det här är min by nu, du är inte välkommen här.«

Alver såg kniven som stack ut ur Hages bälte. Hade han med avsikt stuckit ner den så att skaftet blev synligt?

»Är det så du hälsar en man välkommen som varit borta i två år«, svarade Alver i ett försök att skämta bort hotet.

Hage rörde sig inte och ansiktet var som skuret i sten.

»Jag är hövding i byn och jag menar vad jag säger. Du kan vända tillbaka med detsamma.«

Alver tog ett steg närmare Hage. Han var endast en handsbredd från honom när han väste in i Hages ansikte:

»Du försökte döda mig och jag tänker inte åka i väg någonstans. Jag är hemma nu.«

Hage vände sig mot byborna med ett spydigt leende och sade:

»Det var den här mannen som inte klarade av att hämta örter till sin kvinna.«

Blodet kokade i Alver och han kunde inte tygla den snabbt uppblossande vreden. Egentligen ville han det inte heller, och snabbare än ögat kunde se sträckte han ut handen och fick tag i Hages hals. Med den andra handen fångade han Hage bakom nacken och slängde honom i marken varefter han kastade sig över den sprattlande mannen och såg till att greppet om halsen inte lossnade. Han fångade Hages skräckslagna blick och klämde åt.

»Det var du din värdelösa råtta som smet i väg och lämnade mig ensam på ön«, väste han rakt mot Hage så att saliv stänkte över hans ansikte.

Hages ben sparkade i olika riktningar och händerna slog runt som om han jagade ifrån sig en bisvärm under förtvivlade försök att komma loss. All den vrede, frustration och oro Alver lyckats förtränga, vällde fram och pressades ut genom hans händer.

Det var som så många gånger tidigare i hans liv. När ilskan kom över honom kunde han inte hejda den. Nu hade den förbaskade Hage retad upp honom och den här gången skulle han krama livet ur råttan.

Fingrarna grävde allt djupare in i halsens mjuka vävnader när starka armar drog och slet i honom för att lossa hans grepp. Andra män kastade sig över Hage för att hålla honom på plats. En av männen som slitit Alver ifrån Hage var Eldar.

»Du kan inte börja med att ta livet av Hage det första du gör«, skrattade han.

»Hage tänkte döda mig därute på Blomsteröarna och nu förstår jag att han bor tillsammans med Svana, fastän ingen av er vågar säga som det är. Jag vill få ett slut på det«, sade han medan han flämtade av ansträngningen.

Hage reste sig och trots att hans far och en annan man höll i honom kastade han sig framåt mot Alver med kniven i handen.

»Han ljuger, han är en lögnare«, skrek Hage, även han flämtande av anspänning och raseri.

Alver stod bredbent och stirrade på Hage. Raseriet hade inte lagt sig när han sköt ut huvudet mot honom.

»Eftersom du kallar mig lögnare utmanar jag dig i en duell enligt klanens seder och bruk.«

Hage blev stående på sin plats med kniven pekande mot Alvers mage.

»Nej«, utbrast Hages far och tog sin son hårt om axlarna. »Bry dig inte om honom, bäst vi går hem«, fortsatte han lugnande i Hages öra.

Hage gjorde några hetsiga rörelser och slet sig loss från sin far men fadern ville inte ge sig.

»Överge bara hövdingskapet, och du besparar dig ditt liv«, viskade Hages far i hans öra.

Alver stod kvar och han hade hört faderns råd.

»Det låter som ett bra förslag«, sade han.

»Nej far, jag är byns ledare och jag måste anta utmaningen. Och låt det bli nu genast.«

Hösteld trädde emellan de båda slagskämparna.

»Lugna er båda två. Vill ni göra upp genom att slåss enligt sederna på Sälgrundet måste det bli på liv och död och det blir inte nu, men det kan bli i morgon vid soluppgången på stranden. Den segrande går därifrån som Sälgrundets hövding. Tänk er noga för. En av er kommer att ligga död på stranden efter att striden är avgjord.«

»Jag godtar utmaningen«, sade Alver.

I samma stund vände han sig mot Vilja. Hon stod skräckslagen några steg ifrån honom och kramade Axa mot sitt bröst. Alver kunde inte bedöma om hon hade förstått vad han lovat och han vände sig igen mot Hage.

»Hur vill du ha det?« frågade han.

Hage tittade på sin far som skakade på huvudet. Hage letade efter sin mors blick och hittade den. Även hon ruskade våldsamt på huvudet och från det avstånd där Alver stod såg han tårar i Hages mors ögon. Hon hade alltid varit stolt över sin son. Hages läppar pressades ihop och sedan sade han:

»Jag godtar utmaningen.«

KAPITEL 65

Alver steg upp i långstugan vid soluppgången. Han gick ut för att inte väcka Vilja, Axa eller mor. Hösteld stod ute på gården och blickade mot den uppgående solen. Schamanen hade vaknat tidigt och hunnit göra kampringen klar vid stranden och även talat med Hage. Hösteld var för sin del redo men var Alver det också?

»Jag har legat vaken hela natten och funderat«, sade Alver. »Och det enda jag ser framför mig är att ett avgörande möte med Hage är oundvikligt och då är det bäst att genast få det undanstökat.«

Hösteld nickade full av förståelse. Liknande kamper hade genomförts även tidigare och efter varje strid hade inte bara den vinnande parten utan hela klanen känt hur det blivit lättare att andas när urladdningen, eller den inre spänningen inom klanen fått en utlösning.

»Var är Svana, jag måste få se henne före tvekampen.«

Hösteld slog ut med armarna i en hjälplös gest och skakade på huvudet.

»Jag måste säga som det är. Hage låg hela natten på en bädd framför ingången. Svana och Stenkil satt inlåsta därinne i hans kåta.«

»Att stänga in min kvinna och min son som om de vore getter eller får! Det var nog det sista han gjorde«, utbrast Alver.

Schamanen lade en lugnande arm på hans axel.

»Om vår Härfader vill, kommer du att träffa både din kvinna och din son efter striden.«

Alver nöjde sig med svaret. Schamanen hade rätt. Han måste vara fullt koncentrerad på att döda Hage och inte låta tankarna skingras åt olika håll.

Dagen när han fick ta ut sin hämnd på Hage hade äntligen kommit. Han var inte rädd att förlora eller för att dö. Som ung hade han många gånger stridit mot Hage och oftast vunnit, fastän det hade varit mera på lek. Ingen fick bli allvarligt skadad under sådana träningar. Nu var de båda fullvuxna män och den här gången var det allvar. Nu gällde det en kamp på liv och död med bara händerna, med bar överkropp och utan vapen.

På två år hade Alver inte övat sig i att strida man mot man men han hade god fysik och skulle, om inte annat, trötta ut sin motståndare. Under natten medan han legat vaken kom stunder då han ångrade att han i vredesmod utmanat Hage. Han kom också ihåg att Hage faktiskt vunnit över honom ett par gånger när de tränat som unga. Mest hade han funderat över hur Vilja och Axa skulle klara sig på Sälgrundet ifall han dog. Sedan hade han insett att för honom var det omöjligt att förlora. Det fanns för mycket på spel för hans del.

Byn vaknade till liv och Alver gick ner till stranden bredvid Vilja och mor.

»Är du säker på vad du gör«, frågade Ullmira med en ängslig blick på honom.

»Ja mor. Jag måste en gång för alla göra upp med Hage. Om det är Härfaderns vilja kommer Hage efter denna dag inte att ställa till mer otyg för någon.«

Ullmira lät sig nöjas med svaret men ängslan som funnits i hennes ansikte försvann ingenstans. Hon hade kunnat fråga honom vad som skulle ske med hans båda kvinnor och hans barn om Härfadern ville att Hage skulle döda honom, men det gjorde hon inte.

Många hade redan intagit sina platser vid stranden. Vilja stod bredvid Ullmira. Och där, där kom Svana och ställde sig vid ringkanten med Stenkil tätt framför sig. Det var ingen tvekan om att det var hon, även om hon bar en mask framför ansiktet. På nära håll kände han direkt igen hennes ögon.

Det högg till i hjärtat när han såg Stenkil. Han hade blivit så lång och ansiktet var allvarligt. Hans son, pojken som han tänkt på och som gett honom skäl att kämpa vidare under sina år i Sunnanvik. Han ville springa fram och krama om honom, känna den lilla kroppen mot sin egen innan striden på liv och död började.

Han vände sig åt ett annat håll för att kunna behärska sina känslor. En hövding för Sälgrundet skulle även uppföra sig som en sådan.

Hösteld hade mätt ut en ring i strandgräset med en diameter på tolv steg. Innanför den ringen måste kämparna hållas. Hamnade någon av dem utanför, räknades det som ett fegt flyktförsök och den som stannat kvar i ringen skulle få en kniv av Hösteld för att ta livet av den som flytt.

Hösteld vinkade fram Alver och Hage med ett ansikte som inte röjde några känslor.

»Börja slåss, och håll er innanför ringen.«

KAPITEL 66

Så började kampen. Hage höll blicken på Alver medan han gick runt i ringen med hårt knutna händer. Alver hukade sig lätt framåt och höll händerna framför sig. Hans plan var att först spana in, lära sig Hages rörelser, leta fram öppningar för att slutligen ta ett grepp om sin motståndares hals, vrida omkull honom och kväva honom till döds. Till en början skulle han hålla sig undan, trötta ut Hage och vid ett lämpligt tillfälle kasta sig över honom. De hade redan gått runt varandra och gjort några skenattacker. Alver hörde hur Hage flåsade tungt. Ingendera hade ännu kommit på slagavstånd.

Plötsligt tog Hage ett snabbt, oväntat steg framåt, sköt ut sin högra knytnäve i ett vasst, svepande slag och träffade tinningen. Alver vinglade till som om han tappat orienteringen. Ett glädjevrål steg upp bland människorna kring Hages far. Alver drog sig undan, backade och skakade av sig yrseln.

Hage väntade inte på att hans motståndare skulle bli klar i huvudet. Tvärtom. Han flög över honom med flera slag som var så många och hårda som om Alver träffats av en hagelstorm. Alver lyfte armarna till skydd, väjde undan, fintade, men en ny rak höger från Hage skar upp hans ögonbryn. Blod rann ner över vänstra ögat och synfältet blev suddigt. Något föll ur Hages hand.

»Fusk«, ropade Ullmira som stod närmast ringkanten och fick medhåll av många till. Ett buande kom i gång.

Hösteld gick in, avbröt kampen och plockade upp det som fallit ur Hages hand. Han vände och vred på den så att alla kunde se att det var en sten, fastän för Alver var det svårt eftersom blod täckte hans öga. Hösteld gav den till Alver.

»Du får använda den lika länge som Hage«, sade han.

Under tiden som Hösteld hade undersökt stenen och rådgjort med kämparna hade Vilja skyndat till, torkat hans ögonbryn och kletat en trög massa över det uppslagna ögonbrynet. Kanske var det kåda, kanske var det björksav som stävjade blodflödet. Hage såg det och protesterade, liksom hans far.

»Ingen utomstående hjälp är tillåten«, röt fadern.

Hösteld höll med och jagade Vilja därifrån. Alver tittade på stenen som låg i hans hand. Den var flat med en slipad, spetsig kant som på en pryl. Stenen fick plats i en

fullvuxen mans hand och med udden gömd mellan pek- och långfingret kunde man
slå upp ett ögonbryn. Han vägde den i handen och slängde stenen långt ut i sjön.

»Kvitt?«

Hage grinade hånfullt till svar.

»Sätt i gång«, uppmanade Hösteld.

Hages far hade torkat svetten ur sonens ansikte men ingen hade protesterat. Alver
skulle inte heller göra det. Kampen kom i gång och Hage var inte längre andfådd
när han dansade fram till Alver och måttade slag och sparkar mot honom. Slagen
träffade magen och axlarna. Sparkarna tog i låren och ibland i sidan. De gjorde ont
men de var inte farliga. Ögonbrynet blödde inte längre och Alvers syn var skarp
och han hade lärt sig se slagen när de kom. Det var bara Hages hårt slående högra
knytnäve som gång på gång överraskade honom. Den gjorde stor skada fastän stenen
inte längre låg kvar i hans näve.

Alver backade inte längre och han fick in allt fler träffar med sina sparkar. Hage
flåsade tungt. Ett par gånger träffade han Hage med sin knytnäve och en annan
gång med en armbåge mot hans mage så hårt att Hage kippade efter luft. Nu var
det Hage som backade och Hage var inträngd mot ringens yttre linje. Hans fötter
låg bara ett halvt steg ifrån ringkanten. Alver behövde bara trycka till honom ett
steg till eller ännu bättre, få omkull honom. Men varje gång Alver höll på att få
ett famntag på Hage hoppade han undan, alltid i sista stund. Han var snabbare
än vad Alver mindes.

Så inträffade det som inte fick ske. Hage fick in ett rakt slag med sin höger som
än en gång fläkte upp ögonbrynet och en ström av blod gjorde det svårt att se. Hage
flinade och hans anhängare vrålade av förtjusning medan människorna som hejade
på Alver stönade djupt som om de själva träffats av slaget.

Alver drog ihop armarna mot kroppen och sänkte huvudet bakom händerna. Han
backade och spanade med sitt fungerande öga. Han drog med armen över ögonbry-
net men det hjälpte inte mycket. Mera blod strömmade genast till. Hage följde upp
sitt lyckade slag med sparkar och nya slag i snabb följd men undvek att komma så
nära att Alver nådde hans liv eller hals.

»Akta gränsen«, hörde Alver någon ropa.

Kanske var det Eldar. Hans ena fot stod på cirkellinjen. Alver fintade med kroppen
åt sidan och pressade sig sedan framåt. Synen blev allt sämre och han begrep att han
väldigt snart måste få omkull Hage. En ny rak höger klarade han inte av. Han måste
attackera och det måste ske fort men han måste också få tillbaka sin syn.

Alver lyfte blicken och studerade Hages ansikte med sitt friska öga. Han märkte att för varje gång Hage slog ut med sin högra knytnäve, föregicks rörelsen av en djup inandning. Från och med nu skulle Hage inte längre överraska honom.

Alver blev pressad och tvingades igen att backa men såg till att han höll sig innanför ringen. Hage följde efter. Hage drog in luft, hämtade kraft från benen inför ett avgörande slag med sin höger. Nu var Alver beredd, han såg högern komma och väjde i tid. Av farten for Hage framåt och en lucka öppnades för Alver. Han hade hunnit gripa tag i den förbisusande armen och vrida omkull honom men i stället böjde han sig ner, krafsade gräs i handen och torkade ögat rent från blod. Han skulle klara sig en kort stund till, innan ögat igen täcktes av mera blod.

Hage återfick balansen men tycktes ha blivit ursinnig av missen. Ansiktet förvreds i raseri och han gjorde ett våldsamt anfall med många slag mot Alvers ögonbryn. Alver backade farligt nära cirkellinjen. Ett vrål hördes från Hages vänner när de förstod att kampen snart skulle vara över. Hage kastade sig mot Alver, vände sidan till, andades in och slog det slutgiltiga slaget genom Alvers försvar och lät knytnäven fortsätta rakt in mot ögonbrynet.

Men Alver hade hört inandningen och sett slaget komma. Han väjde, grep tag i den utsträckta armen och vred om den med båda händerna så att Hage kastades i marken. Alver slängde sig över honom. Nytt blod sipprade ut ur det sönderslagna ögonbrynet men Alver såg med det friska ögat och trevade med händerna. Fingrarna hittade Hages svagaste kroppsdel, halsen.

Hage tycktes komma ihåg kampen från igår och hamnade i panik. Han höll i Alvers hand med båda händerna och kämpade för att komma loss. Alver satte sig grensle över Hages bröstkorg med hela sin tyngd. Hage kom inte loss. Alver klämde till. Åskådarna trängde sig allt närmare de brottande männen men ingen hejade längre. Det hade blivit dödstyst när människorna såg hur Alver kramade livet ur Hage. Det var bara Hages mor som vänt sig bort.

Hages ansikte var mörkrött. Ögonen var stora och trängde ut ur hålorna. På något sätt lyckades Hage ändå röra på läpparna som om han ville säga något. Alver släppte lite på greppet.

»Vad säger du?« sade Alver tungt flåsande medan svett och blod droppade ner i Hages ångestfulla ansikte.

»Skona ... mig«, stönade Hage med sina sista krafter.

»Varför det?«

Alver lät Hage ta några djupa andetag. Hage började tala med hes, flämtande röst.

»Jag räddade livet på modern till ditt barn, och det är jag som har tagit hand om henne och din son i två år. Tänker du döda mig inför din sons ögon, kommer han för alltid att hata dig.«

Orden tog hårt, som ett slag i magen. Alver såg upp och upptäckte att Stenkil endast stod ett par steg ifrån honom. Pojkens ansikte var fyllt av skräck och han tittade på honom med en blick som saknade igenkännande. Det som Hage sagt var sant.

Men nu hade Alver Hages liv i sin hand och han hade all rätt att pressa livet ur mannen som hade försökt döda honom där ute på Blomsteröarna. Svana stod i första ledet med masken över ansiktet. Hon höll hårt om Stenkil och nu hade hon täckt pojkens ögon med sin hand. Alver sökte hennes ögon och under en kort, bortflyende stund möttes deras blickar. Något svar gav hon honom inte.

Alver såg Hösteld som stod inne i ringen. Hans ansikte avslöjade inte heller något men han uppfattade att schamanen gav honom en svag nickning.

Vilja stod på andra sidan om Hösteld med Axa i famnen. Hon var den andra som tog ställning och hon skakade på huvudet. Vad skulle han göra?

Då hörde han en dov brummande röst och genast uppfattade han att det var hans far som talade.

»Döda honom«, sade far.

Alver kastade en blick mot Stenkil igen. Även om hans ansikte nu var dolt av Svanas händer mindes han alltför tydligt hur han sett ut nyss, när hans egen son tittade på honom som om han vore en främling.

Om han nu dödade Hage skulle det betyda att Stenkil även i framtiden skulle se honom som en mördare. Ville han det? Visst, han hade tagit livet av Untamo men det var en annan situation. Untamo var en ond människa och han hade våldfört sig på Vilja. Den gången hade det varit rätt.

Alver bestämde sig och med handen kring Hages strupe sade han:

»Du får leva men du skall aldrig närma dig Svana och Stenkil igen.«

Alver släppte lite till på greppet om Hages hals. Hage fick luft och färgen i ansiktet och de svällande ögonen återfick sin vanliga färg och form.

»Jag lovar, jag går med på dina krav, må Hösteld vara vårt vittne.«

KAPITEL 67

Det var tidig eftermiddag. Alver låg på rygg i långstugan och fick sina sår omskötta. Han var blåslagen och öm i kroppen men också nöjd över sitt beslut. Nu efteråt insåg han att det hade varit omöjligt för honom att strypa Hage till döds inför ögonen på Stenkil.

»Om ett par dagar kommer svullnaden att försvinna och du kan se igen«, sade Vilja när hon satte en salva över Alvers igenmurade öga. »Mer orolig är jag för ditt ben.«

Alver kände efter. Han hade fått ta emot så hårda sparkar mot sitt lår att han hade tvingats stödja sig på Ullmira och Vilja för att ta sig till långstugan.

»Benet är det inget fel på. Annat är det med Hage«, sade Alver i ett försök att låta hurtig.

Hösteld dök upp vid bädden. Han hade befunnit sig borta på sin sida av långstugan och förmodligen hört att Alver kunde prata.

»Du klarade dig bra«, sade Hösteld, »men varför lät du honom leva?«

»Hage hade rätt. Vilken far dödar en människa inför ögonen på sin son och sin kvinna?«

Hösteld skakade på huvudet och muttrade något om att Alver inte visste allt om Hage och att byn hade mått bättre av att Hage hade varit död.

»Nu vill jag träffa min son och Svana«, sade Alver.

Hösteld blev ängslig, drog in andan och han tittade åt Ullmiras håll men hon var för långt borta.

»Vad är det, kan inte någon bara hämta hit dem?«

»Jovisst, men jag har funderat så här. Det finns ett par saker som måste till först. Du Alver har varit borta på en mycket lång resa. Mycket har hänt och många undrar hur det kom sig att Hage kom med örterna till Sälgrundet fastän det var dig jag skickade i väg till Blomsterön. Man undrar också vad det är för en kvinna som du har med dig. Hon som inte säger någonting«, sade Hösteld och gjorde en nickning mot Vilja.

Alver skulle svara men blev avbruten.

»Du är skyldig oss en berättelse. Jag tänkte mig att det bästa är att vi samlar ihop samtliga i klanen. Klarar du av att stå?« sade Hösteld.

Alver stödde sig mot bädden, grimaserade när han lyften benen över kanten och sträckte på sig utan att han vinglade till. Han tog några försiktiga steg av och an i kåtan.

»Det går nog bra«, sade han och satte sig igen.

»Utmärkt. Då samlar jag ihop alla om en stund. Först ska vi konstatera att du, från och med idag, har återtagit din plats som vår ledare. Därefter får du berätta om ditt äventyr och till sist tror jag att alla vill veta hur det kom sig att du återvände med en kvinna som har ett barn som liknar dig. Först därefter kan vi ta ställning hur det blir med Svana.«

KAPITEL 68

Trots smärtan i låret och i det svullna ögonbrynet haltade Alver omkring i långstugan utan att ta emot hjälp av vare sig Vilja, Hjalta eller Ullmira. Det kändes hemvant i kåtan med några lysstickor som lättade upp mörkret därinne. Allt var som han kom ihåg det. Bäddarna längs väggarna, fällarna, vedtraven, eldstaden i mitten som användes vid dåligt väder, och doften av människosvett, rök och stekt fisk. Stojet från ungarna och Höstelds röst från andra änden av långstugan lät precis som han kom ihåg det.

Det nya var Vilja. Hon följde efter honom med Axa i famnen och tillät honom inte gå alltför många steg ifrån henne.

Det hann bli sen eftermiddag och klanmedlemmar började strömma in i Höstelds ände av långstugan. Han satte sig bredvid Vilja vid ena långväggen. Han försökte se avslappnad ut, men hela kroppen var spänd.

Vad skulle hända med Svana och Stenkil i fortsättningen? Inför Härfadern och Hösteld hade han en gång frånsagt sig Sol för att ta Svana till sin kvinna. Därefter hade Hösteld motvilligt accepterat hans beslut att inte ta Sol till sin kvinna och nerkallat sin välsignelse över att Svana flyttade in i hans kåta.

Var skulle Svana nu bo efter att han krävt att Hage inte längre fick ta hand om henne. Och en annan fråga: Varför bar Svana en mask som om hennes ansikte var så hemskt att ingen kunde titta på henne? Han förstod att även Hösteld ville få svar på samma frågor som han själv undrade över.

En stor eld sprakade utanför långstugan och Ullmira hade med hjälp av byns kvinnfolk, ordnat med ett slaktat får. Doften av rostade hasselnötter steg upp från en flat värmesten och bredvid den stod ett kärl med honung och några höga krukor med mjöd i.

Fler människor steg in och satte sig på de lediga bänkarna. De som inte fick sittplats trängde sig samman vid ingången. Tillsammans måste det röra sig om ett hundratal människor, bedömde Alver. Ullmira och Hjalta hade hunnit få plats i den första raden. Sol och Eldar hade intagit hedersplatserna mitt emot Alver och längst ute på vänster kant satt Hage bredbent och lutade hakan mot sina händer. Ansiktet var rött och hade svullnader. Hans far satt precis bakom och tycktes ständigt fråga om sonen hade det bra.

De som satt närmast tittade på Alver som om han hade varit en främling. Han såg hur de granskade honom och undrade säkert om Alver var sig lik eller om resan hade förändrat honom. Skulle han fortfarande duga som ledare för klanen. Och kvinnan, vad gjorde hon här?

Vilja kröp intill honom och gjorde sig så liten hon kunde. Ändå fick hon fler undrande blickar än Alver.

Kåtan var mer än full när Hösteld steg upp vid Alver sida. Sorlet tystnade.

»Vi har slaktat ett får för att hedra den godhet Härfadern visat oss genom att sända Alver tillbaka till oss.«

Hösteld gick av och an på det smala utrymmet som avskilde Alver och Vilja ifrån byborna medan han funderade och drog sig i sitt långa skägg. Slutligen stannade han och tittade ut över de församlade.

»Jag vill nu inför hela klanen konstatera att Alver är tillbaka och han är vår ledare igen.«

Det uppstod en kort tystnad men snart hördes några spridda bifallande kommentarer som snabbt tilltog både i antal och styrka. Hösteld harklade sig och det blev tyst igen. Han vände sig mot Alver.

»Nu får du berätta din historia. Och du ska inte glömma att förklara varför du har denna kvinna med dig.«

Alver stod upp framför byborna och han kände dem alla. Spänningen släppte. Det var ingen brådska och han ville njuta av stunden. Han tittade ner i lerkrukan på den bubblande gulbruna drycken som han inte druckit på så länge. Mjödet serverades varmt om det bara var möjligt. Han kände inte till något bättre att dricka till det möra fårköttet än mjöd. Han tog en stor klunk och torkade fradga kring munnen och skägget. Byborna satt tysta och stödde sig med armbågarna mot knäna. De väntade på historien.

Alver började med att redogöra hur Hage åtagit sig uppdraget att lotsa honom genom skärgården för att leta efter örterna vid Blomsteröarna. De hade kommit fram samma dag, plockat örterna men då hade en hård sydlig kuling tvingat dem att övernatta. De kom överens om att ge sig i väg följande morgon när det mojnat men när Alver steg upp hade Hage redan smitit i väg.

Alver noterade att flera av byborna såg förebråande på Hage som satt orörlig med blicken på sina fötter.

Alver fortsatte berätta hur vinden var hård och att det skulle vara våghalsigt att ensam paddla ut i den hårda sjön. Men viljan att rädda sin kvinna hade ändå fått honom att kasta sig ut i sin kanot och paddla den kortaste vägen rakt mot de manshöga böljorna. Han hade kommit en bit på vägen när han kände ett stick i sin vad. Sedan ett till. Han hittade en giftig orm som ringlat ihop sig under hans fäll.

»Någon hade gömt den där«, sa Alver varefter han tystnade och tittade på Hage.

Klanmedlemmarna vände sig mot Hage med höjda ögonbryn och bistra miner när de begrep att han hade gömt en huggorm i Alvers kanot.

Hage försökte resa sig men gjorde det så hastigt att han vinglade till, tog sig om halsen och ramlade tillbaka. Han drog in luft och från sin plats skrek han med hes röst:

»Alver ljuger!«

Hösteld röt till honom att sätta sig och vara tyst. Utan att ta notis om Hage fortsatte Alver. Han beskrev hur giftet spred sig i kroppen och hur krafterna rann ur honom. Slutligen blev kanoten herrelös och han drev halvt medvetslös ut på havet.

»Visste du alls var du befann dig«, undrade Ullmira.

»Nej, jag visste knappt om det var dag eller natt. Men en morgon kom jag till sans igen och mötte den första människan på länge på en strand vid den by där Vilja bodde.«

Han vände sig mot henne.

»Det var Vilja som räddade mitt liv genom sin läkekonst.«

Samtliga närvarande och i synnerhet Ullmira tittade på Vilja med större aktning än förut.

»Är trollet verkligen en medicinkvinna«, hörde Alver en av gummorna undra.

Hösteld hade också lyssnat och tog till orda.

»Är hon så duktig i medicin kan det vara gott att hon stannar hos oss«, sade han och nickade instämmande, inte mot Alver, utan mot Vilja.

Alver fortsatte att kortfattat berätta att han stannat ett år i Viljas by och av handelsmän fått veta resvägen hem till Sälgrundet.

»När jag nu tänker tillbaka är det en sak jag inte förstår«, sade Alver när han kommit till slutet av sin berättelse.

Han tog tid på sig och naglade fast Hage med sin blick så länge att Hage tvingades titta åt ett annat håll. Det blev tyst i kåtan. Byborna viskade inte längre till varandra. De bytte ställning och trampade oroligt mot jordgolvet. De som satt längre bak sträckte på sig för att se bättre.

»Jag förstår inte varför Hage inte hade ro att vänta på mig där ute på Blomsteröarna.«

Människornas blickar vändes mot Hage. De nickade och mumlade bifallande ord till varandra.

»Nå Hage, men svara då!« ropade någon ur mängden och pekade på Hage.

Hage reste sig mödosamt och mycket långsammare än förut. Han stod stilla tills allt mummel hade tystnat.

»Alla vet att jag är klanens bästa spanare både till skogs och till sjöss. När det är stor nöd reder jag mig snabbast ensam.«

Ingen bland de församlade hade något att invända.

»Jag ger dig rätt i att du är bra på att hitta vägen ute på havet«, sade Alver. »Men jag vet också, liksom alla andra i långstugan, att du hela tiden haft ett gott öga till Svana. Därför såg du till att jag skulle förgås på havet. Du smet i väg mitt i natten likt en tjuv.«

Hages underläpp hade börjat darra och rösten var så sammanpressad att orden slungades ur hans tilltygade strupe när han svarade:

»Svanas liv stod på spel. Shamanen kan intyga att jag kom till henne i tid.«

Hösteld bekräftade att det förmodligen var Hages snabba återvändande med hjärtansfröjd och fingerborgsblomma som räddade kvinnan.

»Men det som jag inte håller för en god handling är att du inte väckte Alver och tog honom med dig. Att du sedan gömde en giftorm i Alvers kanot var en handling som skulle kräva ett dödsstraff ifall Alver inte redan skonat ditt liv idag.«

Hage stod bredbent med armarna i kors över bröstet och samlade sig för att fortsätta. Han var fortfarande röd i ansiktet av en tillbakahållen vrede.

»Nu sätter du dig och håller tyst«, bestämde Hösteld.

Hage satte sig och hans far lade varsamt sin arm runt hans axlar och sade någonting i hans öra. Stridslystnaden tycktes slockna i honom. Även Alver var klar med sin historia. Hösteld tog till orda.

»Då har vi hört Alvers berättelse och jag tror att vi alla förstår vad Alver fått utstå och hur den här kvinnan kommit till Sälgrundet. Men innan Alver slår sig ner i byn måste ett par frågor utredas.«

Hösteld ställde sig framför Vilja som satt med Axa i famnen.

»Vi vet nu hur du har kommit till Sälgrundet men vem är du egentligen?«

»Hon heter Vilja har jag ju sagt«, sade Alver. »Som du ser har vi också ett barn. Vi kallar henne för Axa.«

»Stig upp så att vi kan se på dig«, sade Hösteld, inte hotfullt, bara nyfiket.

Vilja tittade sig frågande omkring och Alver ville protestera men kom ihåg att alla som skulle bosätta sig på Sälgrundet behövde genomgå en granskning. Vilja reste sig med barnet i famnen och Hösteld synade henne från topp till tå.

»Lägg ner ungen.«

»Jag vill inte«, svarade Vilja på Sälgrundets språk.

»Du kan ju tala vårt språk«, utbrast Ullmira och sträckte samtidigt fram sina armar mot barnet. Hon log brett och snart försvann ungen i hennes mjuka famn.

När Vilja hade böjt sig framåt hade hennes amulett ramlat utanför tunikan. Hösteld såg den.

»Vad är det där?«

»Det är hennes amulett. En björnklo«, svarade Alver.

Hösteld sträckte ut handen och tog amuletten i sin hand. Han vände och vred på den.

»Sannerligen, det är en klo av en björn, inte av den allra största sorten men kanske klon är av en hona. Den är ren och den glänser.«

Han lyfte upp den och visade den för alla. Ett sorl gick genom de församlade människorna när de undrade vad det kunde innebära. Hösteld bugade sig lätt när han med båda händerna gav amuletten tillbaka till Vilja.

»Hon beskyddas av björnen, då är hon en av oss«, sade schamanen eftertänksamt.

Hösteld verkade vara nöjd över vad han sett. Han lät huvudet sjunka och under ett ögonblick vaggade han av och an med överkroppen. Sedan ryckte han upp sig och betraktade Alver.

»Det är gott att din nya kvinna har en björnklo men du kan inte leva tillsammans med henne samtidigt som du valt Svana till din kvinna.«

Alver hade förväntat sig frågan men visste fortfarande inte hur den kunde lösas innan han talat med Svana.

Schamanen fortsatte:

»Som Sälgrundets ledare vet du mycket väl att Härfadern tillåter en man att ha en, och endast en, kvinna.«

»Ja, det vet jag.«

»Och så har du Stenkil, var tänker du att han skall bo?« undrade Ullmira med Axa i sina armar.

Den frågan var inte heller ny för Alver. Han hade grunnat över den sedan han beslutit att Hage aldrig mera skulle få träffa Svana eller Stenkil. Han hade ännu inte pratat med sin son men han hade sett Svana längst bak i församlingen och trodde att Stenkil även nu fanns i hennes sällskap.

»Det är svårt att säga någonting just nu. Jag har ju ännu inte träffat Stenkil och inte heller har jag fått tala med Svana.«

»Du skall få se både Svana och Stenkil men innan du möter din son vill jag också se din amulett.«

Alver överräckte den till schamanen. Utan att säga ett ord vred och tummade han på björntanden. Schamanen slöt ögonen och gned dess yta med sina känsliga fingrar. Alver var inte säker på om han såg rätt men han anade att den hade börjat lysa kraftigare än förut. Schamanen hade fått kontakt med andarna.

»Vad säger Härfadern?« undrade Alver.

Schamanen lyfte blicken och såg över klanen medan han igen drog sig i skägget som om han grubblade över något.

»Alver och hans nya kvinna har varsin björnamulett och så långt är allt bra. Men andarna låter mig inte få någon ro innan jag hittar en lösning för Svana. Hon har rätt att bli hörd i en fråga som gäller h med vem och var hon i framtiden ska bo.«

»Men Svana har en älg som sin amulett«, kved Hage med sin ännu tilltufsade röst.

»Tyst med dig Hage har jag ju sagt.«

Hösteld sökte efter Svana, hittade henne och vinkade att hon skulle träda fram. En kvinna längst bak reste sig och började gå mot dem. Alver hade glömt hur lång hon var och hur vackert hennes tjocka hår böljade ner för axlarna. När hon närmade sig såg han också något annat. Ett ljust pojkhuvud glimtade till mellan de vuxnas kroppar. Det måste vara Stenkil och han mindes det skrämda ansiktet han sett på morgonen vid sidan av kampringen. Pojken följde tätt efter sin mor när hon trängde sig igenom folkhopen.

»Släpp fram henne«, sade shamanen och Svana banade sin väg till sin man.

KAPITEL 69

Svana stannade med båda händerna för ansiktet som om masken inte varit nog för att dölja hennes ansikte. Alver kunde inte slita blicken från henne och han överväldigades av hennes tjocka, rödblonda hår, hennes spänstiga hållning och han drog in doften av skog och hav från hennes hud. Allt han såg av henne kände han igen, det var bara ansiktet och hennes gång som hade förändrats.

Svana stod framför honom och höll huvudet lika stolt som han kom ihåg henne fastän hon var märkbart besvärad av att behöva möta honom inför hela klanen.

»Ni kallade på mig«, sade Svana.

»Jag vill veta vad som hände när jag inte genast återvände?«

Svana kastade en frågande blick på människorna som stirrade på henne.

»Du kan tala så att alla hör dig eftersom det ändå kommer att gälla hela klanen«, sade Alver.

De stod så nära varandra att han tydligt kände värmen ifrån hennes kropp och doften från hennes hår.

»Jag var sjuk, väldigt sjuk och du återvände aldrig men det gjorde Hage«, sade Svana med så låg röst att endast de närmaste hörde henne.

Alver slöt ögonen och minnena strömmade genom honom.

»Jag minns att Eldar och jag hittade dig liggande på marken där det växte lingonris och ljung. Du vred dig i plågor. Men jag såg aldrig ditt ansikte. Det var täckt med jord och levrat blod.«

»Jag var så illa däran att jag hade dött ifall jag inte fått de läkande örterna i tid.«

»Det var björnen som rev dig men en björn anfaller inte en människa utan orsak.«

»Den här björnhonan anföll mig. Med ett enda slag av sin ram rev hon upp ansiktet, halsen och mitt bröst. Jag blev aldrig återställd.«

»Låt mig visa«, sade Svana och förde sina händer till ansiktet.

Alver såg Höstelds och Ullmiras stelnade ansikten och rädslan i deras blickar var påtaglig. De visste vad han snart skulle få se och det tycktes skrämma dem men Alver skulle nog tåla att se sin kvinnas ansikte. De övriga därinne i långstugan satt stilla och höll andan medan de väntade på vad som skulle ske, fastän Alver inte längre lade märke till dem. Just nu fanns bara Svana och han själv.

Han fastnade vid Svanas ögon när hon med båda händerna om ekorrskinnet lösgjorde remmen bakom huvudet och lät masken falla. Hon sträckte på halsen och tittade lugnt på honom. Ansikte var blottat.

Alver flämtade till och han öppnade munnen för att säga något men fick ingenting sagt. Han hade anat vad han skulle få se men han hade trott att ansiktet skulle ha blivit återställt efter en så lång tid. De församlades viskningar och det ständiga trampet med fötterna hade avstannat och endast Svanas låga röst hördes när hon sade:

»Har du tappat tungan?«

Rösten var mild, nästan road.

Alver var förskräckt över vad han såg. Svana saknade verkligen ett ansikte. Det som skulle vara ett ansikte var illa medfaret och liknade ingenting från denna värld. Alver tog ett steg tillbaka.

»Har, ... har Hage slagit dig?«

»Ja, det också, men det är inte allt.«

Svana såg på honom med de skadade ögonen som delvis var täckta av läkt hud och som saknade ögonbryn och fransar. Hennes blick var det ändå inte något fel på. Den var stark och genomträngande.

Alver greps av ett plötsligt obehag och hade velat vända bort ansiktet om han hade förmått sig till det. Men Svana höll honom kvar med sin blick och han kände något bränna mot sitt bröst. Björntanden hade blivit het och den svedde mot bröstet som om den ville berätta något som inte kunde vänta, eller varna honom för något ont i kvinnan. Att han skulle akta sig. Alver tog tanden i sin hand, lyfte den som skydd mot henne och skrek ut sin fråga.

»Svana, vad är det som min amulett vill berätta för mig?«

Det vackra kvinnoansiktet som Alver hade förknippat med hennes röst, hennes hår och hennes doft fanns inte längre kvar och han ryste till. Hennes mun var sned och nästippen bortriven där björnens klor en gång hade dragit snett över hennes ansikte. Kvar fanns bara två små hål i näsbenet. Kindernas hud var fortfarande röd och ärrig där klorna skurit igenom.

»Ingenting. Jag har inga hemligheter, det vet du!« utbrast Svana och vände sig om som om hon skämdes. Borta var hennes stolta hållning och hon tittade inte längre på honom utan ner på marken.

Alver höll sin björnklo framför sig i sin utsträckta arm.

»Det är något du gjort men något som du aldrig berättat för mig. Senast nu måste du säja vad det är?«

»Nej Alver, det är inte alls så«, sade Svana.

»Var det något som hände på Ön, innan du kom hit som träl?« sade han så högt att ljudet ekade i kåtan.

Svana lutade sig mot Alvers öra, viskade och sade:

»Ja. Det var björnens hämnd.«

Hennes ögon blev fuktiga av de få tårar hennes trasiga kanaler fortfarande kunde åstadkomma och hon slog händerna för ansiktet. Hon vände sig om och rusade haltande ut ur långstugan.

Shamanen följde efter henne men Alver stod kvar och försökte klargöra vad som hade hänt. Ett var ändå säkert. Han ångrade redan de ord han i sin rädsla sagt till Svana. Vilja lade sin hand på hans arm och han ryckte till. Först nu lade han märke till att hon hela tiden stått bredvid honom.

»Jag kan se att din kvinna en gång måste ha varit väldigt vacker«, sade hon.

»Det var hon också.«

»Jag tycker inte att hon verkar konstig. Däremot skulle inte jag vilja leva ihop med mannen som ni kallar för Hage«, sade Vilja och tittade mot dörröppningen där Svana försvunnit.

KAPITEL 70

Efter morgonens tvekamp hade Svana känt en oändlig lättnad över att Alver segrat och att han skulle ordna så att hon blev fri från Hage. Hon hade samlat allt mod hon hade och bestämt sig för att visa sitt ansikte för sin man och tacka honom för det han lovat efter tvekampen och det hade hon också gjort.

Men när Alver stirrat på henne därinne i långstugan, inför hela klanen, och antytt att hon var besatt av onda andar hade hon inte orkat mer. Något hade brustit inne i henne och hon begrep vidden av att ingen kunde hjälpa henne. I den stunden hade hon uppfyllts av en enda önskan och det var att fly därifrån så fort hon kunde. Hon måste ut ur långstugan, bort från Alver, bort från klanens dömande blickar.

På vägen från långstugan brände det i ögonen med en hetta som hennes alltför få tårar inte räckte till för att svalka. Under två långa år hade hoppet gett henne det mod som hade krävts för att hon skulle ställa sig framför Alver och även framför klanen för att visa sitt ansikte.

Hon hade trott att hon skulle få bo tillsammans med honom. Hon och Alver skulle ha kunnat göra deras gamla kåta i ordning igen där uppe på berget. Hon hade kunnat sköta hemmet och uppfostra deras son till en fullvuxen man, en ny klanhövding. Om han någon natt hade behövt en kvinna och hon inte hade dugt, hade hon också kunnat ha överseende med det. Men sedan hade den mörka lilla kvinnan dykt upp vid hans sida och omkullkastat hennes planer.

Vad skulle hon nu göra? Var skulle hon bo? Den senaste natten hade hon och Stenkil fått sova inlåsta i Hages kåta. Men så kunde de inte fortsätta, det hade Alver åtminstone sett till.

Ingenting blev så som hon hade hoppats. Innehållet i hennes liv hade mist sin betydelse. Björnen hade lika bra kunnat döda henne där ute på heden. Just som hon tänkte den tanken trängde bilden av Stenkils ansikte fram och en behaglig värmevåg spred sig genom henne. Det fanns ett ljus mitt i hennes mörker, en orsak till att hon måste leva vidare. Hon hade en son som hon älskade. Hon måste leva för Stenkils skull.

Under tiden som tanken på Alver plågade henne vandrade hon vidare som i en dimma. Hon hade kommit halvvägs till Hages kåta när hon hörde Höstelds korta men snabba steg bakom sig. Den lille schamanen flåsade högt och snart kände hon hans hand på sin axel.

»Stanna Svana.«

Hon vände sig om och såg shamanens bekymrade ansikte.

»Ända sedan du kom till Sälgrundet har jag vetat att du bär på en hemlighet. Nu måste du berätta den för mej.«

»Det är så hemskt«, svarade hon.

Hösteld tog med båda händerna ett fastare tag om hennes axlar. Beröringen lugnade henne och hon beslöt att Hösteld var den enda människa hon skulle kunna anförtro sig till.

»Jag ska«, sade hon.

De vandrade vidare och Svana berättade hur hennes liv på ett ögonblick hade förvandlats från en väntan full av förhoppningar till att hon plötsligt blivit övergiven av sin man. Hon berättade hur trösterikt det hade varit att varje morgon innan Hage vaknat vandra ut på den högsta klippan vid havet och låta tankarna flyga i väg till den dag då Alver skulle komma hem. Även om Hage sagt att Alver var död kunde hon inte sluta hoppas. Nu var ingenting längre så som hon hade tänkt sig och det var inte hennes fel.

»Men du viskade till Alver att det du råkat ur för, var björnens hämnd. Vad menade du med det?«

Svana stannade och tittade ner i marken.

»Jag vet inte om jag längre borde få leva. Kanske var det meningen att jag skulle ha dött för det jag har gjort mot klanen.«

»Svana, nu måste du verkligen säga allt.«

Hon ville inte säga något mer. Det hon hade gjort och det som hade hänt på Ön hade hon aldrig avslöjat för någon och hon skulle inte göra det nu heller.

»Du vill inte svara«, fastslog Hösteld. Inte argt eller anklagande. Han lade sin hand under hennes haka och lyfte upp hennes huvud så att deras blickar möttes.

»Du vill inte tala men det finns en lösning som jag vill att du ska pröva.«

Svana såg på schamanen och förstod att han ville henne väl men hon ville inte bygga upp nya förhoppningar som ändå inte skulle infrias. Å andra sidan hade hon ingenting att förlora. Absolut ingenting.

»Vad menar schamanen?«

»Du får genomgå prövningen. Du behöver inte avslöja något för mig, utan Härfadern får avgöra om den hemlighet du bär är av godo eller av ondo. Om din hemlighet är av godo kommer du att överleva prövningen och du kan behålla hemligheten. Om björnen tar dig under prövningen betyder det att din hemlighet är av ondo och du kommer att dö för det du gjort.«

Svana blev kall i hela kroppen. Hon tänkte på Stenkil. Hon tänkte på döden. Hur skulle det gå ifall hon inte längre fanns. Skulle Alver ta hand om honom? Det trodde hon. För hennes egen del var det detsamma.

»Ja«, svarade hon slutligen.

»Vänta på mig vid skogsbrynet. Jag skall bara hämta något först.«

Svana gick till mötesplatsen och ställde sig i skuggan under en av de största furorna för att vänta på schamanen. Hon litade på honom och hon skulle göra som han ville. Snart kom Hösteld till henne med något i handen.

»Du ska ta med dig de här sju knopparna av fingerborgsblomman och vandra ut i skogen så långt bort att du kommer till en bäck där djuren dricker sig otörstiga. Där ska du klä av dig naken och lägga dig i mossan vid stället där vilddjursstigarna möts. Om du litar på Härfadern och inte har gjort något som skadat folket i Sälgrundet kommer djuren inte att röra dig. Tvivlar du eller har du gjort skada mot mitt folk, kommer björnen, vargen eller järven att ta dig.«

Hösteld tryckte de små blomknopparna i hennes handflata och slöt hennes hand omkring dem. »Gå nu.« Hösteld vände om och gick sin väg.

Svana visste vad hon måste göra. Men det var svårt att få i gång benen. Hon var rädd och hon fingrade på sitt totemdjur, den lilla vita benbiten som föreställde en älg. Fastän den kom från skogens största djur kändes den just nu både klen och obetydlig.

KAPITEL 71

Svana fattade sitt beslut och rädslan försvann. Hon var omtumlad när hon gick ifrån shamanen men också full av frid. Tankarna klarnade och hon var övertygad om att det var klokt att följa schamanens råd. Hon var barfota och hade på sig sin hjortskinnstunika och benkläder som gick upp över knäna. Mat hade hon ingen. Skulle hon ha behövt, hade shamanen sagt till om det.

Hon gick på stigen som ledde västerut djupt in i skogarna, utan att en enda gång se sig om.

Så småningom blev stigen otydlig och svår att följa. På vissa ställen fick hon gissa sig till vart den tog vägen men sedan hittade hon den igen. Hon gick över en ås där det växte höga furor och yviga lövträd. Marken var täckt av blåbärsris, gräs och växter som gulnat. Det började skymma och hon såg inte stigen längre. Det bekymrade henne inte. Ingenting bekymrade henne.

Hon vandrade inte längre av sin egen vilja och hennes steg styrdes inte av henne själv. Hennes onda höft hade slutat värka. De högre makterna hade gått in i henne och hon hade blivit Härfaderns redskap. Hon gick i den riktning han ledde henne.

Hon kom fram till en ovalformad öppning som täcktes av vildgräs och omgärdades av lövträd. Vid kanten av öppningen var trädens kronor så täta att de bildade ett tak ovanför hennes huvud. Längre fram hörde hon ljudet av en bäck. Här hade hon aldrig varit förut.

Hon såg sig om på marken för att hitta djurstigarna i mossan som shamanen hade talat om. Snart upptäckte hon stigarna som ledde mot bäcken där marken var lerig och blöt och täcktes av så höga ormbunkar att de nådde henne till låret. Det fanns fullt av fotavtryck i jorden. Mest var det märken av klövar men där fanns också avtryck av varg och björn. Det var hit som skogens djur kom för att dricka sig otörstiga. Vetskapen skulle i vanliga fall ha gjort henne skräckslagen men den här natten var det just den platsen hon skulle befinna sig på.

En skuggig upphöjning låg ungefär ett stenkast ifrån bäcken. Hon gick fram till den och böjde sig ner och kramade den mjuka mossan mellan sina fingrar. Den var kall och doftade fuktig jord. Ett stenblock låg vid kanten av upphöjningen. Där nedanför stenen på mossan skulle hon snart lägga sig för natten.

Hon gick tillbaka till bäcken, lade de sju knopparna av fingerborgsblomman i munnen en och en och svalde var och en för sig med några nävar vatten. Hon gick tillbaka till kullen och klädde av sig sina kläder. Ingenting fick vara mellan hennes kropp och andarna, hade shamanen sagt. Innan hon lade sig naken på rygg tog hon sin amulett. Hon lade den mot sitt bröst. Himlen hade blivit molnig och stjärnor syntes inte. Inte månen heller. Det hade blivit helmörkt och hon var glad över att hon hittat sin ödesbädd i tid. Hon frös lite men det hade hon gjort så många gånger förut att hon visste hur hon skulle låta bli att tänka på kölden.

Hon slöt ögonen och ville somna men det krampade plötsligt i magen och det snurrade runt i huvudet. Hemska minnesbilder dök upp inför hennes inre. Det var Esbjörn igen. Alltid Esbjörn. Nu var bilden tydligare än någonsin förut.

Han låg kallsvettig på sin sjukbädd mitt i natten och hon såg rädslan i hans onda ögon. Ullmira stod vid hans sida och blandade ihop krossad flugsvamp och fingerborgsblomma i den dryck som Esbjörn skulle ha. Hon lade till honung för att dölja smaken. Svana såg den mycket långsamma rörelsen när Ullmira förde sin hand med krukan till Esbjörns läppar och hur han tog en djup klunk men spottade ut det mesta.

Hon såg sig själv stå vid huvudänden bakom Esbjörns bädd. Det var hon som hade knutit remmar kring hans handleder och ben. Ullmira ville inte ta några risker, hade hon sagt kvällen innan när hon insett att Esbjörn höll på att tillfriskna och att han inte skulle dö av sina skador. Hon visste hur stark han var.

Ullmira behöll sitt lugn och övertygade sin man med sin lugnande röst om att det enda som kunde rädda honom var att svälja drycken. Han måste ha förstått att det var Ullmira som talade till honom och han grimaserade och drack men när han svalt allt blev han vild. Han sparkade och slog med armarna medan han klagade över att det brände i magen. Efter en stund kastade han huvudet från sida till sida i sina plågor.

Svana stirrade ut i rymden. Esbjörns ande talade till henne. Hans förvridna ansikte hade dykt upp framför henne så nära att hon såg rynkorna vid ögonen, porerna i kinderna och de förstorade pupillerna. I en trött, uppgiven viskning sade han:

»Du ska bara veta att det är mitt barn du har fött.«

Det sved till djupt inne i Svanas hjärta. Han hade rätt. Stenkil var hennes enda barn. Senare hade hon regelbundet legat med Alver men fler barn hade det inte blivit. Esbjörn hade också rätt däri att det var hon som hade knutit honom vid hans bädd. Men det var inte hon som dödat honom. Det var Ullmira som tvingade giftet i sin man. Scenen växlade om och plötsligt såg hon sig själv vandra bredvid Ullmira mot stranden när gumman stannade henne och sade:

»Den gången jag såg min egen man våldta dig på din bädd bestämde jag att Esbjörn aldrig mera skulle göra om det.«

Scenen upplöstes och illamåendet drev undan synen. Krampen och smärtan i magen återförde henne till nuet. Det var som om en hand kramade om hennes inälvor. Hjärtat bultade häftigt och det ringde i huvudet. Det brände och värkte i magen lika mycket som när hon hade fött Stenkil. Hon blev rädd att hon skulle förgås men hon måste hålla ut. Hon tänkte på sin son, hon fick inte dö.

En våldsam tvekamp mellan de goda och de onda krafterna utkämpades i hennes kropp. Helst hade hon velat spy upp det hon ätit men då skulle hon ha ingripit i andarnas strid. Hon måste kämpa vidare för att ge de goda krafterna mera tid att döda det onda i henne. Hon måste orka lite till. Detta var inte hennes strid, det var en strid mellan andarna.

Till slut gick det inte längre. Hon klev upp på knä och kräktes upp svart slem med några hårdnader i. Det måste ha varit det onda som kommit ut. Den elaka, svarta klumpen hade kommit ur hennes kropp och ett värmande lugn spred sig i henne. Varma, mjuka armar omslöt henne i sin famn, lika ömt som när hon varit ett litet barn och mor hade omfamnat henne hemma i hennes egen by, långt söderut, därute på Ön.

Om hon någon gång var trött eller sjuk hade mor med sina varsamma händer bäddat ner henne och hon hade nynnat på en entonig melodi och smekt hennes kinder och hår. Minnet tröstade henne. Den sista osäkerheten som ännu hade stannat kvar i trakten kring magen upplöstes.

Självaste Härfadern hade omfamnat henne och därmed strömmade det goda in i hjärtat och även i den släta benbiten som brände mot hennes bröst. Hon tittade upp mot den nattsvarta himlen innan hon slöt ögonen. Då såg hon ljuset och mitt i ljuset låg hela världsalltet som vakade över henne. En liten stund senare somnade hon för första gången på två år utan ekorrskinnet över ansiktet eller gördeln vid hennes midja.

KAPITEL 72

Alver halvlåg ensam framför elden i långstugan. Han hade slutfört sin skildring och klanens medlemmar hade återvänt till sina kåtor, belåtna över att ha fått sig en bra berättelse men undrande över hur det skulle bli med honom, Vilja och Svana. Själv var han nöjd över att ha kunnat sätta Hage på plats utan att döda honom fastän det värkte i kroppen och synen på ena ögat ännu var svag. Men han var inte nöjd över att Svana så plötsligt hade försvunnit.

Någon kom in genom dörröppningen och han vred på huvudet. Det var Ullmira med Stenkil i handen. Det klack till i Alver av glädje över att se honom.

»Så stor han har blivit!« utbrast han med tjock röst när han för första gången såg sonen på nära håll.

Pojken gömde sig bakom Ullmira och tittade blygt på honom bakom hennes rygg.

»Kommer Svana också?«

»Nej. Svana har blivit utsatt för prövningen«, meddelade Ullmira. »Men här är nu din son.« Hon log och böjde sig ner så att hennes ansikte var i jämnhöjd med pojkens. »Nu skall du få träffa din far.«

Hon reste sig, tog Stenkil i handen och släpade honom till Alver. Pojken verkade ängslig och tittade hela tiden upp på sin farmor. Han höll hårt om hennes hand.

»Stenkil«, utbrast Alver och klev mödosamt upp ur bädden. »Äntligen får jag se dig!«

Pojken stod stilla och tittade mera ängsligt än blygt på Alver, sedan igen på Ullmira. Alver log och trots att det gjorde ont i låret böjde han sig ner på knä så som Ullmira gjort.

»Far har varit länge borta«, sade han.

Pojken betraktade honom men svarade inte. Inte heller rusade han fram till Alver, så som han hade föreställt sig så många gånger. Stenkil bara stod där och tittade på honom. Kanske var det hans misshandlade ansikte som skrämde pojken.

»Ja, Stenkil. Jag har varit borta alltför länge.«

Alver lyfte sonen i famnen och kramade om honom. Han var större än vad han kom ihåg. Och tyngre. Till en del berodde det på att han verkligen hade vuxit men till en del också på att han var så spänd i kroppen. Alver släppte ner honom igen och tittade på hans långa, ljusa hår och på ögonen som hade samma ljusa blåa färg som hans och som hans egen far och farfar hade haft.

»Han verkar så lugn och tyst av sig«, sa Alver till Ullmira.

»Jag ska säga som det är. Stenkil har fått ta emot mycket stryk. Nuförtiden är han tystlåten och rädd för män.«

»Den där förbenade Hage«, utbrast Alver. »Men från och med nu är det slut.«

Ullmira satte sin hand över pojkens axlar och pojken tryckte sig emot hennes höft.

»Du ska sova här i natt«, sade Ullmira till pojken.

KAPITEL 73

Svana slog upp ögonen och log. Det hade börjat ljusna. Den grå himlen skymtade mellan ett täcke av täta trädgrenar. Benbiten låg i hennes omslutna hand. Det vita föremålet var ännu varmt och hon kände kraften i det. Doften av mossa och getpors var starkare nu än på kvällen. De flesta bladen var ännu gröna men här och var hängde kvistar med gula och rödfärgade löv. En kraftig ek sträckte ut en lång och yvig gren som en skyddande arm över henne.

Lugnet hon hade känt föregående kväll fanns kvar i henne. Andarna beskyddade henne och hon oroade sig inte över skogens faror. Svana ville inte släppa ögonblicket. Hon dröjde kvar i känslan så länge det gick, slöt ögonen och njöt av den sällsamma stunden.

Hon föll in i en ny drömlös dvala och sov djupt när något störde hennes sömn. Ett nytt främmande ljud hördes längre bort men hon ville inte slå upp ögonen. Kvistar bröts och det hördes ett sugande ljud i mossen som när någon lyfter upp en fot ur ett fuktigt kärr. Vilddjuren hade hittat henne. Eller så var de på väg för att dricka vid bäcken. Hon brydde sig inte om vilket.

Hon slöt ögonen hårdare men ljuden ville inte lämna henne ifred. De hördes allt närmare och snart anade hon rörelser tätt intill sig. Någon böjde sig över henne och andades med varm andedräkt mot hennes kind. En hand grep tag om hennes axel. Inte våldsamt eller brutalt som en ilsken varg eller björn hade gjort. Beröringen var varsam, nästan öm, som om hon hade varit ett nyfött barn.

»Vakna!« hörde hon en välbekant röst säga.

Hon slog upp ögonen. Sol tittade ner på henne. Blicken var full av värme.

»Hösteld skickade mig.«

Svana kände hennes blick över sin nakna kropp. Hon skämdes inte över den men hon hade ett ställe på sin kropp som hon aldrig visat för någon, inte ens för Alver. Men nu var det för sent att dölja märket mellan benen. Hon såg på Sol att hon hade upptäckte det röda märket. Hon ryckte till och slog handen som skydd för sina lår fastän hon förstod att det var för sent.

»Vad har du där?«

Svana tryckte låren hårt emot varandra. Det röda blodmärket satt högt uppe på hennes högra innerlår.

»Ingen får se det«, sade Svana och letade efter sin tunika.

»Drick lite«, sade Sol och räckte henne en kruka med vatten.

Svana tog emot krukan och tömde den till hälften. Först nu märkte hon hur törstig hon varit. Men hon var också hungrig.

Sol grävde i sin korg som om hon hade läst Svanas tankar och gav henne en rökt fiskbit och en blandning av skogens bär.

»Orkar du gå?«

Svana kände efter. Det var inget fel på henne och att gå vägen tillbaka skulle hon klara av hur lätt som helst. Hon kände sig stark och upplivad. Yrseln som pinat henne under natten var över.

»Ta på dig kläderna, vi ska hem.«

Svana reste sig, satte på sig benkläderna, gördeln, drog tunikan över sig och stödde sig på sina ben. Hon tog några steg och märkte att det inte gjorde ont i höften.

Det hade blivit middag när Sol och Svana återvände till Sälgrundet. Under vägen hade de inte pratat med varandra. Svana förstod att Sol var trött av att ha gått hela dagen och svetten klibbade vid hennes tunika. Även Svana var utmattad men på ett annat sätt. Det värkte i musklerna och i lederna men samtidigt var hon full av livsglädje.

Sol stannade utanför Höstelds kåta och Svana gick ensam in till honom. Schamanen satt vid sin eld med knäna uppdragna under hakan och tittade in i elden.

»Jag klarade prövningen«, sade Svana.

»Det kan inte du bestämma men snart ska vi ta reda på det«, sade han utan att flytta blicken ifrån elden.

»Men ...?«

»Vi ska hålla råd för att se vilka tecken Härfadern ristat på din kropp och därefter ska vi bestämma vad vi ska ta oss till med dig. Vänta här så samlar jag ihop rådet.«

KAPITEL 74

Rådsmedlemmarna var samlade i en halvcirkel på varsin sida om Hösteld inne i långstugan. Framför dem stod Svana ensam, rakryggad och utan att dölja sitt ansikte. Hon visste inte vad de ville henne men hon litade på att schamanen skulle göra henne rättvisa.

»Svana har genomgått prövningen. Om hon klarat sig oskadd en natt i skogen bland vilddjuren betyder det att de inte vill ha henne. Och då tillhör hon Härfadern och då är hon lika god som någon annan av oss.«

»Visa att du är oskadd«, beordrade Hösteld.

Svana klädde av sig sin tunika, sina benkläder och sträckte på sig.

»Höftgördeln också«, uppmanade Hösteld.

Svana tog den av sig och ställde sig raklång men höll ihop knäna. Rådets män och kvinnor tittade granskande på henne. Hon kände deras blickar och blev medveten om sina kraftfulla och smidiga ben och armar. Musklerna på ryggen och magen var starka av allt bärande av vatten, ved och av det slitsamma arbetet med att garva skinn.

Hon hade en vacker kropp om det inte hade varit för det högra höftbenet som hade sjunkit in eller för ärren på bröstet och på halsen som fortfarande lyste som vita streck. Men några spår av färska vilddjurs hugg, bett eller klor syntes ingenstans. Högt uppe på hennes vänstra arm fanns ett färskt blåmärke.

»Hur har du fått den där smällen«, frågade en äldre kvinna och pekade på den rödblåa svullnaden.

»Hage slog till mig med ett vedträ för någon dag sedan när jag krävde att få vara ifred.«

Kvinnan tystnade och ingen annan sade heller någonting. Svana såg på Alver att han hade tagit illa vid sig. Men hon såg också att han var den enda som inte stirrade på henne. Under tiden som hon hade stått naken framför dem, hade han vänt bort blicken som om han inte velat se hennes sönderrivna kropp. Men nu tittade även han på det blåmärke som Hage åstadkommit. Hon visste likaväl som alla andra att en man i Sälgrundet fick tukta sin kvinna men hon var säker på att alla i rådet också kände till att hon hade fått ta emot mer än sin andel.

»Klä på dig«, sade Hösteld.

»Vänta lite«, viskade Sol i Höstelds öra.

Svana blev kall. Skulle Sol svika henne, en sista hämnd för att hon tagit Alver ifrån henne.

»Vad är det«, frågade Hösteld så tydligt att alla hörde.

Sol kunde inte längre viska.

»Svana har ett rött märke mellan sina ben.«

Svana stelnade till och hon kände hur krafterna rann ur henne. Hade allt varit förgäves? Skulle de bränna henne på bål som de ville göra på Ön efter att de sett märket.

»Visa oss«, sade Hösteld.

Svana stod orörlig och tittade vädjande på Alver. Rådets äldsta kvinna log uppmuntrande mot Svana men hennes leende ansikte fick inte Svana att lugna sig eller sära på benen.

»Du måste låta oss få titta på det«, sade Hösteld

»Det räcker ifall du går bort med gumman«, sade Alver.

»Jag har ingenting som jag behöver skämmas för«, sade Svana.

Hon tittade åt ett annat håll när hon med det högra benet tog ett steg åt sidan. På insidan av hennes lår lyste ett argt rött märke stort som ett björklöv.

»Hon bär på ett märke eller en symbol för någonting. Det kan vara farligt«, sade Sol.

»Det är klart och tydligt ett eldsmärke som lyser så där klarrött«, sade den gamla gumman.

»Är det Råås märke?« frågade Hösteld som tydligen hade förlorat sin närsyn.

När schamanen hade nämnt Råås namn blev det tyst i långstugan och rådsmedlemmarnas skrämda blickar vändes mot gumman och därefter mot Svana.

»Se efter«, beordrade Hösteld.

Gumman steg närmare Svana och granskade märket. Sedan vände hon sig mot rådets medlemmar och sade:

»Märket har skepnaden av en björn. Jag kan tydligt urskilja björnens utdragna nos, den breda käken och uppe på huvudet finns tofsar till öron.«

»Då har Svana hela tiden burit på björnens märke?« sade Hösteld och tittade förbryllat på henne.

»Ja, jag bär på björnens märke«, upprepade Svana och drog ihop benen igen.

Det blev återigen tyst i rummet. Alver tittade på Svana som för att säga något men fick inte fram ett enda ord. Svana förstod honom. Märket hade vuxit fram under åren och blivit allt större. Det satt högt uppe på hennes lår och hon hade hela tiden dolt det med sitt höftkläde.

Hon kom ihåg dagen när hennes far hade fått höra om märket. Han hade blivit vansinnig och piskat henne. En människa som var märkt av Öns främsta fiende, det vill säga björnen, måste vara ditskickad av den onda anden Råå för att döda människor på Ön på samma sätt som björnen dödar älgen.

»När upptäckte du den?« frågade Hösteld.

»Jag skulle genomgå kvinnoriten men den avbröts när schamanen upptäckte mitt märke. Det blev panik där hemma och ingen vågade komma nära mig. Jag blev utpekad som Råås medhjälpare och Öns råd krävde att jag samma natt skulle brännas på bål men min far fattade ett snabbt beslut. Handelsman som han var, gjorde han upp med rådet om att han lovade se till att jag försvann från Ön för att aldrig mer återvända. Att han sedan gjorde en affär på mig och kvittade sin skuld genom att ge bort mig som träl, sade han ingenting om.«

»Vilket grymt beslut av en far«, sade gumman.

Svana vände sig häftigt om.

»Hellre är jag träl än att jag blir bränd på bål!«

Hennes avslöjande väckte liv bland medlemmarna i rådet. Ett mummel steg och Svana hörde viskande frågor om detta kunde vara ett gott tecken eller inte. Snart tycktes alla vara överens om att det nog var ett gott tecken. Svana hade ingen björnamulett men hon hade björnens tecken på sin kropp.

»Kanske är det rentav bättre än en amulett«, sade gumman så högt att alla de andra rådsmedlemmarna hörde henne.

Svana vågade andas lugnare och klädde på sig sitt höftskynke och tunikan. Hösteld tog över och återställde ordningen.

»Det är gott Svana, nu är du på riktigt en av oss på Sälgrundet men frågan står kvar, var skall du bo och med vem?«

Det uppstod ett nytt ohämmat tumult. En del ville att hon skulle gå tillbaka till sin man men lika många ansåg att de skulle få ett nytt bekymmer om hon skulle dela härd med Alver. För vad skulle de då ta sig till med Alvers nya kvinna och hennes dotter? Kanske borde den nya kvinnan utvisas? Men hon var duktig i läkekonst och Hösteld började bli till åren. De flesta började luta åt att det bästa vore att häva Alvers beslut och låta Svana bo kvar hos Hage. Visst var han elak men han kunde ändå föda henne så som han hittills hade gjort.

Svana sjönk ihop där hon satt sig i ett hörn. Inte hos Hage, bad hon inom sig.

»Tyst med er alla. Låt mig få tala klart«, dundrade Hösteld. »Härfaderns ande talade till mig för många år sedan och sade att Sälgrundets framtida hövding skulle avlas av en man och en kvinna som bär björnens märke. Nu har den gått i uppfyllelse i Stenkil. Nu har vi alla sett att Svana bär björnens märke och därmed uppfyller hon andarnas krav.«

Han gjorde en kort paus och lät blicken glida över de församlade.

»Å andra sidan har jag granskat Viljas amulett. Det är en björntand och även hon tillhör björnens folk och hon har fått en dotter med Alver. Också hon uppfyller de krav som andarna ställt på vår ledare. Jag ser inget annat råd än att det nu återstår för Alver själv att bestämma vad han vill.«

Svana såg hur Alver kämpade med sig själv. Den här situationen hade han knappast kunnat förutse. Men som klanens ledare skulle han bli tvungen att fatta beslutet. Skulle han ta henne tillbaka eller skulle han ta in den mörkhåriga kvinnan i sin kåta?

Alver reste sig med beslutsam min.

»Svana är min första kvinna. Det är inte mer än rätt att hon själv får fatta beslut om sin framtid.«

Det blev tyst i långstugan, alla höll andan. Alver såg på henne med stadig blick. Svana ställde sig upp och rätade på ryggen. Där stod hon med rådets blickar på sig. Så mycket uppmärksamhet som hon hade just då, hade hon aldrig tidigare haft. Hon visste vad Alver ville, och hon visste vilket beslut som skulle göra alla nöjda. Hon log och harklade sig för att göra rösten stadig.

»Alver har tagit med sig sin nya kvinna och jag vill inte gå emellan och tränga mig på, fastän vi har genomgått riten. Å andra sidan har jag under två år fått tåla Hages knytnävar men nu får det räcka. Jag vill inte gå till honom heller.«

Svana sökte Alvers blick. Han stod nära henne och hon såg lättnaden i hans ansikte. Hon hade fattat ett svårt beslut. Inte bara för sin egen del, utan lika mycket för honom.

Hösteld sträckte på sig och kliade sig i huvudet.

»Hur blir det nu? Svana vill inte gå tillbaka till Hage och inte heller vill hon gå emellan Alver och hans nya kvinna. Vad vill du då?«

»Alvers och min gamla kåta står tom uppe på berget. Den är omkullkastad av stormar och behöver lagas men där vill jag bo under resten av mitt liv.«

Männen och kvinnorna tittade förvånade på varandra.

»Men inte kan du bo ensam och vem ska ordna med mat åt dig?«

»Mitt ansikte må vara söndertrasat men jag är bra på att garva hudar. Eller är ni inte nöjda med det jag gjort?«

Svana visste att alla rådets medlemmar hade sälskinn eller hudar av hjort eller till och med av de svårgarvade älgskinnen hemma hos sig. Svana hade garvat många av dem.

»Ja, det stämmer«, sade shamanen.

»Om ni även i framtiden vill ha mina skinn, bereder jag dem gärna mot kött eller fisk. Ved hittar jag själv i skogarna så länge min höft tillåter mig att gå och vatten finns i bäcken och i brunnen. Nog klarar vi oss alltid, jag och min son.«

Rådet överlade kort och Svana visste att hennes förslag var bättre än något av de alternativ rådet kommit att tänka på. Så fick det bli, beslöt rådet.

Svana lyfte upp sitt ekorrskinn som hon haft gömt i sin tunika och visade upp det för alla.

»Från och med den här dagen kommer jag inte längre att skyla mitt ansikte«, sade hon och gömde masken i sin tunika.

KAPITEL 75

Under de följande dagarna hjälpte Vilja och Alver till att laga och göra i ordning kåtan där Svana skulle bo. De fattade snart beslutet att inte själva flytta in i storstugan som alla andra ledare tidigare hade gjort utan bygga en ny, egen kåta uppe på berget nära Svana. Snart hade de samlat ihop så många hudar att de kunde bygga sitt nya hem.

Kåtan blev större än den som hade varit Svanas och Alvers hem eftersom de nu var tre personer och ingen visste om de rentav skulle få tillökning. Stället låg uppe på den skogbevuxna klippan varifrån de mellan trädstammarna hade utsikt över havet i öster. Innan vintern kom med slask, snö och is skulle de täcka kåtans väggar med näver, torv och mossa. Varken fukt eller stormvindar skulle tränga in.

En höstdag stod Vilja framför den nya kåtan och tänkte tillbaka på det som Hösteld hade sagt inne i långstugan. Mest funderade hon över hur ödesbestämt allt hade varit. Hösteld hade talat om synen från andarna, att Sälgrundet skulle skyddas av en hövding som avlats av en man och en kvinna som bar björnens märke. Nu hade det blivit hon och Alver.

Hur skulle det bli i framtiden om Höstelds syn måste uppfyllas? Det skulle kunna innebära att Svanas son Stenkil skulle bli Sälgrundets ledare efter Alver. För Axa kunde det inte bli? Hon var ju en flicka fastän i Sunnanvik skulle det ha varit möjligt. Tonala var ett gott exempel på en kvinnlig ledare. Men å andra sidan undrade hon om Stenkil ens kunde vara en möjlighet? Pojken verkade så skygg?

Vilja gick bort till kanten av berget som stupade minst tjugo steg rakt ner i havet. Hon satte sig och tittade ut mot nordost där hon tänkte sig att hennes hemby, Sunnanvik låg. Hemlängtan hade hon inte haft under den tid hon rest med Alver. Men här i byn med alla främmande människor som tittade konstigt på henne kom hon då och då att tänka på sina föräldrar och undrade hur de hade det.

Hon tog fram sin björnamulett under tunikan och kände på den och tänkte att hon också bar björnens märke. Det var ju hennes och Alvers björnamuletter som sett till att de hörde ihop. Tack vare björnens märke hade hon fått vårda Alver tillbaka till livet när han spolades upp i Sunnanvik.

Som om han visste att hon tänkte på honom kom Alver just då fram till bergskanten och satte sig bredvid henne. Hon lutade huvudet mot hans axel och drog in hans doft.

»Tänk vad allt har ordnat sig till det bästa«, sa Alver och lade sin arm runt henne och log. »Jag är glad att du följde med mig hit till Sälgrundet.«

»Det är jag också«, sa Vilja.

Med handen snuddade hon över sin mage. Det hade inte gått många månvarv sedan de där uppe i norr första gången legat med varandra efter att Axa föddes. Som medicinkvinna hade hon lagt märke till symptomen. Det mest avslöjande var illamåendet på morgnarna. Kanske väntade hon Alvers barn igen.

Om de fick en pojke skulle det barnet också vara avlat av två människor som bar björnens märke.

EFTERORD

»Härfadern« baserar sig på omfattande studier i hur stenåldersmänniskan levde för cirka 5000 år sedan i Norden. Den har kommit till genom ett omfattande samarbete med Lars Strang. Språket, karaktärerna och intrigerna har förbättrats väsentligt med hjälp av synpunkter av fil. dr. Maria M Berglund.